U0330493

中国语言文学文库·学人文库 吴承学 彭玉平 主编

碰撞与整合

——文化学视域下的巴金及其小说研究

吴定宇 著 陈伟华 编

中山大學出版社
SUN YAT-SEN UNIVERSITY PRESS
·广州·

图书在版编目（CIP）数据

碰撞与整合：文化学视域下的巴金及其小说研究/吴定宇著，陈伟华编．—广州：中山大学出版社，2023.10
（中国语言文学文库·学人文库/吴承学，彭玉平主编）
ISBN 978-7-306-07846-9

Ⅰ.①碰… Ⅱ.①吴… ②陈… Ⅲ.①巴金（1904—2005）—小说研究 Ⅳ.①I207.42

中国国家版本馆CIP数据核字（2023）第124255号

出 版 人：王天琪
策划编辑：嵇春霞　林梅清
责任编辑：林梅清
封面设计：曾　斌
责任校对：陈　莹
责任技编：靳晓虹
出版发行：中山大学出版社
电　　话：编辑部020-84110283，84111996，84111997，84113349
　　　　　发行部020-84111998，84111981，84111160
地　　址：广州市新港西路135号
邮　　编：510275　　传　　真：020-84036565
网　　址：http://www.zsup.com.cn　E-mail：zdcbs@mail.sysu.edu.cn
印 刷 者：佛山市浩文彩色印刷有限公司
规　　格：787mm×1092mm　1/16　16.75印张　319千字
版次印次：2023年10月第1版　2023年10月第1次印刷
定　　价：76.00元

中国语言文学文库

总　　序

吴承学　彭玉平

中山大学建校将近百年了。1924 年，孙中山先生在万方多难之际，手创国立广东大学。先生逝世后，学校于 1926 年定名为国立中山大学。虽然中山大学并不是国内建校历史最长的大学，且僻于岭南一地，但是，她的建立与中国现代政治、文化、教育关系之密切，却罕有其匹。缘于此，也成就了独具一格的中山大学人文学科。

人文学科传承着人类的精神与文化，其重要性已超越学术本身。在中国大学的人文学科中，中国语言文学学科的设置更具普遍性。一所没有中文系的综合性大学是不完整的，也几乎是不可想象的。在文、理、医、工诸多学科中，中文学科特色显著，它集中表现了中国本土语言文化、文学艺术之精神。著名学者饶宗颐先生曾认为，语言、文学是所有学术研究的重要基础，“一切之学必以文学植基，否则难以致弘深而通要眇”。文学当然强调思维的逻辑性，但更强调感受力、想象力、创造力和语言表达能力。有了文学基础，才可能做好其他学问，并达到“致弘深而通要眇”之境界。而中文学科更是中国人治学的基础，它既是中国文化根基的重要组成部分，也是中国文明与世界文明的一个关键交集点。

中文系与中山大学同时诞生，是中山大学历史最悠久的学科之一。近百年中，中文系随中山大学走过艰辛困顿、辗转迁徙之途。始驻广州文明路，不久即迁广州石牌地区；抗日战争中历经三迁，初迁云南澄江，再迁粤北坪石，又迁粤东梅州等地；1952 年全国高校院系调整，始定址于珠江之畔的康乐园。古人说：“艰难困苦，玉汝于成。”对于中山大学中文系来说，亦是如此。百年来，中文系多番流播迁徙。其间，历经学科的离合、人物的散聚，中文系之发展跌宕起伏、曲折逶迤，终如珠江之水，浩浩荡荡，奔流入海。

康乐园与康乐村相邻。南朝大诗人谢灵运，世称“康乐公”，曾流寓广州，并终于此。有人认为，康乐园、康乐村或与谢灵运（康乐）有关。这也许只是一个美丽的传说。不过，康乐园的确洋溢着浓郁的人文气息与诗情画意。但对于人文学科而言，光有诗情是远远不够的，更重要的是必须具有严谨的学术研究精神与深厚的学术积淀。一个好的学科当然应该有优秀的学术传统。那么，中山大学中文系的学术传统是什么？一两句话显然难以概括。若勉强要一言以蔽之，则非中山大学校训莫属。1924 年，孙中山先生在国立广东大学成立典礼上亲笔题写"博学、审问、慎思、明辨、笃行"十字校训。该校训至今不但巍然矗立在中山大学校园，而且深深镌刻于中山大学师生的心中。"博学、审问、慎思、明辨、笃行"是孙中山先生对中山大学师生的期许，也是中文系百年来孜孜以求、代代传承的学术传统。

一个传承百年的中文学科，必有其深厚的学术积淀，有学殖深厚、个性突出的著名教授令人仰望，有数不清的名人逸事口耳相传。百年来，中山大学中文学科名师荟萃，他们的优秀品格和学术造诣熏陶了无数学者与学子。先后在此任教的杰出学者，早年有傅斯年、鲁迅、郭沫若、郁达夫、顾颉刚、钟敬文、赵元任、罗常培、黄际遇、俞平伯、陆侃如、冯沅君、王力、岑麒祥等，晚近有容庚、商承祚、詹安泰、方孝岳、董每戡、王季思、冼玉清、黄海章、楼栖、高华年、叶启芳、潘允中、黄家教、卢叔度、邱世友、陈则光、吴宏聪、陆一帆、李新魁等。此外，还有一批仍然健在的著名学者。每当我们提到中山大学中文学科，首先想到的就是这些著名学者的精神风采及其学术成就。他们既给我们带来光荣，也是一座座令人仰止的高山。

学者的精神风采与生命价值，主要是通过其著述来体现的。正如司马迁在《史记·孔子世家》中谈到孔子时所说的："余读孔氏书，想见其为人。"真正的学者都有名山事业的追求。曹丕《典论·论文》说："盖文章，经国之大业，不朽之盛事。年寿有时而尽，荣乐止乎其身，二者必至之常期，未若文章之无穷。是以古之作者，寄身于翰墨，见意于篇籍，不假良史之辞，不托飞驰之势，而声名自传于后。"真正的学者所追求的是不朽之事业，而非一时之功名利禄。一个优秀学者的学术生命远远超越其自然生命，而一个优秀学科学术传统的积聚传承更具有"声名自传于后"的强大生命力。

为了传承和弘扬本学科的优秀学术传统，从 2017 年开始，中文系便组织编纂中山大学"中国语言文学文库"。本文库共分三个系列，即"中国语言文学文库·典藏文库""中国语言文学文库·学人文库"和"中国语言文学文库·荣休文库"。其中，"典藏文库"主要重版或者重新选编整理出版有较高学术水平并已产生较大影响的著作，"学人文库"主要出版有较高学术水平的原创性著作，"荣休文库"则出版近年退休教师的自选集。在这三个系列中，"学人文库""荣休文库"的撰述，均遵现行的学术规范与出版规范；而"典藏文库”以尊重历史和作者为原则，对已故作者的著作，除了改正错误之外，尽量保持原貌。

一年四季满目苍翠的康乐园，芳草迷离，群木竞秀。其中，尤以百年樟树最为引人注目。放眼望去，巨大树干褐黑纵裂，长满绿茸茸的附生植物。树冠蔽日，浓荫满地。冬去春来，墨绿色的叶子飘落了，又代之以郁葱青翠的新叶。铁黑树干衬托着嫩绿枝叶，古老沧桑与蓬勃生机兼容一体。在我们的心目中，这似乎也是中山大学这所百年老校和中文这个百年学科的象征。

我们希望以这套文库致敬前辈。

我们希望以这套文库激励当下。

我们希望以这套文库寄望未来。

2018 年 10 月 18 日

吴承学：中山大学中文系学术委员会主任、教授，长江学者特聘教授
彭玉平：中山大学中文系系主任、教授，长江学者特聘教授

编校体例

一、本书所收文章均为吴定宇教授公开发表的巴金研究或相关学术论文，共计 23 篇。

二、各文依主题归类并兼顾内在逻辑和文脉，希冀各文形成互文，构成著作体系。

三、各文标题和内容均依原貌。一时代有一时代的格式规范，原文刊发时的注释要素大都较为简略，现已对照可查原始文献依照当前的规范对所缺要素进行了补全。文中部分标点符号依最新的国家标准进行了调整。

目　　录

自　序

五四：作家文化心理的嬗变与新文学的走向

五四文学革命，揭开了中国文学发展史新的一页。对五四文学革命发生的原因与新文学的走向等问题的探讨，很自然成为文学史家所研究的重要课题之一。长期以来，不少研究者从政治经济学和文艺社会学的方位着眼，认为五四文学革命的兴起，是中国近代社会的政治、经济与文学诸方面条件长期孕育的必然结果，新文学朝着社会主义文学的方向发展。毫无疑问，这些看法都是正确的。但是，当我们现在重新审视这场70年前的文学大解放运动，就不能固囿在学术界已有的定论上，而应当进行更深层次的探索。事实上，五四文学革命是一个多层面的、复杂的、丰富的文学运动过程，如果只从一两个方位来概括它发生的原因，确定其发展趋向，显然不够全面。从不同的视角来考察这场亘古未有的文学大变革，所得出的结论自然大相径庭。例如，我们把活跃在五四时期的一代作家当作文学革命运动的主体，从文化学和人格心理学的方位去细细观察，就会看到一个有趣的现象：正是这一代作家文化心理的嬗变，发现了自我的价值，才使得文学革命运动蓬蓬勃勃地展开；而作家的自我实现与超越，便是新文学的走向。本文试就此进行探讨。[①]

一、作家文化心理的嬗变与五四文学革动

郁达夫在回顾五四时代的战斗历程时透辟地指出：“五四运动的最大的成功，第一要算‘个人’的发见。从前的人，是为君而存在，为道而存在，为父母而存在的，现在晓得为自我而存在了。”[②] 在中国传统社会，束缚人的个性发展的儒家文化根深蒂固，对历代文学家的文化心理起着主导作用。直到五四文学革命，中国文学的文化特质没有发生真正变化。中国新文学家自我价值

---

① 黑点为原文所加。

② 郁达夫：《导言》，见赵家璧主编、郁达夫编选《中国新文学大系·第七集·散文二集》，上海良友图书印刷公司1935年版，第5页。

的发现经历了一个向西方文化学习的过程。

鸦片战争之后，中国的先进知识分子向西方寻找真理，到20世纪初已蔚然成风。五四文学革命运动的发难者胡适横渡太平洋，到美国留学；陈独秀、李大钊、鲁迅、郭沫若等五四文学革命运动的主将和旗手，也先后东渡扶桑，学习西方的科学和文化。在这个时候，国内的形势发生巨大的变化：一是延续了2000多年的自给自足的自然经济受到正在发展的资本主义经济的挑战，新的经济架构已经出现；二是封建帝制被推翻，军阀连年混战，政局动荡不定。时代风云的变幻，使胡适、陈独秀、李大钊、鲁迅、郭沫若等人彻底抛弃君天道统，不走康有为、梁启超等维新派文人的老路。他们一方面像海绵吸水一样，尽情吮进西方各种新的文化思想，另一方面对以儒学为基底的传统文化进行深刻的反思；一方面着眼于世界潮流，另一方面关注着国家的命运和民族的兴亡，探寻救国之路。

有趣的是，当他们经受西方现代文化思想启蒙之后，不约而同地感受到封建礼教和宗法制度对人性的压抑，认识到包括自己在内的中国人人格的缺陷，相继接受了个性解放的思想武器。鲁迅早在1907年所写的《文化偏至论》中提出“立我性为绝对之自由”“尊个性而张精神”“张大个人之人格，又人生之第一义也”的主张。在《破恶声论》中，他强调“自我”不应“泯于大群”之中。这表明一种新的文化因子已打破近代作家超稳定的文化心态，导致作家自我主体意识的萌生。在晚清曾应过举人试的陈独秀，由于受到“西洋的科学哲学各方面思想”的影响，他在1915年所写的《东西民族根本思想之差异》中，通过对中西文化的比较，痛斥宗法制度“损坏个人独立自尊之人格”“窒碍个人意思之自由”“剥夺个人法律上平等之权利”“养成依赖性，戕贼个人之生产力”①。在《敬告青年》中，他充分肯定自我的主体价值，“我有手足，自谋温饱；我有口舌，自陈好恶；我有心思，自崇所信；绝不认他人之越俎，亦不应主我而奴他人”。鼓吹“盖自认为独立自主之人格以上，一切操行，一切权利，一切信仰，唯有听命各自固有之智能，断无盲从隶属他人之理”②。李大钊也很重视人的自我存在和人格的尊严，斩钉截铁地说：“须知吾青年之生，为自我而生，非为彼老辈而生；青年中华之创造，为青年而造，非为彼老辈而造也。”③ 他们的呐喊，体现了五四文学革命运动的先驱们

---

① 陈独秀：《东西民族根本思想之差异》，见《独秀文存·卷一·论文》，亚东图书馆1922年版，第37页。

② 陈独秀：《敬告青年》，见《独秀文存·卷一·论文》，亚东图书馆1922年版，第3页。

③ 李大钊：《“晨钟”之使命（青春中华之创造）》，见《李大钊选集》，人民出版社1959年版，第59页。该文原载1916年8月15日《晨钟报》创刊号，署名“守常”。

对独立的新人格的构想和对自我解放的追求。

众所周知，涵容了人格独立和自我主体价值的个性解放，是西方人本主义的重要组成部分，在欧洲文艺复兴时期反封建、反教会的斗争中产生过巨大的进步作用。在个性解放和其他西方科学文化思想的观照下，五四文学革命运动的先驱们摆脱了旧思想、旧传统的羁绊，发现了自我的价值，认同自我在社会中的主体地位。先驱们文化心理的嬗变，焕发出一种前所未有的创造动力。人格上的解放，使他们破天荒地不是从三纲五常出发，而是从自我出发，去探索振兴中华的方略，树立起新的历史使命感和社会责任感。先驱们的探索有其共同的特点：重在从文化上去反省祖国贫弱的原因，善于从自我解放和人性自由发展的方位去开辟改造中国的新途径。先驱们认为，中国社会落后和愚昧的症结，在于国民文化素质低，缺乏独立的人格，因此，他们一致把视线投向尚未觉醒的同胞身上。例如胡适还在美国留学时就指出："今日造因之道，首在树人；树人之道，端赖教育。"[①] 青年时代的鲁迅也痛切地感到，"我们的第一要著，是在改变他们的精神，而善于改变精神的是，我那时以为当然要推文艺"[②]，于是毅然弃医就文，倡导文艺运动。胡适和鲁迅的看法颇有代表性，无论是教育救国还是倡导文艺运动，先驱们无不企望以他们个人的自我觉醒，唤起整个中华民族的自我觉醒。难怪他们把传播科学和民主思想以启发国民的自我意识、批判国民性以树立独立的人格，作为改革社会的根本大计。

正是为了推行这根本大计，胡适悉心研究西方文学，较早地认识到文学的社会作用："吾以为文学在今日不当为少数文人之私产，而当以能普及最大多数之国人为一大能事。吾又以为文学不当与人事全无关系。凡世界有永久价值之文学，皆尝有大影响于世道人者也。"[③] 通过比较，胡适觉察出中国的旧文学"徒有形式而无精神，徒有文而无质，徒有铿锵之韵貌似之辞而已"[④]，已成为少数人的私有物。这种无病呻吟、摹仿古人、言之无物的旧文学，已失去生命力，根本不能影响世道人心。他还认为，旧文学的书面语言——文言文

---

① 胡适：《藏晖室札记·卷十二·一三 再论造因，寄许怡荪书（一月廿夜）》，见《民国丛书第二编 83（历史·地理类）胡适留学日记》（影印本），上海书店出版社 1990 年版，第 833 页。

② 鲁迅：《自序》，见《呐喊》，人民文学出版社 1957 年版，第 3 页。

③ 胡适：《藏晖室札记·卷十三·二七 觐庄对余新文学主张之非难（七月十三日追记）》，见《民国丛书第二编 83（历史·地理类）胡适留学日记》（影印本），上海书店出版社 1990 年版，第 956 页。

④ 胡适：《藏晖室札记·卷十二·二二 与梅觐庄论文学改良（二月三日）》，见《民国丛书第二编 83（历史·地理类）胡适留学日记》（影印本），上海书店出版社 1990 年版，第 844 页。

“乃是一种半死文字，因不能使人得听懂之故”①，不能再作为表情达意的工具。他用历史进化论的观点分析了世界文学和中国文学的发展变迁，认识到要使文学普及到最大多数之国人中去，必须进行一场文学革命运动，而在当前，发动这场运动的时机已经成熟。他在给一个朋友的信中疾呼：“文学革命何可缓耶！何可更缓耶！”② 决心从改革文学入手，创建一种能够表情达意的活的文字、活的文学。

考察五四文学革命运动，不能不注意到这样一个文学现象：从这个运动的酝酿期到整个发展过程，都贯穿着先驱们强烈的自我主体意识和体现着自我人格的力量。胡适在美国构想改革文学的观点时，遭到他那些留美的朋友梅光迪、任鸿隽等人的反对和嘲讽。假如他不把握住自我，抱定“人言未足为轻重”的态度，并且以前无古人的勇敢精神，去尝试白话诗的创作，那么，他革新文学的主张很可能胎死腹中，《尝试集》也许不会出现。他在一首词中写道：“文章革命何疑！且准备搴旗作健儿。要前空千古，下开百世，收他臭腐，还我神奇。为大中华，造新文学，此业吾曹欲让谁？诗材料，有簇新世界，供我驱驰。”③ 抒发了他坚信自我力量，为创建新文学而披荆斩棘的抱负和豪情。当胡适的《文学改良刍议》发表后，陈独秀写出《文学革命论》，以个人的名义“甘冒全国学究之敌，高张‘文学革命军’大旗，以为吾友之声援”④，并提出“三大主义”，作为文学革命的口号。陈独秀猛烈抨击封建旧文学的三种类型：“贵族文学，藻饰依他，失独立自尊之气象也；古典文学，铺张堆砌，失抒情写实之旨也；山林文学，深晦艰涩，自以为名山著述，于其群之大多数无所裨益也。”⑤ 旧文学的这三种类型，映照出传统社会文学家的文化心理。陈独秀对它们的指斥，实质上也否定了传统社会文学家的具有强烈依附性的人格。

胡适、陈独秀提出革新文学的主张之后，在社会上引起强烈的反响。文学革命运动的参加者和第一代新文学作家，除鲁迅应蔡元培之邀在教育部做佥事外，其他几乎都是留学生或国内各大学的师生。他们不依附任何政治势力，保

---

① 胡适：《藏晖室札记·卷十三·二三 白话文言之优劣比较（七月六日追记）》，见《民国丛书第二编83（历史·地理类）胡适留学日记》（影印本），上海书店出版社1990年版，第939页。

② 胡适：《藏晖室札记·卷十二·三八 吾国历史上的文学革命（四月五夜）》，见《民国丛书第二编83（历史·地理类）胡适留学日记》（影印本），上海书店出版社1990年版，第867页。

③ 胡适：《藏晖室札记·卷十二·四三 沁园春·誓诗（四月十三日初稿）》，见《民国丛书第二编83（历史·地理类）胡适留学日记》（影印本），上海书店出版社1990年版，第889～890页。

④ 陈独秀：《文学革命论》，见《独秀文存·卷一·论文》，亚东图书馆1922年版，第136页。

⑤ 陈独秀：《文学革命论》，见《独秀文存·卷一·论文》，亚东图书馆1922年版，第139页。

持着独立的人格；在思想上坚持独立思考，不人云亦云。他们自由讨论，发表对文学革命的见解，为文学革命运动推波助澜。当然，文学革命运动的发展也并非一帆风顺，它遭到林纾、学衡派和甲寅派等封建旧文学卫道士的责难和咒骂。林纾不但写了《论古文之不当废》《论古文白话之消长》《致蔡鹤卿太史书》《荆生》《妖梦》等文章公开反对，甚至还希望当时的军阀政府出面来绞杀这次运动。面对顽固派文人的反扑，胡适、陈独秀、李大钊、鲁迅等人毫不退缩。他们高扬文学革命的大纛，阐扬自己的文学主张，把顽固派文人所散布的谬论驳得体无完肤，从而扫清文学革命运动发展的障碍，在反对旧文学的斗争中，显示出一往无前的自我力量。

现在看来，胡适提出的“八事”主张，陈独秀鼓吹的“三大主义”，以及钱玄同、刘半农所发表的改革文学的倡议，多有不成熟或偏颇之处，但在当时却起到了震聋发聩的作用。而且，随着文学革命运动的推进，他们对新文学理论的探讨也在不断深入。胡适承认：“我在《文学改良刍议》里曾说文学必须有‘高远之思想，真挚之情感’，那就是悬空谈文学内容了。”[①] 那么，什么是文学的内容呢？胡适在1918年所写的《易卜生主义》中借介绍易卜生谈了自己的看法：“只在他肯说老实话，只在他能把社会种种腐败龌龊的实在情形写出来叫大家仔细看。”[②] 他认为“社会最大的罪恶莫过于摧折个人的个性，不使他自由发展”，尤其推崇易卜生作品所表现的“健全的个人主义”——“最要紧的还是救出自己”，高度评价《娜拉》（现译作《玩偶之家》）中娜拉为了“救出自己”，离开家庭的勇敢行为。[③] 受《娜拉》的影响，胡适创作出中国现代文学史上第一部反对封建礼教、争取恋爱自由和婚姻自主的独幕话剧《终身大事》。可见，胡适对文学内容的理解带有浓厚的自我意识色彩。

周作人以自我为起点，感知到改革文学内容应该提倡“人的文学”，反对“非人的文学”。他说：“用这人道主义为本，对于人生诸问题，加以记录研究的文学，便谓之人的文学。”而所谓人道主义，他解释为“乃是一种个人主义的人间本位主义”。这就是说，以自我为本位来表现社会人生诸问题，便是“人的文学”的内容。按照这种文学观念，他认为“中国文学中，人的文学，本来极少，从儒道教出来的文章，几乎都不及格”，应在排斥的“非人的文学”之列。[④] 郭沫若在日本一面写新诗，一面在与宗白华、田汉的通信中，阐

---

① 胡适：《导言》，见赵家璧主编、胡适选编《中国新文学大系·第一集·建设理论集》，上海良友图书印刷公司1935年版，上海文艺出版社1980年影印本，第28页。

② 胡适：《易卜生主义》，见杨犁编《胡适文萃》，作家出版社1991年版，第731页。

③ 胡适：《易卜生主义》，见杨犁编《胡适文萃》，作家出版社1991年版，第742页。

④ 周作人：《人的文学》，载《新青年》1918年第5卷第6号。

发对诗歌创作的观点。他指出，“我想诗的创造是要创造‘人’，换一句话说，便是在感情的美化”，强调“诗底主要成分总要算是‘自我表现’了”，并且主张诗歌形式要“绝端的自由，绝端的自主”①，好使自我的感情自然在诗中流动。毋庸置疑，五四文学革命运动的参与者和新文学第一代作家，都是从自我出发去建构新文学理论的。

在创作上，鲁迅的小说和郭沫若的诗代表了现实主义和浪漫主义两种不同的倾向，他们所取得的成就，显示了五四文学革命运动的实绩。鲁迅的第一篇白话小说《狂人日记》，以严谨的现实主义态度，塑造了一个自我人格受到宗族制度和封建礼教压抑而起来反抗的狂人形象，深刻揭露了几千年来封建仁义道德的吃人本质。而《孔乙己》中的孔乙己和《阿Q正传》中的阿Q，则是尚未觉醒的旧式下层知识分子和流浪雇农的典型。他们的自我人格被封建传统观念和封建制度所摧残与扭曲，失去人的尊严，生活十分贫困，精神上也麻木不仁。鲁迅“哀其不幸，怒其不争”，鞭挞了酿成他们悲剧命运的根源——国民性。而郭沫若的《女神》则是另一种格调、另一番境界。诗集昂扬着郭沫若发现自我后寻求自我实现的精神。在《湘累》中，诗人以屈原自况，发出了挣脱儒家人格桎梏后的宣言：“我效化造化底精神，我自由创造，自由地表现自己。我创造尊严的山岳，宏伟的海洋，我创造日月星辰，我驰骋风云雷雨，我萃之虽仅限于我一身，放之则可泛滥乎宇宙。”在《梅花树下醉歌》中，他高唱“我赞美这自我表现的全宇宙的本体”，宣称“一切的偶像都在我面前毁破”。毁坏偶像，意味着自我解放，诗人在《天狗》《浴海》《金字塔》等诗中，以气吞宇宙的豪情，讴歌自我解放后所爆发的力量，“人们创造力的权威可与神祇（祇）比伍”“新社会的改造，全赖吾曹”。正因为人有无穷的创造力，所以自我在宇宙中处于“天上的太阳也在向我低头呀”的主体位置。诗集流溢出的崇尚自我的激情，鼓舞了几代读者。很明显，无论鲁迅和郭沫若的艺术风格多么不同，但唤起国民的觉醒、实现人的自我解放，是他们的创作基调之一。

从上面的论述中不难看出，在中国社会由传统走向现代的转型时期，以胡适、陈独秀、李大钊、鲁迅、郭沫若等为代表的一代作家，摭取西方文化的“金羊毛”，更新文化观念，并从新的文化视角反观中国传统文学，提出革新文学的主张。显而易见，一代作家文化心理的嬗变，是五四文学革命运动勃然而兴的文化原因。同时，这一代作家对新文学理论的建树和创作实践，都无一

---

① 郭沫若：《三叶集·郭沫若致宗白华》，见郭沫若著作编辑出版委员会编《郭沫若全集·文学编》第十五卷，人民文学出版社 1990 年版，第 49 页。

不显示出自我人格的创造力量，渗透着西方近现代的文化意识。只有在这时，中国文学的文化特质才发生根本的变化，中国文学的发展才进入一个新的阶段，产生了从形式到内容都迥异于传统文学的中国现代文学。毫不夸张地说，五四文学革命运动完全不同于中国文学史上任何一次文学运动，它的出现，改变了中国文学的面貌。

二、作家人格的自我实现与新文学的走向

最近几十年，一些心理学家在人格心理的结构、人格心理活动的一般规律等方面的探讨，取得了很大的进展。其中，美国著名心理学家马斯洛的人格需求理论尤其引人瞩目。马斯洛从存在主义与人本主义心理学出发，认为人类所有的行为都是因自我需求所引起的，并把人类的需求分成五个层次。

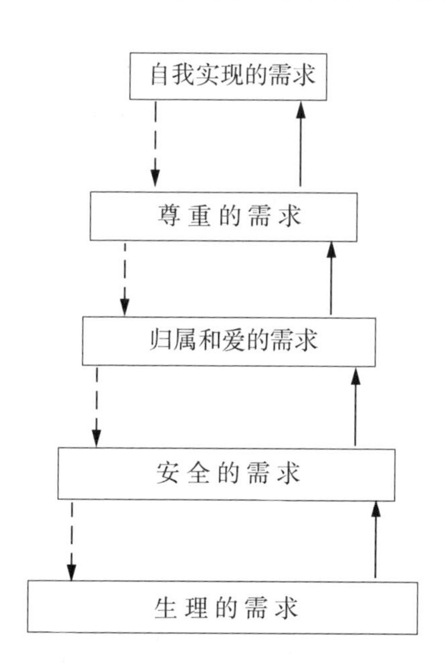

图1　马斯洛人格需求理论层次

只有较低层级的需求得到满足时，人格才会向较高的一层级攀登。一个层级就是一层人格的精神境界，而达到最高层次——自我实现精神境界的人并不多见。马斯洛还认为，无论人发展到多高的层次，倘若低层次的需求在较长时间内得不到满足，那么，这个人的人格亦会倒退到相应的低层次上去。所以，一个人的人格境界的架构不是凝固不变的。

马斯洛的看法不无道理。从这种人格需求层级论出发，我们就会看到，五

四文学革命运动的进程，其实就是一代作家人格的自我完善的过程。然而，我们也无须生搬硬套马斯洛的人格需求层级论。五四文学革命运动的先驱，显然不是为了满足自己的衣食住行的生理需求才提出革新文学的主张。新文学的第一代作家，也并非出于要在社会上谋取一个较好的职位、求得自身的安全而写作。那样，他们的自我主体意识和创造力量，会像传统社会的文学家一样，受到外在因素的严重压抑。无论他们以后所选择的道路多么不同，但在五四时期，他们的确是从较高的第三层级，即怀着强烈的爱国主义感情和改变国民文化心理的火热心肠，参加这场前所未有的文学革命运动的。《新青年》倡导科学和民主的宗旨，像磁石吸引铁一样地使他们结成一个新文化团体。这种归属性驱使他们自觉地为反对封建主义旧文学和创建时代所需要的新文学的共同目标奋斗。恰如鲁迅所说："我所遵奉的，是那时革命的前驱者的命令，也是我自己所愿意遵奉的命令，决不是皇上的圣旨，也不是金元和真的指挥刀。"[①]由于他们的人格层级已达到较高的境界，从爱和归属的需求出发，发现自我的价值，因此，自我主体的创造能量较大程度地被释放出来，开了一代文风。

自然，面对纷至沓来的西方文化思潮，他们绝不会只选取单一的思想武器。差不多在他们接受个性解放影响的时候，胡适推崇试验主义，鲁迅信仰进化论，郭沫若服膺泛神论。在五四运动高潮时期，陈独秀、李大钊成为共产主义者。文学革命运动很快风靡全国，他们的胆识、才智、个人的力量等方面，经过严峻的考验，赢得了社会的承认和尊重。同时，自我力量的发挥，又使他们加深了对自我存在价值的认识，增强了自信和自我尊重的情感。当他们的人格进入第四层级后，自我主体意识更为浓烈，荣誉感和责任心鞭策他们向人格的高境界奋进。但是，原来在思想上和个性上的差异，导致他们选择了不同的通往自我实现层次途径，《新青年》同人的分化，势在必行。果然，在五四运动之后，陈独秀、李大钊全力以赴，投入政治革命，成为中国共产党早期最重要的领导人。胡适自称有"历史癖"和"考据癖"，自《尝试集》出版后，他写诗的热情大减，也极少发表对文学方面的见解，兴趣和主要精力都转到对国故的整理和对中国学术的研究上了。钱玄同则埋头书斋，潜心研究中国文字。唯有鲁迅，他一面在艰辛地探索改造中国的道路，一面仍辛勤地在文学园地耕耘。虽然《新青年》社的分裂使他产生一种失落感，但他坚定地朝新的境界前进。由此看来，《新青年》社的解体，既是政治思想上的分道扬镳，也是人格上的自我分化。

---

① 鲁迅：《南腔北调集·〈自选集〉自序》，见鲁迅先生纪念委员会编纂《鲁迅全集》第五卷，鲁迅全集出版社 1938 年版，第 50 页。

《新青年》团体虽然解散了，但一批受它传播的新文化思想哺育而成长起来的青年作家开始在文坛上崭露头角，给文学革命运动注入新的血液。他们分别归属于40余个文学社团，形成一支独立的文学新军。在这支新军中，最早成立的文学研究会和创造社，成就尤为突出。周作人起草的《文学研究会宣言》代表了该会成员对文学的基本态度："将文艺当作高兴时的游戏或失意时的消遣的时候，现在已经过去了。我们相信文学是一种工作，而且又是于人生很切要的一种工作"，认为文学是"人生的镜子"[①]，应该反映人生、探讨人生问题，并用以指导人生。这种从自我出发去理解文学的功能，通过对人生意义和价值的探求来重新反省自我存在的价值及其使命的意识，不仅把文学创作引向现实主义道路，而且也推动作家的自我人格朝更高的层次迈进。创造社则主张文学必须忠诚地表现自我和尊重自我，反对"借文艺为糊口之饭碗"[②]，推崇作家独立的人格，在创作上形成浪漫主义倾向。自我主体意识使他们"于文学事业中也正是不能满足于现状，要打破从来因袭的样式而求新的生命之新的表现"[③]，对自我主体的创造力量抱有坚定的自信心。无须赘述，文学研究会的郑振铎、周作人、沈雁冰、叶绍钧、王统照、冰心、朱自清和创造社的郭沫若、郁达夫、田汉、郑伯奇等作家的成就表明，他们和鲁迅一道，努力把五四文学革命运动推向一个新的阶段，他们的人格也进入了第四层次。

马斯洛对人格的最高层级——自我实现境界作了如下规定："自我实现也许可大致被描述为充分利用和开发天资、能力、潜能等等。"[④] 每个人的自我情况千差万别，天资高低、能力大小、潜能深浅，轩轾明显。那么，怎样判断一个人是否达到自我实现的境界呢？马斯洛的标准是"他们是一些已经走到，或者正在走向自己力所能及高度的人"[⑤]。前者达到人格的最高境界，后者部分或某些方面达到自我实现。反观新文学第一代作家，无论他们归属于哪一种流派，自我实现的本质特征，就是充分调动他们的潜能、发挥自我主体的创造力量，为新文学的发展作出贡献。

当然由于每一个作家对文学的追求不同，因此，各自作品反映出他们走向自我实现的程度也大相径庭。冰心、朱自清、叶绍钧、郑振铎、庐隐、许地

---

① 《文学研究会宣言》，载《民国日报·觉悟》1920年12月19日第3版。

② 郭沫若：《论国内的评坛及我对于创作上的态度》，见饶鸿竞、吴宏聪等编《创造社资料》，福建人民出版社1985年版，第15页。

③ 郭沫若：《我们的文学新运动》，见饶鸿竞、吴宏聪等编《创造社资料》，福建人民出版社1985年版，第46页。

④ ［美］A. H. 马斯洛：《动机与人格》，许金声、程朝翔译，华夏出版社1987年版，第176页。

⑤ ［美］A. H. 马斯洛：《动机与人格》，许金声、程朝翔译，华夏出版社1987年版，第176页。

山、鲁彦、郁达夫、淦女士、闻一多、徐志摩、朱湘等20年代崛起的作家，才华横溢。他们的作品或探索“人生究竟是什么”等问题，或揭露社会的黑暗污浊，或描写美丽的大自然景物，或表现自己对祖国和人民的热爱与对理想的执着追求，或抒发个人在现实中的苦闷、愤怒、寂寞、幻灭的感情。虽然他们的洞悉力还不够锐敏，对生活的感知和认知稍嫌肤浅，对题材的开掘亦有待深入，相当一部分作品未能很好地揭示出社会发展的某些趋向，但大多数作品反映了五四时期人的觉醒和作者对人格平等与自我尊重的需求。在艺术创造上，他们各有千秋，刻意创新。冰心诗文的轻倩秀丽，朱自清散文的清雅宛曲，叶绍钧小说的冷隽自然，郑振铎作品的质朴真率，庐隐小说的婉约悲郁，许地山作品的淳厚缠绵，鲁彦作品的细腻冷峻，郁达夫作品的狂放清婉，淦女士小说的炽烈深挚，闻一多新格律诗的沉郁瑰丽，徐志摩诗文的秾丽柔婉，在中国现代文学史上独标一格。毋庸讳言，他们的艺术表现力或许没有达到出神入化的绝妙境界，我们今天甚至可以从他们的作品中找出若干缺点。然而，此时从自我主体所释放出的创造能量，使他们朝气蓬勃地攀向那力所能及的高度。经过他们在创作上的不懈努力，一种从内容到形式都迥异于传统文学的新文学，由幼稚走向成熟，在现代文坛上取得正宗地位。

自我实现，意味着作家的创作的真正成熟。但是，一个作家的创作即使已臻炉火纯青的化境，也仍须进行新的探索，给自我主体增添新的能源，不断超越过去的成就。否则，炉火会降温乃至熄灭，人格的层级亦会降低。鲁迅、郭沫若、周作人的自我实现，及其在新文学进程中的作用，令人深思。

鲁迅和郭沫若都是伟大的爱国主义者，他们很早就敞开心灵，去拥抱祖国苦难的大地和人民，去感应时代的脉息，产生了从根本上铲除人吃人的制度的历史使命感和再造一个崭新的中华的社会责任感。这种历史使命感和社会责任感，使他们在文学革命中充分发展和实现自我的意志、潜能和才华。许多研究者都异口同声地赞誉《呐喊》和《女神》在思想上所取得的成就，达到了“五四”时代新文学作品所能达到的高度，传达出五四时代精神的最强音；在艺术上，也给中国现代小说和新诗的创作开拓了新的天地。然而，他们从来不感到满足，在艺术创作上不但不重复别人，而且也不重复自己。在鲁迅前期作品中，《彷徨》的艺术技巧显然比《呐喊》圆熟；抒情散文诗集《野草》与忆往叙事的散文集《朝花夕拾》不是一种模式的作品；《坟》《热风》《华盖集》《华盖集续集》也各呈秀色。郭沫若在创作《星空》时所运用的艺术手法，亦比《女神》精湛；他的《瓶》《前矛》《恢复》等诗集的意境、格调、韵律不相雷同；他的散文集《塔》《橄榄》《水平线下》读来如行云流水，毫不单调。可见他们自我主体的创新意识在创作中得到自由的发挥。尤其可贵的是，他们在思想上从未停止探索，勇于超越自己。鲁迅在 1927 年风云突变的严重时刻，毅然抛弃了长期信奉的进化论，实现了思想上的巨大飞跃。郭沫若则在五卅运动高潮中，扬手与旧的思想武器告别。这种在艺术上和思想上的自我超越，使他们的人格真正进入自我实现层次。

在这以前，西方现代文化使鲁迅和郭沫若发现了自我。此时，他们认识到自我是什么，自我向何处去，以及自我的使命。只有进入这种境界，他们的心扉才朝自我打开，潜能如喷泉般地涌现出来。内在的创造力使鲁迅和郭沫若的自我主体得以实现。他们以新的自我意识去感知生活。借助于新的思想观照系统，他们的炯炯目光透视黑暗现实，在血雨腥风中瞭望到光明的未来。鲁迅深信"惟新兴的无产者才有将来"①；郭沫若也高吟"朋友，你以为目前过于混沌了吗？这是新社会快要诞生的前宵"②。他们在作品中揭示社会发展的进程，满怀信心，呼唤未来。在艺术上，他们的独创性得到最充分的展现。鲁迅写杂文如庖丁解牛，挥洒自如，把杂文这种文体推向与小说、诗歌并列的地位。郭沫若在诗歌、小说、散文、历史剧的创作中，施展出卓越的才华，留下不少传世之作。可以毫不夸张地说，鲁迅、郭沫若奠定了新文学发展的基石，他们的自我实现与超越便是新文学的走向。

周作人差不多与鲁迅同时接受西方文化的熏陶，在五四时期，他以凌厉浮躁之气参加文学革命运动，第一个系统地评述欧洲文学思潮，提出积极的革新文学的主张，他的《人的文学》被胡适誉为"这是当时关于改革文学内容的一篇最重要的宣言"③。在现代文学批评中，他最早提倡"宽容"、反对"忍受"的原则，产生了良好的影响。同时，他也是现代散文的拓荒者之一。他的杂感、小品生趣盎然，别具一格，在艺术上造诣极高。除此，他还致力于外国文学的翻译和评介，热心倡导民歌民谣的搜集与整理工作，对五四时期的思想解放和文学革命运动的发展起了促进作用。如果不因人废言，在反对旧文学、建立新文学的进程中，周作人的确显示了自我实现的主体力量。

应当看到，人是一定社会中的人，人格的形成与自我调节，莫不与当时的社会状况有着密切的关系。"五四"是一个呼唤自我、需要自我的时代，促成了周作人的自我实现。"五四"以后的社会现实在周作人文化心理上的投影，

① 鲁迅：《二心集·序言》，见鲁迅先生纪念委员会编纂《鲁迅全集》第四卷，鲁迅全集出版社 1938 年版，第 198 页。

② 郭沫若：《战取》，见郭沫若著作编辑出版委员会编《郭沫若全集·文学编》第一卷，人民文学出版社 1982 年版，第 409 页。

③ 胡适：《导言》，见赵家璧主编、胡适选编《中国新文学大系·第一集·建设理论集》，上海良友图书印刷公司 1935 年初版，上海文艺出版社 1980 年影印本，第 29 页。

使他的自我运动呈现出双向性：战士与隐士。《新青年》同人发生分化之后，周作人保持着不偏不倚的独立色彩。不过，作为五四文学革命运动的先驱和启蒙大师，他还把握着时代脉搏，在五卅运动、女师大事件、“三·一八”惨案中，和鲁迅等人一道，对帝国主义和北洋军阀政府进行揭露和抨击，仍不失战士风范。但是，他认为共产主义和封建主义同样是束缚人的个性的，所以，在“四·一二”政变之后，正当鲁迅的思想出现质的飞跃时，他却从文学革命的队伍里退隐到苦雨斋喝茶、饮酒、谈鬼、说狐、画蛇、玩古董、种胡麻。不可否认，他自我的潜能在艺术创造上得到最大的发挥。周作人在创作上的成就，主要体现在散文上。他的散文冲淡自然，闲适幽默，融贯了他渊博的学识，因而涉笔成趣，舒卷自如，对现代散文的发展作出非同寻常的贡献。自然，我们也不会忽视，周作人后来的散文虽然仍以表现自我为创作的宗旨，但这自我，已不是五四时期具有开拓进取精神的那个周作人自我了。正是周作人的胸怀不再拥抱社会人生，从时代行进的队列中落伍下来，便逐渐变得消极、颓唐、糊涂起来。北京沦陷之后，在日本侵略者的威逼利诱面前，为了“苟全性命于乱世”，周作人终于良知泯灭，背叛自我，沦为汉奸，丧失了作为一个中国人的人格。

可见，自我实现是一个不断运动的过程，一个人只有与时代同步，才能在完善自我中做到自我主体的实现。从这个意义上说，新文学的走向正是作家的自我实现与超越。

（原载吴宏聪主编《中国现代文学与民族文化》，首都师范大学出版社1994 年版，第 43 ～ 57 页）

我与巴金文学研究

文化学与中国现代文学研究

一

据考证，“文化”一词最初出于拉丁语的动词“colere”，含有人为了生存而对土壤进行耕耘、改良的意思。自古罗马著名演说家西塞罗提出“智慧文化即哲学”以来，西方学者历年来对“文化”的词义及范畴进行过许多研究和补充，致使其内涵变得更加丰富，外延更为宽泛。不过，作为学术研究领域的一门学科，文化学的建立只有百余年历史。1838 年，德国学者列维·皮格亨最早使用“文化科学”一词，呼吁建立专门学科来进行文化研究。不久，德国学者 C. E. 克莱姆在 1843 年出版的《普通文化史》和 1854 年出版的《普通文化学》中，又率先使用“文化学”一词。然而，只是当英国著名人类学奠基者爱德华·伯内特·泰勒的《原始文化》在 1871 年出版后，这门新兴的学科才受到各国学者应有的重视。泰勒给“文化”下的定义是：

> 文化，或文明，就其广泛的民族学意义来说，是包括知识、信仰、艺术、道德、法律、习俗以及作为社会成员的人所掌握和接受的任何其他的才能和习惯的复合体。[①]

在这个定义影响下，西方许多人类学家、文化学家、哲学家、历史学家、社会学家等在不同的领域，从不同的方位运用多种方法对“文化”这一复杂整体进行研究，在文化学理论和方法论的建设过程中作出了积极的贡献，致使文化学作为一门独立学科，得到国际学术界的承认。作为一门新兴学科，文化学从哲学、民族学、人类学、历史学、社会学、宗教学、政治学、经济学、语言学、文学、艺术学等人文科学吸取了营养，同时也向这些学科渗透。文化学的研究方法，如动态分析法、文献分析法、语言分析法、结构分析法、功能分析法、系统分析法、定量分析法、网络分析法、心理分析法、相对分析法、历史比较分析法、纵横传播分析法、文化模式分析法、象征符号分析法、探索群

① ［英］爱德华·泰勒：《原始文化》，连树声译，上海文艺出版社 1992 年版，第 1 页。

体意识分析法以及跨文化分析法等，已广泛运用到文学研究和其他人文科学研究中，推动了学术研究的发展。

在众多的人文科学中，中国现代文学研究与文化学的关系至为密切。这表现在以下几个方面。

首先，“五四”新文化运动的先驱和主将如胡适、陈独秀、李大钊、鲁迅、郭沫若等在尽情吮进西方文化思想的同时，也自觉或不自觉地学到西方文化学的某些方法。因此，他们在对中国传统文化进行深刻的反省之际，也从文化的视角审视和重新评价中国文学。例如，胡适运用历史比较分析法研究各个时代的文学之间的关系，以及世界文学与中国文学的发展变迁，提出了“文学者，随时代而变迁者也。一时代有一时代之文学”[①] 的著名论断。他又运用功能分析法去透视中国文学所蕴含的文化思想特质和社会功能，发现中国旧文学“徒有形式而无精神，徒有文而无质，徒有铿锵之韵貌似文辞而已”[②]，已成为少数人的私有物，失去了生命力，根本不能影响世道人心。众所周知，语言文字是文化的重要物质载体，亦是文学著作的符号。胡适继而采取语言分析法，进一步认识到作为文学作品书面语言的文言文的种种弊病，指出它此时已不能作为表情达意的文学语言，断言白话文是当今文学的书面语言，“白话文学之为中国文学之正宗，又为将来文学必用之利器，可断言也”[③]。胡适还从文化的发展演变着眼，揭示了文学发展演变的某些规律，提出了革新文学的主张，并得到陈独秀、傅斯年、钱玄同、刘半农等人的支持和响应，从而掀起了一场轰轰烈烈的文学革命运动，中国现代文学便应运而生。由此可见，西方文化学不仅对中国现代文学的诞生起到催产的作用，而且还为中国现代文学研究奠定了坚实的理论基础。

其次，中国现代文学的第一代作家如胡适、鲁迅兄弟、郭沫若，及文学研究会和创造社作家群几乎都接受过西方现代文化思想的启蒙，他们的作品都包蕴着新的文化特质，因此，用文化学的观念和方法去研究他们的创作，能够较准确和较深刻地揭示出现代文学作品的意蕴与价值。事实上，中国现代文学的第一代研究者最初也正是从文化的视角，而不是从政治经济学和文艺社会学的视角去评析现代文学作品的。鲁迅的《狂人日记》发表不久，茅盾就注意到这篇小说的文化底蕴：“颇有些‘离经叛道’的思想。传统的旧礼教，在这里

---

① 胡适：《文学改良刍议》，载《新青年》1917 年第 2 卷第 5 号。

② 胡适：《胡适留学日记》，商务印书馆 1947 年版，第 844 页。

③ 胡适：《文学改良刍议》，载《新青年》1917 年第 2 卷第 5 号。

受着最刻薄的攻击，蒙上了‘吃人’的罪名了。”[①]《阿Q正传》发表之时，所谓典型和典型化的理论尚未在文坛广泛流传。研究者们尽管没有意识到，但实际上已在运用文化学的探索群体意识类型法分析阿Q的性格。茅盾最先提出阿Q是“中国人品性的结晶”[②]。郑振铎所见略同，认为阿Q是“中国人的缩影”[③]。周作人发挥茅盾的观点，认为“阿Q却是一个民族的类型”[④]。苏雪林又发展了周作人的见解，认为“阿Q代表中国人气质”，“影射中国民族普遍的劣根性”。[⑤] 虽然后来许多研究者从政治经济学、文艺社会学的角度，运用阶级分析法和典型分析法去探讨阿Q形象，其中不乏真知灼见，但我认为都没有超过茅盾等人的研究成果——从文化视角更能窥视阿Q身上所蕴藏的文化性格。而对郭沫若的《女神》，研究者则更注重发掘其文化新质，探讨其文化价值。其中朱自清的看法很有代表性。他认为《女神》“有两样新东西，都是我们传统里没有的——不但诗里没有——泛神论与20世纪的动的和反抗的精神”。他把郭沫若同中国古代诗人、郭沫若的诗同传统文学中的山水诗作了比较后说：“看自然作神，作朋友，郭氏诗是第一回。”[⑥] 朱自清的评析切中肯綮，难怪被后来研究郭沫若诗歌创作的学者奉为圭臬。毋庸置疑，文化学为中国现代文学研究提供了切实可行的方法。

再次，随着中国现代文学的发展，一些研究者逐步打破各门学科的畛域，融哲学、史学、伦理学、宗教学、民族学、民俗学、艺术学和文学等为一炉，致使文化视野更为广阔。其中不少研究者本来就是作家，他们的见解显示出深厚的中外文化功底和深邃的眼力。鲁迅对《小小十年》主人公的思想分析鞭辟入里，他说：“旧的传统和新的思潮，纷纭于他的一身。”这部小说的文化价值就在于“他描出了背着传统，又为世界思潮所激荡的一部分青年的心……至少，将为现在作一面明镜，为将来留一种记录”[⑦]。茅盾此时写的一些作家论脍炙人口。他审视王鲁彦的创作，发现“我们社会内的各‘文化代’

---

① 叶子铭编：《茅盾论创作》，上海文艺出版社1980年版，第105页。

② 雁冰：《通信》，载《小说月报》1922年第13卷第2号。

③ 西谛：《呐喊》，载《文学周报》1926年11月21日第251期。

④ 仲密：《阿Q正传》，载《晨报》副刊《自己的园地》1922年3月19日。

⑤ 苏雪林：《〈阿Q正传〉及鲁迅创作的艺术》，见曹聚仁编《鲁迅手册》，博览书局1946年版，第302、294页。

⑥ 朱自清：《中国新文学大系·诗集·导言》，见王永生主编《中国现代文论选（第一册）》，贵州人民出版社1982年版，第154～155页。

⑦ 鲁迅：《三闲集·叶永蓁作〈小小十年〉小引》，见鲁迅先生纪念编委会编纂《鲁迅全集》第四卷，鲁迅全集出版社1948年版，第157页。

的人们都有一个两个代表站在这一大堆小说里面”[1]。在他的文化视角中，庐隐“是资产阶级的文化运动‘五四’的产儿”，庐隐作品中的人物，是“一些负荷着几千年传统思想束缚的青年们在书中叫着‘自我发展’”，他给这些人物取了个名字——“‘五四’时期的‘时代儿’”[2]。茅盾剖析了基督教教义和泰戈尔哲学对冰心的影响，一针见血地指出冰心的思想武器——“‘爱的哲学’的立脚点不是科学的——生物学的，而是玄学的，神秘主义的”[3]。值得一提的是，苏雪林从哲学和艺术学的方位，运用跨文化研究法、结构分析法、语言分析法等方法，研究了湘西文化圈对沈从文创作的影响，指出沈从文的审美理想是“想借文字的力量，把野蛮人的血液注射到老迈龙钟、颓废腐败的中华民族身体里去，使他兴奋起来，年轻起来，好在20世纪舞台上与别个民族争生存权利”。所以，沈从文“很想将这份蛮野气质当做火炬，引燃整个民族青春之焰。……所以故意将苗族的英雄儿女，装点得像希腊神话里的阿坡罗、倭娜斯一样”[4]。苏雪林的阐析不无独到之处，基本上道出了沈从文独特风格的文化意蕴。限于篇幅，类似这样的例子不能一一枚举，但足以说明，在20—30年代，文化学与其他人文科学的互相渗透，不仅大大补充和丰富了文化学的内容，而且也提高了现代文学研究的水平。从文化视角研究中国现代文学，也确实取得了可喜的成果。

不过，由于当时的文化学尚是一门刚刚建立的年轻学科，文化学某些重要的理论著作还未介绍到中国来，正在起步的研究者不可能从整体上领会、消化、吸收文化学的思想，把握文化学的研究方法，致使他们未能分门别类地审视现代作家的文化心理，探讨作品中的文化特质，研究方法也较简单生硬。这些缺陷，有待研究者去克服。

二

令人深思的是，自20世纪40年代以来，中国现代文学的文化研究就日渐式微，乃至停顿了很长一段时间。直到80年代中期文化热兴起，才扭转了这种局面。

到80年代，文化学作为一门世界性的学科已逐渐走向成熟。文化学中各种学派的重要理论陆续译介到中国。梁漱溟、张岱年、林惠祥、冯友兰等文化

① 茅盾：《王鲁彦论》，见茅盾等《作家论》，文学出版社1936年版，第214页。
② 未明（茅盾）：《庐隐论》，见茅盾等《作家论》，文学出版社1936年版，第75～76页。
③ 茅盾：《冰心论》，见茅盾等《作家论》，文学出版社1936年版，第196页。
④ 苏雪林：《沈从文论》，见茅盾等《作家论》，文学出版社1936年版，第242～243页。

学者、民族学者、人类学者和哲学家的著作的再版，以及港台暨海外华人学者钱穆、唐君毅、牟宗三、金耀基、余英时、成中英等人研究中国文化的著作在大陆发行，为文化热增添了燃料。不仅如此，学术界还就文化问题和研究方法问题多次展开讨论。在这种学术氛围里，长期受到冷落的文化学，在中国现代文学研究中再领风骚。应当看到，80 年代中期在中国现代文学研究中的文化热，绝不是二三十年代对中国现代文学进行文化研究的重复。一批研究者自觉学习、消化和吸收文化学的理论——尤其是在 20 世纪 50 年代勃兴的现代文化学的研究成果和 70 年代所出现的新理论，并在研究方法上取得某些突破，使中国现代文学的文化研究出现了前所未有的创新与繁荣局面，形成一种新的学术风气。

探讨人的文化价值观念及其内隐外显的行为模式、文化心理与多功能行为的文化规范、文化个性与共性，是现代文化学的重要内容之一。以此为观照，现代作家的思想与创作，仍然是现代文学研究的热门课题。和以往的研究不同的是，现在许多研究者突破了长期以来惯用的阶级和阶级斗争分析模式与政治经济分析模式，改变了以往对作家贴标签、作鉴定的僵硬方法，不再在作家的思想和创作究竟姓“资”或者姓“无”上争论不休，而是把作家放在广阔的社会文化背景中，运用文化学的多种研究方法，进行多元考察。例如，研究鲁迅的思想，曾是仁者见仁、智者见智的问题，争论的焦点在个性主义、进化论对鲁迅的影响以及鲁迅世界观的转变等问题上，讨论的范围则局限在哲学思想和文学艺术的圈子里，恰如张梦阳所说：“未能广泛涉及文化的整个范围，而且尚未升华到文化的总体观念上去进行观照。”① 金宏达在文化热初期所写出的博士学位论文《鲁迅文化思想探索》②，纠正了这种缺陷。该文从世界文化发展的总潮流、总趋势的角度系统论述鲁迅所受中西文化的影响，鲁迅文化思想的内容、特点及发展，鲁迅对中国现代文化的巨大贡献及其在中国现代文化史上的地位与作用等问题，令人信服地阐明了“鲁迅是我们一代的文化巨人”③ 的道理。李何林先生说得好，该文在方法论上“为研究鲁迅开辟了一个新途径，解决了过去鲁迅研究中没有透彻解决的问题”④，令人读后有耳目一新之感。又如，郭沫若是继鲁迅之后的第二个现代文化伟人，研究者对他的文

① 张梦阳：《鲁迅与中外文化比较研究史概述》，见中国社会科学院文学研究所鲁迅研究室编《鲁迅与中外文化比较研究》，中国文联出版公司 1986 年版，第 56 页。

② 金宏达：《鲁迅文化思想探索》，北京师范大学出版社 1986 年版。

③ 上海鲁迅纪念馆：《纪念与研究（第一辑）》，上海鲁迅纪念馆 1984 年版，第 6 页。

④ 李何林：《序》，见金宏达《鲁迅文化思想探索》，北京师范大学出版社 1986 年版。

化个性从整体上加以透视，剖析中外文化怎样从价值观念、人格观念、伦理观念、生命观念、自然观念、思维方式和反省方式等方面影响他的思想与创作，使他写出一系列有新鲜见解的论著与论文。其中刘茂林的文章值得注意，他别开生面地从气质入手，分析郭沫若的个性特征，指出“郭沫若的叛逆性格，是他不能成为乡愿、不能成为政客的人格基础”①。这种看法，显然要比单纯从泛神论来诠释郭沫若的文化思想和性格深刻得多。当然，研究鲁迅、郭沫若的思想和创作的论著与论文还有很多，研究者的文化眼光所注视的现代作家又何止鲁迅、郭沫若、巴金、老舍、冰心、沈从文、郁达夫、林语堂、周作人、徐志摩、萧红等人，这些人的文化思想的特质和个性特征、内隐外现的行为方式，在现代文化学的观照下，经过研究者的艰辛探索与描述，大都以其本来面目出现在读者眼前。过去研究中存在着论其一点、不计其余和只强调作家的阶级属性，忽视其独特个性，以及只注重作家的政治立场、哲学思想，而不对作家的文化思想作总体性的深入考察的状况，得到一定程度的克服与纠正。

自50年代以来，研究者在评论现代文学作品时，往往注重对作品进行主题思想的阐发、典型性格的分析和典型意义、社会价值的诠释，以及创作方法和艺术成就的评述，而忽视对作品文化底蕴的发掘和对文化价值的探讨。久而久之，就在研究中形成了一套先介绍作者的创作动机、时代背景，继而分析人物形象或剖视主题，接着评点创作方法或艺术风格，最后总结成就与不足的“八股”模式。尽管这个顺序会因不同的研究者而略有变化，但呆滞的格局在学术界持续了很长时间。在文化热和方法热中，研究者突破了这种研究“八股”，不约而同地把探索的目光投注到作品的文化底蕴和文化价值上。需要指出的是，作品的文化底蕴既映现客观现实生活在作家文化心理的投影，又表现作家的价值观念、伦理观念、人格观念和思维方式等文化心理的深层结构。作品的文化价值，也就是作品对社会、对人的文化作用，以及作品在文化系统中的地位。对作品的文化底蕴和文化价值的探讨，显然为现代文学研究辟出一条新径。宋永毅的《老舍与中国文化观念》（学林出版社1988年7月第1版）便是较为出色的一本学术专著。作者较为深刻地分析了满汉文化、中西文化、新旧文化等多重文化的冲撞、融合对老舍文化心理的影响，从老舍的审美观念、价值系统、生命观念、人格心态、文化史观、民族意识、深层思维等心理建构入手，较准确地把握住老舍独特的文化个性，凸现出《二马》《老张的哲

---

① 刘茂林：《试论郭沫若的气质、性格、心态》，载《郭沫若学刊》1992年第3期，第37～44页。

学》《离婚》《骆驼祥子》《四世同堂》等作品的文化底蕴，以及祥子、虎妞性格悲剧的蕴奥，透过老舍作品所特有的"北京味"，指点出隐遁其中的文化意识和历史观念。属于这方面的研究成果尚有陈思和的《中国新文学整体观》(上海文艺出版社 1987 年第 1 版)、陈平原的《在东西文化碰撞中》(浙江文艺出版社 1987 年 12 月第 1 版)、龙泉明的《在历史与现实的交合点上》(陕西人民出版社 1992 年 7 月第 1 版)、吴福辉的《带着枷锁的笑》(浙江文艺出版社 1991 年 12 月第 1 版)，以及难以统计的诸多论文。上述研究成果不但在探索现代作家创作的文化底蕴和文化价值、现代文学思潮与文学现象中的文化内涵等方面取得新的进展，而且为后来的研究者运用现代文化学的研究方法与手段来研究中国现代文学提供了借鉴。

值得注意的是，一些已有定评的作品由此而得到重新评价。例如，巴金的《灭亡》《新生》"爱情三部曲"等作品被认为宣扬了无政府主义，评价一向不高。现在有的研究者把它们放在从《水浒》以来反映农民革命战争的作品系列中进行垂直比较分析，指出"这些作品的文化价值不在于它表现了什么样的政治文化思想，而在于巴金独出心裁地塑造出一批文化心理机制和行为方式都与传统文学作品中的造反者迥然有别的一代热血青年形象系列，在他们身上映照出转型时期一种新的价值观念和伦理观念已经确立"①。陈思和在评论这种研究方法时说："暗示了某种新的批评趋向的产生。"② 还有一些过去受到冷落或评价较低的作品，如胡适的《尝试集》、周作人的散文、徐志摩的诗以及沈从文、废名等人的小说也在这种重新审视中恢复了它们在中国现代文学史上应有的地位。

在现代文化学的理论和方法论的影响下，探讨现代文学及其各个发展时期、某些文学流派所蕴含的文化特质，成为近几年研究中的热门课题。所谓文化特质，其实就是组成某种文化并且显示其特性和功能的最小单位。对文化特质的探讨，可以比较准确地描述出现代文学及其各个发展时期与某些文学流派的文化风貌的某些特征。有的研究者把"五四"浪漫主义文学与古代浪漫主义文学进行比较，认为两者之所以大异其趣，是因为"近现代文化的新的特质却在固有文化系统中获得了一定程度的发展；新的文化元素不断渗透入传统模式之中"③。所谓新的文化元素，其实就是外来的近现代文化元素，它只有

---

① 吴定宇：《巴金创作的文化意义》，载《社会科学》1990 年第 3 期，第 72 ～ 75 页。

② 陈思和：《巴金研究的回顾与瞻望》，天津教育出版社 1991 年版，第 176 页。

③ 何锡章、龙泉明：《文化模式的内在规定与制约——"五四"与古代：浪漫主义文学比较论》，载《中国现代文学研究丛刊》1989 年第 4 期，第 138 ～ 155 页。

经过中国本土吸收、消融，方能成为中国现代文化的特质成分。不少研究者注意到个性主义、人道主义、进化论、弗洛伊德学说、基督教文化观念、现代主义等西方文化思想，移植进中国现代文化中后对中国现代文学的功能作用。[①]研究者对文学社团和流派也有浓厚的兴趣。文学研究会和创造社仍是研究的重点自不必说了，同时他们还探索乡土文学派、京派、海派、山药蛋派等流派的文化特质。区域文化圈是乡土文学的文化基础，有些研究者注意到区域文化对现代作家文化灵魂的浸淫，以及现代作家在建构自己的文化思想、形成自己文化个性时对区域文化的超越。[②] 有的研究者指出，乡恋与怀乡是乡土文学的情感架构，其底蕴是“隐伏在许多作家，包括那些新文学运动的最激进的倡导者们内心深处的一种文化回归的深厚心理结构意识”[③]。严家炎对长期以来纠缠不清的京派作家文化归属作了明确的阐述，京派作家的“基本思想是现代的”，京派小说“是一种现代性灵小说”。[④] 吴福辉透辟地分析了海派文学的现代质，这种现代质最早最多地“转运”新的外来文化，“在文学上具有某种前卫的先锋性”，“迎合读书市场，是现代商业文化的产物”，“站在现代都市工业文明的立场上来看待中国现实生活与文化的”，“它是新文学，而非充满逸老遗少气味的旧文学”,[⑤] 一针见血地道出海派文学的文化底蕴与特质。还有的研究者将山药蛋派审美现象放在解放区特定的文化环境中，对其文化特质的结构和功能条分缕析，指出解放区文化大致可分为政治的、知识分子的和农民文化观念，“这三种文化观点各以其功利性、超前性和传统性来表现其质点”[⑥]。应当说，以上探讨，拓展和探化了现代文学研究，具有创新意义，对后来的研究者不无启发作用。

综上所述，作为一种思想体系和方法论系统，现代文化学对中国现代文学研究起着积极的促进作用。中国现代文学研究的文化热，至今方兴未艾。随着

---

① 属于这方面的论文有尹鸿的《费洛伊德主义与“五四”浪漫文学》、王本朝的《论基督教文化观念对中国现代文学的影响》、杨剑龙的《“五四”小说中的基督精神》、吴定宇的《西方忏悔意识与中国现代文学》等。

② 属于这方面的论文有骆寒超的《论现代吴越诗人的文化基因及创作格局》、俞元桂的《福建文化与冰心品格》、向柏松的《沈从文与巫风》、顾琅川的《越文化与周作人》《郁达夫与吴越文化》等。

③ 丁帆：《静态传统文化与动态现代文化之冲突》，载《上海文论》1992 年第 4 期。

④ 严家炎：《论京派小说的风貌和特征》，载《湖北大学学报（哲学社会科学版）》1989 年第 4 期，第 1 ～ 10 页。

⑤ 吴福辉：《为海派文学正名》，载《文艺报》1989 年 8 月 5 日。

⑥ 席扬等：《文化整合中的传统创化——试论“山药蛋审美”在解放区文学及其中国当代文学中的意义》，载《延安文艺研究》1992 年第 2 期。

现代文学研究队伍把握与运用现代文化理论与方法论的水平的不断提高，中国现代文学的文化研究将会取得更加丰硕的成果，这是毫无疑问的。

1993 年 6 月 30 日修改

（原载黄修己编《中国现代文学研究方法论集》，首都师范大学出版社 1994 年版，第 294 ～ 303 页）

把心交给读者的作家——巴金

我先讲一下我是怎么认识巴金的。1957 年，上海推出一部影片《家》，影片集中了当时国内最优秀的演员，看了以后我的印象很深，今年正好是我知道巴金、了解巴金的第 50 年。我可以说是个“巴金迷”，文化大革命时，巴金被打成“黑老 K”，遭到批判，那时我正好大学毕业，在四川的一个小县城教中学，好不容易找到一本巴金的散文集，我就花了很高的价钱，另外再加上几十斤粮票将书换过来，反复看了好多遍，一直舍不得丢。为了保存这本书，我把封面撕下来，换上了当时畅销的走红小说的封面，并把它放在我的书架里面，这本书一直保存到现在。1979 年，我考上中山大学现代文学专业硕士研究生，立志要好好研究巴金。我的研究生毕业论文原来的题目叫作《巴金与无政府主义》，后来老师建议我换一个题目，就换成了《巴金小说的艺术风格》。论文写出来并且发表以后，1983 年被中国最高学术研究机关中国社会科学院文学研究所编的《中国文学研究年鉴》选收进去，并且给予很高的评价。从那个时候开始，至今我研究巴金已经有 30 年了。巴金 85 岁生日的前一天，我到他府上拜访，他是四川人，我也是四川人，我们用四川话聊天。聊完以后，巴金把我送出门口，当时我很感动。那时巴金已经骨折，但他还是叫人把他扶起来，并且说一定要把我送到客厅门口。我当时向他介绍了广东省人民对巴金老人的怀念。比如说，他在 20 世纪 30 年代去过新会，写了一篇《鸟的天堂》，新会县为了保持小鸟天堂的原貌，把旁边的工厂都搬了出来，并且迁到一公里以外，让小鸟们安安静静地休息。巴金听了以后很高兴，我趁机向他发出邀请，但巴金叹了一口气，“唉，我走不动了”。

下面，跟大家谈谈巴金的生平和文学成就。1904 年 11 月 25 日中午，古城成都北门正通顺街李家大院响起了一阵婴儿的啼哭声，一个长着宽阔的额头、圆圆的小脸、五官清秀的男婴诞生到这个世界。父亲李道河给他取了个名字叫李尧堂，字芾甘。这个男婴就是后来为 20 世纪中国文学作出重大贡献的文坛巨匠巴金。

巴金 18 岁时，在 1921 年 4 月 1 日出版的《半月》杂志第 17 号上以芾甘的名字发表第一篇文章《怎样建设真正自由平等的社会》；1922 年 7 月 21 日以佩竿为笔名在《时事新报》发表第一首新诗《被虐者的哭声》；1929 年 1

月又以巴金为笔名在《小说月报》发表震动文坛的中篇小说《灭亡》；到2003年11月21日在《文汇报》上发表最后一篇文章《怀念振铎》。他以极大的热情投入到创作和翻译活动中，在文学园地里辛勤耕耘了80多年，推出1500余万字的文学作品和译作。后来，他的著作结集成为《巴金全集》，一共26本。

巴金的许多作品曾多次重版，被改编成电影和电视剧。例如，《家》就重版了多次，除了1957年被上海电影制片厂改编成电影外，香港也推出了电影《家》《春》《秋》，由当时最有名的演员吴楚帆扮演觉新。他的《憩园》也以《游园惊梦》的名字被香港拍成电影，《寒夜》在前些年也被拍成电影。此后，他的"激流三部曲"曾经两次被改编成电视剧。2003年我在成都参加第七届巴金国际学术研讨会时，四川省川剧团给我们表演了川剧《家》。这些作品不但鼓舞了几代中国读者，是中国现代文学宝库中的瑰宝，而且巴金还把中国文学推向了世界优秀文学之林，他的很多作品被翻译成英、俄、法、日、西班牙、瑞典、德、意大利、朝鲜等三十多个国家的文字和世界语，在全世界广为流传，深受世界各国读者的欢迎。1979年4月巴金访问巴黎，在巴黎掀起了一股"巴金热"，特别是他的《寒夜》，受到法国读者的高度评价，当时很多书店都张贴了"巴金·寒夜""寒夜·巴金"的广告。在书店签名时，很多法国读者慕名前来请巴金签名。1984年5月，他以世界七大文化名人的身份到日本东京参加第四十七届国际笔会，受到热烈欢迎。

巴金是20世纪中国作家中获得荣誉称号最多的一位。1982年，他获得了意大利政府授予的"但丁国际奖"。1983年，来华访问的法国总统密特朗在繁忙的外交活动中，专程到上海向他颁发了法国国家最高勋章"荣誉军团勋章"。1984年，他获得香港中文大学荣誉博士学位，去香港接受荣誉博士学位的时候，在香港轰动一时，当时的报纸说，与其说香港授予巴金荣誉博士学位，倒不如说巴金的到来为香港中文大学增加了光彩。第二年，即1985年，巴金又获得美国文学艺术研究院外国名誉院士称号。1990年，巴金获得了苏联最高苏维埃主席团授予的"人民友谊勋章"，同年又获日本福冈"亚洲文化奖特别奖"。1999年经国际天文学联合会批准，一颗新发现的小行星被命名为巴金星。以文学家命名的行星在我们国家还是第一次。我国一共命名了三颗小行星，前两颗都是以科学家命名的，一个是杂交水稻之父袁隆平，一个是数学家陈景润，巴金星是第三颗。2003年，国务院授予巴金"人民作家"的称号。在国内，自1989年至今已连续举行八次巴金国际学术研讨会，到会的代表来自美国、日本、韩国、苏联和以色列等国。2003年，成都举行第七届巴金国际学术研讨会，以色列前贸易部部长带着他的夫人前来参加会议，这位夫人是位诗人，当场在会上朗诵了她写的颂扬巴金的诗。这不仅是巴金个人的荣誉，也是20世纪中国文学的光荣。他的创作成就使他不仅在20世纪中国文学史上，也在20世纪世界文学史上树立起了一座丰碑。

从巴金的第一部小说《灭亡》问世以来，巴金研究一直是学术研究的热点，不仅在中国有一支年富力强的研究队伍，许多青年博士和大学生都加入其中，而且在国外也有很多巴金研究者。研究巴金可以从很多方位进行，截至2008年，我们国家召开了八次巴金国际学术研讨会，可以说是说不尽的巴金。我今天讲的就是其中的一点：把心交给读者的作家。

毫无疑问，巴金是继鲁迅之后的又一位伟大作家，从事文学创作活动80余载。对于巴金从事文学创作有多少年，学术界颇有争议，最流行的观点是，巴金从事文学活动76年，从巴金1929年发表《灭亡》算起，一直到1998年发表怀念曹禺为止。我不同意这个看法，我认为他的文学活动应该从1922年开始。1921年他发表了《怎样建设真正自由平等的社会》，这不是文学作品，而是一篇政论文，同年他还发表了其他政论文。《被虐者的哭声》发表于1922年，如果承认它是一首新诗，则证明从1922年巴金就开始发表文学作品。1922年他还发表了一篇短篇小说《人力车夫》。关于人力车夫当时还有两篇很有影响的作品，一篇是胡适所写的新诗《人力车夫》，一篇是鲁迅所写的《一件小事》。既然胡适写的诗《人力车夫》和鲁迅写的小说《一件小事》都是文艺作品，巴金所写的《人力车夫》自然也应算作文艺作品。所以我认为巴金的文学生涯应从1922年算起，一直到2003年巴金发表了一篇未定稿《怀念振铎》止，那时才是他文学活动的终结。

巴金从事文学创作活动82年，积累了丰富的创作经验。自20世纪50年代以来，有很多青年作家和读者问巴金创作的秘诀是什么。他在1979年总结自己一生的创作活动时说，他的写作秘诀就是“把心交给读者”。1992年10月他为自己的青铜像题词“掏出心来”；1993年11月题词“讲真话，把心交给读者”，并语重心长地对作家陆谷苇说：“作家要记住，都要讲真话。”真实是艺术的生命，文学家只有真实地反映生活，讲自己的心里话，他的作品才有巨大的感染力。我们的作家在创作的时候不见得都讲真话，也有讲假话的。巴金的写作秘诀为什么是“把心交给读者”，而不是其他什么？这颗心的内涵究竟是什么？他提倡讲真话，其中真话又是什么？

我认为，巴金所说的“心”有四层意思。第一层意思是指每个人都具有的精神世界。中国有句俗话，对朋友要知心，将能够讲心里话的朋友称为知心朋友，巴金将读者当作亲人和朋友，坚持写作如同生活。他的生活当中充满了矛盾，爱与憎的冲突、理想与行为的冲突、理智与感情的冲突、理想与现实的冲突，这一切织成了一个网，掩盖了他的全部生活，因此巴金活得很痛苦，整日陷于冲突当中。中国还有句俗话，思想家是孤独的，因为思想家比平常人想得多，而且要先一步，提前一步；有良心的作家活得很痛苦，因为他内心充满了矛盾，正是他把心交给了读者，无论是对自己还是对别人，他的态度永远是忠实的，所以，他在写作中一贯坚持不说慌、不骗人，把自己内心的冲突如实地写进作品里面。他的生活是一个痛苦的挣扎过程，他的作品混合着他的血和泪，每一篇作品无论是对自己还是对别人，他的态度永远是忠实的。每一篇作品都是他的一段痛苦的回忆，贯穿着对光明的呼号。巴金创作的成就主要体现在小说上，而小说又主要体现在四个三部曲中，第一个是“革命三部曲”（《灭亡》《新生》《死去的太阳》），第二个是“人间三部曲”（《憩园》《第四病室》《寒夜》），第三个是“爱情三部曲”，第四个是“抗战三部曲”。他写《家》，完全是挖掘记忆的坟墓，把惨痛的家庭往事一一写出来，特别是他写觉新，他以他的大哥李尧牧为生活原型。他大哥由于不能反抗这个社会，跟黑暗的现实委曲求全，终于牺牲了自己的青春，牺牲了自己的爱情，牺牲了自己的幸福。巴金说，他的大哥是他一生爱得最多、爱得最深的人，但他也没有放过大哥身上的缺点。从这一点来看，他对生活是非常忠实的。另外，他描绘了三个女性被黑暗社会吞噬的悲剧。第一个是梅表姐，她被封建礼教夺去了生命。梅表姐的丈夫死后，按照今天的标准，她完全可以改嫁，但是在过去，寡妇被称为未亡人，她的一些合乎人性的要求会受到种种限制，她无法也不能够去追求她的生活，就像一朵鲜花正在盛开的时候就被“风刀霜剑生生折磨”，憔悴而去，死的时候嘴巴还张着，似乎还想倾吐什么。另外一个是鸣凤，鸣凤在高家并没有赢得做人的地位，只不过是一个奴仆而已，高老太爷把她送给封建遗老冯乐山当妾，鸣凤不愿忍受命运的安排，投湖自尽。第三个女性是瑞珏，瑞珏是个贤妻良母的典型，在高家人人都喜欢她，但是为避所谓的血光之灾被封建迷信夺去了年轻的生命。《家》的艺术力量之所在，其中一个就是它很真实，没有说谎，混合着巴金的血和泪。

第二层意思是他把自己当作大多数读者倾诉自己痛苦、诉说自己悲哀的代言人。他在20世纪30年代所写的《写作生活回顾》中说：“每天每夜的热情在我底身体内燃烧起来，好像一条鞭子在抽着那心发痛，寂寞咬着我底头脑，眼前是许多惨痛的图画，大多数人底受苦和我自己底受苦……这时候我底手不能制止地迅速地在纸上动，似乎许多许多人都借着我底笔来申诉他们底苦痛了。我忘掉了自己，忘掉了周围的一切。”所以，在巴金的全部作品中，没有一篇无病呻吟的作品，每一篇作品都跳动着时代的脉搏。

第三层意思，这颗心就是超越平常人之心的丹柯之心。高尔基写过一篇小说，里面描述了一个叫作丹柯的人。在古代俄国有一个部落，因为战争和饥饿而决定集体迁移，丹柯成了这个部落的带头人，带领整个部落迁移。那时俄国到处都是原始森林，他带着部落在森林中跋涉。当时没有指南针，树木非常多，看不见阳光，空气又比较潮湿。走了好多天之后，粮食快要吃完了，有的人病了，但是还没有走出森林，于是部落中的人就有了怨言。丹柯沉默了几天后，突然人们看到前面有一盏灯，原来是丹柯掏出了他那颗燃烧的心，高举在头顶，这颗心照亮了森林，照亮了道路，在这颗心的照耀之下，他们走出了森林，走到了光明的地方。然而一到光明的地方，丹柯的心就燃完了，丹柯一下子扑到地上死了。巴金非常推崇丹柯的这颗燃烧的心，他的心就像丹柯之心一样也是燃烧的。他经常把当时的社会比作没有光亮的暗夜，他的第一部小说《灭亡》的第一句话就是："无边的黑暗中一个灵魂在呻吟。"他在民主革命时期所写的最后一部小说《寒夜》的最后一句话是"夜的确太冷了"，后来在完成修订本的时候他觉得结局太阴冷，于是又加上了一句话，"他需要温暖"。巴金自称是暗夜里呼唤光明的人，纵观巴金的全部作品，揭露黑暗，鞭挞丑恶，追求光明，颂扬反抗，成为民主革命时期其创作的主旋律。无论哪一篇小说，如《寒夜》、"激流三部曲"，色彩都是惨淡的，没有光亮，一种阴冷、忧郁的笔调贯穿在作品当中。

第四层意思，巴金非常注重与读者的沟通，他把读者当作自己的评判员，倾听他们对自己作品的看法，读者也把心交给了巴金，把不肯告诉父母和兄弟姊妹的话，把埋藏在心底的秘密告诉巴金。从 30 年代起，他接到大量的读者来信，他几乎每封必回。读者经常向他诉说自己的痛苦，谈论他们自己的困难，巴金总是尽一切努力去帮助他们。1933 年，安徽有一个姓王的女孩子，因为她的后娘对她不好，她想自杀。她听说"上有天堂，下有苏杭"，于是就想到杭州西湖跳水自杀，认为死后就能进入天堂了。她在西湖那里正准备跳水的时候碰到一个远亲，远亲劝她遁入空门。于是她们两个一起到庙中带发修行，然而不久她的远亲同小和尚产生了感情。过了几个月，姓王的姑娘发现了小和尚与远亲的关系，并且小和尚也向她露出了贪婪的眼光，因此，她生活在恐怖当中。在这种情况下，她给巴金写了一封求助的信。巴金接到这封信后，同几个朋友商量了一下，决定去搭救这位读者。一行三人到了杭州，巴金冒充小姑娘的舅舅将她带到西湖的船上，两次听她诉说自己的遭遇，最后决定把小姑娘带回上海。船夫听了小姑娘的诉说和巴金等人安慰她的话后对他们三个人说，"你们都是好人"。他们三个人把她带到了上海，给她安排了住处；后来又给她介绍了一份工作，这才放心地离开。巴金的读者来信都很长，有的长达十多页，青年们向他诉说自己的感情，巴金也每信必回。巴金的夫人萧珊也是他通信的对象。1936 年，萧珊 18 岁时就给巴金写了一封信，因为巴金的小说在她的思想上产生了强烈的共鸣。久而久之，通过通信两个人的感情越来越深，最后读者成了夫人。巴金生于 1904 年，萧珊生于 1918 年，巴金 40 岁的时候才和 26 岁的萧珊结婚。新中国成立后，由于事情实在太多，没有时间一一回复，他就抽看了一些信件。1985 年，有所小学的小学生集体给巴金写了一封信，他们说他们是迷途的羔羊，原因是现在的社会一切朝钱看，他们要寻找他们的理想。巴金给他们回了一封很长的信，说他们没有迷路，迷路的是那些朝钱看的大人，他们才是迷途的羔羊。他常常说，他是靠读者来养活的，因为读者买了他的书。读者买了他的书，不仅使他能够生活，更重要的是给他送来了精神营养，读者的读后感对他是一种鼓励，读者向他倾诉的心事给他的创作提供了丰富的素材。新中国成立后，巴金是唯一一个担任许多重要职务却没有行政级别，不拿国家一分钱工资的作家，他担任过上海市作家协会副主席、中国作家协会主席、全国政协副主席。不但他没有拿国家一分工资，他太太萧珊也没有拿国家的一分工资，还主动到《生活》杂志去帮忙，巴金也担任了该杂志的主编。20 世纪 80 年代初，有一次巴金到书架上拿书，不小心摔倒在地，结果腿摔断了。他被送到当时上海最好的医院——华东医院，但当医院问他是什么级别时，由于巴金没有拿工资，因此就没有级别，结果只能住四个人的房间。后来，这个情况被反映到上级部门，在有关方面的协调下，才给巴金同志换了房间。

巴金所说的真话并不是指真理，而是自己想说的心里话、自己相信的话、自己经过独立思考的话。他靠读者来养活，他把读者当成亲人和朋友。我们再追问一句，什么是他想说的心里话？什么是他相信的话？他想说的心里话和他自己相信的话是他经过自己艰辛探索和思考而发出的声音。巴金认为，文学的路就是一条探索的路，他就是从探索人生出发而走上文学道路的。他曾经讲过，“怎样做人，怎样做一个好人，我几十年来探索的就是这样一个问题”，“我想来想去，想的只是一个问题：怎样让人生活得更美好，怎样做一个更好的人，或者怎样对读者有帮助，对国家、对社会、对人民有贡献”。他的小说是他在生活当中探索的结果，一部又一部的小说就是他一次又一次探索的结果。他当时怎样看、怎样想，他就怎样写。他所说的真话与他相信的话并不等于真理，他在创作当中也说过假话。例如，1933 年他来到广州，写了一篇散文《广州》，在当时的中学生杂志上发表。他说，广州的海珠桥是由德国设计和建造的。那篇文章发表后，广州市政府提出抗议。巴金是听一个朋友同他讲的，他没有去调查和考证就将这些话写进自己的文章中，结果在报纸上花了两个大洋刊登广告表示道歉，后来巴金将这篇文章修改后收入他的文集。这个假话的责任主要在于他没有调查。另外一个讲假话的例子是，他到大寨去参观，发现参观的人很多，于是就产生了一个疑问：大寨人那么少，而参观的人那么多，接待都来不及，怎么还有时间和人力去战天斗地呢？大寨的建设不是几个人就可以搞出来的。他估算了一下，改天换地需要的劳力大寨根本不够，但是在文章中他没有敢把这些话写进去，却写了一番歌颂大寨战天斗地精神的话，为此他在晚年《随想录》中表示了忏悔，证明他最终还是没有说假话。他在艺术创作当中并不刻意追求技巧，而是探索怎样更明白和朴实地表达自己的思想，他甚至认为，艺术的最高境界是真实、自然与无技巧。纵观巴金的全部创作，从来没有一篇格调低下的作品。在《第四病室》中，他通过一个医生的口说出了探索的目标，即变得善良、纯洁，对别人用心。在他的作品中所肯定的正面人物几乎全部达到了这种境界。例如《灭亡》当中的杜大心，《心声》当中的李冷，“爱情三部曲”当中的吴仁民、李佩珠，“抗战三部曲”中的冯文淑与田惠世，都是这样的人，即变得善良、纯洁，对别人用心。就连《寒夜》中的汪文宣，考虑曾树生比考虑自己要多，处处替曾树生着想，所以曾树生说，你对我太好了。曾树生去兰州之前对汪文宣说，我顶多一年就回来了。果然，抗战胜利了，当重庆的人纷纷以重金买票离开四川时，曾树生却偏偏从兰州坐飞机赶回重庆，因为她想对汪文宣讲，她并没有做出一件对不起他的事情。因此我们完全有理由认为，讲真话就是把心交给读者的重要表现形式。我研究过当代文学，有些作品不是这样的。我也研究过郭沫若，出过一本关于郭沫若的书《扶择与扬弃》。1958 年，以郭沫若的聪明才智何尝看不出浮夸之风，但是他偏偏写了一首诗，“昨天才闻七万三，今天又到十万六”，“人有多大的胆，地有多高的产”。郭沫若是中国科学院院长，明显是在说假话，所以我在研究郭沫若的著作中毫不客气地说了他一通。讲真话，把心交给读者也是巴金作品具有震撼人心的艺术力量之所在，真实是艺术的声音，虚假的东西就像一朵假花，可以骗过人，但是骗不了蜜蜂，因而最终是没有生命的。

2005 年 4 月 17 日，巴金永远离开了我们，他的骨灰和在“文革”中死去的妻子萧珊的骨灰掺在一起洒向了大海，但是他的作品和他的人格将永远放射出光芒，照耀着我们前进，鼓舞着无数的后人。

（原载王晓玲主编《羊城学堂（第一辑）》，广州出版社 2008 年版，第 181 ～ 188 页）

巴金与中外文学及文化

巴金与中国古典小说

巴金在自己的创作生涯中，不仅学习和借鉴过西方文学的某些长处，而且深受中国古典文学，特别是中国古典小说的影响。和鲁迅、郭沫若、茅盾、老舍等文学大师一样，巴金的中国古典文学修养也很深厚。他所创作的现代小说，与中国古典小说有着血缘关系。那么，巴金是怎样接受中国古典小说的影响的？巴金小说与中国古典小说有什么渊源？巴金在创作中如何继承和发展中国古典小说的传统？

一

中国传统文学以诗歌为正宗，小说这种文体从先秦到清末，一直受到文人学士的鄙夷和冷落，正如班固所说："小说家者流，盖出于稗官，街谈巷语，道听涂说之造也。孔子曰：'虽小道，必有可观者焉，致远恐泥；是以君子弗为也'，然亦弗灭也。闾里小智者之所及，亦使缀而不忘；如或一言可拸，此亦刍荛狂夫之议也。"[①] 从语体上分，中国古典小说又分文言小说和白话小说两大类，由于中国传统文学一向重文言语体、轻白话语体，用白话文写成的中国古典小说，更难登大雅之堂，因此，胡适在1917年1月所写的《文学改良刍议》中不无感叹地说："今人犹有鄙夷白话小说为文学小道者，不知施耐庵、曹雪芹、吴趼人皆文学正宗。"[②]

巴金五六岁时就进私塾读四书五经，接受正统的儒学教育。私塾老师还教他读古代散文。他在十一二岁时，无意间得到《说岳传》的残本。《说岳传》是钱彩在康熙、雍正年间根据正史和传说而写成的一本讲史小说。内容以岳飞及其将士的抗金故事为主要线索，浓墨重彩地歌颂了忠勇爱国的统帅和民族英雄岳飞，揭露和鞭挞了阴险毒辣的秦桧夫妇卖国求荣、陷害忠良的罪行，谴责了骄横狡诈的金兀术引兵南侵的暴行。该书在乾隆年间曾为清廷查禁。小说用白话写成，通俗易懂。《说岳传》鲜明的人物、生动的情节、传奇的色彩像磁石吸引铁屑一样，使巴金入迷，以至于他读完残本，兴犹未尽，"到处借《说

---

① 班固：《汉书·艺文志》，中华书局1964年版，第1745页。

② 胡适：《文学改良刍议》，载《新青年》1917年第2卷第5号。

岳传》全本来看，看到不想吃饭睡觉，这才懂得所谓‘读书乐’”[1]。自此，巴金益发对中国古典白话小说感兴趣，读过《施公案》《彭公案》《杨香武三盗九龙杯》之类的公案小说和侠义小说，甚至“两三年间几次梦见我借到全本《彭公案》，高兴得不得了，正要翻看，就醒了”[2]。对于中国古典文言小说，巴金也兼收并蓄。笔记小说是中国古典文言小说中的一种重要形式，它不讲究情节，篇幅短小，文笔活泼，随意拈取生活的一鳞半爪，虽寥寥数语，却也风趣隽永。巴金说：“笔记小说我倒读过一些。”[3] 他在成为一代文学巨擘之后，回忆这段时间的读书生活及其对创作的影响时写道：“自小就爱读小说，长篇也读，短篇也读，先读中国的，然后读外国的。……脑子里储蓄了几百篇小说，只要有话想说，有生活可写，动起笔来，总不会写出不象小说的东西。”[4] 可见，和外国小说一样，巴金所读过的中国古典小说，也为他后来的小说创作奠定了坚实的文学基础。

但是巴金却说：“我们也有同样优秀的传统：朴素、简单、亲切、生动、明白干净、不拖沓、不罗嗦。可惜我没有学到这些。”[5] 他又说：“我正是读多了小说才开始写小说的。我的小说不像《说岳全传》或者《彭公案》，只是因为我读得最多的还是外国小说。”[6] 既然如此，我们应当怎样看待中国古典小说对他创作所产生的影响呢？

首先应当看到，中国古典小说是中国传统文化的一部分，蕴含着中国传统文化的某些特质。在中国古典文学发展的过程中，很长一段时间随笔小说和散文并没有严格的界限，例如巴金在幼年背诵过的《古文观止》，其中的一些文章亦被人们认为是优秀的短篇小说。即使是中国古典散文，也同中国古典小说一样反映了中国传统文化的某些特征。众所周知，儒家文化是中国传统文化的主流，它的优点和缺点决定了中国传统文化的优点和缺点。儒家文化思想不仅

---

① 巴金：《谈自己的创作·谈我的“散文”》，见《巴金全集》第二十卷，人民文学出版社 1993 年版，第 533 页。

② 巴金：《随想录·九 文学的作用》，见《巴金全集》第十六卷，人民文学出版社 1991 年版，第 40 页。

③ 巴金：《谈自己的创作·谈我的短篇小说》，见《巴金全集》第二十卷，人民文学出版社 1993 年版，第 529 页。

④ 巴金：《谈自己的创作·谈我的短篇小说》，见《巴金全集》第二十卷，人民文学出版社 1993 年版，第 522 页。

⑤ 巴金：《谈自己的创作·谈我的短篇小说》，见《巴金全集》第二十卷，人民文学出版社 1993 年版，第 529 页。

⑥ 巴金：《随想录·九 文学的作用》，见《巴金全集》第十六卷，人民文学出版社 1991 年版，第 41 页。

从历代儒家大师的著作中阐发出来，也从包括古典小说在内的古典文学中表现出来。巴金在少年时代所喜爱的《说岳全传》《水浒》《施公案》《彭公案》《杨香武三盗九龙杯》等古典白话小说，尽管在思想境界、格调和艺术方面有高下优劣之分，但书中所宣扬的忠孝仁义思想和惩恶扬善、抚困济危、除暴安良的行动，无一不闪现出儒家伦理观念的光泽。巴金在接受中国古典小说启蒙之时，儒家文化思想就先于西方文化思想，在他幼小的心灵扎下根来。日后巴金正是站在民族文化本位上，去沟通、吸收和融化某些西方现代文化思想，铸就其独特的文化性格。所以，无论巴金创作的小说在题材、笔调上多么不同，其文化特征都是民族的。

其次，巴金说："从十一岁到十三岁，我读了不少中国旧小说（如《水浒》），从十四岁到十八岁，我已经读了很多的从欧美翻译的小说。"[①] 考察巴金的文学道路，就会看到他后来所读过的大量西方文学作品，并没有抵消先前他所读过的中国古典文学作品对他的影响。恰恰相反，中外小说不同的内容、形式和艺术技巧在他的心里互相碰撞、互相融合，从而形成他卓尔不群的创作风格。在他学习和借鉴西方小说的长处而塑造出来的艺术形象中，不难找到中国古典小说中某些人物的影子。1979 年，法国《世界报》记者雷米谈到"《家》和《寒夜》里就可以看到二十世纪文学里几个最美好的受苦和斗争女性的形象"时，巴金回答，影响他创造这些形象的两个最大因素，"第一是中国的传统小说，在这些巨著里，你可以看到女英雄们的非凡业绩"[②]。巴金的小说创作对中国古典小说的继承，由此可见一斑。

再则，巴金开始接触中国古典白话小说之时，是 1915 年至 1919 年，正是"五四"新文化运动和文学革命运动的酝酿期与发难期。此时，胡适、陈独秀等先驱力倡"白话文学之为中国文学之正宗，又为将来文学必用之利器"[③]，刘半农提出"余赞成小说为文学之大主脑"[④] 主张。他们与讥笑白话文"鄙俚浅陋"，是"引车卖浆之徒所操之语"[⑤] 的林纾、严复等维护文言文的正宗地位的守旧文人，展开过激烈的论争。这次论争破除了对文言文的迷信，白话文成为新文学作品的书面语言；小说这种文学形式取得了与诗歌相等的地位。没有材料证明巴金是否关注这场论争，但他在这个时候废寝忘食地阅读白话体中

---

① ［法］明兴礼：《巴金的生活和著作》，王继文译，上海文风出版社 1950 年版，第 51 页。

② 巴金：《巴金答法国〈世界报〉记者问》，见《巴金论创作》，黎海宁译，上海文艺出版社 1983 年版，第 683 页。

③ 胡适：《文学改良刍议》，载《新青年》1917 年第 2 卷第 5 号，第 10 页。

④ 刘半农：《我之文学改良观》，载《新青年》1917 年第 3 卷第 3 号，第 13 页。

⑤ 林纾：《致蔡鹤卿太史书》，载《公言报》1919 年 3 月 18 日。

国古典小说却具有特殊的意义：使他认同和接受了通俗、朴素、流畅的白话语言，而这种白话语言，是巴金走上文学道路后一直使用的书面语言。虽然巴金在写作中不倦地向中外著名作家学习语言，同时也从生活中吸取有表现力的语言，加以融铸和创造，形成了自成一家的语言风格——巴金体。[①] 其间，中国古典白话小说所起的先导作用是不容忽视的。

二

对巴金影响最大的中国古典小说，莫过于18世纪的鸿篇巨制《红楼梦》。该作以其博大精深的内容、离经叛道的新思想和卓越的艺术成就，成为中国古典小说的一座高峰。在中国文学史上，没有一部作品对封建主义的批判能像它那样有力，也没有一部作品对封建社会无可挽回的颓势的揭示，能比得上它那么深刻。诚如鲁迅所言："自有《红楼梦》出来以后，传统的思想和写法都打破了。"[②]

作为中国古典小说中首屈一指的瑰宝，《红楼梦》问世以来，一直受到广大读者的喜爱。在清代"嘉庆初年，此书始盛行。嗣后遍于海内，家家传阅，处处争购"[③]。与巴金父亲同时代的林纾读过《红楼梦》后情不自禁地说："中国说部，登峰造极者无若《石头记》。"[④] 足可以看出这部小说在知识阶层受欢迎的程度。巴金一家人很喜欢读《红楼梦》。他的父亲买过一部16本头的木刻本《红楼梦》，他的母亲也有一本石印小本《红楼梦》，他的大哥又购进一套商务印书馆出版的铅印本《红楼梦》。他后来回忆说："我常常听见人谈论《红楼梦》，当时虽不曾读它，就已经熟悉了书中的人物和事情。"[⑤] 巴金在十五六岁时，第一次阅读了《红楼梦》。1927年他前往法国留学，《红楼梦》又陪伴他度过漫长的旅程。[⑥] 巴金一家人都很喜欢《红楼梦》并非没有原因。巴金祖上数代直至父亲和二叔、三叔，均先后在县府衙门任过职。巴金出

---

① 吴定宇：《论巴金小说的艺术风格》，见中山大学中文系、中山大学学报编辑部编《现代文学论文集》，中山大学学报编辑部1984年编辑出版，广东省期刊登记第一九〇号，第43～58页。

② 鲁迅：《中国小说的历史的变迁》，见《鲁迅全集》第八卷，人民文学出版社1957年版，第350页。

③ 梦痴学人：《梦痴说梦》（节录），见湖南师范学院中文系《红楼梦》评论组编《〈红楼梦〉研究参考资料》，湖南师范学院1975年版，第240页。

④ 林纾：《孝女耐儿传·上》，商务印书馆1915版，序言第3页。

⑤ 巴金：《忆·家庭的环境》，见《巴金全集》第十二卷，人民文学出版社1989年版，第389页。

⑥ 《昨与中大中文系师生座谈 巴金谈〈家〉与〈红楼梦〉》，载香港《大公报》1984年10月21日。

生时，这个官宦之家“有将近二十个的长辈，有三十个以上的兄弟姊妹，有四五十个男女仆人”[①]，虽不及荣、宁二府那么煊赫，但在成都北门一带也算是屈指可数的豪门大族。但清末政治风云的变幻，使李家逐渐走下坡路。巴金的父亲在宣统皇帝统治中国的最后一年卸任回家。李家尽管在政治上失去了靠山，但在经济上因有地租、股票收入，还能过上富裕的生活。和中国许多旧式家庭一样，李公馆内部的明争暗斗层出不穷，而且愈来愈剧烈，以至于尚未脱尽童稚之气的少年巴金也察觉到，“这个富裕的家庭已变成一个专制的大王国。在和平的、友爱的表面下我看见了仇恨的倾轧和斗争”[②]，被迫目睹一些年轻人怎样备受摧残而丧失了青春、理想、爱情和幸福的惨剧，对封建束缚和封建压迫有着切身的感受。由于巴金所出生的家庭同荣、宁两府不无相似之处，因此《红楼梦》所描写的如探春所说的“咱们倒是一家子亲骨肉呢，一个个不像乌眼鸡，恨不得你吃了我，我吃了你”[③] 的矛盾冲突，所展现的“诗书簪缨之族”的形形色色生活图景，所揭示的封建家族大厦将倾的必然趋势，很自然地触动巴金一家人的情思，激发起联想和想象，使他们仿佛置身于大观园，体验到自己根本没有经历过的生活和《红楼梦》芸芸众生的思想感情，同时又根据自己的思想感情和在李公馆的生活经验来理解和解释小说中的某些人物形象，丰富和补充这些人物形象的内涵，从而在心灵上产生强烈的共鸣。难怪那时候在巴金家里，除了几个小孩外“没有一个人不曾读过《红楼梦》”[④]。时隔多年之后，巴金还清楚地记得当年家庭里谈论《红楼梦》的情景：“常常在傍晚，大哥和她们凑了一点钱，买了几样下酒的冷菜，还叫厨子做几样热菜。于是大家围着一张圆桌坐下来，一面行令，一面喝酒，或者谈一些有趣味的事情，或者评论《红楼梦》里面的人物。”[⑤]

巴金从童年到老年都一直喜爱《红楼梦》。有趣的是，他从未参与红学的研讨活动，也极少发表对《红楼梦》的看法，以至于有的研究者认为“连他喜爱的著名小说《红楼梦》，他也否认受其影响”[⑥]。其实，巴金不只一次从生活与创作的关系着眼，阐发对《红楼梦》的真知灼见，对《红楼梦》研究领

---

① 巴金：《短简・我的幼年》，见《巴金全集》第十三卷，人民文学出版社 1990 年版，第 5 页。

② 巴金：《忆・家庭的环境》，见《巴金全集》第十二卷，人民文学出版社 1989 年版，第 398 页。

③ 曹雪芹：《红楼梦》，陶志芬、胡建英编译，沈阳出版社 1992 年版，第 210 页。

④ 巴金：《忆・家庭的环境》，见《巴金全集》第十二卷，人民文学出版社 1989 年版，第 389 页。

⑤ 巴金：《忆・家庭的环境》，见《巴金全集》第十二卷，人民文学出版社 1989 年版，第 389 页。

⑥ 袁振声：《巴金小说艺术论》，南开大学出版社 1987 年版，第 7 页。

域中的一些颇有争议的重大问题，亦能提出中肯的见解。例如，在《红楼梦》研究中，存在着索隐派和自传派等学术派别。索隐派截取小说中某些人名、情节与当时社会中的某些人和事加以联系、对照和印证，从而求索出《红楼梦》所“隐”去的“本事”和“真意”。他们或认为“是书全为清世祖与董鄂妃而作，兼及当时诸名王奇女也”[①]，或坚持“《石头记》者，清康熙朝政治小说也。作者持民族主义甚挚，书中本事在吊明之亡揭清之失，而尤于汉族名士仕清者寓痛惜之意”[②]，编派贾宝玉影射康熙的废太子胤礽，林黛玉是朱彝尊的化身，小说中的其他人物如薛宝钗、王熙凤、探春等也被附会影射当时社会生活中的某些人。自传派以胡适为始作俑者，他在七十多年前所写的《〈红楼梦〉考证》中断言：“《红楼梦》是曹雪芹‘将真事隐去’的自叙。”[③] 胡适的观点在当时学术界产生了很大的影响，但是在1954年到1955年的批判以胡适为代表的资产阶级唯心论的运动中，“自传说”连同胡适其他学术思想和方法，遭到了严厉的批评和否定。

巴金当时虽然没有写文章，但对红学界的争论是很关注的。在1977年12月由他口述、李良民先生记录的一封信札中，透露出他对红学界两大派的看法：

> 过去蔡元培、王梦阮主张影射说，是不对的。当然蔡的目的是反满，利用了《红楼梦》，目的虽好，方法错误。胡适之主张自传说，还是纠正了这种错误偏向的。自传说虽不完全正确，但有合理成分，因为曹雪芹写书主要是根据自己切身体验，当然也加上了听来的、看来的材料，然后经过艺术加工写成。他当时不可能如现在那样知道搜集材料，主要还是因为大家庭衰败，政治上受压迫，有感而作，经这一段生活后，清醒过来，写出了这部小说。[④]

平心而论，巴金对红学界索隐派和自传派的评论，是公正、恰当的。

1977年12月17日，巴金在致一位《红楼梦》研究专家的信中，系统地谈了对这部小说的看法：

---

① 曹雪芹、高鹗：《红楼梦索隐》，沈瓶庵、王梦阮索隐，华云、宋祥瑞、郭力等点校，北京大学出版社1989年版，第9页。

② 蔡元培：《〈石头记〉索引（附董小宛红楼梦考）》，商务印书馆1927年版，第1页。

③ 胡适：《〈红楼梦〉考证》，见《红楼梦研究参考资料选辑（第一辑）》，人民文学出版社1973年版，第29页。

④ 转引自周汝昌、周伦苓《红楼梦与中华文化》，工人出版社1989年版，第26页。

> 十几岁的时侯我喜欢看它。我最后一次读《红楼梦》是一九二七年一月开往马赛的法国邮船上，已经是五十年前的事情了。《红楼梦》是一部伟大的文学作品，是一部反封建的小说。它不是曹雪芹的自传。但是这部小说里有作者自传的成分。我相信书中那些人物大都是作者所熟习的，他所爱过或者恨过的；那些场面大都是作者根据自己过去的见闻或亲身的经历写出来的。曹雪芹要不是在那种环境里生活过，他就不可能写出这样一部小说来。对这一点，我根据自己的创作经验，深有体会。[①]

此后，他从生活与创作的关系的角度，进一步阐发自己的观点。1979 年春天他在回答来访者的提问时说："曹雪芹写《红楼梦》，也是因为他有了那样一段生活经历，才可能写出这部伟大的作品。"[②] 同年，他在另一篇文章中重申："《红楼梦》虽然不是作者的自传，但总有自传的成份。倘使曹雪芹不是生活在这样的家庭里，接触过小说中的那些人物，他怎么写得出这样的小说？他到哪里去体验生活，怎样深入生活？"[③] 很明显，巴金结合自己在创作中的切身感受来谈论《红楼梦》，给红学界吹进一股清鲜的空气，拂散了笼罩在这部古典名著上的疑云，澄清了《红楼梦》究竟是不是作者自传这个人们长期争论不休的问题，帮助读者和研究者更好地理解这部在中国文学史上占有重要地位的鸿篇巨制。

不仅如此，巴金不能容忍任何玷污这部古典文学中的扛鼎之作的做法。他在一篇文章中愤懑地抨击这样一种现象："使我感到滑稽的是一家出版社翻印了《红楼梦》，前面加了一篇序或者代序，有意帮助读者正确地对待这部名著；过了若干年书重版了，换上一篇序，是另一个人写的，把前一个人痛骂一顿；又过若干年书重印，序又换了，骂人的人也错了，不错的还是出版社，他们不论指东或者指西，永远帮助读者'正确对待'中外名著。"[④] 这表明，巴金还留意新中国成立以来多次重版的《红楼梦》，而且十分重视小说前面序言的变化，反对某些"红学家"通过序言把自己的看法灌输进读者脑海里，对

---

① 转引自周汝昌、周伦苓《红楼梦与中华文化》，工人出版社 1989 年版，第 21 页。

② 董玉：《访问巴金》，载香港《开卷》第 2 卷第 8 期。参见闫焕东《巴金自叙——掏出自己燃烧的心》，山西教育出版社 1993 年版，第 418 页。

③ 巴金：《随想录・九 文学的作用》，见《巴金全集》第十六卷，人民文学出版社 1991 年版，第 42 页。

④ 巴金：《探索集・四五灌输和宣传（探索之五）》，见《巴金全集》第十六卷，人民文学出版社 1991 年版，第 414 页。

这类佛头着粪的序言和某出版社随风转舵的态度的做法，提出严肃的批评。

巴金的“红学观”反映了他对中国古典文学的一贯态度，那就是珍爱中国文学的优秀遗产，根据自己的生活经历和创作体会来理解古典文学作品，并从中吸取营养，充实自己。毫无疑问，巴金的这种态度对他成为一代文坛巨擘，起到了积极的作用。

三

《红楼梦》在巴金心目中就是一座艺术大观园。他对《红楼梦》的喜爱，当然不只停留在欣赏阶段。早在幼年时代，《红楼梦》就潜移默化地渗进他的文化心理深层。所以在30年代初期巴金开始酝酿和创作“激流三部曲”时，曹雪芹丰富的艺术经验和《红楼梦》杰出的现实主义成就，对他而言，就有着巨大的借鉴作用。

《红楼梦》现实主义创作的一个巨大成就，就是反封建精神。封建主义不是一个抽象的概念，而是内涵十分丰富复杂的历史文化范畴：既包括地主阶级剥削农民的经济关系和地主阶级与农民互相对立的阶级关系，又涵容专制压迫的政治制度和秩序，还蕴含以血缘为纽带的宗法制社会结构和以儒学为基底的礼教。因此，对封建主义的批判可以从不同的方位，用不同的方式进行。《红楼梦》的反封建精神主要体现在作者剥开“昌明隆盛之邦，诗书簪缨之族”的华丽外衣，展现出剥削阶级的种种罪恶和家族宗法制的腐朽；拉开笼罩在礼教外面的神圣光圈，露出其凶恶、残忍的本来面目，从而使人们对延续了几千年的家族宗法制和封建礼教的合理性产生怀疑，动摇了人们对封建制度、封建秩序永世长存的信念。这是现实主义的伟大胜利。

众所周知，家庭是社会的细胞。梁启超指出，“吾中国社会之组织，以家族为单位，不以个人为单位，所谓家齐而后国治是也”①。冯友兰也认为“家族制度过去是中国的社会制度”②。中国的旧式家庭，尽管每个家庭都自成一统，各有特色，但又不无相近或相似之处，那就是以儒家的伦理观念为思想支柱，奉行长幼有序、尊卑有等、贵贱有别的信条，没有人格平等。所以，巴金在创作《家》《春》《秋》时，《红楼梦》就给他以最好的启迪。

巴金在“激流三部曲”中，显然不是从政治文化和经济文化的方位去反对封建主义的。他挥动如椽的大笔，揭露和鞭挞陈腐的传统观念和家族宗法制

---

① 梁启超：《新大陆游记》，湖南人民出版社1981年版，第144页。

② 冯友兰：《中国哲学简史》，见涂又光选编《冯友兰选集》，天津人民出版社1994年版，第360页。

的罪恶，从思想文化方面继承《红楼梦》对封建主义的批判。考察《红楼梦》和“激流三部曲”，似乎有一条无形的线把这两部作品联系起来。大凡中国的封建家庭，都有一个至高无上的家长。在荣国府，贾母是众人奉承的对象，她的喜怒好恶左右着大观园内每个人的生活。在高公馆，高老太爷主宰一切，他的话就是法律：“我说是对的，哪个敢说不对？我说要怎样做，就要怎样做。”在这两个家庭中，家长的意旨不能拂逆，他们压制年轻一代的个性，决定着他们的命运。贾母明知贾宝玉、林黛玉情深意笃，却使用“掉包”之计毁灭这对有情人的幸福，断送了林黛玉的生命。高老太爷用拈阄的方式，定下觉新的婚事，活活拆散觉新与钱梅芬的美满姻缘，致使钱梅芬憔悴死去。这两个家庭都对后代子孙施以正统的儒学教育：贾宝玉一代在家塾里学的是四书五经，巧姐儿读的是《女孝经》《列女传》；高老太爷逼着觉慧去念《刘芷唐先生教孝戒淫浅训》，觉群、觉英读的是《孝经》，淑字辈的孙女一辈读的是宣扬三从四德的《女四书》。然而这两家又不都按儒家的伦理训条行事：荣、宁二府如焦大所说“每日偷狗戏鸡，爬灰的爬灰，养小叔子的养小叔子”。贾赦、贾珍、贾琏、贾蓉的恶行败德，证实了如柳湘莲说的那样：只有“那两个石头狮子干净罢了！”曹雪芹形象地描画出贾琏与鲍二媳妇私通被凤姐发现后，在贾母面前所表现出的种种丑态。而高老太爷年轻时也是一个“风雅”之士，到老仍与戏子厮混，克安、克定、觉群、觉世腐化堕落，庸俗卑劣，一代不如一代。巴金也逼真地勾勒出克定在外与私娼私设小公馆被发现后，跪在高老太爷面前自打耳光时令人作呕的样子。这两部杰作也正面反映了长辈与晚辈的矛盾冲突。这种矛盾冲突，实质上是新与旧、进步与反动、专制与民主的斗争。在《红楼梦》中，叛逆者贾宝玉被封建家长视为“不肖的孽障”“混世魔王”。宝玉没有成为荣国府的继承人，用出走表示自己对封建家庭的反抗。在“激流三部曲”中，觉慧与封建家庭格格不入，亦被长辈看作“叛徒”，他和《春》中的淑英毅然离家出走，给他们的叛逆性格着上最光彩的一笔。不仅如此，这两部作品还颂扬了被压迫者的反抗行动。在《红楼梦》中，奴婢鸳鸯坚决拒绝给大老爷贾赦作妾：“就是老太太逼着我，一刀子抹死了，也不能从命！”女奴司棋与表弟潘又安私订终身，被发现后又被赶出大观园，双双殉情自杀。在《家》中，婢女鸣凤不愿走当姨太太的老路，“宁死也不要到冯家去”，用死捍卫了她的尊严。

由此看来，巴金继承和发扬了中国古典小说的现实主义传统，《红楼梦》与“激流三部曲”的反封建精神一脉相传。

值得注意的是，“激流三部曲”在人物形象的塑造和情节的安排方面，与《红楼梦》有着很深的渊源关系。巴金说过：“是过去的生活逼着我拿起笔来。

《家》里面不一定就有我自己，可是书中那些人物却都是我爱过的和我恨过的。许多场面都是我亲眼见过或者亲身经历过的。"[1] 他还在一些创作谈中承认"觉新不仅是书中人，他还是一个真实的人，他就是我的大哥"[2]，"高老太爷是我的祖父"[3]，"高克明却是我的三叔"[4]，"克定还是我五叔的写照"[5]，等等。但是在巴金的生活中，没有一个类似《家》中鸣凤的丫头，他说"瑞珏的性格跟我嫂嫂的不同"[6]，李公馆中的表姊和堂姊，同"激流三部曲"中的梅和琴的遭遇与结局全然两样。巴金虚构鸣凤、瑞珏、梅和琴等人物以及小说中的某些情节，明显地受到《红楼梦》的影响。关于这一点，早在 1933 年就有人指出："觉新和'梅'的恋爱失败后便娶了瑞珏，生了'海'之后又和'梅'重逢了，以至于'梅'因悲伤摧折了她的生命，这也是一半采用了《红楼梦》黛玉的结果。觉民和琴的爱，'琴'又是史湘云型的女子，活泼大方。觉慧和婢女鸣凤的爱，这能够说不是贾蔷和龄官、贾芸和小红的摹仿吗?"认为觉慧能冲出家庭罗网，"又是受了宝玉出家的暗示"。[7] 现在看来，这种见解不无肤浅和牵强之处，但在《家》刚刚问世就注意到它同《红楼梦》的渊源关系，初步揭示出这两部作品中的人物有着内在的联系，值得研究者重视。

《红楼梦》中某一人物的影子，有时在"激流三部曲"中某一人物或某几位人物身上闪烁出来，有时在"激流三部曲"某一人物身上又同时交织着《红楼梦》某几位人物的身影。比如梅凄苦的未亡人生活，使人想起李纨，多愁善感的气质和弱不胜衣的身体，很像林黛玉；在鸣凤身上，体现了鸳鸯、司棋等大观园中抗争型奴婢的性格；在克明和周伯涛的身上，分明显现出贾政的某些特征。又如觉慧对鸣凤的怜爱，好似贾宝玉对大观园中奴婢的态度。《家》第 21 节已为人父的觉新与居孀的梅在后花园邂逅，觉新的赔不是，以及他们回忆往事的对话，很有《红楼梦》第 28 回宝玉向葬花的黛玉赔情的韵

---

① 巴金：《〈家〉·新版后记》，见《巴金全集》第一卷，人民文学出版社 1986 年版，第 453 页。

② 巴金：《谈自己的创作·谈〈家〉》，见《巴金全集》第二十卷，人民文学出版社 1993 年版，第 414 页。

③ 巴金：《谈自己的创作·谈〈家〉》，见《巴金全集》第二十卷，人民文学出版社 1993 年版，第 416 页。

④ 巴金：《谈自己的创作·谈〈春〉》，见《巴金全集》第二十卷，人民文学出版社 1993 年版，第 432～433 页。

⑤ 巴金：《谈自己的创作·谈〈秋〉》，见《巴金全集》第二十卷，人民文学出版社 1993 年版，第 458 页。

⑥ 巴金：《谈自己的创作·谈〈家〉》，见《巴金全集》第二十卷，人民文学出版社 1993 年版，第 418 页。

⑦ 闻国新：《家》，见李存光编《巴金研究资料》下卷，海峡文艺出版社 1985 年版，第 545 页。原载北平《晨报》副刊《学园》1933 年 11 月 7 日第 598 期。

味。再如《家》第24节瑞珏和梅互吐心曲、结成知己的那一段描写，就深得《红楼梦》第42回和第45回薛宝钗与林黛玉互剖金兰语的笔力。

“激流三部曲”的不少场景描写也得益于《红楼梦》。《红楼梦》的读者恐怕很难忘记大观园中的水榭亭阁、清流池水。在湖畔举行过无数次宴饮，粼粼碧波又映照出多少青年男女活泼的身影，水面上飘荡着他们的欢声笑语和叹息呻吟。而巴金老家的后花园却没有潺潺流水。然而，在《家》《春》《秋》中的高家却有一个湖，湖上修了圆拱桥、石桥和湖心亭。这湖既是年轻人的乐土：他们在这里饮酒、唱歌、吹笛、吹萧、划船游玩；也是不幸女子“很好的寄身的地方”——不愿作冯乐山的姨太太的婢女鸣凤纵身跳进湖水中自尽。仔细比较一下，不难发现这两个湖的景致和环境并不相同，但《红楼梦》中的描写对启发巴金的想象和虚构，起到了积极的作用。

在《红楼梦》和“激流三部曲”中，前者场景描写启发了后者的尚有好几处。综上所述，可以看出，无论是构思还是艺术表现手法与技巧，巴金都从《红楼梦》中汲取了滋养，我们都可以从“激流三部曲”中窥见《红楼梦》写景状物的某些笔致。

四

毫无疑问，《红楼梦》和“激流三部曲”都真实地展现了封建地主阶级家庭走向没落过程中的某些生活图景，两部作品有着血缘关系，但后者绝不是前者的单纯摹写与复制。它们是两部经历不同、个性殊异的文学巨擘创作出来的反映不同时代文化生活的巨著。

《红楼梦》的成书年代正是“乾隆盛世”。那时资本主义刚在中国萌芽，清王朝虽处在由太平治世走向衰微的转捩点，但封建主义的力量仍很强大，封建秩序相对稳定，思想领域还是封建文化的一统天下。曹雪芹出身于一个“赖天恩祖德”的贵族世家，从小受传统文化的影响是很深的。由于祖上卷进高层政治斗争的漩涡，被撤职抄家，家道中落。他也由“锦衣纨绔”“饫甘餍肥”的贵公子，落魄到“蓬牖茅椽，绳床瓦灶”的困顿境地。穷愁潦倒的生活，不仅使他对封建家族的衰亡命运有一种特殊的感受，加深了对黑暗社会和封建家庭的罪恶的认识，为他日后的文学创作打下深厚的生活基础，还促使他的气质和性格朝着狂狷傲岸、超脱世俗的方向发展。《红楼梦》便是他在贫困凄凉的晚年根据自己“半世亲见亲闻”，“披阅十载，增删五次”而创作出来的传世之作。

“激流三部曲”包括《家》《春》《秋》三部长篇小说，酝酿于20世纪20年代，动笔于1931年4月，竣稿于1940年5月。那时正是新民主主义革命运动风起云涌、方兴未艾的年代。巴金在封建家庭生活了十九年，“常常被逼着目睹一些可爱的年轻生命横遭摧残，以至于得到悲惨的结局。那个时侯我的心由于爱怜而痛苦，但同时它又充满诅咒”[①]。“五四”新文化思想的启蒙，使他对封建家庭的罪恶及其没落趋势的认识，也由感性阶段上升到理性阶段。不久，他走上“找寻一条救人、救世、也救自己的道路”[②]。他本来是一个充满激情的青年，“不是一个冷静的作者”[③]，在探索真理和光明的道路上所遭遇到的种种坎坷曲折，使他内心充满了矛盾，“爱与憎的冲突，思想和行为的冲突，理智和感情的冲突，理想和现实的冲突”[④]，从而使得他的气质朝忧郁的方向迸发。所以，当他以现代意识为观照，对他所熟悉的旧家庭生活进行反省时，便写出“激流三部曲”来“作为我们这一代青年底呼吁。我们要为那过去无数无名的牺牲者喊一声冤！我要从恶魔底爪牙下救出那些失掉了青春的青年”[⑤]。

不消说，曹雪芹与巴金不同的生活经历、不同的文化修养、不同的气质和个性，使他们形成不同的审美意识，创作动机也大相径庭。《红楼梦》与“激流三部曲”所概括的生活内容、所表现的人物命运，以及主题思想也不一样。

曹雪芹在《红楼梦》第1回就开宗明义地谈出他的创作动机：他在困顿的晚年回忆前半生所接触过的女子“觉其行止见识皆出我之上；我堂堂须眉，诚不若彼裙钗；我实愧则有余，悔又无益”，于是“用假语村言，敷演出来，亦可使闺阁昭传”，“更于篇中用‘梦’‘幻’等字，却是此书本旨兼寓提醒阅者之意”。作者酷似阮籍蔑视礼教、狂放不羁的个性，是《红楼梦》能突破“千部一腔，千人一面”的才子佳人文学的陈旧格套的原因之一。但是曹雪芹没有找到、而且在当时也根本不能找到一种新的文化思想作观照，跳不出以儒学为主干的传统文化圈子，在揭示封建阶级大厦衰朽将倾的历史发展趋势时，对自己所熟悉的阶级抱着同情的态度，为自己“无才可去补苍天”而惋叹伤感。他对封建主义的批判蕴含着复杂的感情，是自发的而不是自觉的。巴金写

① 巴金：《谈自己的创作·谈〈家〉》，见《巴金全集》第二十卷，人民文学出版社1993年版，第415页。

② 巴金：《探索集·三八 再谈探索》，见《巴金全集》第十六卷，人民文学出版社1991年版，第176页。

③ 巴金：《谈自己的创作·谈〈家〉》，见《巴金全集》第二十卷，人民文学出版社1993年版，第415页。

④ 巴金：《灵魂的呼号》，见李存光编《巴金研究资料》上卷，海峡文艺出版社1985年版，第127页。

⑤ 巴金：《关于〈家〉（十版代序）——给我的一个表哥》，见《巴金全集》第一卷，人民文学出版社1986年版，第442页。

作“激流三部曲”时，封建帝制已寿终正寝，中国的资本主义经济有了发展，封建经济日趋崩溃；在“五四”新文化运动的冲击下，封建礼教的一统天下被打破，对人们思想的影响和行为的制约作用日渐缩小；新民主主义革命的力量日益壮大，破坏了封建秩序，摇撼了家族宗法制根基。巴金清楚地认识到，旧家庭的瓦解“是必然的趋势，是被经济关系和社会环境决定了的”[①]。他十分憎恨自己所出身的阶级，“我离开旧家庭，就像甩掉一个可怕的阴影，我没有一点留恋”[②]。对此他毫不可惜，甚至庆幸它的溃灭。在这种信念的支配下，他明确宣称创作“激情三部曲”的动机是：“它使我更有勇气来宣告一个不合理的制度的死刑。我要向一个垂死的制度叫出我的 J'accuse（我控诉）。我不能忘记甚至在崩溃的途中它还会捕获更多的‘食物’：牺牲品的。”[③] 因此，揭露、控诉和宣告，便成为“激情三部曲”的创作基调。

毫无疑问，曹雪芹和巴金在文化思想与创作动机上的差异，会在这两部作品中表现出来。《红楼梦》展现了大观园中各种各样的矛盾和发生在这里的悲剧，深刻地反映了封建阶级病入膏肓的状况，以贾府这只“百足之虫”的衰亡，昭示了家族宗法制无可挽回的解体命运和封建社会“昏惨惨，黄泉路近”的前景，体现了初步民主主义思想，代表着新的进步倾向，这在 18 世纪的中国已是石破天惊的了。不过，由于曹雪芹思想上的局限性，不可能科学地剖视《红楼梦》中各种悲剧的根源，只能用宿命论来解释荣、宁两府家亡人散和受害者不幸命运的原因。高鄂在续作后四十回时，虽然完成了大观园悲金悼玉的故事，但又安排了三桂齐芳的复兴结局，显然违反了曹雪芹“好一似食尽鸟投林，落了片白茫茫大地真干净”的本意，在一定程度上冲淡了《红楼梦》的悲剧意义。“激流三部曲”描写的是一个正在崩坏中的封建家庭悲欢离合的历史，映现了 20 世纪 20 年代初中国社会由传统向现代嬗变的转型时期的现实生活。如果说《红楼梦》中的贾府一是靠官俸和皇帝赏赐，二是靠地租来维持其奢侈生活，那么在“激流三部曲”中，地租虽仍是高公馆不劳而获生活的主要来源，但高老太爷已买了商业公司不少的股票，资本主义商品经济形态已在这个仕宦之家占了一席地位。在贾府，封建家长热切希望贾宝玉走金榜题名的科举道路，强逼他熟读四书。在家长的严格管束之下，像《西厢记》一

① 巴金：《关于〈家〉（十版代序）——给我的一个表哥》，见《巴金全集》第一卷，人民文学出版社 1986 年版，第 442 页。

② 巴金：《关于〈家〉（十版代序）——给我的一个表哥》，见《巴金全集》第一卷，人民文学出版社 1986 年版，第 441 页。

③ 巴金：《关于〈家〉（十版代序）——给我的一个表哥》，见《巴金全集》第一卷，人民文学出版社 1986 年版，第 442 页。

类的“邪书”，只能偷偷地读，即使被黛玉发现了，他“慌的藏了”，最初也不敢说实话，而拿“不过是《中庸》《大学》”之类的话去搪塞。而在高家，由于在20世纪初废除了科举制度，因此，长辈们“学而优则仕”的观念发生了变化，不让儿孙走读书则官的老路，竟然安排中学毕业成绩第一名的长房长孙觉新进一家商业公司当月薪24元的职员。新文化的旋风也吹进高家大院，觉新、觉民、觉慧兄弟可以公开在家中阅读宣传新思想，鼓吹变革现实社会的《新青年》等新书报，讨论社会人生的解放问题。当然，在高家仍然是以长者和尊者为本位的黑暗王国，长辈们胡作非为，压制着年轻人个性的发展，竭力主宰年轻人的命运。只不过因为时代不同了，两代人力量对比发生了变化。在《家》中，觉民为反抗高老太爷包办的婚姻大事，争取恋爱自由、婚姻自主而采取的逃婚行动，动摇了高老太爷的权威，最后高老太爷只得认输：“冯家的亲事不提了。”在《春》中，深闺小姐淑英不愿屈从“父母之命，媒约之言”的古老训条，毅然冲出家庭的囚笼，兴奋地喊出“春天是我们的”的心声。在《秋》中，觉民就分家问题两次义正辞严地直斥不劳而获、荒淫无耻的长辈。这些在《红楼梦》中所没有的内容，鲜明地表现出转型时期的文化特征和巴金的反封建精神。

在这两部作品所塑造的人物形象上，尤其显现出曹雪芹和巴金在文化观念、审美理想方面的差异。贾宝玉、林黛玉是曹雪芹及高鄂精心镂刻的艺术形象。贾宝玉的叛逆性格主要表现在三个方面。一是他不愿走封建家长给他安排的读书做官、光宗耀祖的道路，视热衷科举的人为“须眉浊物”和“国贼禄蠹”，对劝他去“考举人进士”之类的话非常反感，不愿做荣国府的正统继承人。二是在思想和行动上颠倒了从来如此的男尊女卑观念，同情、尊重、热爱妇女，特别关心大观园中地位低下的丫鬟。三是要求婚姻自主，有着朦胧的个性解放追求。林黛玉则是贾宝玉的红颜知己。在“风刀霜剑严相逼”的贾府，她自矜自重，小心戒备，常用“比刀子还厉害”的语言来维护人格的尊严和“孤高自许，目下无尘”的高洁品性。她鄙弃科举八股，从不劝宝玉走“仕途经济”之路。她与宝玉深挚的爱情，同封建势力产生了尖锐的矛盾。令人惋叹的是，他们虽然厌恶以四书为代表的儒学，在当时的历史条件下，却找不到一种新的文化思想来取代它，只能从《南华经》《参同契》《元命苞》《五灯会元》等佛经道藏中寻求精神上的解脱，其反封建的思想基础是脆弱的。而且侯门公府的门墙隔断了他们同社会的联系，他们孤军奋战，力量微小。面对强大的封建势力，林黛玉以死表明对宝玉的不渝的爱情，向封建势力提出最后的抗议；贾宝玉则勘破世情，遁入空门。由于《红楼梦》作者认同传统文化，对封建主义的没落趋势缺乏明确的理性认识，因此只好用《好人歌》来释说贾府衰亡的原因；用神瑛侍者、绛珠仙草的前世孽缘来注解宝、黛性格及爱情悲剧；用警幻仙子在太虚幻境中的安排来预示大观园中诸金钗的命运；分明显示出他们的审美理想，注入了色空的观念，从而给小说涂抹上一层迷离虚无的色彩。

觉慧和琴是巴金正面歌颂的叛逆者。琴是觉慧的表姐，也是他二哥觉民的恋人。和宝玉、黛玉不同，觉慧和琴都是经五四新思潮启迪，最先觉醒并且从封建主义"铁房子"冲出去的进步青年。他们有着反封建的热情和强烈的个性解放要求。鸣凤的死，使觉慧察觉到"我们这个家庭，我们这个社会都是凶手"。在高家所发生的一出出惨剧，使他对封建礼教、家族宗法制的仇恨由感性阶段逐渐上升到理性阶段，他巴不得旧家庭"早点散了，好让各人走各人底的路"。因此，他时刻保持着清醒的头脑和独立的人格。他蔑视包办婚姻和封建家长的权威，有力地帮助觉民抗婚。他鄙视长辈们荒淫无耻的生活，敢于"犯上"，公开反对他们"捉鬼"的胡闹行动。他根本不相信"血光之灾"之类的封建迷信，不同意把瑞珏移出高公馆分娩。他的所作所为表明，在旧家庭中，他从未向压制青年人个性发展的长辈低头，而且时时与他们作对，搅得他们心神不宁。而琴则是"高家的亲戚里面最美丽、最活泼的姑娘"。在五四时期，她从西方思想武库中接受了个性解放的武器，确立了"我要做一个人，一个跟男人一样的人"的人生价值观。这种人生价值观，使她摆脱了几十年一贯如此的妇女是男性的附庸和传宗接代的工具的地位，在思想上突破三从四德的禁锢，形成"跟男人一样"的独立人格。因此，她大胆要求进男女同样的外语专科学校读书，她反对钱伯母提出的把她嫁给一个很有钱却没有读过多少书的子弟的亲事，思索"难道女人只是男人的玩物吗?"的问题，坚定表示不走"上面躺满了年轻女子的尸体"的老路，"我要走新的路"，执着地追求恋爱自由、婚姻自主。在觉慧等人的支持和帮助下，她与觉民的恋爱终于得到大家的承认。值得一提的是，觉慧不顾家庭的禁令，和觉民、琴等人一道勇敢地参加社会上进步的学生运动，办反封建的《黎明周报》。这样，他们对家庭的叛逆行动得到了社会上进步力量的支持，而不是单枪匹马地进行反抗，因而他们同封建家庭决裂的勇气越来越大。觉慧敏锐地认识到封建家庭"一天天地往衰落的路上去了"，他怀着要在社会上"干一番不平凡的事业"的理想，挣脱家庭的缰绳，从封建地主阶级营垒中异化出去，投入改革社会的激流中去。这就在铁桶一般的罪恶之家打开一个缺口，无疑从内部加快了它崩溃的速度。琴虽然之后仍是高府的常客，但她已把向高家年轻一代传播自由、民主的新思想，当作义不容辞的责任，所以她的出现，就像耀眼的闪电照亮了死气沉沉的高家。淑英为了反抗包办婚姻，争取个人幸福，勇敢地继觉慧之后冲出封建家庭的囚笼，这是她长期“跟着琴努力学习各种新知识”、受琴的鼓舞和帮助的结果。觉慧和琴的身上，映现出巴金文化心理的嬗变与他对革命民主主义思想的认同，体现了他的审美理想。

需要指出的是，在18世纪的中国，典型化的创作方法并未被文学家所普遍接受。曹雪芹在当时也未必掌握了今天人们所说的典型化方法，在《红楼梦》第1回，他借石头与空空道人交谈，道出他“只按自己的事体情理”和“这半世亲见亲闻的几个女子”为创作对象，强调他只是“观其事迹原委”，“其间离合悲欢，兴衰际遇，俱是按迹循踪，不敢稍加穿凿，至失其真”，遵循“实录其事”的原则。难怪鲁迅先生说：“《红楼梦》里的贾宝玉的模特儿是作者自己曹霑。”[①]《红楼梦》“其要点在敢于如实描写，并无讳饰，和从前的小说叙好人完全是好，坏人完全是坏的，大不相同，所以其中所叙的人物，都是真的人物”[②]。巴金当然学习和借鉴过《红楼梦》的艺术经验，他笔下的高老太爷、觉新、克明、克安、克定等人形象，大都是“实录其事”而塑造出来的。但同时巴金又从外国文学中摄取养料，加以独创性的融铸，形成了自己独特的创作方法。比如，他写《家》时，“我并不是写我自己家庭的历史，我写了一般官僚地主家庭的历史”[③]。《春》中的女主角淑英，并非李公馆的实有人物，淑英的故事是他“在日本从一个四川女学生的嘴里听来的”[④]。巴金承认：“在《秋》里面真事并不多。”[⑤]巴金创作“激流三部曲”时，已从外国文学中学到了典型化的方法，他在《家》的初版后记中说：“这里所描写的高家正是一个这类家庭底典型，我们在各地都可以找到和这相似的家庭来。”[⑥]他一再否定《家》是他的自传，“我坦白地说《家》里面没有我自己……我写《家》的时候也绝没有想到用觉慧代表我自己”[⑦]，并声称“我确实是从和这

---

① 鲁迅：《且介亭杂文末编·〈出关〉的“关”》，见鲁迅先生纪念委员会编纂《鲁迅全集》第六卷，鲁迅全集出版社1948年版，第523页。

② 鲁迅：《中国小说的历史的变迁》，见《鲁迅全集》第八卷，人民文学出版社1957年版，第350页。

③ 巴金：《谈自己的创作·谈〈家〉》，见《巴金全集》第二十卷，人民文学出版社1993年版，第416页。

④ 巴金：《谈自己的创作·谈〈春〉》，见《巴金全集》第二十卷，人民文学出版社1993年版，第423页。

⑤ 巴金：《谈自己的创作·谈〈秋〉》，见《巴金全集》第二十卷，人民文学出版社1993年版，第448页。

⑥ 巴金：《〈家〉·初版后记》，见《巴金全集》第一卷，人民文学出版社1986年版，第435页。

⑦ 巴金：《关于〈家〉（十版代序）——给我的一个表哥》，见《巴金全集》第一卷，人民文学出版社1986年版，第446页。

相似的家庭出来的，而且也曾借了两三个我认识的人来作模特儿”[①]，“我把三四个人合在一起拼成了一个钱梅芬”。足见巴金以所熟悉的李公馆生活为基础，再通过对川西盆地一些官僚地主家庭生活与人物的观察、提炼、概括创作出“激流三部曲”中的典型环境中的典型人物。

从以上论述我们可以看出，巴金创作“激流三部曲”受《红楼梦》的影响很深，两部作品在很多方面都不无相似之处。但“激流三部曲”毕竟不是《红楼梦》：它们是植根中国文化土壤，而又反映不同时代生活的两部杰作。如果说《红楼梦》在中国文学史上像巍然屹立的灯塔，把批判封建主义的光芒洒在后世的家庭题材作品上，那么“激流三部曲”就好似对封建礼教、家族宗法制进行清算的号角，鼓舞几代读者投入反封建的洪流中去，它们都是享有世界声誉的不朽之作。不仅如此，《红楼梦》代表了中国古典小说的最高成就，对后世的文学家来说，是一座取之不竭的宝藏；巴金的创作成就表明，一个优秀的作家不可能割裂同传统文化的联系，唯有善于从民族文学宝藏中学习、继承和发扬历代文学家的创作精神与艺术经验，方能创作出无愧于时代，又为读者喜闻乐见的作品。

（原载余思牧、唐金海、汪应果主编，吴定宇、戴翊副主编《巴金与中外文化》，山东文艺出版社 1995 年版，第 309 ～ 331 页）

---

① 巴金：《〈家〉·初版后记》，见《巴金全集》第一卷，人民文学出版社 1986 年版，第 435 页。

巴金与中国古代文化

正如挺拔的大树把根须伸入大地深处摄取水份和养料一样，巴金在成长的过程中也汲取了中国文化的营养。中国文化融进他的血液中，中国文化的特征印在他的心上，他又把中国文化的特征映现在创作中，他的作品也蕴含着中国文化的某些特质。

我们这里所说的中国文化，主要指中国传统的文化质素。所谓传统文化，通常指从先秦一直沿袭到五四时期的思想、道德、经济、制度、科学、宗教、风俗、文学、艺术等等。它体现在中国封建社会中人们的思维方式、行为方式、生活方式、创造方式等社会生活的各方面，并以社会心理和物化形态，世代连续不断构成中华民族的特性，至今仍然影响着人们的精神和生活。用文化的眼光来考察，“五四”前后，正是中国文化从传统走向现代的嬗变时期。巴金说：“我是‘五四’的产儿。五四运动像一声春雷把我从睡梦中惊醒了。我睁开了眼睛，开始看到了一个崭新的世界。”① 巴金在批判和剔除中国传统文化的糟粕、弘扬其精华方面，以及在建构中国现代化的过程中，作出了巨大的贡献。

一

中国传统精神，主要由儒家、道家和佛家文化思想构成。其中，儒家文化思想自两汉以来，一直居核心地位，起着主导作用。在漫长的中国历史进程中，儒、道、佛三家文化思想互相碰撞，互相渗透，互相融合，为中华民族所接受，并从世世代代的民族生活中体现和积淀下来。中国历代文学作品几乎无一例外地凸现了中国传统文化精神，尤其是儒家文化精神。众所周知，巴金出身于一个把儒家教条奉为金科玉律的书香门第。曾祖李璠和祖父李镛，都对儒家的礼教推崇备至。同那个时代许多世家子弟一样，巴金很早就进私塾学习儒家文化的启蒙读物，背诵《古文观止》中的散文名篇。在家中，母亲还时常教他吟诵《白香词谱》上的古词。当他幼小的心灵受到中国古典文学作品的滋润时，也不知不觉地接受了中国传统文化的薰陶。

---

① 巴金：《忆·觉醒与活动》，见《巴金文集》第十卷，人民文学出版社1961年版，第71页。

母亲和轿夫老周是对少年巴金影响最深的人。母亲教他“爱一切的人，不管他们贫或富；她教我帮助那些在困苦中需要扶持的人；她教我同情那些境遇不好的婢仆，怜恤他们，不要把自己看得比他们高，动辄将他们打骂”。他说：“这个爱字就是母亲教给我的。……把我和这个社会联起来的也正是这个爱字，这是我的全性格的根柢。”[①] 轿夫老周对他所说的“要好好地做人，对人要真实，不管别人待你怎样，自己总不要走错脚步。自己不要骗人，不要亏待人，不要占别人的便宜”和“火要空心，人要忠心”[②] 的话，深深地嵌入巴金的心里，成为他日后行为的准则。

显而易见，母亲灌输给巴金的道理与儒家的仁爱思想、墨家的兼爱思想不无相近之处，老周的话也融贯了儒家的忠恕之道和诚意正心的修养方法的因子。仁爱是儒家文化思想的核心，孔子、孟子大力阐扬“泛爱众”[③]“仁者爱人”[④] 和“博施于民而能济众”[⑤] 思想，要求人们具有爱心和同情心，推己及人，由近及远，为大众做好事。兼爱是墨家的最高原则，墨子所宣扬的“爱无差等”[⑥]，就是要求“天下之人皆相爱，强不执弱，众不劫寡，富不侮贫，贵不敖贱，诈不期愚”[⑦]。孔子所提倡的忠恕之道，则是实行仁爱的根本途径，它包括两方面的内容：忠——“己欲立而立人，己欲达而达人”[⑧]，恕——“己所不欲，勿施于人。在邦无怨，在家无怨”[⑨]。而诚意正心，即是儒家反身内求的道德修养方法，儒家典籍《中庸》《大学》对此作了较为详尽的阐发。《大学》发挥了孟子所提出来的“反身而诚”[⑩] 的观点，指出“所谓诚其意者，毋自欺也”[⑪]，就是人在任何情况下都要真心实意、表里如一地好善去恶，不自欺欺人。所谓正人，就是端正思维，不受情绪的影响而丧失理智。儒家的仁爱思想、忠恕之道和道德修养的方法，以及墨家的兼爱思想，无孔不入地渗进历代社会成员的文化心理，不但成为我们民族共同心理结构的一部分而具有

---

① 巴金：《短简·我的几个先生》，见《巴金全集》第十三卷，人民文学出版社 1986 年版，第 16 页。

② 巴金：《短简·我的几个先生》，见《巴金全集》第十三卷，人民文学出版社 1986 年版，第 16 页。

③ 《论语·学而第一》，见朱熹《四书集注》，岳麓书社 1985 年版，第 72 页。

④ 《孟子·离娄章句下》，见朱熹《四书集注》，岳麓书社 1985 年版，第 372 页。

⑤ 《论语·雍也第六》，见朱熹《四书集注》，岳麓书社 1985 年版，第 118 页。

⑥ 《孟子·滕文公章句上》，见朱熹《四书集注》，岳麓书社 1985 年版，第 326 页。

⑦ 《墨子·兼爱中》，见《〈墨子〉白话今译》，吴龙辉译注，中国书店 1992 年版，第 71 页。

⑧ 《论语·雍也第六》，见朱熹《四书集注》，岳麓书社 1985 年版，第 118 页。

⑨ 《论语·颜渊第十二》，见朱熹《四书集注》，岳麓书社 1985 年版，第 164 页。

⑩ 《孟子·尽心章句上》，见朱熹《四书集注》，岳麓书社 1985 年版，第 444 页。

⑪ 《大学》，见朱熹《四书集注》，岳麓书社 1985 年版，第 9 页。

普遍意义，而且以无限生动和丰富的形式流传下来，成为民间的信仰。所以，尽管母亲对儒学博大精深的思想所知有限，老周甚至没有读过书，但是受民间口头流传的影响，再加上自己对生活的特殊感受和体验，便认同某些传统文化思想，并在巴金幼小的心灵上着上传统文化的印记。

当然，巴金不是被动地接受中国传统文化的影响。少年的巴金是个爱思索的孩子，他把从母亲和老周那里得来的道理在现实生活中加以印证，发现这个社会是不合理的，因此他对不平等的现象极其反感，对奴仆的悲惨遭遇十分同情，从而萌发了在变革现实的斗争中尽一份力量的宏愿："我说我不要做一个少爷，我要做一个站在他们一边，帮助他们的人。"① 值得注意的是，巴金并不固囿在传统文化的圈子里，在风雷激荡的五四时期，当西方现代意识猛烈地撞击着中国传统文化的时候，巴金敞开胸膛，尽情吮进各种新的文化思想。他把其中的人道主义与幼年时所接受的仁爱观念相融和，把自由、平等、博爱的观念移植进文化心理深层，构成他的文化性格的内核——那就是他在《第四病室》中借一个人物的嘴所说出来的话："变得善良些，纯洁些，对别人有用些。"与此同时，他还吸收了克鲁泡特金伦理思想的精华，与轿夫老周所教给他的道理相糅融，形成他做人与创作的准则："我现在的信条是：忠实地生活，正当地奋斗，爱那需要爱的，恨那摧残爱的。我的上帝只有一个，就是人类。为了他，我预备贡献出我的一切。"② 在生活中，他坚持"无论对于自己和别人，我的态度永远是忠实的"③ 原则。这种忠实的态度体现在创作中，就是"不把自己的幸福建筑在别人的痛苦上；爱祖国、爱人民、爱真理、爱正义；为多数人牺牲自己；人不是单靠吃米活着；人活着也不是为了个人的享受。我在作品中阐述的就是这样的思想"④。由此可以看出，巴金在接受"五四"新文化的洗礼之后，母亲和老周所讲述的简单、朴素的道理，仍然影响着他的思想和性格；在他的心理深层，中国传统文化思想一直发挥着积极的作用，在某种程度上终生制约着巴金。

传统文化思想一旦被民众所接受，便会蕴藏在民间生活中，逐渐融化为世俗化的民间文化，并通过民间传说和民间游艺等方式，代代传承。巴金从小也受到民间文化的哺育。他从民间文化中吸取养料的途径有三条。一是佣仆杨嫂

---

① 巴金：《短简·我的幼年》，见《巴金全集》第十三卷，人民文学出版社 1986 年版，第 7 页。

② 巴金：《海行杂记·两封信》，见《巴金全集》第十二卷，人民文学出版社 1986 年版，第 52 页。

③ 巴金：《灵魂的呼号》，载《大陆杂志》1932 年第 1 卷第 5 期，第 41 页。

④ 巴金：《再谈探索——随想录三十八》，见《探索与回忆》，四川人民出版社 1982 年版，第 17 页。

经常给他讲流传在民间的故事。中国民间口头文学有一个显著的特点，那就是是非鲜明、故事性强。劳动人民常常在传说中颂扬反抗压迫、扶弱济困的英雄，鞭挞地主阶级的罪恶，表达对被欺压的弱小者的同情，寄托对自由平等的向往和追求幸福的愿望。在杨嫂所讲述的什么神仙、什么剑侠、什么妖精的娓娓动听故事中，民间的原始正义感和朦胧的民主主义思想便浸润着巴金的心田。二是巴金从小就对戏曲产生了浓厚的兴趣，尤其喜欢看京戏和川戏。中国传统戏曲是民间游艺的一种形式，小小舞台上演着许多惩恶扬善、除暴安良、颂忠贬奸的故事，反映了人间的悲欢离合，体现了民间的价值观念。巴金看戏并非为了受教育，但其中一些剧目，如《周仁献嫂》也曾激起他的共鸣。三是他所经历或耳闻目睹的社会习俗如祭祀、驱鬼、玩龙灯、做水陆道场等，也在他的文化心理上留下了斑驳的投影。

应当看到，民间文化是一种传统性很强的文化，它对巴金的成长以及后来所从事的创作活动，都有着明显的影响。首先，在民间原始正义感和朦胧的民主主义思想导引下，巴金加深了对中国传统社会的了解，他所具有的强烈爱憎和泾渭分明的善恶观念与之有着渊源关系。其次，巴金的一些作品，是直接对民间传说进行加工、整理、改编而成的，例如他说《塔的秘密》“一定是从我小时候听的故事和读到的童话书里搬来的”[①]，《隐身珠》则是“根据古老的四川民间故事改写的，就是我小时候听惯了‘孽龙’的故事”[②]。再次，民间习俗亦是他的创作源泉，在“激流三部曲”中，他艺术地再现了20年代成都一带祭祀、团年、玩龙灯等风俗，对当时的婚丧礼俗进行了生动的描绘。同时，他还尖锐地揭露和抨击了带有巫术性质的驱鬼禳病与充满迷信色彩的“血光之灾”等落后民俗。除此，他的创作亦学习和借鉴了民间艺术形式。他喜欢川戏中的折子戏，认为“它们都是很好的短篇小说”[③]。川戏中的折子戏，每出戏的主角往往只有一两个人，它的特点是脉络清楚、矛盾集中，通过角色的说白、演唱和表情，把自己的思想活动、感情变化表现出来，很能动人心弦。而且戏中人物性格突出，形象饱满。巴金创作时常用第一人称的小说形式，即使在用第三人称写成的小说中，他的笔触也伸入人物内心深处，去勾画人物的灵魂，正是因为学会和运用了传统的自述式心理的解剖手法。难怪他说

① 巴金：《创作回忆录·二 关于〈长生塔〉》，见《巴金全集》第二十卷，人民文学出版社1986年版，第584页。

② 巴金：《创作回忆录·二 关于〈长生塔〉》，见《巴金全集》第二十卷，人民文学出版社1986年版，第584页。

③ 巴金：《谈自己的创作·谈我的短篇小说》，见《巴金全集》第二十卷，人民文学出版社1982年版，第528页。

“川戏的《周仁上路》就跟我写的短篇相似”[1]，称传统是“取之不尽的宝山”[2]。

综上所述，巴金在成长过程中，最早吮吸的是中国传统文化的乳汁。传统文化对他的影响是良好的。明了了这一点，就不难理解他所说的“我虽然信仰从外国输入的‘安那其’，但我仍然是一个中国人，我的血管里流的也是中国人的血。有时候我不免要站在中国人的立场上看事情，发议论”[3] 的文化涵义，也不难理解尽管他后来也向许多外国作家学习艺术表现技巧，但是他的作品仍然具有浓厚的中国文化特色。

二

中国现代文化有两个来源：一是合乎中国国情的外来异质文化；二是在现代社会仍有生命力的中国传统文化。如前文所述，巴金成长在中西文化碰撞和交融的“五四”时代，他像久盼甘霖的禾苗一样，吮进了各种异质文化思想的雨露，个性解放、无政府主义、人道主义、法国资产阶级大革命和俄国民粹运动的社会发展观念启迪着他的心智。他以此为参照学，对中国传统文化进行了审视。在这方面，巴金与五四时代一些文学先驱者相似，对中国文化的现代化的构建作出了自己的贡献。

巴金以此为武器，反对封建主义文化，着重揭露和鞭挞陈腐的传统观念和家族宗法制的罪恶，清除其在人们文化心理的积垢，重构国民灵魂。而这些恰恰是建立中国现代文化的基本任务。在《家》《春》《秋》等作品中，巴金为一代受封建礼教和家族宗法制摧残的青年呼吁，喊出他们的“我控诉”心声时，感情是悲愤激昂的。但是在分析酿成一代无辜受害者的悲剧的文化原因、揭示家族宗法制不可挽回的崩溃前景时，却鞭辟入里、冷静而富有理性。对新的文化思想，他是满腔热情歌颂和欢迎的。他从觉慧、觉民、觉新等人对待新旧文化的不同态度和遭遇，具体描写了新旧文化在一代青年心理上的冲突；通过觉字辈的年轻人同长辈们的矛盾冲突，形象地展现了新旧文化思想的斗争过程，生动地展现出新文化潮流不可抗拒的力量，即使像高家那样顽固的封建堡垒，在它的冲击下也会土崩瓦解，从而真实地再现中国文化从传统走向现代的

---

① 巴金：《谈自己的创作·谈我的短篇小说》，见《巴金全集》第二十卷，人民文学出版社 1986 年版，第 529 页。

② 巴金：《谈自己的创作·谈我的短篇小说》，见《巴金全集》第二十卷，人民文学出版社 1986 年版，第 529 页。

③ 巴金：《火（第二部）·后记》，见《巴金全集》第七卷，人民文学出版社 1988 年版，第 374 页。

转型时期的典型环境。同时，巴金还深刻地表现出转型时期一代青年的命运：觉慧、觉民、淑英等人经过五四新思潮的启蒙，文化心理发生嬗变，发现人的自我价值，树立了新的伦理观念和思维方式，因而勇敢地蹬开旧文化和旧家庭的樊篱，走上新的人生道路。他们的反抗行动，无疑在封建大家庭的铁壁上震裂一条罅缝，加速了它的崩溃进程。觉新在新文化潮流前犹豫彷徨，又丢不开背负的旧文化的沉重十字架，人性被极大扭曲，只好在新旧文化的夹缝中半死不活地挣扎着。钱梅芬、瑞珏等人的文化心理仍然是旧有的文化思想铁盘一块，她们恪守封建贞烈观和三从四德的古老训条，结果成为旧礼教祭台上的牺牲者。如果说鲁迅是第一个在文学创作中通过狂人的现象揭露封建礼教和家族宗法制吃人本质的先驱，那么，巴金则在作品中以对血淋淋、惨兮兮的人肉筵宴的具体描绘，第一个庄严地宣判了家族宗法制的死刑。毋庸置疑，巴金在伦理范畴对封建礼教的抨击与否定，其坚决性、猛烈性、深刻性都达到“五四”以来的一个新高度，这就为建构中国现代文化廓清了障碍。在民主革命时期，许多青年从巴金作品中受到启迪，义无反顾地走上反封建的斗争道路。这足以证明，巴金在创作中对传统文化中的陈腐观念和延续了几千年的家族宗法制的批判，取得何等巨大的成功。

值得注意的是，巴金不像与他同时代某些人那样采取民族虚无主义的态度，全盘否定传统文化思想，而是抛弃其荒谬、陈腐部分，继承和弘扬其合理内核，并把它们升华为具有现代意义的文化精神。例如，忧患意识是几千年来驱动中国文化发展演变的内在力量。所谓忧患意识，乃是人对国家、民族和人民产生高度责任感的一种自觉精神。巴金在五四时代怀着献身社会解放的热忱，走上“找寻一条救人、救世、也救自己的道路”[①]，便是忧患意识在他的思想和行动上的体现。尽管这条探索之路曲折坎坷，巴金在跋涉中遇到许多意想不到的困难，但是他说：“我并不后悔，我还要以更大的勇气走我的路。”[②]这未尝不是忧患意识这种内驱力的作用。毋庸讳言，巴金信仰过无政府主义。在30年代民族危机日益加剧、国难当头之际，他毅然抛弃无政府主义不要国家、反对一切战争的观点，忧患情感升华为炽烈的爱国热情，写出许多鼓舞我们民族抗日斗志的作品。即使到了七八十岁的高龄，忧患的情志依然浸透了五本传世的《随想录》。再如对传统的伦理思想，巴金也不是简单地一概视为历史垃圾。巴金坚决反对规定上下等级之间伦理关系的“三纲”——君为臣纲，父为子纲，夫为妻纲。在封建社会里，“三纲”被确立为最高的政治原则和伦

---

① 巴金：《探索集·三八 再谈探索》，见《探索与回忆》，四川人民出版社1982年版，第15页。

② 巴金：《忆·忆》，见《巴金全集》第十二卷，人民文学出版社1986年版，第339页。

理原则，被视为永恒不变的“真理”。而臣忠、子孝、妇随亦被当作最重要的道德规范。这种不平等的政治关系、伦理关系和道德规范，几千年来严重地束缚了人性的发展，巴金在《家》《春》《秋》等作品中，对“三纲”所造成的罪行，予以无情的揭露和严厉的批判。而对于作为个人处理人际关系的道德要求和道德意识的“五常”——仁、义、礼、智、信，则采取实事求是的科学态度，剔除其封建内容，吸收其健康部分。巴金的伦理思想与“五常”有着渊源关系。[①] 他虽然对封建孝道非常反感，但也希望在平等的基础上建立父母慈祥、兄友弟恭的和睦友爱的家庭关系。巴金以大哥李尧枚为生活的原型，塑造了觉新的形象，对觉新的懦弱性格和思想行为中的种种弱点进行了批评。但是，生活中的大哥“他是我一生爱得最多的人”[②]，巴金创作的《家》的动机之一是为他大哥而写，希望李尧枚读后觉悟起来，走上新的人生道路。在创作中，这种脉脉情愫也不时流溢笔端。即使对于专制的祖父，在他去世时，巴金也“跟着大家跪在祖父的床前”[③]。在《家》的修改本中，巴金写觉慧离家出走前夕，特地加上一段觉慧走进祖父的灵堂的活动，觉慧“正要拿起铗子去挟烛花”，提醒仆人“……香也快燃完了”，表明不仅觉慧，就连巴金也没有割断以血缘为纽带的宗法关系。在他 30 年代所写的回忆性散文中，更是律动着儒家仁爱思想的脉搏。他也不只一次在这些文章中向最初给他输送传统文化思想乳汁的母亲、杨嫂和老周等人表示感激的心情。

由此看来，在中西文化的碰撞与交融中，巴金的文化心理呈现出双向发展定势。这种心理定势凸现在创作中，对巴金作品文化特质的构成直接起着制约作用。由于巴金以西方现代意识为观照，在创作中羼入外来的异质文化因素，因此他的作品含有一种文化新质，迥异于“五四”以前的历代文学作品，实现了内容和形式上的真正革新。另一方面，他在对中国传统文化深刻反省的基础上进行扬弃，从而尽得其箐华，他的作品也映现出某些传统文化质素的积淀，足以说明他不是“西化”了的作家。

三

就思想意义而言，建设现代文化的过程，其实就是用现代意识去更新国民的文化心理、重构国民灵魂和改造民主精神的过程。所谓现代意识，实质上就

---

① 探讨巴金的伦理观与中国传统伦理思想的关系，是另一篇文章的内容，本文只点到为止。

② 巴金:《和读者谈谈〈家〉》，见贾植芳等编《中国当代文学研究资料 巴金专集（1）》，江苏人民出版社 1981 年版，第 387 页。

③ 巴金:《随想录·二十六 观察人》，见《巴金全集》第十六卷，人民文学出版社 1986 年版，第 122 页。

是“五四”新文化运动所倡导的科学与民主的思想，鲁迅早在20世纪初就敏锐地察觉到建设现代文化的必要性，认识到文艺在改变国民精神中的重要作用：“我们的第一要著，是在改变他们的精神，而善于改变精神的是，我那时以为当然要推文艺。”[①] 他热切呼唤：“今索诸中国，为精神界之战士者安在？”[②] 当然，建设中国现代文化是一个相当漫长的过程，需要几代人的努力才能完成。巴金是新文学运动第二代作家，他沿着鲁迅开辟的道路前进，发扬了鲁迅精神，继续着鲁迅未竟的事业，[③] 在文学园地辛勤耕耘了六十多年，在中国现代文化的建设中发挥了积极的作用。

在文学创作中，巴金不只是致力于揭露和批判传统文化中陈旧观念的罪恶，抨击某些腐朽、丑恶的资本主义文化现象，或者停留在宣传、介绍新文化思想的一般水平上。他对中国现代文化的建树，主要表现在用自己的作品去影响读者的心灵，帮助他们树立新的思维方式、反省方式、价值观念和伦理观念，从而真正受到科学与民主思想的濡化，形成与现代中国社会相适应的文化心理，而不在于他具体煽扬某一外来异质文化思想上。

巴金要想“用我的感情去打动别人，用我的思想去说服别人”[④]，他首先就须革新自己的文化心理，外来异质文化对他形成新的思维方式、反省方式、价值观念和伦理观念，起着重要的作用。单向直线朝后看型思维模式，是传统思维的主要方式。在封建社会，人们总是拿过去与现在做比较，认为过去比现在好，恪守“天不变，道亦不变”的信条，所憧憬的社会是唐虞古制的时代，至于未来社会怎么样，则很少从进化的角度去考虑。而且，这种思维方式重直觉和经验，缺乏思辨和逻辑推理，因而也就拙于对未来进行预见。巴金从异质文化中接受了归纳演绎法。所谓归纳演绎法，就是人们认识世界过程中的一种推理方法。它根据一定的事实概括出一般原理，再从一般原理推论出特殊情况下的结论，闪烁着真理性和思辨光辉。这种外来的方法论，使巴金形成纵横比较的多向思维方式。他的目光越过华夏大地，望到了日本、美国、法国和俄罗斯，把这些国家的历史和现状，同中国的历史和社会现状做比较。这种比较，使他着眼于中国的未来，关心中国社会发展的方向。不消说，这种新的思维方

---

① 鲁迅：《呐喊·自序》，见鲁迅先生纪念委员会编纂《鲁迅全集》第一卷，鲁迅全集出版社1948年版，第271页。

② 鲁迅：《摩罗诗力说》，见《坟》，人民文学出版社1980年版，第93页。

③ 参见吴定宇《先驱与跋涉者——论鲁迅与巴金》，载《中山大学学报》1986年第4期，第90～97页。

④ 巴金：《灌输和宣传（探索之五）——随想录四十五》，见《探索与回忆》，四川人民出版社1982年版，第58页。

式对启发巴金的心智、活跃思想、开阔视野、建构新的文化机制，都起到良好的作用。

中国传统的反省方式属于内省型，形成于先秦。孔子说："曾子曰：吾日三省吾身：为人谋，而不忠乎？与朋友交，而不信乎？传，不习乎？"[①] 又说："内省不疚，夫何忧何惧？"[②] 孔子以后的儒学大师认为，内省是个人进行道德修养和调节人际关系的重要方法，每个人都应按照儒家的伦理规范进行内省，以实现个人与家庭、个人与社会的和谐关系。经过他们的不断补充和发展，传统的内省型反省方式包括三个层次：外层是自惭、自疚、自咎的心态；里层是按照儒家伦理观念所进行的反省；深层是自我道德完善和自律。很明显，内省型反省方式并不否定旧我，而是在原来的基础上经过自我省察，心灵得到一定程度的净化，从而迈向新的道德境界。可见这种反省方式，带有浓厚的伦理色彩。西方的反省方式属于忏悔型，它也包含了三个层次：表层是自我谴责的心态；里层是自我否定的理性分析；深层是自我超越的动机。不难看出，这种反省方式是人不断否定旧我和重新发现自我的产物。在西方现代文化思想的观照下和现实生活的教育下，巴金萌生了一种"原罪"的感觉："我们的上辈犯了罪，我们自然也不能说没有责任，我们都是靠剥削生活的。……推翻现在的社会秩序，为上辈赎罪。"[③] 他怀着赎罪的动机，走上探索社会解放的道路，他吸收内省型和忏悔型反省方式的某些长处，加以融汇贯通，形成了自己的反省方式：站在历史的高度来审视自己的愿望和动机，剖析自己的思想和性格，反观自己的心态和行为，无情地批判和否定旧我，在时代洪流中寻找自己的位置。这样，他努力甩掉精神的阴影，消除内心的重荷，思想升华到一种新的境界。

自然，任何一种思维方式都需要一定的价值观念来导向。中国传统的价值观念是以伦理为本位，以三纲五常、忠孝节义作为价值取向，两千多年从来如此，与单向直线朝后看型的思维方式相适应。到了五四时代，这种静止的价值观念已显得陈旧不堪。巴金生活在新旧文化嬗变的转型时期，他的价值观念仍以伦理观念作为导向。只是，他潜心钻研过西方伦理思想，借助于他山之石，同时扬弃了传统的价值取向，建立起自己的价值取向，那就是他在老年所总结出来的："怎样让人生活得更美好，怎样做一个更好的人，怎样对读者有帮

---

① 《论语·学而第一》，见朱熹《四书集注》，岳麓书社 1985 年版，第 71 页。

② 《论语·颜渊第十二》，见朱熹《四书集注》，岳麓书社 1985 年版，第 165 页。

③ 巴金：《〈巴金选集〉后记》，见《巴金近作（第二集）》，四川人民出版社 1980 年版，第 302 页。

助，对社会，对人民有贡献。”[①] 这种渗透着伦理观念的价值取向，使巴金认同科学与民主的现代文化思想，树立起新的历史使命感和社会责任感。这样，他才不同于传统社会中那些离经叛道之士，例如李贽。在明代，李贽的确是个有独立思考能力的杰出人才，他对儒学的怀疑和对两宋理学家所阐释的伦理纲常大加抨击的文章，至今读来还能令人拍案叫绝。但是他推崇王阳明的心学，不否定孔孟肇始建构的儒家伦理思想体系，只是力图做局部的修正，而且也没有找到一种新的文化思想做观照系，思维方式、反省方式和价值观都没有突破传统的模式，因而他对儒学陈腐部分和传统伦理观念的批判，不可避免地带有较大的历史局限性，不可能像巴金那样去宣判封建主义的死刑。

巴金的创作所具有的现代文化特质，使他的作品也迥异于传统文学中那些离经叛道的作品。在中国历史上，农民起义层出不穷。从《水浒》到近代的历史演义，以农民战争为题材的作品令人眼花缭乱。毫无疑问，中国历史上的农民起义都程度不同地打击了封建统治阶级，是推动历史发展的动力之一。《水浒》等宣扬“造反”的作品，亦被封建统治阶级视为“禁书”。这些作品自然也表现了作者们的文化心理。有趣的是，无论作者们所处的朝代多么不同，各自的个性存在着多大的差异，审美趣味纷纷不一，但对传统文化的认同，使他们几乎都固囿在儒家学说的光圈中。三纲五常、忠孝节义是他们判断忠奸正邪、是非曲直的价值取向。这些作品固然反映了农民反抗行动的某些方面，具有民主主义革命精神，但并没有写出社会结构和政治制度的根本变革，以及人们思想深层有什么变化。作者们所塑造的叛逆英雄，比如梁山好汉，或因官逼民反，而只反贪官不反皇帝；或杀富济贫，替天行道，反映了古代人民均贫富的政治理想；或等待招安以换取高官厚爵和自身的安全。又如《说唐》中聚啸瓦岗寨的绿林豪杰，为“真命天子”打天下，争作改朝换代的开国元勋……显而易见，正统观念所投下斑驳陆离的阴影，在这些风云际会的草莽英豪的文化心理上凝结成铁板一块。他们在揭竿而起的过程中，或用计谋智取敌人，或因武艺高强击败对手，或遇高人指点、搭救而化险为夷，绝处逢生……这种种斗争方式，构成传统的反抗行为的固定模式。这些作品从内容到形式都表明，传统文化在历代作家心理上的积淀是何等深厚。

饶有意思的是，巴金创作的反映变革社会现实的小说如《灭亡》《新生》、“爱情三部曲”等，不是受到国民党统治者的查禁，就是长期受到某些人的责难，它们的文化价值亦未被人们充分认识。不错，这几部作品确实不同程度地

---

① 巴金:《文学生活五十年》，见《探索与回忆》，四川人民出版社 1982 年版，第 284 页。

有表现巴金的无政府主义政治观的一面，但同时我们也应注意到，“五四”以后，巴金已从传统文化的浓厚阴影中跨了出来，形成了新的文化心理。因此，他这几部作品具有现代文化特质，深刻勾画出民主革命时期一代青年的文化心理和行为方式，超越了历代“造反”文学作品。巴金笔下的杜大心、李冷、陈真等新型造反者，都是受过高等教育的热血青年，在异质文化思想（巴金从未明确地在作品中指出是无政府主义思想）的启蒙下，思维方式发生变化，认识到所出身的剥削阶级家庭和现实社会的罪恶，怀着为上一辈人赎罪的“原罪”心情，投入改造社会的斗争。他们的价值观念是：为社会的解放和大多数人的幸福而献身，为了实现自己执着追求的万人幸福的理想，甘愿抛弃富裕舒适的生活、牺牲个人的爱情而走上危险的亡命道路。他们深知要取得反抗的胜利是要以许多人的生命为代价的，但由于坚信“把个人底生命连系在群体底生命上面，则在人类向上繁荣的时候，我们只看见生命底连续、广延，哪里还会有个人底灭亡?”[①]，因而在情况危急时，一个个热血青年都能视死如归。与瓦岗寨和梁山好汉等造反者所进行的反抗方式不同，他们到工厂做工、组织工会、发动工人起来和资本家斗争，或者写文章进行革命的宣传鼓动，或组织妇女会和农会，唤起民众觉醒。由于黑暗势力的强大，同时由于指导他们行动的政治文化思想的缺陷，他们的反抗都以失败告终。应当看到，这些作品的文化价值不在于它们表现了什么样的政治文化思想，也不在于这种思想指导下的行动是否取得成功，而在于巴金独出心裁塑造出一批文化心理机智和行为方式都与传统文学作品中的造反者大相径庭的现代青年现象系列，在他们身上映照出中国文化从传统走向现代的转型期，一种新的文化心理已经确立，他们的思维方式、反省方式、价值观念和伦理观念（其中自然也融糅着巴金的思维方式、反省方式、价值观念和伦理观念）影响了几代读者。他们的悲壮失败表明，在转型时期，要从众多的外来文化思想中寻觅到一种正确的政治文化思想来指导中国革命，是何等的艰难。所以，尽管巴金的这些作品还存在着不足之处，甚至缺陷，但是在中国现代文化建设的进程中，它们确实起到了不可抹煞的积极作用。

巴金晚年回顾他的创作生活时说，他写作的秘诀是“把心交给读者”[②]。从“五四”到现在，他几十年如一日地耕耘在文学园地，用闪耀着他的价值

---

① 巴金：《新生》，见《巴金全集》第四卷，人民文学出版社 1986 年版，第 323 页。

② 巴金：《随想录·一〇 把心交给读者》，见《巴金全集》第十六卷，人民文学出版社 1986 年版，第 44 页。

观念、伦理观念和体现着他的思维方式、反省方式的精神世界与真实感情打动读者，影响他们的文化心理。在建设中国现代文化的进程中，他如同高尔基笔下的勇士丹柯，掏出燃烧的心，照亮道路，鼓励人们前进。

（原载余思牧、唐金海、汪应果主编，吴定宇、戴翊副主编《巴金与中外文化》，山东文艺出版社 1995 年版，第 28 ～ 43 页）

巴金与无政府主义

每个作家在探索人生的道路上，都有其独具的特点，巴金也不例外。在民主革命时期，巴金为了追求社会解放的真理，经过了艰难曲折的思想发展历程。他信仰过无政府主义，并且用它来作为反抗黑暗现实的思想武器。众所周知，无政府主义不是一种科学的思想体系，它包含着庞杂的思想内容。那么，巴金究竟从无政府主义中接受了哪些思想因素的影响？他怎样运用这一思想武器来进行反帝反封建的斗争？在现实生活中，他又是如何逐步扬弃头脑中的无政府主义观点、紧随着新民主主义革命运动的方向前进的？笔者试图追溯巴金探索的足迹，就此进行论述。

一

五四运动猛烈地冲击着封建传统观念和封建秩序，各种新思想潮水般地涌来，促使一代新人迅速觉醒。巴金在五四运动中睁开了眼睛，兴奋地阅读《新青年》《每周评论》《少年中国》《新潮》《北京大学学生周刊》《实社自由录》《威克烈》《四川学生潮》等新报刊，像海绵吸水一样，尽情吮进各种新思想，开始看到一个崭新的世界。他的目光也从家庭移到社会，注视着、思考着人间种种不平等的现象，对封建家庭和封建制度的罪恶有了初步的认识，对封建束缚强烈不满。巴金迫切要求改变社会现状，渴望能在变革现实的斗争中尽一份力量。他十五岁时，读到克鲁泡特金的《告少年》和廖·抗夫的剧本《夜未央》。这两本小册子鼓吹的为人民争自由、谋幸福而献身的反专制思想，使巴金深受感动，他“找到我的梦幻中的英雄，找到了我终身的事业”①。以后，巴金还接触到无政府主义者高德曼、刘师复等人的文章，被他们所宣传的无政府主义学说吸引，开始树立起对无政府主义理想的信仰。

五四时期的无政府主义明显地带有两重性。一方面，它反对封建传统观念、封建秩序，否定反动的军阀政府，要求废除封建剥削和压迫，在特定的半殖民地半封建的中国社会，在新民主主义革命运动刚刚兴起的特定历史时期，还可发挥一定的积极作用。另一方面，它主张废除一切形式的国家、政府和专

① 巴金:《我的幼年》，载《中流》1936 年创刊号第 1 卷第 1 期，第 8 页。

政，同马克思主义之间有一道不可逾越的鸿沟。所以，中国马克思主义早期宣传者李达指出：“无政府党是我们的朋友，不是我们的同志。”[①]

巴金从无政府主义思想体系中首先接受的是它的反压迫、争自由的民主思想。他先后在《半月》《警群》《平民之声》等刊物上，发表《怎样建设真正自由平等的社会》《五一纪念感言》《世界语之特点》《I. W. W. 与中国劳动者》《爱国主义与中国人到幸福之路》等几篇介绍和宣传无政府主义的文章。他这时自称“安那其主义者”，其实对无政府主义理论还一知半解，因而这几篇文章的观点就很抽象、肤浅。不过，倒也可以看出巴金从西方思想武库中摭取无政府主义这个武器，不是用来反对刚刚兴起的新民主主义革命运动的，他从一开始就坚定不移地站在被压迫者一边，把矛头对准反动的军阀政府，对人压迫人的黑暗社会做了根本的否定，号召受奴役的劳动者用社会革命的方式，去推翻万恶的旧世界，废除私有制，推翻束缚人们思想、阻碍社会进化的宗教迷信，而后建设一个真正自由平等的新社会。由此可见，从总的倾向来说，五四时期无政府主义对巴金的影响是积极的，他的这几篇文章具有反封建的时代精神，是巴金开始觉醒的表现。

1923 年，巴金到南京、上海等地求学。这时，他广泛阅读和研究无政府主义者的著作，并同国际上著名无政府主义者爱玛·高德曼、格拉佛等人通信。尤其是爱玛·高德曼，对他的思想发展产生过重大的影响。巴金称她为“精神上的母亲”，“她是第一个使我窥见了主义的美丽的人”。[②] 此时，巴金节译了普鲁东的《财产是什么?》。普鲁东对资本主义私有制罪恶所作的深刻揭露与谴责激起巴金的共鸣，使他对酿成人剥削人、人压迫人的现象的根源有了进一步的了解。稍后，巴金着手翻译克鲁泡特金的重要著作《面包略取》。这部书深化了巴金对无政府主义理论的认识。克鲁泡特金在书中把他的无政府主义学说概括为“面包（安乐）与自由”，勾勒出“无政府共产主义”社会的蓝图。克鲁泡特金的理论是建立在个人主义基础上的，与马克思主义的科学共产主义学说有着本质的区别。而且，克鲁泡特金不懂得无产阶级的阶级斗争，认为旧的国家机器一旦被打破，平等互助、“万人享乐”的社会就会立刻实现，带有浓厚的空想色彩。但是，克鲁泡特金对未来社会的设想，把巴金追求的朦胧目标具体化；克鲁泡特金的理论所带有的空想色彩，投合了巴金急切要求改变黑暗社会现状的愿望。所以，在当时流行的各派无政府主义学说中，克鲁泡特金的理论最易为巴金所理解和接受，巴金把它当作探索社会解放道路

---

① 李达：《无政府主义之解剖》，见《李达文集》第一卷，人民出版社 1980 年版，第 78 页。

② 巴金：《信仰与活动》，载《水星》1935 年第 2 卷第 2 期，第 115 页。

的指导思想。

但是，巴金对各派无政府主义学说决不生吞活剥，全盘接受。即使是对于他所崇敬的克鲁泡特金的话，也不盲目听信。例如他对克氏“欧战论”的观点就持反对意见。到了30年代，他还说：“克鲁泡特金对于某一个特殊问题的意见，我有时也并不同意。”[①] 巴金对无政府主义运动中某些问题的看法，也在不断地发展。他最初赞成外国无政府主义者的暗杀活动，到了1926年，就修正了这个观点。他认识到社会革命不会因单纯的暗杀活动而取得成功，“假若现在社会制度一天不推翻，那我们一面在杀坏人，它便一面在造坏人；那么我们虽以杀坏人为义务，一生也杀不尽的”[②]，把斗争锋芒指向黑暗的社会制度，对恐怖活动持否定的态度。

克鲁泡特金的学说无疑滋长了巴金反专制的精神。但是巴金分不清无产阶级专政和封建专制在本质上的区别，他说，这两者“名称虽不同，实质却无差别”[③]。巴金援引柏克曼《俄罗斯的悲剧》中的材料，抨击苏联无产阶级专政：“布党专政下的俄罗斯已成了屠杀革命党的刑场，执政的共产党便是行刑的刽子手。”[④] 在另一篇文章中，巴金进而指出，无产阶级占人类的大多数，“要用大多数人专政来压制少数人是做不到的”，因此“真正的无产阶级专政，是做不到的”。他天真地认为，有产阶级利用政权来压迫无产阶级，无产阶级也利用政权来压迫有产阶级，无产阶级取得政权后，“原来的有产阶级一变而为无产阶级……这样反复循环下去，阶级斗争定会没有停止的时候”。由此推断出无产阶级专政是“压制无产阶级的工具”“不能消灭阶级”“不能消灭国家”[⑤] 的结论。

巴金对十月革命后的俄国社会状况和对马克思主义无产阶级专政学说的错误认识，使得他对列宁也抱有很深的成见，他不仅把列宁与沙皇尼古拉二世、德皇威廉二世等同为“独夫民贼之流”，“列宁政府便是压迫和摧残工人农民的机关”，还攻击列宁制定的新经济政策是“资本主义的恢复”。因此，他认定列宁“侮辱了革命；他误解了革命；他破坏了革命；他卖却了革命”[⑥]。

研究巴金这一时期的思想，不能回避这样的问题：自瞿秋白的《饿乡纪

---

① 芾甘：《序》，见《从资本主义到安那其主义》，上海自由书店1930年版，第4页。

② 芾甘：《杂感》，载《民钟》1926年第15期。

③ 李芾甘：《评陈启修教授之〈劳农俄国之实地考察〉》，载《时事新报》副刊《学灯》1925年第7卷第10期。

④ 芾甘：《“欠夹”——布尔雪维克的利刀》，载《民钟》1925年第10期，第14页。

⑤ 李芾甘：《再论无产阶级专政》，载《时事新报》副刊《学灯》1925年第7卷第12期。

⑥ 李芾甘：《列宁论》，载《时事新报》副刊《学灯》1925年第7卷第12期。

程》《赤都心史》问世以来，当时的报刊上陆续刊登了不少介绍俄国实际情况的通讯报道，在社会上引起了强烈的反响。为什么巴金反而写出那些错误观点的文章？“五四”以后，随着马克思主义在中国的广泛传播和新民主主义革命运动的蓬勃发展，无政府主义的局限性和反动性便愈来愈明显地暴露出来，许多曾经受过无政府主义影响的青年，例如巴金在成都的好友袁诗尧，抛弃了旧的思想武器，接受了马克思主义。为什么巴金却在无政府主义的道路上愈走愈远？应当怎样看待巴金在这一时期的思想与活动？

我们不能脱离当时国内外错综复杂的阶级斗争，去研究这些问题。

十月革命之后，阴谋反对苏维埃政权的无政府主义者同其他反动分子一样，遭到无产阶级专政的坚决镇压。于是国际上的一些无政府主义者和反对派打着“反迫害”的旗号，污蔑无产阶级专政，猖狂进行反苏活动。其中，高德曼和她的情人柏克曼最为活跃。在国际这股反动逆流的影响下，中国的无政府主义者也鼓噪而出。他们在《民钟》第十期上发表《援助在狱革命党人专号》，与国际无政府主义者的行动遥相呼应。

巴金不明真相，对高德曼、柏克曼等人在《俄罗斯的悲剧》《俄国革命之破坏》等书中所列举的丑化俄国社会情况的材料缺乏鉴别能力和判断能力，接受了他们反对无产阶级专政的观点。因此，他毫不犹豫地站在“受害的”无政府主义者这一边。甚至当北京大学陈启修教授在苏联进行 13 个月的调查后写出《劳农俄之实地考察》，对苏联的社会状况做了比较客观的介绍，巴金还撰文予以批驳。

无政府主义重视个人自由，而又没有一个正式严密的组织，很适合巴金的小资产阶级脾习。他对政党一向怀有很深的偏见，认为“任何政党都是社会革命的破坏者”①。上述错误的观点，更导致他对中国共产党产生误解。他说：“共产党——尤其是中国共产党把俄国劳动者的情形丢开不说，只拿无产阶级专政的招牌来骗人”，“努力想把俄国悲剧拿来中国开演”，共产党与国民党所建立的统一战线是“打起无产阶级的招牌而实际却与资产阶级妥协”。② 无政府主义在巴金与现实的革命斗争生活之间筑起一道厚障壁，他看不到党所领导的工农革命运动方兴未艾的大好形势，却发出“革命的前途，实在黑暗极了，危险极了！民众热诚的希望空虚了”③ 的叹息声。正如斯大林所说：“马克思主义和无政府主义建立在完全不同的原则上，虽然双方登上斗争舞台时都举着

---

① 柏克曼著，芾甘译：《俄罗斯的悲剧》中的译者批注，载《民钟》1925 年第 12 期。
② 柏克曼著，芾甘译：《俄罗斯的悲剧》中的译者批注，载《民钟》1925 年第 12 期。
③ 柏克曼著，芾甘译：《俄罗斯的悲剧》中的译者批注，载《民钟》1925 年第 12 期。

社会主义的旗帜。”[1] 巴金虽然反对军阀政府，反抗黑暗现实，向往“各尽所能，各取所需”的共产主义社会，但他没有找到一条正确的革命道路，因而不能像袁诗尧等人那样，投身到中国共产党所领导的革命洪流中去转变自己的思想。可见，当新民主主义革命运动发展到一定阶段，无政府主义便起着阻挡历史潮流的作用。即使像巴金这样有着高涨革命热情的青年，无政府主义的腐蚀剂也不可避免地使得他在探索社会解放真理的过程中出现危机。

不难看出，从“五四”到1927年，巴金主要是从书本上接受无政府主义的。他还没有认真地去探讨中国革命的实际问题，对中国革命的性质、道路、方法和前途等问题，尚未形成一套自己的主张。脱离中国革命斗争的实际，是他长期认识不到无政府主义的局限性和反动性的一个重要原因。

二

为了系统地研究无政府主义运动史，巴金在1927年1月来到国际无政府主义者麇集的巴黎。巴金留学法国前后，是他研究、接受无政府主义理论的高潮时期。无政府主义理论不仅在政治思想上，而且在伦理道德观念上，对巴金的影响是很深的。他在法国翻译了克鲁泡特金的《人生哲学：其起源及发展》。克鲁泡特金在书中系统地阐发了他的“无平等则无正义，无正义则无道德”的伦理公式、互助是人的社会本能思想，以及为万人的自由而献身是最大幸福的自我牺牲精神，把正义观念同平等的观念、把自我牺牲同无政府共产主义的理想糅合在一起。克氏的伦理思想，就成为巴金所遵循的道德准则。同时，巴金从多方面收集俄、美、法、日等国无政府主义殉道者的生平事迹，编写出为他们树碑立传的小册子《断头台上》。这些殉道者将无政府主义的伦理道德观念化为具体的行动，巴金对他们的人格作出极高的评价，把他们当作道德完美的典范和学习的榜样，从中吸取鼓舞自己前进的力量。这是巴金长期坚持无政府主义信仰的又一个重要原因。

1927年，巴金同因被诬陷而关在美国监狱里的意大利无政府主义者萨柯、凡宰特通信。凡宰特在临刑前一个月，还在信中教导巴金要忠实地生活，要爱真理、爱正义，要爱人和帮助人。他们的思想和经历，使巴金又找到了值得他学习的老师。美国政府不顾国内外进步舆论的反对，悍然将萨、凡二人用电刑处死，这无疑给巴金以极大的刺激。他为此写出一系列的政论文、杂文和小说，对资本主义的国家、政府、军队、法律和财产进行更为猛烈的抨击与坚决

---

① ［苏联］斯大林：《无政府主义还是社会主义?》，见《斯大林全集》第一卷，人民出版社1953年版，第273页。

的否定。

对敌人深沉的恨和对人民大众深切的爱是巴金思想的核心。他远在法国，却关注着祖国的命运。“四·一二”事变后，老牌无政府主义者吴稚晖、李石曾著文拥护国民党的“清党”运动。巴金写出《空前绝后的妙文》《无政府党并不同情于国民党的护党运动》《无的放矢》《分治合作与无政府主义》等杂文，无情揭露他们的反动政客嘴脸，痛斥他们发表的无耻谰言，公开表示“反对李石曾、吴稚晖”[①]。巴金对国民党当局的罪行很愤慨，对国民党反动当局血腥屠杀共产党人的罪行也很愤慨，郑重宣言：“我永远反对国民党。”[②] 表明了他的基本政治态度。正是因为他把国民党新军阀政府、不合理的社会制度、国内外各种阻碍社会前进的传统观念和反动势力视为敌人，与之作了长期的、艰苦的斗争，才使得他始终保持着旺盛的革命斗志，追随着新民主主义革命运动前进。

1928 年底巴金回国后，积极从事无政府主义的宣传工作，主编过《自由月刊》《时代前》等无政府主义刊物，大量译介外国无政府主义者的著作，例如《克鲁泡特金全集》中的十本书，他就译了五本。1930 年出版了系统阐述他的无政府主义政治观点的专著《从资本主义到安那其主义》。在这本书里和在他留学期间所写的政论文、杂文中，巴金试图运用无政府主义的原理去探讨中国革命的实际问题，对中国革命的性质、道路、领导权和前途提出了一套纲领性的主张。

巴金忽视中国是一个半封建半殖民地社会而不是资本主义社会的特点，认为中国革命的性质不是资产阶级民主主义的，而是无产阶级社会主义的。他指出中国革命有“两条康庄大道”：其一“就是按照一七九八年法国革命及一八四八年欧洲各国的革命，以及俄国革命的先例”；其二“就是总同盟罢工”。[③] 他没有看到中国是一个农业国，农民占人口的绝大多数，照搬欧洲各国的革命经验，说“革命多半爆发于工业区域”[④]，总同盟罢工可以使旧的国家机器瘫痪、瓦解，因此，他强调“总同盟罢工乃是社会革命之唯一实际的道路”[⑤]，而总同盟罢工必须由无政府主义的工团组织来领导。巴金还认为，革命的根本问题不是政权问题，“无政府主义者是主张消灭政治，而非来夺取政权的”[⑥]。

---

① 芾甘：《答诬我者书》，载《平等》1928 年第 10 期，第 9 页。
② 芾甘：《答诬我者书》，载《平等》1928 年第 10 期，第 9 页。
③ 黑浪：《怎么做法？（讨论之一节）》，载《平等》1928 年第 13 期，第 9 ～ 13 页。
④ 芾甘：《从资本主义到安那其主义》，上海自由书店 1930 年版，第 241 页。
⑤ 芾甘：《从资本主义到安那其主义》，上海自由书店 1930 年版，第 241 页。
⑥ 芾甘：《勿为我们杞忧》，载《平等》1928 年第 10 期，第 11 ～ 12 页。

社会革命一旦成功，就应立即消灭阶级和政党，废除专政，不成立任何形式的政府，只在城市建立“工厂委员会”和“工人议事会”，在农村建立村社组织“人民合作社”，并在此基础上成立“全国劳动议事会同盟”，来指导生产和消费。这样，他执着追求的万人友爱互助、万人安乐的自由平等的新社会就实现了。

毋庸置疑，在黑暗恶浊的旧社会，巴金的美丽理想能激起人们反抗现实的勇气，有一定的进步意义。但这也表明巴金对中国社会的特点和各阶级的状况缺乏了解，对中国革命的长期性和复杂性认识不足。他在无政府主义理论指导下所形成的政治观点脱离了中国的实际情况，在现实革命斗争中是行不通的。

大革命失败后，巴金站在无政府主义立场上帮助弱者、反抗强者和反对一切政党的立场上，说：“国民党未得势力的时候，我可以说‘我恨国民党，但我更恨北洋军阀’……然而我从未有说过帮助国民党的话。”[①] 他虽然反对国民党的清党运动，却又认为是国共两党的事，与己无关。他极其钦佩李大钊牺牲时所表现出的大无畏精神，“恭敬他像一个近代的伟大殉道者”，但又声称在主义上，与李大钊不是同路人，鲜明地表现出他思想上的局限性。

综上所述，从1927年到30年代初期，巴金思想中偏激的与落后的、现实的与空想的诸种成分交织在一起，呈现出非常复杂的状况。一方面，他仇恨不合理的社会制度，坚决反对国民党新军阀政府，希望推翻旧世界，使人民获得解放，具有彻底的不妥协的革命民主主义精神，与新民主主义革命运动的主流十分接近，这是巴金思想的主导方面。另一方面，无政府主义妨碍了他对中国革命的深刻理解和对中国共产党的正确认识，他那时的政治主张同共产党的政治主张存在分歧，这又使得他不能在反帝反封建的斗争中发挥更为积极的作用。在现实斗争的冲击下，巴金思想上的诸种因素必然有一番消长的过程，从而促使巴金的思想发生相应的变化。

三

到了30年代，随着新民主主义革命运动的蓬勃发展，马克思主义的影响越来越大，无政府主义的思想阵地越来越小。巴金主编的《自由月刊》《时代前》只出了几期就夭折了，一些宣传无政府主义的书刊销路也不好。事实证明，中国的无政府主义者不可能成为中国革命的领导力量，整个无政府主义者

① 芾甘:《答诬我者书》，载《平等》1928年第10期，第8页。

的队伍处在急骤分化的状态中。巴金期待的法、俄大革命和总同盟罢工，始终没有出现过。无政府主义理论不可能指导中国的革命运动，巴金的信仰同中国革命的实际情况产生尖锐的矛盾。巴金怀着强烈的反帝反封建愿望，却又找不到一条正确的革命道路，陷在理想与现实、理智与感情、爱与憎、思想与行为的冲突中，感到压抑和苦闷。

巴金的矛盾心情，也从他的文学作品中表现出来。他在法国留学期间写出处女作《灭亡》。从 1931 年三四月起，他就全力投入文学创作活动，用自己的作品来抨击黑暗，呼唤光明。而且巴金内心的苦闷，也使他前期的作品，例如《灭亡》《新生》《利娜》、“爱情三部曲”等带有一种忧郁感。不过应当看到，尽管巴金在政治上信仰无政府主义，但是他的文艺观却是坚持现实主义写实的创作原则，不把作品当作政治思想的单纯传声筒，也不把自己的观点强加给读者。他说：“我坦白地承认我的作品里总有一点外国‘无政府主义’的影响，但是我写作时常常违反这个‘无政府主义’。”① 巴金对中国根深蒂固的封建专制的残酷性感受特别深切，非常痛恨。他在“激流三部曲”、《春天里的秋天》等许多作品中，满腔悲愤地为一代受摧残的青年呼吁，向不合理的制度发出“我控诉”的心声。由于巴金从来没有怀疑过旧社会一定灭亡、新社会必将到来、光明终会战胜黑暗的社会历史发展趋势，因此，他的作品燃烧着希望之火。许多青年正是在这希望之火的照耀下，走上反抗旧世界的革命道路的。

早在五四时期，巴金就读过鲁迅的《狂人日记》等小说，他在 30 年代同鲁迅的交往，使自己的思想进入柳暗花明的新境界，巴金一直把鲁迅当作最崇敬的导师，不仅在创作上从鲁迅那里取过乳汁，而且鲁迅的思想和品德也深深地感染着他。1935 年，巴金担任文化生活出版社编辑。从这时起到全面抗战爆发时止，他先后编辑出版了文学丛书 64 种，收录了鲁迅和茅盾、叶紫、肖红、肖军、沙汀、艾芜、曹禺、荒煤等许多左翼作家和进步青年作家的作品。所以，尽管巴金没有参加左联，但他团结在鲁迅周围，追随着鲁迅的道路前进，为粉碎敌人的文化围剿作出了不可磨灭的贡献。这是促使巴金思想朝着好的方面转化的一个外在原因。

巴金也像鲁迅那样，既解剖社会，同时也严格解剖自己，从不掩饰内心的矛盾和苦闷。从收集在《生之忏悔》《忆》《无题》《点滴》《梦与醉》等集子

---

① 巴金：《谈〈灭亡〉》，载《文艺月报》1958 年第 4 期。（参见李存光编《巴金研究资料》上卷，海峡文艺出版社 1985 年版，第 232 页。）

中的文章可以看出，他竭力想甩掉过去的生活在他精神上留下的阴影，消除内心的沉重负荷，渴望在反帝反封建的斗争中贡献更大的力量。这是巴金思想向着进步方面前进的重要内在原因。

但是，笼罩在精神上的阴影和内心的种种矛盾绝不是一下子就可以消除干净的。克鲁泡特金学说仍然像磁石一样吸引着他。巴金在30年代一再强调他没有背弃原来的信仰。1936年他在杭州还冒雨扫过刘师复的墓，说："我们都不会忘记他的。"[①] 不过，从他的思想发展总的倾向来看，无政府主义的影响却在不断减弱。他在30年代致力于创作，基本上脱离了中国的无政府主义运动，他的创作也不尽符合无政府主义原则。所以，尽管他在1936年还自称无政府主义者，但又承认："其实我已经失掉了这个资格。"[②] 因此，当左联个别成员对巴金产生误解，进行含沙射影的攻击时，鲁迅仗义执言："巴金是一个有热情的有进步思想的作家，在屈指可数的好作家之列的作家，他固然有'安那其主义者'之称，但他并没有反对我们的运动，还曾经列名于文艺工作者联名的战斗宣言。"[③] 对巴金在30年代的思想与活动做出了实事求是的公正评价。

四

1937年"七七"事变后，抗日的烽火驱散了巴金眼前的迷雾，他的思想也发生了巨变。

在民族危亡的紧要关头，巴金毅然扬弃无政府主义不要国家、反对一切战争的观点，与祖国和中华民族共患难。他认为，中国人民为反抗侵略、谋求生存和独立而进行的抗战，是正义的战争，因而"中国这次抗战也含有革命的意义"，抗战的胜利也将"洗出一个清明的世界"。[④] 他这时考虑的不再是实现"无政府共产主义"的理想问题，而是怎样用自己的笔为抗战服务的问题。作为一个爱国作家，巴金积极参加抗日救亡运动。他不仅写出《给山川均先生》《给日本友人》《给一个敬爱的友人》等公开信，对日本帝国主义的侵略罪行进行淋漓尽致的揭露，义正辞严地驳斥日本好战分子所发出的反华谰言，还写出振奋人民抗日斗志的《莫娜·里莎》《只有抗战这一条路》《"重进罗马"的精神》等小说、散文和杂感。

---

① 巴金：《短简》，载《作家》1936年第1卷第5号，第1155页。

② 巴金：《答徐懋庸并谈西班牙的联合战线》，载《作家》1936年第1卷第6号，第1364页。

③ 鲁迅：《且介亭杂文末编·答徐懋庸并关于抗日统一战线问题》，见鲁迅先生纪念委员会编纂《鲁迅全集》第六卷，鲁迅全集出版社1948年版，第542页。

④ 巴金：《杂感二：极端国家主义者》，载《见闻》1938年第3期，第87～88页。

在抗日战争的漫天硝烟中，巴金担任过卓有影响的《救亡日报》编委、茅盾主编的《烽火》杂志发行人（后改任主编）。《烽火》是宣传全面抗战的重要舆论阵地，发表过关于八路军、浙东游击队抗日活动的报道，表明巴金对当时的革命武装力量有了新的正确认识。1938 年 3 月，文艺界统一战线组织中华全国文艺界抗敌协会（以下简称“文协”）成立，巴金被选为理事。同年 11 月，他又同夏衍等人被推定为筹备文协桂林分会的负责人。从此，他和中国共产党有了直接的接触。

1941 年 1 月，巴金到了重庆。在文协的招待会上，他第一次见到周恩来。以后，他与何其芳一道去周公馆，多次聆听周恩来的报告、演说和谈话。周恩来在巴金彷徨无路的时候，帮助他认清形势，看到光明。巴金还在周恩来同志的教导下学习毛泽东思想，接受中国共产党的教育和领导。与此同时，巴金同文化界的一些共产党员与进步人士往来频繁，这大大增进了他对党的了解。周恩来同志正确执行党的统一战线政策和知识分子政策，把巴金团结在党的周围。巴金也一直把周恩来“当作亲人一样，求助于他”①。巴金摒弃了过去“不与任何政党发生关系”“不拥护任何政党”的错误观点，思想境界有了明显的提高。

作为一个进步作家，巴金的主要武器是笔。抗战爆发后，巴金初步跨出个人主义的狭小圈子。长期颠沛流离的生活扩大了他的视野，他有更多的机会与人民接触。祖国大地上的火光、炸弹、废墟、尸体、民族的灾难，使他把个人的命运同我们国家与民族的命运连结得更紧密。严酷的现实不但给他提供了丰富的创作素材，而且使他丢掉头脑中一些不切实际的幻想。他说：“我虽然信仰从外国输入的‘安那其’，但我仍还是一个中国人，我的血管里有的也是中国人的血。有时候我不免要站在中国人的立场上看事情，发议论。”② 在这一时期，爱国主义的思想在巴金世界观中占了统治地位，无政府主义对他的影响也就很微弱了。他在《火》的第一部中，通过素贞的口说：“你带我走吧，去陕北、去新疆，去什么地方都可以。”表达出广大爱国青年向往陕北革命根据地的共同心愿，也反映出巴金思想上的一个崭新观点。

“皖南事变”以后，国民党反动派竭力压制和迫害进步的文艺工作者，作

---

① 巴金：《望着总理的遗像》，载《人民文学》1977 年第 8 期。（参见巴金《爝火集 · 望着总理的遗像》，见《巴金全集》第十五卷，人民文学出版社 1990 年版，第 530 页。）

② 巴金：《后记》，见《火（第二部）》（一名《冯文淑》），开明书店 1941 年版，第 295 页。

家的处境非常困难，在创作上受到很大的限制。但是巴金没有屈服，他从未放下笔，从未停止对黑暗的攻击和对光明的呼唤。在抗战后期，巴金对国民党政权的反动与腐败有着切身感受，对黑暗社会的罪恶认识更为深刻，对人民的苦难了解得更加清楚。他说："我的最大的敌人就是封建制度和它的代表人物。我写作时始终牢牢记住我的敌人。"① 他陆续写出了把矛头直指封建地主阶级赖以存在的经济基础——祖传产业和金钱的《憩园》、鞭挞国民党反动统治的罪恶的《第四病室》与《寒夜》。特别是在他的不朽名作《寒夜》里，巴金通过善良正直的知识分子汪文宣被不合理的社会制度逼得家破人亡的悲剧，让读者看看国民党统治下的人间地狱是个什么样子。巴金不停留在表现下层人民苦难生活的一般水平上，他把汪文宣个人的命运同整个社会的命运有机地结合起来，发微显隐，反映了他对当时政权的绝望，宣判了不合理的社会制度的死刑。这些作品具有坚实的现实生活基础，概括了深广的社会内容，比起他从前的作品，富有更为鲜明的时代特色。值得注意的是，在他抗战后期的作品中，没有无政府主义的一丝影子，思想性和艺术性都达到一个新的高度。

在抗战胜利后的重庆谈判期间，巴金第一次见到毛泽东。这次会见，给巴金留下难忘的记忆。1946 年周恩来到南京谈判前夕，还向巴金介绍了国共两党谈判的情况。巴金在分手时说："斗争艰巨，希望多保重。"表达了他对党的领导人的衷心爱戴和关心。周恩来语重心长地勉励他："只要坚持斗争，人民一定胜利。"这铿锵的临别赠言，深铭巴金心头，成为他坚强的思想支柱。

而且，现实生活也给巴金以深刻的教育。他目睹官僚发财、投机家得利、接收大员作威作福的丑剧，看到人民依然在贫困的境地中挣扎。抗战胜利并没有改变坏人享乐、好人受苦的状况。巴金对抗战胜利后的种种希望破灭了，散文《月夜鬼哭》真实地记录了他此时的心境。中国向何处去？他沉思着。

国民党统治的穷途末路，巴金是察觉出来的。在光明与黑暗进行大决战的时刻，巴金不再认为这是国共两党之争而袖手旁观，他积极投入反内战、争和平、反独裁、争民主的斗争洪流中。1945 年"一二·一"事件发生后，巴金同郭沫若、茅盾等十六位作家联名写信给闻一多先生，支持昆明爱国师生的正义行动，表示"愿竭诚共同努力，以期达到制止内战，实现民主和平之目的"②。1946 年 1 月 8 日，巴金又同茅盾、老舍等人致函旧政协各会员，要求结束国民党一党专政，制订和平建国纲领，废止文化统制政策。不久，上海十

---

① 巴金：《关于〈激流〉》，见《创作回忆录》，人民文学出版社 1982 年版，第 98 页。

② 影印件照片，见于重庆市博物馆。

万人举行反内战大会，巴金也在请愿书上签名。1948 年，美帝国主义企图扶植日本军国主义势力，遭到中国人民的反对。美国驻华大使司徒雷登发表诬蔑、恫吓中国人民这一行动的言论。巴金同冯雪峰、叶圣陶、唐弢等上海文艺界人士发表声明，怒斥司徒雷登的反动谰言。[①] 所以，郭沫若在当时誉赞巴金说："他是我们文坛上有数的有良心的作家。他始终站在反暴力、表扬正义的立场，决不同流合污，决不卖虚弄玄，勤勤恳恳地守着自己的岗位，努力于创作、翻译、出版事业，无论怎么说都是有功于文化的一位先觉者。"[②]

如火如荼的新民主主义革命运动动摇了巴金旧有的信念；现实社会的阶级斗争事实，纠正了他思想上的偏颇。巴金逐渐向中国共产党及其领导下的进步力量靠拢，思想中的革命民主主义因素不断增长和升华，经过他内心的激烈冲突，最后取代了无政府主义思想成分的领导地位。这种思想上的新陈代谢，使他抛掉精神上的阴影，在反帝反封建斗争中发挥着积极的作用。1949 年 5 月，上海解放了。巴金第一次以国家主人翁的身份，欢呼人民的胜利，豪迈地喊出："上海，美丽的土地，我们的！"[③] 不久，他应邀出席全国第一次文代会，听取了毛泽东、周恩来、朱德等领导人的报告和讲话。这个大会使巴金耳目一新，产生了"回到老家的感觉"[④]。在这次会上，他当选为全国文联常委。1949 年 10 月 1 日，他参加开国大典，第一次同广大人民群众沉浸在欢乐的海洋里，"如此清楚地看到了中国人民光辉灿烂、如花似火的锦绣前程"[⑤]。的确，刚刚诞生的新中国，比他理想中的社会还要美好。巴金彻底抛弃了旧有的思想武器，建立起新的信仰，那就是：自觉服从党和人民政府的领导，热爱社会主义制度，拥护人民民主专政，纵情歌颂这个伟大的时代，歌颂伟大的人民，歌颂伟大的领袖，歌颂人民当家作主的新生活。他说："为了欢迎这伟大的新时代的来临，我献出我的心、我的笔和我的全部力量。"[⑥]

---

① 香港《华商报》1948 年 6 月 18 日。

② 郭沫若：《想起了斫樱桃树的故事》，载《文汇报·新文艺》1947 年第 4 期，1947 年 3 月 24 日。（参见郭沫若《集外·想起了斫樱桃树的故事》，见《沫若文集》第十三卷，人民文学出版社 1961 年版，第 506 页；郭沫若：《集外·想起了斫樱桃树的故事》，见郭沫若著作编辑出版委员会编《郭沫若全集·文学编》第十六卷，人民文学出版社 1989 年版，第 265 页。）

③ 巴金：《"上海，美丽的土地，我们的！"》，见《上海解放十年》征文编辑委员会编《上海解放十年》，上海文艺出版社 1960 年版，第 9 页。

④ 冯雪峰、巴金等：《全国文代大会代表对大会感想》，载《人民日报》1949 年 7 月 20 日第四版。

⑤ 巴金：《一封信》，见《文汇报》1977 年 5 月 25 日。（参见巴金《一封信》，见《巴金近作》，四川人民出版社 1978 年版，第 4 页；巴金：《爝火集·一封信》，见《巴金全集》第十五卷，人民文学出版社 1990 年版，第 515 页。）

⑥ 巴金：《前记》，见《巴金文集》第一卷，人民文学出版社 1958 年版，第 5 页。

经过艰苦、漫长、曲折的思想发展道路，巴金终于找到社会解放的真理。他也由一个否定一切国家、政府、政党、军队、法律和专政的无政府主义信仰者，成为共产党的战友和新中国的热情歌手。

1983 年 10 月 3 日改定于中山大学

（原载《中国现代文学研究丛刊》1984 年第 3 期，第 130 ～ 146 页）

巴金与宗教

从文化学的方位去考察巴金作品的文化价值，不难发现：宗教对巴金的思想和创作起到过重要作用；巴金也在自己的作品中反映了“五四”以来30年间宗教生活的某些方面。而这个问题，正是巴金研究中薄弱的一环。探讨这个问题，不仅可以加深对巴金精神的理解，还能使我们更全面地评价巴金创作的文化意义及其在中国现代文化史上的地位。

一、宗教在巴金文化心理上最早的雪泥鸿爪

众所周知，宗教是人类社会中一种历史悠久的文化现象。在远古，初民们对超自然的神秘力量的恐惧与崇拜，以及对生命存在的思虑和惶惑，形成对具有超人间、超自然的神灵顶礼膜拜的共同文化心理，在日常生活中人们受这种文化心理的规范，表现出信仰神灵的行为，从而产生了宗教。正如恩格斯所说：“一切宗教都不过是支配着人们日常生活的外部力量在人们头脑中的幻想的反映，在这种反映中，人间的力量采取了超人间的力量的形式。”① 一语道出宗教的本质特征。同时，还应看到，宗教由四种基本要素组成。这四种要素在宗教系统中，又分属四个层次。外层是宗教的建筑和器物，以及巫术、祭祀、祈祷、礼仪等行为活动。第二层是宗教的组织和教规、戒律、法典、制度。第三层是教义、神谕、训诫、经文典籍等宗教意识。深层是虔诚、庄严、圣洁的宗教感情。

很明显，按其相互关系和作用，宗教感情在四个基本要素中起着核心作用。这种宗教感情最初是先民信仰超自然、超人间力量的特殊内心感受和精神体验，在漫长的历史进程中，积淀在人们的文化心理上，成为集体无意识的原型。西方著名心理学家荣格给集体无意识下的定义是：“或多或少属于表层的无意识无疑含有个人特性，我把它称为‘个人无意识’，但这种个人无意识有赖于更深的一层，它并非来源于个人经验，并非从后天中获得，而是先天地存在的。我把这更深的一层定名为‘集体无意识’。选择‘集体’一词是因为这

① ［德］恩格斯：《反杜林论（欧根·杜林先生在科学中实行的变革）》，见中共中央马克思恩格斯列宁斯大林著作编译局编《马克思恩格斯选集》第三卷，人民出版社1972年版，第354页。

部分无意识不是个别的，而是普遍的。它与个性心理相反，具备了所有地方和所有个人皆有的大体相似的内容和行为方式。换言之，由于它在所有人身上都是相同的，因此它组成了一种超个性的心理基础，并且普遍地存在于我们每一个人身上。"① 他又说："个人无意识主要是由各种情结构成的，集体无意识的内容则主要是'原型'。"② 荣格还认为，人从出生的那一天起，就具有集体无意识原型某一部分的先天倾向。这种先天倾向决定了知觉和行为的某些选择性。在一定的环境或条件下，只需要很少一点外界刺激，就可以把先天倾向显现出来。而人的先天倾向与后天经历、体验相融合，集体无意识中的心灵潜在意向就会显现出来，成为个人意识中实实在在的东西。现代心理实验表明，荣格的理论具有一定的科学性。明了了这一点，就不难理解，巴金的文化心理深层也蕴含着集体无意识中的宗教原型，而且在一定的环境和条件下，先天的宗教倾向会出现在他的个人意识中。

追溯巴金的生活经历，就可以看到他从小生活在宗教风气盛行的川西平原。离巴金老家不远有建于南北朝时期的著名佛教丛林文殊院和古老的道教宫观青羊宫。在成都附近矗立着道教发祥地之一青城山的诸多宫观和始建于东汉的佛教寺院宝光寺。巴金四五岁时跟随父亲在广元县生活，那里又有名闻遐迩的皇泽寺、千佛崖等宗教胜地。在清末和民国初年，随着基督教的输入和传播，教堂在成都拔地而起。儒、佛、道经过一千多年的相互渗透和相互补充，融汇成中国传统文化思想的主流。宗教意识已在人们的文化心理扎下根来，并且浑然融化在人们日常生活中，成为支配人们思维和行动的一种精神力量。久而久之，这种或浓或淡地闪耀着宗教色彩的生活便形成一方的民俗风情，求神拜佛在当时已是司空见惯的事。

在这样的环境中，巴金很早就接受了宗教——最先是佛教的影响。在他孩提的时候，他的母亲就多次叙述过生产前一天做过送子娘娘送子投胎的梦："这个娃娃本来是给你的弟妇的，因为怕她不会好好待他，所以送给你。"③ 对这个送子娘娘，民间流传着三种说法：一说她是道教中的泰山娘娘碧霞元君，一说她是佛教中的观音大士，还有一说调合佛道，称她为天仙神女，化身为观

---

① ［瑞士］荣格：《集体无意识的原型》，见《心理学与文学》，冯川、苏克译，生活·读书·新知三联书店 1987 年版，第 52 ～ 53 页。

② ［瑞士］荣格：《集体无意识的概念》，见《心理学与文学》，冯川、苏克译，生活·读书·新知三联书店 1984 年版，第 94 页。

③ 巴金：《忆·最初的回忆》，见《巴金全集》第十二卷，人民文学出版社 1989 年版，第 344 页。

音之在世。[①] 但不管哪种说法，送子娘娘都深受民间欢迎。在中国古史传说中，有不少天赋异禀的能人，出世前夕，他们的母亲不是梦见送子娘娘送子投胎，就是梦见日月星辰、龙虎豹熊等异物入怀。母亲所说的梦境，给巴金的出生留下一道神秘的宗教灵光。这道灵光投映在巴金文化心理深层，以至于他过了而立之年，还能清楚地记住母亲说过的这番话。[②]

中国传统宗教把世界分成三个空间：超凡的神佛和修行得道者居住的天上乐园，凡夫俗子生活的人间，鬼魂妖怪活动的幽冥阴间。民间认为，鬼魂妖怪有时会不安分地潜往人间显灵作祟，但它们绝不敢冒入西方极乐世界或天上的阆苑琼阁。中国宗教的三界之说又与人的生死糅合在一起，演化为佛教、道教的重要内容，并且在民间广为流传。巴金在四五岁的时候，照料他的佣妇杨嫂通过讲故事的方式，把神鬼观念不知不觉地投射进他幼小的心灵。后来他去探视生病的杨嫂，对其有这样的描述："杨嫂的脸在我的眼前渐渐地起了变化，我看见了一张妖精的脸，散乱的长头发，苍白的瘦脸，高的颧骨，血红的大眼……这就是杨嫂讲的故事中妖精的脸。"听到杨嫂的呻唤便产生错觉："一定是妖精，杨嫂不会这样呻唤的。"[③] 杨嫂死后，巴金的母亲说："在阴间（鬼的世界）大概无所谓家乡罢，不然杨嫂倒做了异乡的鬼了。"[④] 在清明节和中元节，母亲还叫人到杨嫂的坟前去烧纸钱。巴金说："就这样地，'死'在我的眼前第一次走过了。"[⑤] 集体无意识原型中的宗教先天倾向，影响了巴金个人意识中的鬼神观念。多年后巴金写出的《幽灵》《神·鬼·人》《田惠世》等小说和《木乃伊》《月夜鬼哭》等散文，固然是他对现实生活有所感而作，但他的鬼神观念亦在这些作品中有所体现。

后来，巴金随辞官的父亲回到成都，生活在一个专制、黑暗的大家庭里面。家庭中和社会上种种不合理的事物引起他的思考，封建礼教对年轻人个性的摧残，使他感到痛苦，父亲母亲的早逝，又给他的心蒙上了死的阴影。为了寻找出路和得到精神上的某种解脱，在他接受五四新思潮启蒙以前，文殊院的

① 王之纲：《玉女传》，见《古今图书集成·神异典》第二十一卷，中华书局影印，第490册第46页。

② 巴金：《忆·最初的回忆》，见《巴金全集》第十二卷，人民文学出版社1989年版，第345页。

③ 巴金：《抹布集·杨嫂》，见《巴金全集》第九卷，人民文学出版社1989年版，第445～446页。

④ 巴金：《忆·最初的回忆》，见《巴金全集》第十二卷，人民文学出版社1989年版，第365页。

⑤ 巴金：《忆·最初的回忆》，见《巴金全集》第十二卷，人民文学出版社1989年版，第365页。

晨钟暮鼓一度对他很有吸引力，他说：“我在过去的某一个短时期也颇有意皈依佛教。因为生与死的苦闷压迫着我，我也曾想在佛经中找到一点东西来解除我的苦闷，我也曾与许多和尚往来（虽然那时候我还是一个小孩子），但是结果我并没有得到什么。”①

在诸种宗教中，基督教对巴金产生过重大影响。他接触基督教很早，在八九岁的时候，为给二姐李尧桢治病，他的母亲同几个英国女医生来往甚密。从她们那里，巴金收到一件礼物——《圣经》。他当时虽然没有想到去读它，但也“很喜欢那本精装的《新旧约全书》官话译本”②。到了五四时期，西方各种思想潮水般涌入。需要指出的是，基督教文化是西方文化思想的基因之一，不仅在许多思想家建构自己的理论和学说时起到过重要作用。巴金在接受西方新思潮启蒙之时，基督教文化很自然地对他起了潜移默化的作用。他在1927年初赴法留学途中宣称：

> 我现在的信条是：忠实地生活，正当地奋斗，爱那需要爱的，恨那摧残爱的。我的上帝只有一个，那就是人类。为了他我准备献出我的一切……③

很明显，巴金爱人类的思想与基督教博爱的基本教义是相吻合的。同时，还应看到，一切宗教的神都是把人神格化。基督教最高的神是上帝，佛教中地位最高的佛是释迦牟尼，元始天尊则被道教奉为最高的尊神。巴金把人类当作上帝，固然表现出人类至上的思想，但从宗教的角度去考虑，不难看出，他已把人类神格化。这个神不是佛祖，也不是元始天尊，而是上帝，反映出“五四”以后中国传统宗教已在巴金的文化心理上淡化，基督教文化的影响日渐加深。

巴金到法国后，一方面埋头苦读政治学、伦理学、历史学和文学著作，另一方面他也研究《新约》，熟读“四福音书”，并且常常引证它。饶有意思的是，巴金创作处女作《灭亡》，与基督教不无关系。他不止一次地回忆说，那时他每天晚上都望着两块墓碑似地高耸在天空中的巴黎圣母院的钟楼，想起许

---

① 巴金：《海行杂记·两封信》，见《巴金全集》第十二卷，人民文学出版社1989年版，第52页。

② 巴金：《忆·家庭的环境》，见《巴金全集》第十二卷，人民文学出版社1989年版，第387页。

③ 巴金：《海行杂记·两封信》，见《巴金全集》第十二卷，人民文学出版社1989年版，第52页。

多关于这个圣母院的传说，眼睛开始在点滴的微雨中看见一个幻境，一股不能扑灭的火在他心里燃烧起来。圣母院悲哀的钟声沉重地打在他心上，刺激着他用笔来倾吐感情的欲望，就这样，“每晚上一面听着圣母院底钟声，我一面在一本练习簿上写一点类似小说的东西”，“一直写到我觉得脑筋迟钝，才上床睡去”。[①] 巴黎圣母院是基督教徒举行宗教仪式的著名教堂，教堂哥特式的钟楼和响起的钟声，常常给人一种神圣感。巴金一再把教堂的建筑和钟声同他的创作联系在一起，这充分说明，基督教文化对他写第一部小说《灭亡》起着催产的作用。

综上所述，中国传统宗教和基督教在巴金早期文化心理所留下的雪泥鸿爪是十分清晰的，这对他日后所经历的探索道路和创作生涯将产生深远的影响。

二、扬弃：巴金对宗教的双向选择

其实，巴金并不是一个宗教信徒。一方面，他对宗教一贯持批评和否定态度，多次宣称自己是无神论者；另一方面，他赞成和接受部分基督教教义，这部分基督教教义直接影响了他的生活和创作。他抨击宗教的虚妄性的态度是激烈尖锐的。他对殉道者献身精神的钦佩和赞美，态度是真诚虔敬的。巴金对宗教的双向选择，是他对宗教矛盾而复杂的文化心理的反映。

巴金从小就讨厌礼节，六七岁的时候，在神的面前不肯磕头，“结果我挨了一顿打，哭了一场，但是我始终没有磕一个头”[②]。对神的反感从此就深入到他的潜意识。到了五四时期，克鲁泡特金学说和巴枯宁学说中的反宗教思想与无神论，把他潜意识中的反神倾向升华为否定宗教的个人意识。他在一篇短论中抨击宗教“是束缚人群思想，阻碍人群进化的东西。我们要想求真理，他却教我们迷信。我们要进取，他却叫我们保守”，并引用国际无政府主义者巴枯宁的话“若然有上帝，我们也应把他来毁灭”来号召大家“我们起来试试吧”。[③]

巴金对宗教的批判主要表现在对神的存在与作用的怀疑和否定上。这一点正是宗教信徒和无神论者分界的焦点。没有了神，也就失去了信仰和崇拜的对象，无神的宗教难以存在。《〈神·鬼·人〉序》以诗一样优美的语言，真实地记述了他由一个敬神的孩子演变成无神论者的过程。他还是小孩时，虔诚地

---

① 巴金：《谈自己的创作·谈〈灭亡〉》，见《巴金全集》第二十卷，人民文学出版社 1993 年版，第 380 页。

② 巴金：《忆·最初的回忆》，见《巴金全集》第十二卷，人民文学出版社 1989 年版，第 379 页。

③ 芾甘：《爱国主义与中国人到幸福的路》，载《警群》1921 年第 1 期。

向神祷告，“我求他给每个人带来幸福，带来和平。我求他让我看见每个人的笑脸，我求他不要使任何人哭泣”，但是“神似乎不曾听见我的祷告。神的宝座也许是太高，太高了”。在敬神怕鬼的环境中，他虽然相信神的公道和阴间的报应，但“看不见一点公道，而那报应的说法也变得更渺茫了”，于是他开始怀疑神的权威和神的存在，“不再崇拜神，也不再惧怕鬼了”。[①] 在赴法留学途中，他已经从求神拜鬼的迷惘中走了出来：“我已经不是任何宗教的信徒了。”[②] 到了30年代，他更是感到，在生活的洪炉中，“火烧毁了神，火烧死了鬼”。他完全摆脱了鬼神的阴影，“站在这坚实的土地上面，怀着一颗不惧怕一切的心，我是离开那从空虚里生出来的神和鬼而存在了”[③]。在另一篇散文《神》中，巴金斩钉截铁地宣告：“我是神的敌人。”他坚信“无论在什么时候，人的力量都显得比假想的神更伟大”，指出“信神的路终于是懦弱的路。不满意现状，而逃避现实去求救于神，这样愚蠢的行为是不会有好处的”[④]，他多么希望信神的人们从空虚中返回现实啊！

在各种宗教中，巴金抨击得最多的是佛教。他认为“佛教的理论纵然被佛教徒夸示得多么好，但这究竟是非人间的、超现实的；人间的、现实的苦闷，还得要人间的、现实的东西来解除”[⑤]。所以他途经锡兰（今改国名为斯里兰卡）参观卧佛寺时，“佛教的庄严也引不起我的注意了”[⑥]。佛教教义宣扬生命轮回、因果报应，佛家注重佛事仪式。水陆法会便是荐亡的佛事中的一种。巴金在小说《家》中，深刻地揭露了一些佛事仪式的虚伪性、欺骗性和残酷性。高老太爷死后，高家举办佛、道合流的水陆道场，借超度亡灵来“维持自己的面子，表现自己的阔绰”。为避荒诞无稽的“血光之灾”，竟逼着瑞珏去郊外分娩，致使她在惨号中被佛事的禁忌夺去了年轻的生命。在小说中，巴金发出了愤怒的控诉声。对寺庙的和尚，巴金也绝少好感，在《游了佛国》一文中，他怀着厌恶的心情，勾画出本应“四大皆空”的和尚向游客索取钱财和巴结女香客的庸俗嘴脸，和尚“也会应酬客人，也会计算银钱，

---

① 巴金：《〈神・鬼・人〉序》，见《巴金全集》第十卷，人民文学出版社1989年版，第345页。

② 巴金：《海行杂记・两封信》，见《巴金全集》第十二卷，人民文学出版社1989年版，第52页。

③ 巴金：《〈神・鬼・人〉序》，见《巴金全集》第十卷，人民文学出版社1989年版，第345页。

④ 巴金：《点滴・神》，见《巴金全集》第十二卷，人民文学出版社1989年版，第494页。

⑤ 巴金：《海行杂记・两封信》，见《巴金全集》第十二卷，人民文学出版社1989年版，第52页。

⑥ 巴金：《海行杂记・锡兰岛上的哥伦波》，见《巴金全集》第十二卷，人民文学出版社1989年版，第41页。

也会奴使用人，也会做生意、跟普通商人没有两样”①。在短篇小说《神》《鬼》中，巴金用艺术的笔触对神鬼的虚妄性予以严厉的批判，对企图在诵经拜佛中求得精神解脱的长谷川、堀口表示怜悯和痛心，殷切希望他们“那么就弃绝你的神吧”②。综观巴金全部著作，几乎没有引用过佛经的话，也找不出赞颂佛教的文字，足见他的反感。

在《从资本主义到安那其主义》一书中，巴金对基督教也进行了严厉的批判，“基督教乃是历史上最大的伪善。我告诉你：没有一个基督教国家或个人实行耶稣的教训的”。他又说：“基督教乃是人类之最大欺骗与最大耻辱，而且是一个完全的失败，因为基督教的说教乃是欺人的谎言。”他进而揭露“基督教不复再是贫民的宗教而成了压制与痛苦之源”。③ 激烈的言辞鲜明地表达了巴金否定基督教作用和存在价值的反宗教思想与狂热的情感。

宗教学研究者吕大吉认为，“事实上，许多世俗事物和自然对象都可在人们心中引起类似宗教感情之类的体验……许多纯世俗性的社会观念，道德信念和政治信条都可在人们心中产生类似于宗教感情的神圣感和庄严感”④。如果用这种颇有见地的观点来考察巴金的文化心理，不难看到，他在人生征途的跋涉中曾遇到许多艰难险阻。这种种复杂的经历，激发了巴金文化心理深层的“宗教感情”。他所信仰的无政府主义思想，以及无政府主义者为理想而英勇献身的事迹，也在他心中涌起一种为信仰而奋斗的神圣感和庄严感。所以，尽管巴金不是宗教信徒，但在这种“宗教感情”的驱动下，他对基督教的某些教义产生了强烈的共鸣，显示出他的宗教文化心理的另一面。

那么，巴金从基督教文化中吸收了什么成分？这些成分对他的生活与创作起过什么作用？

巴金接受了“爱人如己”的基督教基本教义，并把它同母亲灌输给他的“爱一切人”的仁爱思想，以及无政府主义的万人友爱互助、万人安乐的理想相融合，从而形成了他“人类至上”的人生价值观念。在《灭亡》中，李冷兄妹“甘愿牺牲一切为人民谋幸福”的志向，也是巴金的人生价值取向。上帝创造的美好天堂只建筑在基督教信徒的心中，而当时的中国社会却是少数富人享乐、大多数穷人受苦的地狱。巴金在短篇小说集《光明·序》中引用

---

① 巴金：《旅途随笔·游了佛国》，见《巴金全集》第十二卷，人民文学出版社 1989 年版，第 200 ~ 201 页。

② 巴金：《神》，见《巴金全集》第十卷，人民文学出版社 1989 年版，第 368 页。

③ 芾甘：《从资本主义到安那其主义》，上海自由书店 1930 年版。

④ 吕大吉：《宗教的感情与体验》，见《宗教学通论》，中国社会科学出版社 1989 年版，第 247 页。

《新约全书·路加福音》中基督诅咒为富不仁的富翁的话，来表达自己对富人的憎恨："你们富足的人有祸了，因为你们受过你们的安慰。你们现在饱足的人有祸了，因为你们将要饥饿。你们现在喜笑的人有祸了，因为你们将要哀恸哭泣。"[①] 他迫切要求改变人压迫人、人剥削人的黑暗现实，通过暴力的社会革命，建立一个没有国家、没有政党、没有法律、自由平等、人人幸福的新社会，渴望在变革现实的斗争中贡献出自己的一切。他在《死去的太阳·序》中，借《旧约·申命纪》中摩西的话"我要举手向天，我说：我底思想是永生的"[②] 来表明他坚信自己的社会理想是正确的、一定会实现的。

巴金"人类至上"的人生价值观念，充分体现在他的社会理想之中，驱使他去反抗不合理的社会制度、陈腐的传统观念和摧残爱的黑暗现实。《灭亡》中的杜大心，"立誓牺牲个人幸福来拯救人类"，张为群热切盼望能过上"在将来，不会再有不平的事，没有人压迫人的事，也没有厂主和工人这一类的分别。人人都是平等的，都享着和平的幸福"的生活，并且常常问杜大心"革命什么时候才来"。巴金深深知道，当时黑暗势力还很强大，要实现他美丽的理想，需付出巨大的代价，甚至是牺牲自己生命的代价。有趣的是，巴金多次从《圣经》中吸取鼓舞自己，也激励读者的精神力量。早期基督教曾遭受罗马统治者的迫害，尤其在尼罗王时期，迫害基督教徒的手段更为残酷。圣徒彼得在门徒的劝告下，秘密离开罗马城。半路上受耶稣的感召，他重返腥风血雨的罗马城，被钉死在十字架上，显示出统治者用任何暴行都不能摧毁的"重返罗马"的精神。经过基督教徒长期不懈的努力，皈依了基督教的君士坦丁一世受基督教徒的拥护而攻入罗马，重新统一帝国。基督教从此取得合法地位，不久成了实际上的国教。基督教这段曲折的发展史给巴金很深的启示，在"爱情三部曲"中，吴仁民用它来批评敏的急燥冒进，"然而罗马的灭亡并不是一天的事情"，说明要战胜黑暗势力、改变整个社会、实现他们的理想，需要很长的时间和加倍的努力。抗战爆发不久，上海就沦陷了。巴金写出《"重进罗马"的精神》，用这段宗教史来说明留在孤岛上海为"夺回自由"而进行的反侵略斗争"其重要性并不减于在前线作战"，号召孤岛人民牢记"重进罗马"的精神，高度评价这种精神"是建立新中国的基石"，断言"这种精神不会消灭，中国不会灭亡"。[③] 巴金的这篇文章，对当时陷入苦闷泥淖的沦陷区

---

① 巴金：《光明·序》，见《巴金全集》第九卷，人民文学出版社1989年版，第162页。

② 巴金：《序》，见《死去的太阳（改订本）》，开明书店1931年初版1940年8版，第3页。

③ 巴金：《无题·"重进罗马"的精神》，见《巴金全集》第十三卷，人民文学出版社1990年版，第335页。

同胞，的确起到振奋爱国热情和鼓舞抗战士气的作用。

巴金非常崇敬为信仰而献身的殉道者，在这些殉道者中，自然也有基督教殉道者。他在回答评论家刘西渭的自白中，描绘了在尼罗王恐怖时期，基督教的处女跪在罗马斗兽场的猛兽前神态镇定自若的场面，指出宗教信仰使她们看见天堂的门向她们打开，所以“她们是幸福的”[①]，肯定她们的殉道精神，认同宗教信仰的作用。而在巴金收集、整理和编写、出版的殉道者事迹中，不难发现他们生前几乎都信仰无政府主义或民粹主义。巴金对曾经“象火一样点燃了我的献身的热望，鼓舞了我的崇高的感情”[②] 的薇娜·妃格念尔[③]写过一段话，颇中肯地概括出为巴金所推崇的殉道者思想和性格的特点：“死和殉道的观念是连接的，在我幼小时候基督教的传统就教导我把殉道视作神圣，后来为被压迫者的权利斗争的历史又巩固了我的这种观念。”[④] 可见，这些殉道者虽然不是为基督教而牺牲，但是他们的思想和性格又不同程度地受到基督教文化的影响。细读巴金在20年代所写的大量的殉道者传记和故事，可以看到他最钦佩的是殉道者为了实现自己的无政府共产主义理想和发散拯救人类的爱心而抛弃一切的献身精神。在他们身上，充分体现了无政府主义的伦理观。巴金从自己的人生价值取向出发，在文学创作中也刻画出杜大心、李冷、李静淑、陈真、吴仁民、钟馨、伯和等殉道者形象，具体再现了二三十年代中国殉道者的生活。比如《新生》中李冷在就义前在日记上写道：“我生活在这个世界上，只是为着牺牲自己，为人类工作，使人类幸福、繁荣……没有个人底感情，没有个人底爱憎，没有个人底悲哀。”他把死亡当作自己的新生。巴金认为理想是杀不死的，殉道者所执着追求的崇高事业一定会胜利，殉道者的精神也会被后来者发扬光大。他在小说的第三篇引用《约翰福音》的话作为结尾：“一粒麦子不落在地里死了，仍旧是一粒；若是死了，就结出许多子粒来。”[⑤] 这正好说明，他对殉道者精神的弘扬是受到《圣经》启示的。

基督教认为，人类始祖亚当、夏娃违背上帝的命令，偷吃“禁果”，是人类犯罪的开始和一切罪孽的根源。这罪是亏欠了上帝的荣耀，人类自身无法补

---

① 巴金：《〈爱情的三部曲〉作者的自白》，见《巴金全集》第六卷，人民文学出版社1988年版，第466页。

② ［俄］薇拉·妃格念尔：《狱中二十年》，巴金译，生活·读书·新知三联书店1989年版，第269页。

③ 今译作“薇拉·妃格念尔”。——编者

④ ［俄］薇拉·妃格念尔：《狱中二十年》，巴金译，生活·读书·新知三联书店1989年版，第22页。

⑤ 巴金：《新生》，见《巴金全集》第四卷，人民文学出版社1988年版，第324页。

偿，于是世代相传。人一生下来就是上帝的罪人，称之为“原罪”。人活着应当赎罪，死后将接受上帝的最后审判。如果经常向上帝忏悔，就会减轻罪孽，使灵魂得救。“原罪说”可以说是基督教神学的核心，一部基督教史简直就是一部忏悔救赎史。于是有人称基督教文化是“罪感文化”。巴金最崇敬的国际无政府主义大师巴枯宁、克鲁泡特金以及薇娜·妃格念尔等都先后受到“原罪说”的影响，抛弃了优裕舒适的贵族家庭生活，到民间去宣传自己的主张，在贫困、流浪和危险的生活中向人民赎罪。他们的行动以及“罪感文化”，显然导引出了巴金的“原罪”感。青年巴金感到，“我们的上辈犯了罪，我们自然也不能说没有责任，我们都是靠剥削生活的。所以当时象我们那样的年轻人都有这种想法：推翻现在的社会秩序，为上辈赎罪”[①]。怀着原罪和赎罪的心情，他走上了探索人生的道路和文学创作的道路。不消说，巴金在创作中也会流露出这种情愫。在《灭亡》第11章中，李冷在立誓献身时说：“‘妹，想起来我们也不能够活下去了。我们叫人爱，我们自己底生活却成了贫民底怨毒底泉源：这样的生活现在应该终止了。我们有钱人家所犯的罪恶，就由我们来终止罢。’一道光辉出现在李冷底脸上，一线希望在绝望中闪耀起来。‘我们宣誓我们一家底罪恶应该由我们来救赎。从今后我们就应该牺牲一切幸福和享乐，来为我们这一家，为我们自己向人民赎罪，来帮助人民。’”[②] 这话不仅道出了巴金的心声，也道出了出身剥削阶级而走上革命道路的一代青年的心声。

值得注意的是，巴金在向人民赎罪的同时，内心也在进行自我审察，从而萌生出忏悔意识。巴金的忏悔，不是向基督教的上帝忏悔，而是向他自己的上帝——人类进行忏悔。因此，直到耄耋老年，他在写作中都一直坚持“把心交给读者”[③]。在生活中承认自己的缺点需要勇气，在文章中要把自己的缺点公开披露出来更需要绝大的勇气。在《忆》、《短简》（一）、《生之忏悔》和其他一些作品中，他从不粉饰自己的缺点，坦率承认：“我不是健全的，我不是强项的，我承认我已经犯过许多错误”和“我是浅薄的，我是直率的，我是愚蠢的”。[④] 他痛切检查：“我太懦弱了！……我说了我没有说过的话，我做

① 巴金：《序跋编·〈巴金选集〉后记》，见《巴金全集》第十七卷，人民文学出版社1991年版，第35页。

② 巴金：《灭亡》，见《巴金全集》第四卷，人民文学出版社1988年版，第89页。

③ 巴金：《随想录·把心交给读者》，见《巴金全集》第十六卷，人民文学出版社1991年版，第50页。

④ 巴金：《生之忏悔·新年试笔》，见《巴金全集》第十二卷，人民文学出版社1989年版，第264～266页。

了我没有做过的事。而那些话和那些事都是和我的思想相违背的。”[①] 他自我评价：“我仿佛是一只折了翅膀的鹰，我不能够再在广阔的天空里飞翔了。我的绝望只有我知道。”[②] 他剖析自己：“黑暗，恐怖，孤独——在我的灵魂的一隅里永远就只是这些东西。”[③] 他在《灵魂的呼号》中痛楚承认，他没有力量去掉内心的矛盾；在另一篇文章中，他从心底呼喊：“人只看见过我的笑，却没有知道我的整天拿苦痛来养活自己。”[④] 于是他公开“诅咒我自己”[⑤]。就是在封笔之前所写的五本《随想录》中，他也对自己在“文革”期间的经历进行深刻的反省，为自己所做过的错事、说过的错话和一闪即逝的错误念头而深深忏悔。应当看到，巴金通过忏悔，思想得以升华，人格得以迈进更高的境界，在民主革命时期和社会主义建设时期能发挥更积极的作用。可以说，巴金的忏悔意识，是他紧随时代前进的一股内在动力。不仅如此，他把一个真实的自我袒露在作品中，一个怀着赎罪心情跋涉在充满荆棘的道路上的探索者跃然于纸上，他坦荡的胸怀和真实的感情，拨动了几代读者的心弦。

综上所述，巴金对宗教矛盾而复杂的文化心理，使他对宗教作出双向选择：作为无神论者，他坚决否定神和神灵的存在，揭露宗教的虚妄性和欺骗性，从而否定了宗教信仰的根本；但作为人道主义者，他又把人类奉为上帝，把自己的一切献给他的上帝。作为社会解放道路的探索者，他猛烈地抨击宽恕、忍耐、爱仇敌和勿抗恶等宗教教义；但作为有着一颗燃烧的心的青年，他又接受了“爱人如己”的宗教律法。他为宗教信徒诵经拜佛虔信神鬼而痛心，但同时他又以类似于“宗教感情”的真诚向人民忏悔，为上辈赎罪。毫无疑问，巴金对宗教文化的扬弃，使他不但免于坠入迷信的深坑，还为实现自己追求的目标增强了信心，为铸就自己崇高的人格增添了精神力量，为自己从事文学创作攫取了文化食粮。事实雄辩地证明，巴金对宗教的态度是正确的，宗教文化对巴金的影响是积极的、健康的。

---

① 巴金：《苦笑·呻吟与呼号》，载《申报·自由谈》1933 年 4 月 27 日。

② 巴金：《忆·断片的记录》，见《巴金全集》第十二卷，人民文学出版社 1989 年版，第 440 页。

③ 巴金：《生之忏悔·新年试笔》，见《巴金全集》第十二卷，人民文学出版社 1989 年版，第 265 页。

④ 巴金：《生之忏悔·新年试笔》，见《巴金全集》第十二卷，人民文学出版社 1989 年版，第 265 页。

⑤ 巴金：《忆·断片的记录》，见《巴金全集》第十二卷，人民文学出版社 1989 年版，第 437 页。

三、《田惠世》：宗教信徒与无神论者的思想情感交流

宗教信徒和无神论者可不可以互相了解？他们的思想和感情能不能互相交流沟通？巴金在1943年创作的《田惠世》凸现了他的探索与思考的结果。

《田惠世》是“抗战三部曲”《火》的第三部。本来写完第一部后巴金就透露过，在《火》的第二、三部中，打算一写刘波在上海做秘密工作，一写冯文淑和朱素贞在内地的遭遇。只是由于对生活有了新的感受和新的理解，他改变了初衷。巴金小说的人物一般在生活中都有其原型，田惠世便是他根据在30年代初结交的好朋友、信仰基督教的散文作家林憾庐的某些生活、思想和性格，经过艺术加工而塑造出来的形象。1938年日本飞机轰炸广州，林撼庐和巴金一起，以高涨的爱国热情坚守在各自的岗位上，编辑着揭露侵略者暴行、振奋民众斗志的《见闻》杂志。在广州沦陷的前一天，他才同巴金一道撤离出来，辗转到桂林等地，支撑着《宇宙风》的编辑出版工作。为了给抗战多尽一份力量，他牺牲了个人和家庭的一切，最后倒在他的岗位上。巴金怀着深挚情谊写出的回忆文章《纪念憾翁》，便是对《田惠世》的注脚。

巴金虽然是无神论者，但是他说“对真正相信基督的教训的教徒，我是怀着敬意的”[①]。他正是怀着这样的心情来塑造田惠世的形象的。田惠世有其独特的生活道路。他出身于牧师家庭，从小就深受基督教教义的熏陶。但是，他对基督的信仰却不是“世袭”的。教会医院英国医生关于教义的话，使他一翻开《新旧约全书》，爱和同情就流入心田，使他感悟到“天国是在你们的心里”。他步入社会后，经过多次领悟《圣经》的默启，经历“软弱”试探的考验，从而确立了对基督教义的信仰。《圣经》是他的精神支柱，他每天诵读福音书同“主”晤谈。福音书中“唯有忍耐到底的，必然得救”的话，成为他的生活信条，他把实现“主”的教训作为生活目标。博爱是他的思想核心，他希望“用爱拯救世界”，坚持基督徒应当自我牺牲、勤奋工作的原则，在爱人、帮助人，尤其是在热爱和帮助穷人中找到生活的乐趣。在50年的生活经历中，他把爱奉献给了穷人，从不计较个人得失，处处显示出正直、善良、顺从、谦恭、刻苦耐劳和笃守教义的性格特点。

他不像冯文淑等爱国青年那样，为了国家的独立和民族的生存而投入抗战中。他是站在基督教“爱”的立场，对日本侵略者毁坏田园城镇、残害中国同胞的暴行，心里充满憎恶与愤怒，再也不能置身度外了。他是“为了爱生命的缘故，才来拥护抗战，反对那残害生命的侵略者”。在抗日救亡活动中，

① 巴金：《后记》，见《火（第三部）》，开明书店1943年版，第343页。

田惠世希望用“爱”来“战胜人类的兽性”，维护人间的和平与安宁。因此，他把全部精力都花在办好宣传抗战的杂志《北辰》上面。为了使《北辰》在抗战中能及时起到“纸弹”的作用，在上海，他不理会匿名电话的威吓；在广州，他不怕日本飞机的狂轰滥炸；在昆明，他力排因物价飞涨而造成的印刷等方面的困难，甚至卖掉妻子陪嫁的首饰和家里的衣服，也要保证刊物能够出版；病重时，他卧床校对清样；就是在生命垂危的时刻，他还惦挂着下一期的编排工作，充分表现出性格中坚强的一面和殉道者的献身精神。

本来，田惠世早就觉得《启示录》中“上帝要擦去他们一切的眼泪，不再有死亡，也不再有悲哀，哭号，疼痛”的预言与非宗教者的社会理想吻合，“他在宗教者和非宗教者中间看出了一道桥梁。他的心有时候居然往返两岸”。过去，他曾和许多非宗教者做了朋友。所以，从前线回来的无神论者冯文淑出现在他的生活圈子，并受到他热情的欢迎，就无须奇怪了。饶有意思的是，这年龄相差30来岁的两代人，刚一认识就围绕宗教信仰问题展开争论。以后每见一次面，两人几乎都要就此继续争论。他们的观点针锋相对，争论的焦点在上帝是否存在、宗教有什么作用等问题上。

冯文淑不相信上帝，认为“一本《圣经》里面不知道充满了多少矛盾。我还要说，宗教杀死了人的反抗精神和创造精神。所以我不相信宗教”，批评福音书“就是耶稣的话也有互相冲突的地方”。田惠世则根据自己的宗教体验，强调上帝“就在我们的心里”，“没有上帝，我们就得不到这个社会本能。没有上帝就没有爱”，竭力说服文淑承认基督教义。冯文淑引用《沙宁》的话“基督教：和善，谦卑，并且给人许多未来的福，它反对斗争，说着永久幸福的幻影，把人类催入甜蜜的睡眠”，尖锐地揭露了宗教的虚伪性和欺骗性，弄得田惠世无言可答。《沙宁》中几段否定基督教存在价值的话，如“在它的与人类兽性的冲突上，基督教却已自己证明了与一切别的宗教一样的无能”，触动了他的心弦，使他开始为自己的信仰烦恼、彷徨、痛苦。针对田惠世所奉行的基督教博爱精神，冯文淑一针见血地指出，“其实用爱也拯救不了世界，连中国也拯救不了！譬如对日本军人，你讲爱罢，那就用不着抗战了”。这话切中肯綮，田惠世只得认输。

田惠世同冯文淑的争论，实际上也是有神论者和无神论者的思想沟通和感情交流，互相之间加深了了解。冯文淑钦佩田惠世不妥协、充满奋斗的精神和对工作积极努力、认真负责的作风。而田惠世也在争论中逐渐从固囿的宗教信仰中走出来，开始对信奉了几十年的基督产生怀疑，“信心和希望渐渐朦胧了”，以至于“他觉得自己竟然被上帝离异了”。其实，与其说他“被上帝离异了”，毋宁说冯文淑的话震撼了他的心灵，使他不知不觉地疏远、离异上帝。

当然，给田惠世教育最深的还是残酷的现实生活。他无法用基督教教义去解释眼前发生的家破人亡的惨剧、南京大屠杀、日本侵略者的暴行。日机的空袭炸死他的爱子田世清后，他的精神受到了极大的打击，从根本上动摇了他从小建立起来的对《圣经》的信念，最后他省悟到，“基督徒不基督徒都是一样的”，把一生的事业——《北辰》托付给冯文淑办下去。宗教信徒和无神论者的心灵终于沟通，在抗战旗帜下团结起来，同仇敌忾，这也反映了巴金对宗教信徒看法的转变。

需要指出的是，在巴金的创作中，以宗教信徒生活为题材的作品，《田惠世》并非第一部。但是，以赞美的笔调写宗教信徒和无神论者思想感情的真诚交流，《田惠世》不但是第一部，而且是唯一的一部小说。在当时流行的中、长篇抗战小说中，《田惠世》还是唯一一部反映爱国基督徒思想和生活变化的作品，填补了文艺园地的空白。在中国现代文学史上，工人、农民、战士、小资产阶级知识分子、民族资本家、革命者和各种不同性格的妇女形象层出不穷，唯独很少出现血肉丰满的基督徒的身影。巴金独出心裁创造出田惠世的形象，是对中国现代文化和中国现代文学人物画廊的突出贡献。

（原载《中国现代文学研究丛刊》1993 年第 3 期，第 23 ～ 40 页）

论巴金在抗战期间的思想与创作

1937 年 7 月 7 日，日本帝国主义发动侵略中国的战争。时代风云的突变，改变了巴金的生活与创作条件。在抗日的烽火中，巴金面临着严峻的考验。他的思想发生重大的变化，创作上也出现新的特色，对蓬勃兴起的抗战文艺运动，作出了不可磨灭的贡献。然而，长期以来，巴金在抗战时期的思想活动，没有引起学术界的足够重视；过去在极左思潮的影响下，对巴金在这一期间的作品评价过低的倾向，以及种种误解和责难，至今没有得到很好的纠正。因此，实事求是地探讨巴金在抗战期间的思想与创作，是巴金研究刻不容缓的任务。

一、“我的血管里有的也是中国人的血”

抗战爆发后，在中国共产党的倡导下，全国建立了抗日民族统一战线，掀起了抗日救亡运动的高潮。

众所周知，巴金在探索社会解放真理的过程中，曾经接受过无政府主义思想的影响。然而，抗战的炮火驱散了长期笼罩在眼前的迷雾，在中华民族生死存亡的紧要关头，他彻底扬弃了无政府主义不要祖国和盲目地反对一切战争的观点，与祖国和人民同呼吸、共患难。他在《极端国家主义者》一文中，对抗战的性质、前途，作了透辟的分析。他说：“中国的抗战是为着求自己的生存，谋自己的独立……所以说我们是为正义而战。”指出“中国不抗战则必灭亡；日本继续侵略也必归于毁灭”。他认为“中国这次抗战也含有革命的意义”，因而抗战的胜利，必将“洗出一个清明的世界”。[①] 他在另一篇文章中又写道：“抗日是一道门，我们要生存要自由，非跨进这道门不可，至于进了门往哪条路走，那是以后的事了。目前抗战是第一义，我们应该牺牲一切，使抗战胜利。”[②] 可见，他这时考虑的不再是如何实现他过去追求的“无政府共产主义”的理想问题，而是怎样夺取抗战胜利的问题。

1937 年 8 月 13 日，日本帝国主义大规模地武装进攻上海，遭到上海驻军

---

① 巴金：《杂感二 · 极端国家主义者》，载《见闻》1938 年第 3 期，第 88 页。
② 巴金：《杂感一 · 失败主义者》，载《见闻》1938 年第 2 期，第 52 页。

的抵抗。巴金兴奋地写道："上海的炮声应该是一个信号。这一次全中国的人真正团结成一个整体了。我们把个人的一切完全交出来维护这个'整体'的生存。这个'整体'是一定会生存的。"① 作为一个爱国者，巴金以高涨的爱国热情和怀着对抗战必胜的坚定信念，积极投身到党所领导的抗日救亡运动中去。他不仅写出《一点感想》《自由快乐地笑了》《给山川均先生》《给日本友人》《给一个敬爱的友人》等杂文和书信，对日本帝国主义的侵略罪行予以淋漓尽致的揭露，义正辞严地驳斥了日本好战分子发出的反华谰言，还写下《莫娜·丽莎》《旅途通讯》等小说、散文，激励了广大民众的抗日救亡士气。在此期间，巴金担任了卓有影响的《救亡日报》编委，同时还就任茅盾主编的《烽火》杂志的发行人（该刊后来由巴金任主编，茅盾改任发行人）。《烽火》是宣传全面抗战的重要舆论阵地，它所刊登的小说、诗歌、散文、报告文学和杂文，及时地反映各地抗战生活的真实风貌，有力地推动了抗日救亡运动向前发展。巴金以极大的爱国热忱来编缉、发行这份杂志。在广州，他冒着敌机的狂轰滥炸，不顾自身安危，克服种种难以想象的困难，使《烽火》按时出版。直到广州沦陷的前一天，他才撤离出来。通过编缉和发行《烽火》杂志，巴金开始把个人的力量同党所领导的革命斗争联系在一起。《烽火》杂志发表了关于八路军和浙东游击队抗日活动的报导，表明他对中国共产党及其领导下的武装力量有了新的、正确的认识。1938 年 3 月，党所领导的文艺界抗日统一战线组织中华全国文艺界抗敌协会成立，巴金被选为理事。同年 11 月，他同夏衍等人一道，又被推选为筹备文协桂林分会的负责人。这是巴金走上文学道路以来，首次参加文艺界的团体组织，增强了他同党与进步力量之间的联系。

在那战火纷飞的年代，巴金开始从个人主义的狭小生活圈子里走出来，辗转于上海、汉口、广州、桂林、贵阳、昆明、重庆、成都等地。长期颠沛流离的生活扩大了他的视野，他有较多的机会同人民接触，对人民的苦难和社会的病根了解得更加清楚。祖国大地上的炸弹、火光、废墟、鲜血、尸体，使他"把个人的情感溶化在为着民族解放斗争的战斗者的情感里面"②。严酷的现实不但给他提供了丰富的创作素材，而且使他丢弃头脑中一些不切实际的幻想。他说："我虽然信仰从外国输入的'安那其'，但我仍然是一个中国人，我的血管里有的也是中国人的血。有时候我不免要站在中国人的立场上看事情，发

---

① 巴金：《一点感想》，载《呐喊》1937 年创刊号，第 6 页。

② 巴金：《旅途通讯·从广州到乐昌》，见《巴金文集》第十一卷，人民文学出版社 1961 年版，第 230 页。

议论。”[①] 在这一时期，爱国主义思想在巴金的世界观中明显地占了统治地位。

但是，无政府主义在精神上留下的阴影，不是一下子就能完全、彻底地清除干净的。克鲁泡特金描绘的“保证万人的面包与自由的未来社会”[②]，仍像磁石一样吸引着他。当抗战进入相持阶段的时候，他修订重版了克鲁泡特金的《我的自传》《面包与自由》《伦理学的起源和发展》等重要著作。一方面，他试图用克鲁泡特金的思想及其为实现自己理想锲而不舍的战斗精神，来给在艰苦环境中的青年朋友“一点慰藉，一点鼓舞，并且认识人生的意义与目的”[③]，好用自己的力量为同胞做一点有利的事业。另一方面，他痛感无政府主义理论不能起到指导现实斗争的作用，妨碍他在神圣的民族自卫战争中贡献更大的力量，因而他又不断扬弃思想中的某些无政府主义观点。巴金对无政府主义的信仰，处在极其矛盾的状态中。他在解剖现实社会的同时，也在不断地解剖自己。他在这时所写的《云》《雷》《雨》《日》《月》《星》《龙》《祝福》《撇弃》《醉》《生》《梦》《死》等散文里，真实地记述了他在上下求索中的复杂心情。

正当巴金彷徨无路的时候，他同中国共产党人的接触，给他的思想发展打开了一个新的天地。1941 年 1 月，巴金风尘仆仆地到了重庆。在文协的欢迎会上，他第一次见到周恩来同志。当时，正是国民党制造皖南事变、掀起第二次反共高涨之际。周恩来同志和他紧紧的握手和亲切的笑容，驱散了他内心的寒冷。以后，他还由何其芳陪同，去过周公馆，多次聆听周恩来同志的报告、演说和谈话。周恩来同志在黑云压城城欲摧的困难时刻，帮助他认清形势，让他看到光明，提高了他和黑暗作斗争的勇气。巴金还通过周恩来同志的教导开始学习毛泽东思想，接受党的教育。与此同时，巴金同文化界的一些共产党员频繁接触，从而增进了对党的了解，促使他的思想朝好的方向转化。周恩来同志正确执行党的统一战线政策和知识分子政策，把巴金团结在党的周围。而巴金也一直把周恩来同志“当作亲人一样，求助于他”[④]，体现他不仅是对周恩来同志个人，对党也充满信赖。巴金受无政府主义影响，在 1928 年宣称过

---

① 巴金：《后记》，见《火（第二部）》（一名《冯文淑》），开明书店 1941 年版，第 295 页。

② 巴金：《前记》，见［俄］克鲁泡特金《面包与自由》，巴金译，重庆文化生活出版社 1940 年版，第Ⅵ页。

③ 巴金：《中译者前记》，见［俄］克鲁泡特金《我的自传》，巴金译，生活·读书·新知三联书店 1985 年版，第 1 页。

④ 巴金：《望着总理的遗像》，载《人民文学》1977 年第 8 期。（参见巴金《望着总理的遗像》，见《爝火集》，人民文学出版社 1979 年版，第 214 页。）

“反对一切政党”“我与一切的政党都没有发生过关系”[①]。此时，他彻底撇弃了这个错误观点，自觉向党靠拢，在政治上取得很大的进步，思想境界有了明显的提高。正因为如此，巴金才在抗日民族统一战线的旗帜下，在反帝反封建的斗争中发挥了更为积极的作用。

二、“鼓舞别人的勇气，巩固别人的信仰”

作为一个正直、爱国的作家，巴金的主要武器是笔。在整个抗战期间，他的创作活动基本上与党在这个时期的战斗任务是一致的。

作家应当写他熟悉的生活。巴金对日机轰炸给人民造成的深重灾难感受特别深切，他有相当多的作品，就是根据自己在轰炸中的经历和见闻而写成的。收录在《无题》《龙·虎·狗》《废园外》《旅途通讯》等集子中的许多散文、杂感、通讯和随笔，就真实地反映了日机的空袭怎样把美丽的城市变成一片瓦烁、废墟，把肥沃的田野变成焦土、弹坑；日机扔下的炸弹如何残杀无辜的老百姓。

短篇小说集《还魂草》中的三篇小说，也以日机轰炸为题材。第一篇《莫娜·丽莎》和第三篇《某夫妇》，分别写了两个不同国籍的妇女，当日机夺走她们的丈夫的生命后，她们顽强地忍受了这种打击，决心化悲痛为力量，教育孩子，使他们长大了为死难的丈夫和同胞复仇，她们对抗战必胜抱着坚定的信念。书信体小说《还魂草》是写巴金在重庆沙坪坝时的一段生活。巴金以抒情而细腻的笔调，刻画出两个可爱的小女孩利莎、秦家凤天真、活泼、善良、富于同情心的性格，生动地描写出她们之间的纯真友谊。但是日机毁坏了利莎的住房，炸死了秦家凤和她的母亲。这篇用血泪写出来的小说，记载了日本侵略者的罪行。《还魂草》集子中的三篇小说，写得悲愤而不低沉，痛苦而能给读者以力量，在当时确实起到了鼓舞人心的作用。

值得注意的是，从30年代中期起，巴金就在探索我们民族力量的泉源。在抗日救亡运动中，巴金真正认识到“民众始终是推动历史的一个巨大的力量。离了民众便不能完成任何伟业。抗战也不能是例外”[②]。他在抗战前的作品大多着重表现轰轰烈烈的英雄人物的个人反抗行动；此时，他瞩目平凡的小人物，刻画他们步调一致的集体行动和无坚不摧的群众力量，创作风格有了明显的变化。这种变化，在他从1938年到1943年所创作的“抗战三部曲”——《火》中显示出来。

---

① 芾甘：《答诬我者书》，载《平等》1928年第10期，第7页。

② 巴金：《略谈动员民众与逃难》，见《感想》，烽火社1939年版，第31页。

1937年"八一三"事变发生后，上海各阶层的爱国人民同仇敌忾，支持驻军回击日本侵略者。上海各界民众可歌可泣的行动，激发了巴金的创作热情，使他写出《火》的第一部。他说："我写这小说，不仅想发散我的热情，宣泄我的悲愤，并且想鼓舞别人的勇气，巩固别人的信仰。我还想使人从一些简单的年轻人的活动里看出黎明中国的希望。"[①] 他在这里所说的信仰，显然是指抗战必胜的信心；所说的希望，是指中国未来的前途。小说不仅再现了巴金体验过的感人场面，而且在女主人公冯文淑的活动中，还有着巴金后来的爱人萧珊的某些经历。所以，小说所反映的内容是真实可信的。

冯文淑是贯串"抗战三部曲"的主要人物，她与同学周欣、刘波、朱素贞等人参加抗日救亡运动的道路不一样。周欣的母亲支持女儿参加抗日活动。刘波在"八一三"战争爆发后，就自觉从事募捐、义卖报纸、帮助朝鲜青年爱国志士等各种救亡活动。朱素贞生活在"冷冰冰的"家庭中，"八一三"的炮火唤起她的爱国热情，她主动到一个伤兵医院去担任护理工作。冯文淑则冲破家庭的重重阻拦，到伤兵医院去当护士，后来同周欣一道参加曾明远组织的战地服务团。巴金还写了周欣的母亲夜以继日地为抗日战士缝制冬衣的情节，她鼓励女儿上前线："我不拦阻你。我们中国也真该翻身了。"一个爱国的老太太的形象跃然纸上。对周家女仆，巴金着墨不多，只抓住她献出自己好不容易挣来的工钱的行为，寥寥几笔，就把她的爱国热情表达出来。正是每个爱国的中国人心中的反侵略怒火，星星点点，燃成燎原之势，显示了中国人民的伟大力量。恰如刘波所说："凤凰在火中得到了新生，中国人民在火的洗礼中只会锻炼得更坚强。"巴金从熊熊燃烧着的反侵略烈火中，看到了新中国的希望。那种苛责在这部小说中"看不见人民的抗战"的论调，是毫无根据的。

《火》的第二部表现了全面抗战的一个侧面。小说通过战地服务团中冯文淑、杨文木、李南星、曾明远等十几个有着不同生活经历、不同的思想和性格的爱国志士宣传民众、组织民众的行动，回答了人们最关心和迫切需要解决的问题——应当怎样更有力地打击日本侵略者。一种办法是杨文木、李南星的做法：在敌后发动和组织民众展开游击战争。这是一条积极的抗日道路。另一种则是曾明远的做法：随军撤退，继续做战地宣传鼓动工作。这当然也可以为抗战尽一份力量。冯文淑说："我就愿意为抗战牺牲我的生命，这是一件多美丽的事。"表达出爱国青年的献身精神。小说写王东之死也很动人。王东是个思想毛病比较多的青年，在敌机的空袭中受了重伤，临死前他对为抗战而牺牲的态度是"我并不失悔"，闪现出他思想上闪光的东西。

---

① 巴金：《火（第一部）·后记》，开明书店1947年版，第250页。

长期引起人们误解的是《火》的第三部。有人责难说："巴金先生把超阶级的爱和资产阶级人道主义在作品中通过人物形象具体化了。"[①]《火》的第三部究竟是一部什么样的作品？我们不能离开它所表现的时代生活来考察。

抗日民族统一战线建立后，中国各阶层爱国同胞，不分党派，不分信仰，凡不愿做亡国奴者，都投入全民抗战的洪流中去。这是巴金创作这部小说的社会基础。巴金塑造田惠世的形象，是以爱国的基督徒、散文作家林憾庐为原型的。1938 年日机轰炸广州，林憾庐和巴金一样，坚守自己的岗位，编辑着揭露敌人暴行、振奋民众抗日士气的《见闻》杂志。后来他又同巴金一道撤离广州，辗转到桂林，支撑着《宇宙风》的编辑、出版工作。为了给抗战多尽一份力量，他牺牲了一切，最后倒在他的岗位上。巴金怀着深挚的情谊写出的《纪念憾翁》，便是对《火》的第三部的注脚。

田惠世是一个虔诚的基督徒，一向按《圣经》的信条生活，把爱人、帮助人，尤其是帮助穷人，当作生活的乐趣。他不像冯文淑等爱国青年那样，为了国家的独立和民族的生存而投入抗战，而是站在基督徒"爱"的立场上，认为日本侵略者毁灭田园城镇、残害无辜生灵的暴行，破坏了人间的和平与安宁而参加抗战的。他希望用"爱"来"战胜人类的兽性"，因此力排万难，甚至卖掉衣服也要把宣传抗战的《北辰》杂志办下去。然而，残酷的现实粉碎了他的幻想，他无法用基督教义来解释眼前发生的事情。他对信奉了多年的基督逐渐产生怀疑，"信心和希望渐渐朦胧了"，以至于"他觉得自己竟然被上帝离异了"。其实，与其说他"被上帝离异了"，毋宁说他在现实生活的教育下离异了上帝。他在弥留之际终于认识到"基督徒不基督徒都是一样的"，请在信仰上与他对立的无神论者冯文淑把《北辰》继续办下去。巴金还通过冯文淑与田惠世辩论宗教问题，引用沙宁的话："基督教：和善，谦卑，并且给人许多未来的福，它反对斗争，说着永久幸福的幻影，把人催入甜蜜的睡眠。"对宗教的虚伪性和欺骗性进行尖锐的揭露。冯文淑说："对日本军人，你就讲爱罢，那就用不着抗战了。"对超阶级的"爱"，予以严厉的批判。可见巴金并非像某些人曲解的那样在宣传平等博爱的基督教义，而是颂扬一种为抗战献身的自我牺牲精神。小说对抗战转入相持阶段时一般人的心理状态进行了细致的探索，表现不同年龄、不同信仰的人，是可以在抗战的大旗下团结对敌的主题。这种主题，无疑是有积极的思想意义的。巴金成功地塑造了田惠世这个独具特色的爱国基督徒形象，丰富了中国现代文学的人物画廊。

---

① 北京师范大学中文系巴金创作研究小组：《谈〈火〉》，见《巴金创作评论》，人民文学出版社 1958 年版，第 97 页。

巴金还以鄙弃憎恶的感情，勾画出张翼谋、王文婉、谢质君、温健等人的畸形生活，痛挞了这一伙没有灵魂的小丑和社会渣滓，越发衬托出田惠世的高洁品质。田惠世临终前还相信活着的人们“可以看到抗战胜利”，使读者感到《火》第一、二部中的希望之火，仍在继续燃烧着。

对“抗战三部曲”作出肯定的评价，并不意味着要掩饰它的不足之处。《火》的第一部写朝鲜青年爱国志士暗杀朝奸的活动，第二部写李南屋临走时赠送《插图本克氏全集》给冯文淑作纪念，说“你读它，它可以慢慢帮助你的人格的发展”，第三部写朱素贞刺杀大汉奸丁默村的行动都多少带有无政府主义的色彩，反映出巴金思想上的局限性。但瑕不掩瑜，不能因此而否定巴金小说中占主导地位的是爱国主义思想。

三、“我没有忘记我的老对头——封建主义”

在新民主主义革命运动中，反帝斗争、反封建斗争是相互配合、相互联系的。巴金在抗战期间，也未放过他的老对头——封建制度、旧的传统观念和旧的风习。他说：“我的最大的敌人就是封建制度和它的代表人物。我写作时始终牢牢记住我的敌人。”[①] 在这一时期，巴金创作了把矛头指向封建主义的长篇小说《春》《秋》和中篇小说《憩园》。

《春》动笔于1936年，写毕于上海沦陷后的1938年2月。《秋》则是1939年10月到1940年5月，巴金在“孤岛”上一气呵成的作品。《春》《秋》的内容是《家》的故事的继续。这两部小说的问世，与《家》合成了“激流三部曲”。

觉慧在《家》中冲决封建家庭的罗网之后，他的思想和行动影响了被禁锢在深宅大院的男女青年。淑英是巴金在《春》里塑造的又一个叛逆者形象。她本来是个柔弱、容易伤感的少女，在封建礼教的压迫下，过着苦闷、寂寞的生活。但是，“五四”的时代激流，冲击着高家这个封建主义的顽固堡垒，各种新书报和欧洲进步文学作品，使她受到启迪。她旁听进步学生组织的会议，观看充满反专制精神的话剧《夜未央》的演出，开阔了眼界，提高了她的觉悟。觉慧信中的鼓励，增强了她进行斗争的勇气。这种种因素促使淑英初步形成谋求人身自由、反对封建束缚的思想。她不甘心做任人摆布的奴隶，勇敢反抗包办婚姻，为了争取做人的权利，在觉新、觉民和琴的帮助下，她走上觉慧的道路。淑英的行动和她豪迈地喊出“春天是我们的”的话语，给生活在“孤岛”和黑暗社会的青年带来了温暖，激发了他们奋起斗争的勇气。

---

① 巴金：《十 关于〈激流〉》，见《创作回忆录》，人民文学出版社1982年版，第98页。

在《秋》里，巴金完成了觉新典型性格的塑造。觉新接受过新式教育，受到资产阶级民主思想的一定影响，但摆脱不了封建传统观念的羁绊，恪守着封建秩序，是个亦新亦旧的人物。他不是没有看到封建家庭的罪恶及其不可挽回的崩溃命运，但作为长房长孙，他又想顾全高家的体面，保全高家的产业。他奉行“作揖哲学”和“无抵抗主义”，力图游离在新旧两个时代、新旧两种思想、新旧两种力量冲突之间的夹缝中，把这个封建大家庭勉力支撑下去。这是觉新生活的基本出发点，也是酿成他一生悲剧的根源。他生活在两军对垒的夹缝中间，必然是双方争夺的焦点，各种矛盾接踵而来，把他逼得喘不过气来。这就形成他复杂而又丰富的性格。封建制度、封建传统观念扭曲了觉新的灵魂，扼杀了他的青春，摧残了他的幸福，他内心的矛盾和痛苦是极其剧烈的。但是觉新不愿意离开那个夹缝，甘愿在黑暗中沉沦下去，成为封建制度下的受害者，却又不得不充当一个封建秩序的维护者。觉新的形象有其典型意义：封建主义大势已去，作为思想亦新亦旧的青年，只有从夹缝中走出来，大胆反抗封建制度，才会获得新生。否则，便会成为封建制度的殉葬品。

在《春》《秋》里，巴金花了相当多的笔墨来揭露高公馆在“木叶黄落”时节的形形色色的罪恶生活，勾勒出克安、克定荒淫无耻的丑恶嘴脸和周伯涛愚顽可憎的封建礼教卫道士面目。同时，巴金通过蕙被推入火坑饮恨而死、淑贞投井自尽、倩儿病死、梅的夭折等悲剧性的故事，继续控诉那个不合理的制度，满腔悲愤地为一代受摧残的青年呼吁，表现了巴金强烈的反封建精神。

巴金写完《秋》后，意犹未尽，准备写一部续篇《冬》，作为“激流三部曲”的尾声。后来，巴金没有去写《冬》，而是把创作《冬》的材料在1944年写进了《憩园》的内容中。从反映的生活看，《憩园》可以说是“激流三部曲”的发展，就其反封建精神而言，它们是一脉相承的。

作家总是通过他所塑造的艺术形象，来表达自己的思想感情。巴金在《憩园》中创造了封建家庭败家子杨老三、受过高等教育的新式寄生虫姚国栋等人的形象。

杨梦痴从小娇生惯养，染上剥削阶级的种种恶习。他的父亲虽然没有在小说中出现，但他留财产不留德行的恶果，可以从杨老三身上体现出来。杨老三对妻子毫无感情，对儿子也漠不关心，每日挖空心思考虑的是如何弄到更多的钱来满足他的挥霍，在他身上表现出剥削者那种贪婪、自私的本性。巴金没有在杨老三过去的腐化生活上多费笔墨，而是着重描写了他在穷途末路时的耻辱生活和复杂心情。他被大儿子赶出家门流落到大仙祠后，一方面他翻看唐诗“共看明月应垂泪，一夜乡心五处同”，怀念妻儿；另一方面却不肯跟着小儿子回家。一方面他为自己把家产荡尽而追悔莫及；另一方面却不愿回头，说：

"我也改不了我的脾气。"一方面他有求生的欲望，想"安安静静地过完这一辈子"；另一方面害了病却固执地拒绝小儿子和黎先生送他进医院治疗的要求。一方面他在忏悔和赎罪；另一方面却又在求乞、偷盗，继续堕落。尽管杨老三对荒唐的往事有所反省和自疚，性格中不乏潜在的向善倾向，但也应当看到，他这种悔悟并未超出封建道德观念的范畴。杨老三被封建地主阶级抛弃了，可他依然站在封建地主阶级一边，他不会向人民靠拢投降，在劳动中重新做人。因此，在那个社会里，摆在他面前的只有死路一条。所以，巴金不无惋惜地说："换一个时代，他也许会显出他的才华。"①巴金不是从某种概念出发，简单地去丑化杨老三，而是根据真实的生活，多方面地刻画其丰富的性格，揭示出其社会生活的某些特征；时代已经不容许杨老三一类的寄生虫存在了，巴金继觉慧、觉新、高老太爷之后，成功地创造了杨老三这个"多余的人"的形象。这是巴金对中国现代文学所作出的又一贡献。

同是"靠祖宗吃饭"的剥削者，姚国栋和杨老三的性格大相径庭。他读过大学，留过洋，做过三年教授两年官，本可以运用所学的知识，做一点有益于社会的事情，但金钱同样戕害了他的生机。他不赌不嫖，在他身上更多的是新式寄生虫那夸夸其谈、自命不凡、趾高气扬，却又疏懒成性、一事无成的性格。他认为他所过的安闲舒适的生活是天长日久的，因此放任独生子去赌钱看戏胡混。正是他自以为是，相信金钱万能，把妻子的意见当作耳边风，几次顽固地拒绝朋友黎先生的劝告，才断送了独生子的生命。在他身上，可以明显地看出巴金的憎恶感情。

在小说中，巴金对封建家庭的伦理关系以及妇女解放等问题进行了深入的探讨。做父母的，应当以良好的思想品德影响和教育子女，单留财产，不留德行，不仅不能"长宜子孙"，反倒会贻害后人。然而，上一辈的吸血鬼是没有什么"德行"可留的，在封建礼教、封建传统观点的教育下，只能产生出杨老三、姚国栋这些低能的废物，封建家庭里是培养不出好人的。杨家的和儿采取比高觉慧更为激烈的反抗行动，顶着"大逆不道"的罪名，把不配做自己父亲的杨老三赶出家门，表现了巴金对封建伦理纲常坚决、彻底的否定。在万昭华身上，无疑倾注了巴金同情、惋惜的感情。巴金从她的寂寞生活中形象地指出：如果没有勇气、没有决心同封建家庭决裂，到社会上去自食其力，参加社会上的解放斗争，那么，要改变妇女对丈夫的依附地位是不可能的，所谓妇女解放也只属于空谈而已。

---

① 巴金：《谈自己的创作·谈〈家〉》，见《巴金文集》第十四卷，人民文学出版社1962年版，第345页。

"激流三部曲"着重控诉了封建礼教和封建家族制度的吃人罪行，揭示出封建地主阶级日趋瓦解的没落趋势。而在《憩园》里，巴金则无情鞭挞了封建地主阶级赖以存在的经济基础——祖传产业和财富的罪恶。从憩园前后两家主人的生活变迁中，巴金寓以深刻的道理：不劳而获的财产固然是剥削者恣意享乐的温床，但同时也是使他们堕落、毁灭的渊薮。杨老三可耻的死和姚国栋无聊的生，令人信服地表明封建地主阶级的行将就木、不可救药。可见《憩园》发展和深化了"激流三部曲"的反封建主题。

值得一提的是，《憩园》在1979年初被译成法文后，与《家》《寒夜》的法译本在巴黎各书店出现，很快就被抢购一空，深为法国读者所喜爱。海外素有影响的作家、文学史家曹聚仁先生说："笔者认为他的小说，以《憩园》写得最圆熟。"[①] 近年来在国内重版后，也受到我国广大群众的欢迎。那种批评"在这本书里更多的是表现出作者对过去的留恋和作者对资产阶级人性的宣扬"，因而"很难发掘出多少值得肯定的东西"[②] 的论调，显然是很不公正的。在中国现代文学史上，《憩园》应当有它的地位。

巴金抨击封建主义，必然会把锋芒指向维护封建势力利益的国民党反动政权。在抗战后期，巴金对国民党政权的腐败有着切身的感受。他在1944年创作的中篇小说《第四病室》中就展示了人间地狱——40年代国民党统治区凄惨的社会生活画面。本来是救死扶伤的医院，倒成了现金交易的商场和死亡的停留所。并非医生和护士是投机的商人或催命的判官，实则是国民党政府的官员与奸商相互勾结、囤积居奇，大发国难财，致使物价飞涨，药品匮乏。病人倘不交足药钱，或者药物不能及时买到，空有一副善良心肠的医生，也只好无可奈何地看着本来可以治好的病人哀号着死去。这间小小的病室，好像是病态社会的缩影，病人是穷困的。人与人之间的关系也被蒙上了冷漠、自私的阴影。在这里，"人好像站在危崖的边缘，生命是没有一点保障的"。巴金还写了一个被烧伤的工人，老板见他无油可榨，连起码的医药费也不肯支付，揭露了资本家的冷酷心肠。巴金写这部小说时，虽然收敛了以往那种鼓吹改革和反抗的热情，但他的心因为人民的苦难而感到痛楚。那些挣扎在死亡线上的小人物，借他的笔向黑暗的社会发出深沉的控诉声。

综上所述，抗战的烽火像炼狱的烈焰，煅烧着巴金的思想。他同周恩来同志及其他共产党人、进步人士的接触，为他对社会解放道路的探索增添了新的

---

① 曹聚仁：《文坛五十年（续编）》，香港新文化出版社1973年版，第243页。

② 武汉大学中文系三年级巴金创作研究小组：《谈"憩园"》，见《巴金创作试论》，湖北人民出版社1959年版，第53页。

动力。在现实生活斗争的教育下，巴金思想中无政府主义的成分不断减少，革命民主主义的因素逐渐增加，为他的思想在解放战争期间发生质的升华，他由一个否定一切国家、政府、军队、政党的无政府主义信仰者转化为共产党的战友，奠定了坚实的基础。巴金的创作也取得了新的成果。反帝反封建仍然是他创作的主旋律，但是，由于他走出书斋，投身时代的洪流，对生活的认识较之以前就更加深切，比起过去的作品，他在抗战期间的创作所反映的生活内容更为广泛、深刻，思想性和艺术性都达到了一个新的高度。他的思想和创作，对抗战文艺运动起了促进的作用。

（原载《抗战文艺研究》1984 年第 1 期，第 112 ～ 120 页）

西方忏悔意识与中国现代文学

比较、研究西方文学和中国传统文学，不难看出，在诸种文化因素中，忏悔意识是西方文学的文化基因之一，内省意识则是中国古代、近代文学文化机制的一个重要组成质素。这两种表现形态相似而又涵义不同的反省意识，在文学作品的某些方面，显示出中西文化特质的区别。但是，当历史的步伐跨入现代，各个国家和民族不再画地为牢，各种文化相互交流也越来越频繁。西方忏悔意识移植进中国文学，改造和丰富了中国的内省意识，使中国文学的文化特质出现新的变化。这种变化对中国现代文学产生了积极的影响。

一、西方忏悔意识与中国传统的内省意识之间的文化落差

作为文化范畴，忏悔意识与日常生活语言中所用“忏悔”一词的意义不尽相同。日常生活语言中的“忏悔”的意思是认识了过去的错误或罪过而感到悔恨和痛心。严格地说，这只是一种忏悔心态。我认为忏悔意识应当包含三个层次：表层是自我谴责的心态；里层是自我否定的理性分析；深层是自我超越的动机。很明显，它是人重新审视、重新发现自我的一种精神活动。人在重新认识自我的过程中，良知系统不断得以丰富、发展，思想感情也随之净化升华，从而滋生出一种内发的精神力量——忏悔意识的力量，把自我人格推向新境界。

古希腊是欧洲文学的发祥地。古希腊文化鲜明地反映出早期西方文化的特征：对人的高度肯定和赞美，对自由的追求和对知识的推崇。所以，古希腊文学的文化特质是西方文学的文化底蕴。代表古希腊文学最高成就的是悲剧。古希腊悲剧作家在创作中就很注意描写人物的忏悔心态。比如，索福克勒斯的著名悲剧《俄狄浦斯王》，展现了个人的意志与命运的冲突。剧中的俄狄浦斯命中注定要弑父娶母，他竭尽全力也未能摆脱命运的摧残。在该剧最后一场，俄狄浦斯刺瞎自己的双眼后痛切自谴，“假如我到冥土的时候还看得见，不知当用什么样的眼睛去看我父亲和我不幸的母亲，既然我曾对他们作出死有余辜的罪行”，淋漓尽致地勾画出他愧悔交加的心情。又如，欧里庇得斯的动人悲剧《美狄亚》表现了人在反抗不合理的现实时所付出的巨大代价。剧中的美狄亚为了追求爱情，杀死弟弟，背叛祖国。而她的爱人伊阿宋却感情别移，另娶科

任托斯公主为妻。被抛弃的美狄亚无力争取在家庭中的合法地位，只得以杀害自己的孩子、灭绝伊阿宋的后人来报复。在该剧的第二场，美狄亚祈祷时悲怆自责：“呵，我的父亲、我的祖国呀，我现在惭愧我杀了我的兄弟，离开了你们。”道出悔恨的心声。十分明显，古希腊悲剧所表现出的忏悔心态正是后来西方文学中忏悔意识的胚胎。

应当看到，后来的西方文学家几乎都不同程度地接受了基督教文化的影响，但同时也从古希腊文学中摄取营养。基督教文化阐扬了一种思想：人类的始祖亚当、夏娃对上帝犯了罪，因此，人生来就是有罪的；人活着应当赎罪，以便在死后接受上帝的最后审判，进入天堂；如果人经常向上帝忏悔，罪孽就会减轻，灵魂就会得救。真诚的忏悔实质上是对旧的自我的一种否定，尽管这种否定的程度因人而异，而且在不同的历史时期还有着不同的色彩，但是，人在忏悔所思、所想、所作、所为时，就已萌发弃旧图新的动机了。基督教文化的这种思想一旦为社会所接受，古希腊文学肇始表现过的忏悔心态，才升华为一种文化意识，积淀在包括文学家在内的各阶层人士心理深层。

内省意识形成于中国春秋末年。孔子说：“曾子曰：‘吾日三省吾身，为人谋而不忠乎？与朋友交而不信乎？传不习乎？’”[①] 又说：“内省不疚，夫何忧何惧？”[②] 历代儒学大师把内省目的具体化，并且不断增添内心反省的内容。他们认为，内省是个人进行道德修养和调节人际关系的必然途径，每个人都应当按照儒家仁、义、礼、智、信、忠、孝的道德规范进行内省，克制个人的欲望“不逾矩”，以实现社会和家庭的和谐。这样，传统的内省意识也包括三个层次：外层是自疚、自咎的心态；里层是按照儒家伦理观念所进行的反省；深层是个人道德完善和自律。人通过多次内省，在人格上达到内圣外王的境界。

需要指出的是，中国历代文学家都认同儒家文化，内省意识便很自然地渗透进他们的大脑。在这种内省意识的观照下，他们也写出光耀千秋的传世之作。司马迁的《报任少卿书》无疑是其中出色的一篇。这篇文章真实地记录了司马迁因替李陵兵败投降匈奴之事辩护，受到“腐刑”处分后的内省历程。唐代诗人张九龄受李林甫的排挤，被贬为荆州长史。他在荆州所写的十二首《感遇》诗，抒写出内省时对自我坚贞清高品德的评价。杜甫的《自京赴奉先县咏怀五百字》是一首表达内省意识的杰作。诗人对自己复杂、矛盾的内心世界进行深刻的自剖，抒发出忧国忧民的情思，具有强烈的艺术感染力。白居易的《观刈麦》，记叙他任盩厔县尉时一次下乡观麦收时的内省心情：“今我

---

① 孔子：《论语·学而》，见阮元校刻《十三经注疏》，中华书局1980年版，第2457页。
② 孔子：《论语·颜渊》，见阮元校刻《十三经注疏》，中华书局1980年版，第2503页。

何功德，曾不事农桑。吏禄三百石，岁晏有余粮。念此私自愧，尽日不能忘。”在中国文学史上，像这样的作品真是不胜枚举，它们确实是中国文学的瑰宝。

不难看出，西方忏悔意识是以个人为本位的一种宗教观念；中国的内省意识则是以群体为本位的伦理观念。但是，经过文艺复兴和新教革命，忏悔意识突破宗教的范畴，融入人文主义思想因素，包含广泛的社会内容。从此，许多人已不仅仅是为了克服和纠正个人的过错才忏悔。新的忏悔意识促使他们发现自我存在的价值，唤起他们为个性解放而斗争的勇气。文学家也摆脱神学思想的禁锢，焕发出新的自我创造力量。而中国的内省意识，经过历代儒学大师的不断补充，系统愈加严密。宋代的朱熹强调：“人之一心，天理存，则人欲亡；人欲胜，则天理灭，未有天理人欲夹杂者。学者须要于此体认省察之。”①明代的王阳明进一步明确了内省意识的价值取向标准：“只要去人欲，存天理，方是功夫。静时念念去欲存理，动时念念去欲存理。”② 毫无疑问，这种要求人们克制个人正常的欲望，去顺应儒家伦理训条的“天理”的内省意识，简直是对人性的摧残。它会使文学家思想僵化，个性受到压抑，创造性亦不能充分发挥出来。在唐代和元代，基督教文化两度西来，但因受儒家文化的排斥，未能在中国传播。中西两种不同的反省系统，一直没有交融的机会。在中国文学中尽管有时也出现“忏悔”的词语，例如，冯梦龙的《警世通言》就有一个故事叫《桂员外途穷忏悔》，但这种“忏悔”并未突破儒家观念的框架，不过是内省的别名而已。

忏悔意识和内省意识本身的发展变化，必然会在文学作品中反映出来，使中西两种不同文化特质的文学，差别更加明显。同样是写商人海外冒险的故事，笛福的《鲁滨逊飘流记》和凌蒙初的《转运汉遇巧洞庭红》在文化底蕴上就各有特色。前者的主人公鲁滨逊为追求财富，几次在海上遇险，最后漂流到一个荒岛上，在那里生活了28年。他在不幸的困境中曾多次以“极端虔诚谦卑的心情跪伏在地上，向上帝忏悔我的罪恶”。《圣经》成为他的思想支柱，忏悔意识坚定了他战胜自然的意志，使他焕发出乐观主义的进取精神。他用才智和勤劳在荒岛开辟了一个新天地，通过个人奋斗做了自己命运的主人。无疑，鲁滨逊是资本主义上升时期个性色彩十分浓烈的英雄。凌蒙初笔下的文若虚则是一个做生意赔本的“倒运汉”。他在穷愁潦倒之际经过一番内心反省：“一身落魄，生计皆无，便附了他们航海，看看海外风光，也不枉人生一世。”

① 黎靖德编：《朱子语类》第十三卷，王星贤点校，中华书局1986年版，第224页。

② 王阳明：《传习录上》，见《王阳明传习录》，中华图书馆1924年版，第16页。

这个“附”字道尽了文若虚性格的基本特征：依附性。文若虚本人无创业精神，倒是他所依附的命运之神关照了他。他随海船到一个荒岛观光，偶然拾得奇珍异宝，发了大财。这篇小说虽然反映了明代中叶商业发展和资本主义萌芽的某些方面，但也宣扬了“可见人生分定，不必强取”的命定论。知足、守成、平安等观念，进入文若虚的内省意识里层，使他缺乏进取心和自信心；“去欲存理”的价值取向，又使他两次放弃进一步发财致富的机会。显而易见，鲁滨逊和文若虚完全是从两种文化背景产生出来的两种文化性格的商人。

在18世纪的世界文学史上，卢梭的《忏悔录》和曹雪芹的《红楼梦》，都以各自巨大的生活容量、深邃的思想、各有千秋的艺术特色，占据着重要的地位。两部作品都带有作者自传的因素。卢梭在书中把自己的德行和不体面的甚至是卑劣的隐私大胆地暴露出来，展现出一个平民思想家广阔、丰富、复杂的精神世界及其与黑暗现实的冲突。作者以惊人的真实、彻底的批判精神，否定旧的自我。正因为否定了旧的自我，他才以深刻的哲理和超越动机为导向，对罪恶的社会环境进行猛烈的抨击。因而《忏悔录》推崇人性，强调人格的独立和尊严，充满了自我意识和反封建的个性解放精神。由于卢梭的忏悔意识融进了他的天赋人权和人与人之间生来就是平等的，以及返回自然、返回自然人的思想，因此《忏悔录》也和他的其他著作一样，是19世纪浪漫主义文学和现代欧洲文明的思想泉源之一。《红楼梦》第一回开宗明义地表述了作者“今因风尘碌碌，一事无成……诚不若彼裙钗”的愧悔心情。因此，有人称它是“情场忏悔而作的”[①]。其实，作者的“忏悔”，仍然没有超越传统的内省意识。曹雪芹在小说中艺术地批判了陈腐的封建礼教和行将崩溃的封建制度，在一定程度上否定了儒家文化的某些负面内容。但是，他没有找到，也不可能找到一种新的思想作为观照，而是用佛家文化的色空观念去指导内心反省。正是出于这种内省意识，所以他塑造的贾宝玉，一方面渴望挣脱封建传统观念的桎梏，有着朦胧的人格平等和个性解放的要求，另一方面又无法突破传统文化的樊篱，跳出家门、遁入佛门毕竟不是发现自我、肯定自我。确切地说，贾宝玉是封建末世具有某种叛逆精神，却始终没有在家庭和社会中找到正确位置的“混世魔王”。

不难看出，《忏悔录》和《红楼梦》鲜明地映照出西方文学中的忏悔意识和中国传统文学中的内省意识之间的文化落差。这种文化落差，一直到五四新文学出现以前都未消失。

---

① 俞平伯：《红楼梦辩》，见《俞平伯论红楼梦》，上海古籍出版社、三联书店（香港）有限公司1988年版，第182页。

二、新的反省机制——中国现代作家的忏悔意识

鸦片战争之后，外国列强的坚船利炮敲开中华古国的大门，随之而来的西方文化撞击着中国传统文化，欧风美雨激起一代文学家心灵的震荡。尤其是清朝末年和民国初年，一批先进青年如鲁迅、陈独秀、胡适、李大钊、郭沫若、郁达夫等，相继到海外学习西方科学文化，寻求救国的真理。他们像海绵吸水一样，尽情吮进各种新思想，文化心理发生嬗变。同时，他们又以西方现代文化思想作观照，对国内窳败的社会现实、中国传统文化和传统文学，进行深刻的反省。值得注意的是，他们的反省由于注入了忏悔意识的基因，因此突破了中国传统内省意识固有的框架，形成新的反省机制——中国式的忏悔意识。

考察中国新文学运动的先驱和第一代作家受西方忏悔意识潜移默化的过程，就会看到：欧洲一些文学家、哲学家在忏悔时的真诚态度和光辉人格，宛如磁石吸引钢铁一样吸引住他们。其中，以卢梭、圣·奥古斯丁和列夫·托尔斯泰对他们的影响最大。圣·奥古斯丁是欧洲早期基督教神学家，在《忏悔录》中，他虔诚地向上帝袒露胸怀，严厉谴责自己早年在迷途中的过错。列夫·托尔斯泰在不朽的小说《复活》中，成功地塑造出忏悔贵族聂赫留朵夫的形象，阐扬赎罪和使灵魂得救的思想。尤其是在他的日记和《忏悔录》中，托尔斯泰无情地解剖自己，猛烈抨击自己所属的贵族阶级的腐朽生活，为自己过去的荒唐行为而深深忏悔。

鲁迅读过他们的著作后深受感动，在1908年所写的一篇文章中发出赞叹："奥古斯丁也，托尔斯多也，约翰卢骚也，伟哉其自忏之书，心声之洋溢者也。"[①] 郭沫若早年也以他们为榜样，他1920年2月16日在一封信中向友人倾吐衷曲："我常恨我莫有奥古斯丁、卢骚、托尔斯泰的天才，我不能做出部赤裸裸的《忏悔录》来，以宣告于世。我的过去若不全盘吐泻净尽，我的将来终竟是被一团阴影裹着，莫有开展的希望。我罪恶的负担，若不早卸个干净，我可怜的灵魂终久困顿在泪海里，莫有超脱的一日。"[②] 郁达夫高度评价卢梭的《忏悔录》是"赤裸裸的将自己的恶德丑行暴露出来的作品"，而这样"空前绝后"的作品，"使人读了，没有一个不会被他迷住，也没有一个不会

---

① 鲁迅：《集外集拾遗补编·破恶声论》，见《鲁迅全集》第八卷，人民文学出版社1981年版，第27页。

② 郭沫若：《郭沫若致宗白华》，见田寿昌、宗白华、郭沫若《三叶集》，亚东图书馆1920年版，第44页。

和他起共感的悲欢的"[1]。五四时期，巴金在托尔斯泰和俄国无政府主义大师克鲁泡特金等人著作的启蒙下，觉察到他所出身的地主阶级的罪恶，有一种"原罪"的感受："我们的上辈犯了罪，我们自然也不能说没有责任。"[2] 他是怀着"为上辈赎罪"的忏悔心情走上人生道路的。1927 年巴金到法国后，卢梭的著作给他打开一个新天地。巴金不仅当时经常站在卢梭铜像前倾诉心中的痛苦，就是几十年后也怀着深深的感激之情说："我写小说，第一位老师就是卢骚。从《忏悔录》的作者那里我学到诚实，不讲假话。"[3] 果然，巴金的文学创作也像卢梭那样以真诚的忏悔著称。在散文集《忆》《短简（一）》《生之忏悔》和《随想录》等作品中，就蕴含着深刻的忏悔意识。

但是，中国现代作家在进行自我反省时固然突破了传统的内省意识窠臼，却没有完全抛弃内省意识，也未机械地硬套西方忏悔意识的模式。他们的忏悔心理机制吸取了二者的某些长处，加以融汇贯通，从而显示出中国式的特色。

中国现代作家显然是把忏悔意识当作人类的美德和推动社会发展的内在热力而移植过来的。恰如新月派诗人闻一多在美国留学时透辟地指出："人不怕有罪恶，只怕有罪恶而甘于罪恶，那便终古沉沦于死亡之渊里了。人类底价值在能忏悔，能革新。世界底文化亦不过由这一点动机发生的。忏悔是美德中最美的，他是一切的光明底源头。他是尺蠖的灵魂渴求展伸底表象。"[4] 这段话道出一代作家共同的忏悔心理。可见，中国现代作家的忏悔意识带有功利性，却几乎没有西方忏悔意识那种基督教文化的宗教色彩。

西方文学家一般在功成名就、忧患已成为过去的晚年，才系统地撰写自己的忏悔录。中国现代作家则不同，传统的内省意识在他们文化心理上的积淀，使他们在探索人生道路的时候，一边从事创作，一边写自己的忏悔录。例如，巴金的第一篇忏悔性散文《作者自剖》写于 1932 年，此时他才 28 岁。从那时到 80 年代 5 本《随想录》的问世，他的自传性忏悔录一直写了半个多世纪。在两百多万字的忏悔录中，巴金毫不掩饰在生活和创作中的矛盾和苦闷，表现自己激烈的思想冲突，揭露和鞭笞自己的过错，真实地记述了自己几十年来生活、创作和心灵发展变化的艰难历程，是中国现代文学宝库中弥足珍贵的

---

① 郁达夫：《卢骚的思想和他的创作》，见《郁达夫文论集》，浙江文艺出版社 1985 年版，第 390 页。

② 巴金：《巴金选集·后记》，见李存光编《巴金研究资料》上卷，海峡文艺出版社 1985 年版，第 179 页。该文原载《读书》1979 年 5 月第 2 期。

③ 巴金：《探索集·后记》，见《中国当代文学研究资料 巴金专集（1）》，江苏人民出版社 1981 年版，第 671 页。

④ 闻一多：《〈女神〉之时代精神》，载《创造周报》1923 年 6 月 3 日第 4 号，第 8 页。

精神财富。郭沫若也在28岁那一年写给宗白华的信中深切忏悔："我自己底人格，确是太坏透了"，"我不是个'人'，我是坏了的人，我是不配你'敬服'的人，我现在很想如Phoenix一般，采集些香木来，把我现有的形骸烧毁了去……从那冷净了的灰里再生出个'我'来！"[①] 以后，在自传性小说《漂流三部曲》《亭子间中的文士》《湖心亭》《后悔》《红瓜》和回忆录《幼年时代》《少年时代》《学生时代》等作品中，郭沫若挥洒自如的文笔宛如剔骨去肉的利刃，对自己生活上、思想上的丑陋之处和性格上的缺陷，进行深刻的剖析和坚决的否定。在中国现代文学史上，许多作家也像巴金、郭沫若一样，或者一边前进一边反省，或者在追忆往事中批判旧我。他们写出的忏悔录不是自我的总结，而是在忏悔中自我否定和自我探索的作品，是从卢梭等西方文学家的《忏悔录》中吸取过养料而又具有内省性质的杰作。同时，由于他们生活在充满忧患的时代，他们在进行反省时，忧患意识也往往掺兑在忏悔意识之中，因此，他们的忏悔录也带着浓厚的忧患色彩。这种忧患色彩在西方文学家的《忏悔录》中是不多见的。

不仅如此，中国现代作家忏悔的出发点也因人而异、因时而异，不都像西方文学家那样以个人为本位来否定旧我。比如郭沫若在《凤凰涅槃》中既为抛掉精神上的阴影而忏悔，也为一代青年而忏悔。所以，闻一多读后兴奋地写道："丹穴山上底香木不只焚毁了诗人的旧形体，并连现时一切的青年底形骸都毁掉了。凤凰底涅槃是一切的青年底涅槃。"[②] 这种忏悔标志着诗人和一代青年觉醒的开始。再如巴金最初是以家族为本位进行忏悔的。但是，由于他生活在一个呼唤自我、认识自我、确立自我主体价值的时代，他渴望甩掉过去留在灵魂上的重荷，为社会贡献更大的力量，因此在30年代，他开始对自我心灵探索。他在《片断的纪录》中宣称他"诅咒自己"。在《新年试笔》中进一步否定旧我："我是浅薄的，我是直率的，我是愚蠢的"，"黑暗，恐怖，孤独——在我的灵魂的一隅里永远就只是这些东西"。不过，日益尖锐的民族矛盾和社会矛盾不允许他离开现实、离开人民去自我忏悔。巴金说："在这时候整个民族的命运都陷在泥淖里，我似乎没有权利来絮絮向人诉说个人的一切。但是我毕竟又说了。因为我想，这并不是我个人的事，我们许多人的身上都看见和这类似的情形。使我们的青年不能够奋勇前进的，也正是那过去的阴

---

① 郭沫若：《郭沫若致宗白华》，见田寿昌、宗白华、郭沫若《三叶集》，亚东图书馆1920年版，第9、11页。

② 闻一多：《〈女神〉之时代精神》，载《创造周报》1923年第4号，第7页。

影。"[①] 可见，巴金为个人，为一代青年和整个民族而忏悔的动机是十分明确的。有趣的是，鲁迅却站在一定的历史高度来审视自己的愿望和动机，反观自己的心态和行为，剖析自己的思想和性格，彻底批判和否定旧我。鲁迅认为"必须先改造了自己，再改造社会，改造世界"[②]，认为"多有只知责人不知反省的人的种族，祸哉祸哉"[③]，因此以自我为本位进行忏悔，"我知道我自己，我解剖自己并不比解剖别人留情面"[④]。

鲁迅、郭沫若、巴金以各自认可的本位进行忏悔，又都殊途同归，更生一个新我，表明中国现代作家的忏悔心理机制不是刻板划一的。中国作家的忏悔意识形成的时间固然较晚，但由于师承西方文学家的忏悔意识，又同中国传统的内省意识有着很深的渊源关系，因而兼有中西两种文化因素。这种新的忏悔机制的确立，意味着中国作家的反省系统从封闭走向开放，中国文学也迎来了从传统走向现代的契机。

三、忏悔意识：中国现代文学更新的推动力

作家是文学创作的主体，中国现代作家忏悔意识的形成，势必使中国现代文学的文化特质出现某些变化。

毫无疑问，无论以什么为本位进行忏悔，都得通过作家自我本体，都不同程度地显现出作家本来的面貌。忏悔意识有助于增强作家自我主体价值观念，使中国现代文学作品也像西方文学作品那样，带有鲜明的自我色彩。

毋庸置疑，在中国传统叙事文学作品中，作家的自我色彩是很淡薄的。鲁迅的第一篇白话小说《狂人旧记》就以其强烈的自我色彩，使人耳目一新。鲁迅写《狂人日记》，显然受到俄国批判现实主义作家果戈理同名小说的启迪。需要指出的是，并非西方文学的每一篇作品都表现出了忏悔意识，果戈理的《狂人日记》就属此列。就文化意义而言，鲁迅的《狂人日记》实在是中国现代文学史上第一篇忏悔小说，又因为作者的忏悔意识与忧患意识交相融合，所以这篇小说又显示出忧愤深广的特色。

郁达夫的忏悔小说则是另一种风格。受卢梭等外国作家的影响，郁达夫的

---

① 巴金：《忆》，载《作家》1936 年第 1 卷第 4 号，第 925 页。

② 鲁迅：《热风 · 随感录 · 六十二 恨恨而死》，见《鲁迅全集》第一卷，人民文学出版社 1981 年版，第 360 页。

③ 鲁迅：《热风 · 随感录 · 六十一 不满》，见《鲁迅全集》第一卷，人民文学出版社 1981 年版，第 359 页。

④ 鲁迅：《而已集 · 答有恒先生》，见《鲁迅全集》第三卷，人民文学出版社 1981 年版，第 457 页。

小说常以自己的某些经历为题材，带有浓郁的自传体色彩。长期以来，研究者对郁达夫作品大胆暴露的特点的评价众说纷纭。殊不知这种大胆暴露，正是郁达夫忏悔意识的表现形态。郁达夫小说中的主人公多是患上“时代病”的零余者，他们的思想和性格，与法国19世纪浪漫主义小说家缪塞的自传性小说《一个世纪儿的忏悔》中患上“世纪病”的主人公沃达夫何其相似。他们都是一些聪明、敏锐、富有才华的青年知识分子，在污秽的现实中，理想破灭，看不到个人和社会的前途，因而感伤、怀疑、悲观、孤独、放浪形骸。沃达夫在绝望中几乎走上杀人的毁灭道路，但耶稣受难像的小十字架唤起了他的良知，忏悔使他恢复理智，他深切感受到“忏悔是一种纯洁的圣香，它挥发了我所有的痛苦”，最后终于和旧我告别，向新的生活道路走去。郁达夫小说中的零余者，愤世嫉俗，不甘心沉沦却又找不到一条新路，于是产生变态心理。他们也经常痛切自谴。这种忏悔虽然没有把他们从自暴自弃的“时代病”中解脱出来，但也使他们宁可安贫自戕，也要保持正直、坦诚、独立的人格，不与邪恶势力握手言和。可以说，在这以前的中国文学史上，还没有一个作家能像郁达夫那样，在创作中不加掩饰地暴露自己，深切自忏，表现自我。

鲁迅和郁达夫的忏悔小说，代表了中国现代叙事文学的两种忏悔模式。鲁迅通过对艺术形象的精心镂刻，从艺术形象身上体现出作者的忏悔意识。郁达夫却是直抒胸臆，通篇展现出作者的忏悔过程，流溢着率真的忏悔情感。这两种忏悔模式经过后来的巴金、倪贻德等现代作家的继承和发展，从而形成中国现代叙事文学的忏悔特色。

本来，在中国传统抒情文学中，自我色彩是很清晰的，从屈原到黄遵宪，历代许多诗人都在诗篇中描绘了自我形象。但是，从文化意义上加以审视，由于历代文学家缺乏忏悔意识和独立的人格，因而历代抒情诗中的诗人自我，和现代抒情诗中的自我的内涵显然不同。翻翻胡适在美国所写的《藏晖室札记》，就可以看到他在留学时心灵的忏悔历程。胡适早年倡导文学革命时，曾受到留美同学的激烈反对，为此而作《老鸦》。诗人以“我不能呢呢喃喃讨人家的欢喜”的老鸦自况。尽管环境恶劣，甚至生存都成问题，但老鸦“我不能带着鞘儿，翁翁央央的替人家飞；也不能叫人家系在竹竿头，赚一把黄小米”。这样，一个先驱者独立、坚强的自我形象便跃然于纸上。又如郭沫若的《女神》以其深刻的忏悔意识、强烈的叛逆精神、浓厚的爱国主义感情，刻画出诗人在五四时期的自我形象，鼓舞了几代读者。像这些张扬自我的诗篇，在中国现代抒情文学中不胜枚举，标志着中国诗人思想的大解放和诗体的大解放。而忏悔意识正是他们实现这两个大解放的内在动力之一。

忏悔意识还把中国现代作家从自我内心探索引导到对人生真谛的寻求上

来。思考“人生究竟是什么”等问题，寻找个人在社会上的正确位置，成为五四时期的一种创作风尚。其中，冰心的小说值得注意。她的《超人》和《悟》中的主人公都是孤独恨世的冷面郎君，但生活中发生的事件使他们忏悔，悟出母爱、同情和互助能使社会前进的道理。落华生的小说《缀网劳蛛》也颇有影响。小说中的华侨孙可望因为嫉妒，刺伤和遗弃了妻子尚洁。《马太福音》的启示使他忏悔，于是他接回尚洁，自己离家赎罪。尚洁经过这番波折，认识到人生“象蜘蛛，命运就是我的网”。人生的意义就在于像蜘蛛一样编织这个网。今天看来，中国现代文学第一代作家的这种看法未免幼稚和可笑，但是他们探索和表现人生的意义，不在于得出什么样的结论，而在于把忏悔意识、个性主义、人道主义等西方文化思想引进文学创作中，从而突破了传统文学阐扬儒、释、道的伦理观念和惩恶扬善的格局，使中国现代文学从传统文学的模式中走了出来，文学题材焕然一新。

西方忏悔意识注入中国现代文学，不仅更新了文学题材，也促使现代作家在艺术形式上进行创新。中国古典小说重视情节而忽视对人物进行心理分析。中国现代作家要描写人物的忏悔意识，就不能不展现人物的精神世界，揭示人物内心的奥秘。俄罗斯批判现实主义作家陀思妥耶夫斯基的作品在表现人物忏悔时对灵魂的审问，对他们的影响极大。鲁迅在一篇文章中，谈到他年轻时所敬服的两个伟大的文学家，其中一个就是陀思妥耶夫斯基。[①] 鲁迅又在另一篇文章中，准确地概括出陀思妥耶夫斯基创作的特点是“穿掘着灵魂的深处，使人受了精神底苦刑而得到创伤，又即从这得伤和养伤和愈合中，得到苦的涤除，而上了苏生的路”[②]。在《狂人日记》《阿Q正传》《祝福》《伤逝》等小说中，鲁迅显然学习和借鉴过陀思妥耶夫斯基的灵魂拷问法，刻画人物深邃的内心世界，塑造出生动的艺术典型。后来，鲁迅把自己的创作经验总结为“画眼睛”和“勾灵魂”。当然，在中国现代文坛上，向西方文化和西方文学吸取营养的作家又何止鲁迅。30年代崛起的施蛰存、刘呐鸥、穆时英等现代派作家，师承西方现代主义文学，尤其刻意描绘人物的心理活动，笔触甚至伸入潜意识，在表现人物的忏悔意识时别开生面。由此可见，从《狂人日记》开始，中国现代作家为了展现人物的忏悔意识，把从注重描写人物的生活方式和行为方式等外部特征，转向勾画人物的思维方式、透视人物五光十色的

---

① 参见鲁迅《且介亭杂文二集·陀思妥夫斯基的事》，见《鲁迅全集》第六卷，人民文学出版社1981年版，第411页。

② 鲁迅：《集外集·〈穷人〉小引》，见《鲁迅全集》第七卷，人民文学出版社1981年版，第105页。

“内宇宙”，从而提供了新的文学创作技巧。

再者，在中国古典小说中，用第一人称的形式写出来的作品并不多见，并且绝少日记体、自传体、书信体之类。中国现代作家在表现人物忏悔意识时，跳出传统小说的老套体式，又是从《狂人日记》开始，他们常用第一人称的形式来写小说，日记体、自传体、书信体等小说体式，竞相推出。茅盾的《腐蚀》、丁玲的《莎菲女士的日记》等日记体小说，郁达夫的《血泪》《十一月初三》等自传体小说、巴金的《利娜》等书信体小说，都是表现忏悔意识的成功之作。这种种不同的体式，使得中国现代小说形式灵活、仪态万方，体现出现代作家在忏悔意识引导下而焕发出的创新精神。

综上所述，作为西方文学的一种文化基因的忏悔意识，移植进中国文学后，对中国现代作家文化心理的嬗变和自我主体价值观的确立，对中国现代文学作品从内容到形式的更新，都起到良好的推动作用。

（原载《中山大学学报（哲学社会科学版）》1989 年第 3 期，第 108 ～ 115 页）

世纪的风：巴金的文化整合探索

20世纪，欧风美雨愈来愈猛烈地冲击着中国传统文化，大大加快了从鸦片战争以来中西文化的整合过程。所谓文化整合，就是两种或两种以上的文化交流时，所经历的一个碰撞、选择、协调、融合的过程，它直接影响着人的文化心理，制约着人的行为。[①] 20世纪的中西文化整合，是世纪的风，吹动中国社会从传统向现代嬗变的进程。"五四"新文化运动唤起一代新人觉醒，他们在中西文化整合过程中建构起新的文化心理，努力为这次大规模的文化整合摇旗呐喊、推波助澜，对中国现代文化和文学的建设作出贡献。巴金无疑是其中卓越的一个。

一、传统文化：巴金文化心理的不灭印记

中国传统文化精神，主要由儒家、道家和佛家的文化思想构成。自两汉以来，儒家文化思想一直居核心地位，起着主导作用。在漫长的中国历史进程中，儒、道、佛三家文化思想互相碰撞，互相渗透，互相排斥，互相融合，为中华民族所接受，并从世世代代的民族生活中体现出来和积淀下来。中国历代文学作品几乎无一例外地凸现了中国传统文化精神，尤其是儒家文化精神。众所周知，巴金出身于一个把儒家教条奉为金科玉律的书香门第。同那个时代许多世家子弟一样，巴金很早就进私塾学习儒家的启蒙读物《三字经》《百家姓》《千字文》，背诵过《古文观止》中韩愈、柳宗元、欧阳修、苏东坡等人的散文名篇。母亲也时常教他吟诵《白香词谱》中的古词。所以，在他幼小的心灵受到中国古典文学作品滋润时，不知不觉地接受了中国传统文化的熏陶。

母亲和轿夫老周对少年巴金的影响最深。母亲教他"爱一切的人，不管他们贫或富"。他说："把我和这个社会联起来的也正是这个爱字，这是我的全性格的根柢。"轿夫老周对他说的"要好好地做人，对人要真实，不管别人待你怎样，自己总不要走错脚步。自己不要骗人，不要亏待人，不要占别人的

---

① 参见吴定宇《文化整合：中国的过去，现在与未来》，载《上海文化》1993年11月第1期（创刊号）。

便宜"[1] 的话，深深嵌入巴金心里，成为他日后处事为人的准则。

显而易见，母亲灌输给巴金的道理与儒家的仁爱思想、墨家的兼爱思想不无相通之处，老周的话也融贯了儒家的忠恕之道和诚意正心的修养方法的因子。儒家的仁爱思想、忠恕之道和道德修养方法，以及墨家的兼爱思想，渗透历代社会成员的文化心理，不但成为我们民族共同心理结构的一部分而具有普遍意义，还以无限生动和丰富的生活形式流传下来，成为民间信仰的一部分。因此，尽管母亲对儒学博大精深的思想所知有限，老周甚至没有读过书，但由于受民间流传的道统的影响，再加上自己对生活的特殊感受和体验，巴金便认同某些传统文化思想，并在心里着上传统文化的不灭印记。

当然，巴金不是被动地接受中国传统文化的影响。少年时的巴金是个爱思索的孩子，他把从母亲和老周那里得来的道理在现实生活中加以印证，发现这个社会是不合理的。他对不平等的现象极其反感，对奴仆的悲惨遭遇十分同情，从而萌发了在变革现实的斗争中尽一份力量的宏愿。

值得注意的是，巴金并不固囿在传统文化的圈子里。在风雷激荡的五四时期，巴金敞开胸膛，尽情吮进从西方涌来的新的文化思想，在他的文化心理，中西文化开始进行整合。在他个人的文化整合中，他幼年时期所接受的仁爱观念同西方人道主义思想相融合，自由、平等、博爱的观念由此植进文化心理深层，构成他的文化性格的内核——那就是他在《第四病室》借一个人的嘴所说出来的话："变得善良些，纯洁些，对别人有用些。"与此同时，他还吸收了克鲁泡特金伦理思想的精华，与轿夫老周教给他的做人道理相糅融，形成他做人与创作的准则："我现在的信条是：忠实地生活，正当地奋斗，爱那需要爱的，恨那摧残爱的。我的上帝只有一个，就是人类。为了他我准备献出我的一切。"[2] 他在耄耋之年回顾和总结自己的生活与创作道路时说："不把自己的幸福建筑在别人的痛苦上；爱祖国、爱人民、爱真理、爱正义；为多数人牺牲自己；人不是单靠吃米活着；人活着也不是为了个人的享受。我在作品中阐述的就是这样的思想。"[3] 可见，巴金在五四时期开始进行的文化整合，对他的生活与创作产生了何等巨大的影响。

那么，在巴金的文化整合中，究竟是以中国本土文化为主体去选择、吸收

---

① 巴金：《短简·我的几个先生》，见《巴金全集》第十三卷，人民文学出版社 1990 年版，第 15～17 页。

② 巴金：《海行杂记·两封信》，见《巴金全集》第十二卷，人民文学出版社 1989 年版，第 52 页。

③ 巴金：《探索集·38 再谈探索》，见《随想录》，生活·读书·新知三联书店 1987 年版，第 211 页。

西方文化，还是以西方文化为主体来同化、兼容中国本土文化？虽然巴金说过："在所有中国作家之中，我可能是最受西方文学影响的一个。"[①] 但结合他的生活、思想和创作的实际来考察，答案应当是前者。不错，在五四时期，他如饥似渴地吸取西方文化的营养，个性解放、无政府主义、人道主义、法国资产阶级大革命和俄国民粹运动的社会发展观念启迪了他的心智，《新青年》《每周评论》《新潮》《少年中国》《北京大学学生周刊》等新潮刊物上介绍、宣传西方新思想的文章，促使他迅速觉醒，克鲁泡特金等人的著作在他成长的过程中曾起到非常重要的作用。我们甚至可以说，如果没有西方文化对他的影响，恐怕他不会从四书五经的圈子中走出来，文化心理不可能发生两种文化的整合，他的生活与创作也许会是另外一个样子。但是，还应看到，巴金最早吮吸的是中国传统文化的乳汁。他除了从书本上，从母亲和老周等人那里受到传统文化的哺育外，民间文化也滋润了他的心田。所谓民间文化，就是传统文化思想被民众接受后，融进民间生活中逐渐形成的高度世俗文化，通过民间传说、民间游艺等方式世代传承。中国民间文化当然要遵奉中国的文化传统和伦理道德准绳，民众常在民间故事和戏曲等游艺形式中颂忠贬奸，赞扬反抗压迫、除暴安良、扶危济困的英雄，惩恶扬善，鞭挞统治阶级的罪恶，谴责见利忘义、为富不仁、卖友求荣等奸诈之徒，表达对被欺压的弱小者的同情，寄托对自由平等的向往和追求幸福的愿望。巴金幼时爱听佣妇杨嫂讲述民间故事，爱看京戏和川戏，不知不觉中受到民间的原始正义感和朦胧的民主主义思想的感染。和他所受到的正规传统文化教育一样，民间文化对巴金的成长和创作都有着明显的影响。首先，在民间原始正义感和朦胧的民主主义思想的导引下，巴金加深了对中国传统社会的了解，他所具有的强烈爱憎感情和泾渭分明的善恶观念与之有着血缘关系。其次，他的一些作品直接取材于民间传说，例如他说《塔的秘密》"是从我小时候听到的故事和读到的童话书里搬来的"，《隐身珠》则是"根据古老的四川民间故事改写的"[②]。再次，他在创作中亦学习和借鉴民间艺术形式。比如他爱看川戏中的折子戏，认为"它们都是很好的短篇小说"。他常用第一人称写小说，即使在用第三人称写成的小说中，笔触也伸入人物的内心深处去勾画人物的灵魂，这与他吸收和运用戏曲中传统的自述

---

① ［法］雷米（Pierre-Jean Remy）：《巴金答法国〈世界报〉记者问》，黎海宁译，见《中国当代文学研究资料 巴金专集（1）》，江苏人民出版社1981年版，第84页。原载1979年5月18日法国巴黎《世界报》，据1979年7月1—2日香港《大公报》所载黎海宁译文转录。

② 巴金：《关于〈长生塔〉》，见《创作回忆录》，人民文学出版社1982年版，第9～20页。

式心理解剖手法关系极大，难怪他称传统是“取之不尽的宝山”①。无须赘述，巴金的文化心理深层积淀着的中国传统文化思想，在文化整合中一直起着主导作用，所以他说：“我虽然信仰从外国输入的‘安那其’，但我仍还是一个中国人，我的血管里有的也是中国人的血。有时候我不免要站在中国人的立场上看事情，发议论。”② 明了了这一点，就不难理解尽管他受到西方文化很深的影响，并且还向许多外国作家学习过艺术表现技巧，但他的作品仍然具有浓厚的中国文化特色，映现出某些传统文化特质。可见，他是以中国本土文化为主体去吸收、消融西方文化的。

二、文化整合：巴金的双向文化选择

吸收外来的异质文化，更新文化心理，是建设中国现代文化必不可少的一环。综观中外文坛，一些创作出彩耀千秋的传世之作的文学巨擘，大都在文化整合中融汇本国和许多外来异质文化思想，才形成自己独特、丰富的文化个性。因此，考察巴金怎样进行文化整合，有助于了解他文化个性的形成过程和他的作品的文化底蕴。

差不多就在巴金的二叔给他讲解《左传》《春秋》的同时，他读到克鲁泡特金的《告少年》（节译本）和波兰作家廖·抗夫所写的剧本《夜未央》。《告少年》虽然不是系统阐述克鲁泡特金学说的著作，但克氏在书中对私有制和资本主义社会制度罪恶的深刻揭露与尖锐批判，以及对青年发出的到民间去、联合一切受奴役的人推翻现存的不合理的社会制度的号召，震撼了他的心灵，把他从传统文化中得来的仁爱道理调合起来，形成了他的爱人类、爱世界的人生理想。中国古人所描述的“大同”世界，曾在巴金的文化心理留下斑驳的投影，《告少年》所构想的未来社会的蓝图，把他朦胧的社会理想具体化。他“相信万人享乐的社会就会和明天的太阳同升起来，一切的罪恶都会马上消失”③。《夜未央》又使他“第一次找到了他底梦景中的英雄，他又找到了他底终身事业”④。中西文化的初次整合，已使巴金“梦景中的英雄”大大有别于中国古典小说、地方戏曲与民间传说中那些替天行道的侠士和劫富济贫的绿林好汉，他们乃是为万人的自由幸福、甘愿舍弃个人的一切甚至不惜以

---

① 巴金：《谈自己的创作·谈我的短篇小说》，见《巴金全集》第二十卷，人民文学出版社 1993 年版，第 529 页。原载《人民文学》1958 年第 6 期。

② 巴金：《火（第二部）·后记》，人民文学出版社 1991 年版，第 374 页。

③ 巴金：《忆·信仰与活动》，见《巴金全集》第十二卷，人民文学出版社 1989 年版，第 407 页。

④ 巴金：《译者序》，见［波兰］廖·抗夫《夜未央》，巴金译，文化生活出版社 1937 年版，第 1 页。

生命去“敲响血钟”、唤起民众觉醒的热血青年。他所追求的“终身事业”，也非传统文化中的“圣王”事业，而是推翻残暴的专制制度，建立一个真正平等、自由、博爱的新社会。

当然，巴金在文化整合中，对外来文化也经过了选择、碰撞、淘汰、吸收、消化、融合的过程。在纷至沓来的西方文化思想中，他较多地接受了无政府主义思想，尤其是克鲁泡特金学说的影响。[①] 不过，不是无政府主义思想俘虏巴金，而是巴金运用无政府主义思想体系中的某些理论来指导自己研究中国革命。因此，他对无政府主义思想很自然地有所取舍。他说：“我有我的‘无政府主义’”，“我还保留而且发展了我自己的东西”。他所说的“我自己的东西”，其实就是他头脑中的传统文化思想。他坦率地承认：“这两者常常互相抵制，有时它们甚至在我的脑子里进行斗争。”[②] 两种文化的碰撞，导致他的文化性格产生了矛盾：爱与憎的冲突，思想和行为的冲突，理智和感情的冲突。

法国资产阶级人道主义思想，尤其是卢梭的学说，也曾吸引过巴金。卢梭认为，人与人之间生而平等，人生来就是自由的，“天赋人权”只因出现了“这是我的”私有观念，便产生了罪恶。他发现财产私有制是社会不平等的根源，鼓吹在人民之间的契约上建立国家，国家权力属于人民，如果统治者变成暴君，剥夺人民自由平等权利，人民就有权推翻他。巴金服膺卢梭的理论，一度把它当作探索祖国解放道路的思想利器。同时，卢梭的人格光辉也照耀着巴金的人生道路，他的《忏悔录》为巴金树立起“说真话”的楷模。所以，几十年来巴金一直虔诚地把卢梭当作自己学习的老师。

正因为巴金以中国本土文化为主体、以西方现代文化思想为观照进行文化整合，才更新了价值观念、伦理观念、政治观念、社会观念，萌发了他的反封建精神，他说：“自从我知道执笔以来我就没有停止过对我底敌人的攻击。我底敌人是什么？一切旧的传统观念，一切阻碍社会的进化和人性的发展的人为制度，一切摧残爱的努力，它们都是我底最大的敌人。我永远忠实地守着我底营垒，并没有作过片刻的妥协。”[③] 巴金批判锋芒所向，正是新文化运动横扫的对象，可见他的反封建精神与时代精神是合拍的。

---

① 参见吴定宇《巴金与无政府主义》，载《中国现代文学研究丛刊》1984 年第 3 期，第 130 ～ 146 页。

② 巴金：《谈自己的创作 · 谈〈灭亡〉》，见《巴金全集》第二十卷，人民文学出版社 1993 年版，第 390 ～ 391 页。

③ 巴金：《写作生活底回顾》，见李存光编《巴金研究资料》上卷，海峡文艺出版社 1985 年版，第 143 页。

毋庸置疑，巴金是20世纪的坚强的反封建战士，但这并不意味着他会全盘否定传统文化思想。事实上他所反对的是传统文化思想中的荒谬、陈腐部分，所继承和弘扬的是其合理的内核，并通过文化整合，把它们升华成现代意识。例如忧患意识是几千年来驱动中国文化演变和社会发展的精神力量之一。所谓忧患意识，乃是个人对国家、民族和人民产生高度责任感的一种自觉精神。巴金在五四时代怀着献身社会解放的热忱，走上“找寻一条救人、救世、也救自己的道路”①，未尝不是忧患意识这种内驱力的作用。即使到了七八十岁高龄，为了防止“文革”悲剧的重演，他“先天下之忧而忧，后天下之乐而乐”，以忧患的情志浸透5本传世的《随想录》。再如对传统的伦理思想，巴金也不是简单地一概视为垃圾。他坚决反对在封建社会被确立为最高政治原则和伦理原则的“三纲”——君为臣纲、父为子纲、夫为妻纲；而对于作为个人处理人际关系的道德意识和道德要求的“五常”——仁、义、礼、智、信，则采取实事求是的科学态度，剔除其封建糟粕，吸收其健康内核。不可否认，他的伦理思想与“五常”有着渊源关系。② 他虽然批判过封建孝道，但也希望在平等的基础上建立父母慈祥、兄友弟恭、和睦友爱的家庭关系。大哥李尧枚是巴金“一生爱得最多的人”③。他以李尧枚为原型，在《家》中塑造了觉新的形象，对觉新思想行为中的种种弱点进行了含泪的批评，希望李尧枚读后能觉悟起来，走上新的人生道路。这种脉脉情愫，不时流溢在作品之中，就是专制的祖父去世时，他也“跟着大家跪在祖父的床前”④。在《家》的修改本中，觉慧离家出走前夕，巴金特地加上一段觉慧经过祖父灵堂的描述：觉慧“正要拿起铗子去铗烛花”，提醒仆人“香也快燃完了”。这清楚地表明，不仅觉慧，就连巴金也没有割断血缘亲情。至于在他30年代所写的回忆性散文中，更是跳动着儒家仁、义思想的脉搏。

不难看出，在文化整合中，巴金的文化心理呈现出双向发展的定势：对某些西方现代文化思想的吸收和对某些中国传统文化思想的扬弃。这种双向发展的心理定势，不仅制约着巴金的文化个性，还规定着巴金作品的文化特质。由于他以西方现代文化思想为观照，在创作中羼入外来的异质文化因素，因而他的作品含有一种文化新质，迥异于“五四”以前的传统文学作品，实现了内

---

① 巴金：《探索集·38 再谈探索》，见《随想录》，生活·读书·新知三联书店1987年版，第209页。

② 探讨巴金的伦理观与中国传统伦理思想的关系，是另一篇文章的任务，本文只点到为止。

③ 巴金：《和读者谈谈〈家〉》，见李存光编《巴金研究资料》上卷，海峡文艺出版社1985年版，第390页。

④ 巴金：《观察人》，见《随想录》，生活·读书·新知三联书店1987年版，第145页。

容和形式的真正革新。再者，他在对中国传统文化思想深刻反省的基础上进行扬弃，从而尽得其精华，他的作品同时也映现出某些传统文化质素的积淀，足以说明他不是“西化”了的作家。

三、丹柯：20世纪中国知识分子的良心

建设现代文化的过程，其实就是用现代意识去更新国民文化心理、重构国民灵魂和改造民族精神的过程。所谓现代意识，实质上就是科学与民主的思想。巴金在文学园地辛勤耕耘了60多年，对20世纪的中国现代文化和现代文学的建设，作出了巨大的贡献。

在文学创作中，巴金不只致力于揭露和批判传统文化中陈腐观念的罪恶，抨击某些丑恶、腐朽的社会文化现象，或者停留在宣传、介绍新文化思想的一般水平上，他对20世纪中国现代文化的建树，主要表现在用自己的作品去影响读者的心灵，帮助他们树立新的价值观念、伦理观念、思维方式和反省方式，在科学与民主思想的濡化下，形成与现代中国社会相适应的文化心理，而不在于具体阐扬某种外来异质文化思想。

单向直线朝后看型思维模式是中国传统思维的主要方式。这种思维模式重直觉和经验，缺乏思辩逻辑推理，因而也就拙于对未来进行预见。在封建社会，人们恪守“天不变，道亦不变”的信条，总以为过去比现在好，所憧憬的社会是唐虞古制时代，至于未来社会怎么样，则很少从进化的方位去考虑。巴金从西方文化中接受了归纳演绎法。所谓归纳演绎法，就是人们认识世界的一种推理方法。它根据一定的事实概括出一般原理，再从一般原理推论出特殊情况下的结论，闪耀着真理性和思维的光辉。这种外来的方法论，使巴金形成纵横比较的多向思维方式。考察巴金早年所写的政论文章，就可以看出他运用这种新的思维方式，把日、美、法、俄等国的历史与现状，同中国的历史与现状进行比较。这种比较，使他着眼于中国的未来，关心中国社会的变革，探索救国的方略。很明显，融贯巴金新思想的政论文章，对启发读者的心智、开阔视野和活跃思想，不无积极意义。

中国传统的反省方式属于内省型，形成于先秦。孔子力倡“吾日三省吾身”，认为“内省不疚，夫何忧何惧？”[①] 内省对个人道德修养和调节人际关系确实起到重要的作用。不过，内省并不否定旧我，而是在原来的基础上经过自我省察，按照儒家的伦理规范净化心灵，约束自己的思想和行为，从而迈向新的道德境界，带有浓厚的伦理色彩。西方的反省方式属于忏悔型，它不断否定

---

① 孔子：《论语·颜渊》，见阮元校刻《十三经注疏》，中华书局1980年版，第2503页。

旧我和重新发现自我，从而超越自我。巴金在文化整合中吸取内省型和忏悔型反省方式的某些长处，加以融汇贯通，形成自己的反省方式：站在历史的高度来审视自己的愿望和动机，剖析自己的思想和性格，反观自己的心态和行为，无情批判和否定旧我，在时代洪流中努力寻找自己的位置。巴金的作品——从《灭亡》到晚年所写的《随想录》，都体现了他的反省方式，都真实地记录了他为甩掉精神上的阴影、消除内心重荷的历程。这样，他把自己不断反省、不断净化和升华的心灵交给读者，用自己高尚的精神境界去影响读者。

毫无疑问，思维方式和反省方式都需要一定的价值观念来引导。巴金经过文化整合，建立起自己的价值取向，那就是他在晚年所总结的："怎样让人生活得更美好，怎样做一个更好的人，怎样对读者有帮助，对社会，对人民有贡献。"[①] 这种渗透着新的伦理观念的价值取向，同时又是巴金对现实的审美意识的有机组成部分。它必然引导巴金对所描写的生活现象做出判断和评价，表明自己的倾向和态度，从而形成独特的审美趣味。综观巴金在民主革命时期的创作，无论题材多么不同，伦理因素都占有非常突出的地位，能给读者强烈的道德震撼。例如他反封建的"激流三部曲"，就形象地展现了新旧伦理观念的对抗和斗争过程。钱梅芬、瑞珏等人，恪守封建节烈观和三从四德的古老训条，习惯了单向直线朝后看型的思维方式，成为封建礼教祭台上的牺牲品。觉新丢不开背负的旧伦理观念和家族宗法制所构成的十字架，人性被极大地扭曲，只好在新旧文化的夹缝中半死不活地挣扎着。觉慧、觉民、淑英等人在中外文化整合中，文化心理发生嬗变，发现了"我是谁"和人的价值，确立了新的伦理观念和思维方式，因而走上新的人生道路。巴金作品在伦理范畴对封建礼教的抨击与否定，其坚决性、猛烈性、深刻性都达到"五四"以来的新高度，这就为建构中国现代文化廓清了障碍。再如巴金在反映变革现实社会的《灭亡》《新生》、"爱情三部曲"等作品中，塑造了一批无论是价值观念、伦理观念还是思维方式、反省方式都大异于传统文学作品中的起义者的杜大心、李冷、陈真、吴仁民、李佩珠等新型叛逆者形象。他们都受过新式教育，在西方文化思想的启蒙之下，认识到所出身的剥削阶级和现实社会的罪恶，怀着为上一辈人赎罪的"原罪"心情，投入改造社会的斗争中。为社会的解放和大多数人的幸福而献身，为了实现万人幸福的理想，甘愿抛弃富裕舒适的生活、牺牲个人爱情而走上危险的亡命道路，这是他们在闪耀着光辉的伦理观念新的价值取向作用下的共同行动。他们深知黑暗势力强大，取得反抗的胜利要以许

---

① 巴金：《文学生活五十年》，见王毅钢选编《写作生活的回顾》，湖南人民出版社 1984 年版，第 223 页。

多人的生命为代价的，但由于抱着“把个人底生命连系在群体底生命上面，则在人类向上繁荣的时候，我们只看见生命底连续、广延，哪还会有个人底灭亡?”[①] 的坚定信念，因此在情况危急时，一个个热血青年都能视死如归。他们的悲壮失败表明，在当时要从众多的外来文化思想中寻觅到一种正确的政治文化思想来指导中国革命，是何等艰难。即使在巴金描写凡人小事的《第四病室》《憩园》《寒夜》等小说中，也闪现出他一贯的伦理思想。他笔下的杨木华医生随时努力帮助病人减轻痛苦，鼓舞别人勇敢生活，希望大家都“变得善良些，纯洁些，对人有用些”；万昭华希望“揩干每只流泪的眼睛”；汪文宣处处为别人着想，宁肯贫穷，也不与社会上的邪恶势力同流合污。巴金在几十年的文学生涯中，从未写过一篇格调低下的作品，难怪许多读者把巴金的著作当作陶冶道德情操的教科书。

尤其应当注意到巴金对金钱的态度。金钱至上是西方社会文化占主导地位的价值取向，与巴金的价值取向冰炭不容。早在五四时期，巴金就把废除私有制当作建设一个真正自由、平等的新社会的任务之一。以后，他一直把金钱视为罪恶的渊薮。在他塑造的正面人物中，没有一个爱钱的人。在《憩园》中，他刻画了两个被金钱毁掉的寄生虫杨梦痴、姚国栋的形象，艺术地展示了“财富并不‘长宜子孙’……财富只能毁灭崇高的理想和善良的气质，要是它只消耗在个人的利益上面”[②] 的道理，揭露了金钱怎样扭曲人性、腐蚀人心的过程，有力地鞭挞了金钱至上的价值取向。不仅如此，他的生活方式也体现了自己的价值取向。新中国成立以来，他虽然长期参加文艺界的领导工作，却从未领取工资，是从新中国成立到 80 年代唯一靠自己稿费生活的作家。1981 年他一次捐赠 15 万元稿费和全部手稿，支持中国现代文学馆的建设，并一再叮嘱，以后凡有稿费都捐赠给该馆做建馆基金。1985 年他在给无锡 10 位寻找理想的孩子的回信中，严厉斥责近几年出现的“一切向钱看”的不良社会风气，重申体现他的价值观念和伦理观念的理想：“我追求集体的幸福和繁荣。”指出只要“把个人的命运同集体的命运连在一起，把人民和国家的位置放在个人之上”，“就永远不会‘迷途’”，在拜金热和黄金潮面前才能“站得稳，顶得住”。[③] 巴金这一思想，对于那些钱迷心窍的人不啻当头棒喝，对于那些在“向钱看”社会思潮中迷途的人是一盏指路灯，对于在黄金潮冲击下不甘沉

---

① 巴金：《新生》，见《巴金全集》第四卷，人民文学出版社 1987 年版，第 321 页。

② 巴金：《龙・虎・狗：爱尔克的灯光》，见《巴金全集》第十三卷，人民文学出版社 1990 年版，第 348 页。

③ 巴金：《无题集・129“寻找理想”》，见《随想录》，生活・读书・新知三联书店 1987 年版，第 733 ～ 738 页。

沦、坚持探索、寻求理想的人们是巨大的精神力量，对于新时期的精神文明建设起到了促进的作用。

巴金晚年所写的《随想录》是他“我要把我的真实的思想，还有我心里的话，遗留给我的读者”的“最后的话”[①]，对中国现代文化的建设有着特殊的意义。他以卢梭、左拉、雨果、赫尔岑、高尔基、鲁迅等伟大的和杰出的文学家、思想家为观照系，吸取古今中外许多优秀文化思想，站在历史和现实的交汇点上，以自己的思维方式、反省方式进行深刻的反思和真诚的忏悔，“我挖别人的疮，也挖自己的疮”[②]，“挖掘自己的灵魂”[③]，运用自己的价值观念和伦理观念，审观自己的愿望和动机，剖析自己的心态和行为，无情批判和坚决否定在自己身上同时也在别人身上存在着的劣根性，其目的在于“绝不让我们国家再发生一次‘文革’”[④]。文化整合使巴金大彻大悟，他的精神也跃进到最高境界。凝聚了巴金理性、良知和智慧的《随想录》宛如新时期思想文化的明镜，照见人们文化心理的积垢，唤起中华民族的良知；照见前进路上的荆棘和陷阱，引起人们的警觉和思考；鉴往知今，激励人们为创造美好的未来而奋斗。

概而言之，从“五四”到现在，巴金在文化整合中不倦地探索了几十年。他也是世纪的风，他用自己的作品、自己的文化人格，唤起20世纪中国知识分子的良知；他如同高尔基所颂扬的勇士丹柯一样，掏出自己燃烧的心，照亮道路，鼓舞人们前进。

（吴定宇：《世纪的风：巴金的文化整合探索》，原载《中山大学学报（社会科学版）》1998年第4期，第72～79页）

---

① 巴金：《随想录·10 把心交给读者》，见《随想录》，生活·读书·新知三联书店1987年版，第50页。

② 巴金：《〈探索集〉后记》，见《随想录》，生活·读书·新知三联书店1987年版，第323页。

③ 巴金：《真话集·77〈随想录〉日译本序》，见《随想录》，生活·读书·新知三联书店1987年版，第430页。

④ 巴金：《无题集·145“文革”博物馆》，见《随想录》，生活·读书·新知三联书店1987年版，第819页。

巴金与中外名家

先驱与跋涉者——论鲁迅与巴金

综观文学史的长廊，可以看到这样的现象：一个伟大的文学大师总是以自己闪光的思想品德和卓越的艺术成就，吸引和影响后来的作家；而一个优秀的作家，也善于从景仰的先驱那儿吸取养料来丰富自己的思想，发展自己的风格。鲁迅与巴金的关系就是这样。鲁迅高擎中国新文学运动的大旗，开辟了中国现代文学的现实主义道路。巴金是在新文学运动第二个十年开始时走上文学道路的优秀现实主义作家。巴金在成长过程中，一直把鲁迅当作最敬爱的导师。他说："几十年中间用自己的燃烧的心给我照亮道路的还是鲁迅先生。"[①] 那么，鲁迅在思想上和艺术上对巴金有何重大的影响？巴金又是怎样继承和发扬鲁迅的战斗精神、朝着鲁迅的方向前进的？探讨这些问题，有助于我们进一步了解鲁迅在中国现代文学史上的旗手和主将地位，以及巴金的思想特点与创作特色。

一、人生征途上的指路者

巴金在探索人生的道路上，受过多种影响。然而，对巴金的思想和创作启迪最大的人，在中国莫过于鲁迅先生。巴金曾满怀感激之情地说："对我他的一生便是一个鼓舞的泉源，犹如他的书是我的一个指路者。"[②] 巴金最初是从鲁迅的作品中认识鲁迅的。在五四时期，巴金就读过鲁迅的《狂人日记》和别的几篇小说。不过不是一次就读懂它们，而是慢慢领会鲁迅作品深刻的思想意义，从而感受到鲁迅伟大的精神。1925 年 8 月，巴金第一次到北京报考大学，因患肺病未进考场。在病中陪伴他、安慰他的就是鲁迅的《呐喊》。以后几年，他一直随身携带《呐喊》，带着它走过很多地方。后来，他又熟读过鲁迅的《彷徨》《野草》和其他作品。巴金在封建家庭中被迫目睹一些无辜青年在封建礼教、封建家族制度的摧残下丧失理想、青春、爱情和幸福的惨剧，对封建专制压迫所造成的痛苦，有着切身的体验，他心中燃烧着反抗的火焰。作为反封建的先驱，鲁迅在《狂人日记》等作品中深刻揭露和谴责封建主义的

① 巴金：《怀念鲁迅先生》，见《随想录·真话集》，人民文学出版社 1983 年版，第 64 页。

② 巴金：《忆鲁迅先生》，载《人民文学》1949 年创刊号，第 60 页。

罪恶，无疑拨动了巴金的心弦。鲁迅对封建社会历史现象所作的惊心动魄的概括，加深了巴金对封建主义“吃人”本质的认识。鲁迅彻底的不妥协的反封建精神，鼓舞着巴金去同封建主义斗争。巴金在新民主主义革命运动中成为坚强的反封建战士，鲁迅对他的影响是不可忽视的。

巴金在30年代才开始同鲁迅有直接的交往，在交往中，他深受鲁迅强烈而鲜明的爱憎感情和崇高的思想品德的感染。他对鲁迅的情况“了解越多”“敬爱越深”，思想、态度“也在逐渐变化”，他自己也感觉到“潜移默化的力量了”①。

巴金和鲁迅第一次见面，是在1933年8月初文学社的宴会上。巴金感到“这位‘有笔如刀’的大作家竟然是一个多么善良、多么平易、多么容易接近的瘦小的老人”，又说：“我觉得我更贴近地挨到他那颗仁爱的心了。”② 他知道鲁迅很忙，而且身体不好，不忍去打扰他。因此，鲁迅生前，他没去鲁迅家里造访过。但是他的朋友黄源和黎烈文却常去鲁迅家，常向他谈起鲁迅的情况。巴金有什么话想对鲁迅说，或请他们转告，或写成短函托他们转交。鲁迅对经由黄源、黎烈文转告的话、转交的信和转送的书也很重视，在日记里作了记载：“一九三五年九月二十五日……河清来并交《狱中记》及《俄国社会革命运动史话》（一）各一本，巴金所赠。”“一九三六年二月四日……午后得巴金信并《死魂灵百图》序目校稿。”“一九三六年二月八日河清来。得巴金信并校稿。”“一九三六年四月二十六日夜，河清来。巴金赠《短篇小集》二本。”③ 古人说：“君子之交淡如水。”鲁迅与巴金虽然只见过十多次面，而且多是在宴会或别的场合上，但由于彼此的心贴得很近，这种君子交情并没有妨碍鲁迅对巴金的爱护和帮助，也没有减少巴金对鲁迅的崇敬。

鲁迅早就希望在中国能有一片崭新的文场，能造就出一批冲破传统思想和手法的文艺战士。因此，他大力扶持青年作家。巴金也蒙受过鲁迅的关怀。1934年，鲁迅和茅盾受美国记者伊罗生之托，编选中国现代短篇小说集《草鞋脚》，小说集不但收进巴金的小说《将军》，而且经鲁迅和茅盾商定，在由茅盾执笔的《〈草鞋脚〉内所选作家作品简介》中，向外国读者介绍：“《将军》的作者巴金是一个安那其主义者，可是近来他的作品渐少安那其主义的色彩，而走向 realism 了。他是青年学生——尤其是中学生，所爱读的作家。

---

① 巴金：《七十二 怀念鲁迅先生》，见《随想录·真话集》，人民文学出版社1983年版，第64页。

② 巴金：《鲁迅先生就是这样的一个人》，载《中国青年报》1956年8月1日第3版。

③ 鲁迅：《日记二十四（一九三五年）》《日记二十五（一九三六年）》，见《鲁迅全集》第十五卷，人民文学出版社1982年版，第247页；第282、282、294页。

……最近他的《灭亡》和《萌芽》都被禁止发卖，因为这两本书都讽刺国民党。”① 对巴金的创作特色作了言简意赅的评价，对巴金作品的进步思想倾向作了充分的肯定。同年10月，鲁迅参加文学社为巴金去日本所举行的践行宴会。在席间，鲁迅亲切地向他介绍日本的风土人情，鼓励他到日本后仍然要多写文章。巴金东渡日本，本来有搁笔的打算，但到横滨后，他不但没有结束写作生涯，反而在极不方便的条件下，写出《神》《鬼》《长生塔》《沉落》等作品，这与鲁迅的临别赠言不无关系。就在那次宴会上，鲁迅对被反动当局逮捕的青年作家表示关切，对国民党特务的活动非常愤怒。这使巴金直接感受到鲁迅深厚的爱和对敌人深刻的恨的感情。

1935年8月，巴金回国主持文化生活出版社的编辑工作。他同鲁迅的关系有了进一步的发展。巴金从事编辑工作，得到鲁迅的重视和有力的支持。当巴金编辑《文学丛书》第一集时，向鲁迅约稿。鲁迅在一个月内赶写出《理水》《采薇》《出关》《起死》四篇小说，编成《故事新编》，送给巴金出版。不久，巴金为编《文学丛书》第四集，又向鲁迅约稿。鲁迅带病写出《半夏小集》《这也是生活》《死》《女吊》等几篇文章，拟编成《夜记》交巴金出版。但鲁迅还来不及完成这一工作就病逝了，许广平完成了鲁迅的遗愿。鲁迅还花费很多时间和精力为一些不认识的青年作者看稿、改稿、介绍稿子，甚至出钱给他们刊印作品。这种对工作极端认真负责和甘当孺子牛的精神，给巴金很大的教育，“我拿他做人的态度来衡量我自己的行为”②。他在担任编辑期间，像鲁迅那样勤勤恳恳、埋头苦干，为青年作者铺路架桥。从1935年起，他把一生中最宝贵的20年年华献给进步的文学出版事业。巴金共编辑10集《文学丛书》，共出版161种单行本，绝大多数是左翼作家和进步青年作家的作品。许多作家的处女作，如曹禺的《雷雨》、何其芳的《画梦录》、荒煤的《忧郁的歌》等，都是由巴金亲自编印的。还有一些作家的遗作，如罗淑的《生人妻》《鱼儿坳》等，经巴金抄写、整理、出版，才免于散佚；与巴金素昧平生的无名作者郑定文的遗作《大姊》，也是经巴金编选、校对并作后记出版，才没有被湮没。巴金依照鲁迅的标准做人，在他身上也确实闪烁着鲁迅思想品德的光辉。

毋庸讳言，巴金早年信仰无政府主义。但是无政府主义不是一种科学的思想体系，根本不能指导中国的革命运动，而且随着马克思主义在中国的广泛传

---

① 茅盾、鲁迅编：《草鞋脚》。参见《〈将军〉作者简介》，见李存光编《巴金研究资料》下卷，海峡文艺出版社1985年版，第9页。

② 巴金：《鲁迅先生就是这样的一个人》，原载《中国青年报》1956年8月1日第3版。

播和中国共产党所领导的新民主主义革命运动的深入发展，无政府主义固有的缺陷和反动性便越来越明显地暴露出来，中国的无政府主义队伍出现了严重的分化。30年代，正是巴金思想上各种矛盾因素冲突得最激烈的时期。同鲁迅交往，有助于他从彷徨苦闷中走出来，把个人的反抗行动，同社会的、民族的解放斗争有机地联系起来，与新民主主义革命运动统一步调。由于种种原因，巴金没有参加左联，但他团结在鲁迅周围，追随鲁迅的道路前进，在思想上取得重大的进步。1936年6月，为了公开表明对抗日救亡问题的态度，巴金和黎烈文各起草了一份宣言，由黎烈文带去见鲁迅。黎烈文在鲁迅家里把两份宣言草稿合成一份，鲁迅首先在宣言上签名。同年10月1日，巴金又与鲁迅、郭沫若、茅盾等21人联名发表《文艺界同人为团结御侮与言论自由宣言》。在鲁迅的影响下，巴金在这一时期的创作、编辑工作和社会活动，对粉碎国民党反动派的文化围剿，对新文学运动的发展和文艺界统一战线的建立，都作出了不可磨灭的贡献。

在他们的交往中，鲁迅对巴金是很了解和信任的。有一次，日本友人增田涉问鲁迅，为什么要同巴金一道工作，鲁迅赞赏地回答，巴金比别人更认真。[①] 1936年鲁迅逝世前不久，徐懋庸错误地指责巴金，进而干涉鲁迅与巴金等人的接近。鲁迅强撑病体，义正辞严地驳斥："难道连西班牙的'安那其'的破坏革命，也要巴金负责？"他公正地评价巴金"是一个有热情的有进步思想的作家，在屈指可数的好作家之列的作家。他固然有'安那其主义者'之称，但他没有反对我们的运动，还曾经列名于文艺工作者联名的战斗的宣言"[②]。这可谓知人知心之论。

二、文学创作上的"启蒙先生"

鲁迅是现代中国现实主义文学的奠基者，也是巴金从事文学创作的一个引路人。巴金在谈到鲁迅作品对他的启蒙作用时说："我有意识和无意识的学到一点驾驶文字的方法。现在想到我曾经写过好几本小说的事，我就不得不感激这第一个使我明白应该怎样驾驶文字的人。""没有他的《呐喊》和《彷徨》，我也许不会写出小说。"[③]

鲁迅反对瞒和骗的文艺，主张文艺家要"真诚地、深入地、大胆地看取

---

① ［日］增田涉：《鲁迅的印象》，钟敬文译，湖南人民出版社1980年版，第19页。

② 鲁迅：《且介亭杂文末编·答徐懋庸并关于抗日统一战线问题》，见《鲁迅全集》第六卷，人民文学出版社1981年版，第536页。

③ 巴金：《忆鲁迅先生》，载《人民文学》1949年创刊号，第60页。

人生并且写出他的血和肉来"[①]。他遵奉先驱者的将令而写作，"揭出病苦，引起疗救的注意"[②]。要求作家的创作和生活一致，反对离开生活，单纯地去追求艺术表现技巧。

巴金也非常鄙视虚假的作品。他说："我最恨那些盗名欺世、欺骗读者的谎言。"[③] 认为文学的路就是探索的路，"我就是从探索人生出发走上文学道路的"[④]。他主张在创作中一定要向读者讲真话。这真话，就是他在探索中看到什么、理解什么，就如实写出来的话。他在写作时，把自己当作人民的代言人，"似乎许多许多人都借着我底笔来申诉他们的痛苦了"[⑤]。他的创作目的十分明确，那就是控诉黑暗，呼唤光明，颂扬反抗，给读者指出一条趋向自由的路。因此，他把写作当作生活的一部分，"我不能够在生活以外看见艺术，我不能够冷静地像一个细心的工匠那样用珠宝来装饰我的作品"[⑥]。他所追求的写作的最高境界不是完美的技巧，而是写作同生活、作家同人的一致。很明显，巴金的文艺思想与鲁迅的文艺观点一脉相承。

鲁迅很喜欢用"画眼睛"和"勾灵魂"的艺术表现手法来塑造艺术形象。他说："几乎无须描写外貌，只要以语气，声音，就不独将他们的思想和感情，便是面目和身体也表示着。"[⑦] 在他的一些名篇如《阿Q正传》中，也确实勾画出现代中国人的灵魂。鲁迅的艺术表现手法对巴金很有启发。巴金非常重视描写人物内在情感的变化和心理活动过程。巴金说："我不大注意人们的举动和服装，我注意的是他们想什么，他们有着什么样的精神境界。"[⑧] 巴金的笔触伸入人物心灵深处，贴切地描绘出人物丰富的内心世界，让人物捧出心来向读者倾诉衷肠。《家》中的觉新、《寒夜》中的汪文宣，便是巴金运用这种手法创造出来的不朽艺术典型。因此，和鲁迅的小说一样，巴金的小说也不是以离奇曲折的情节取胜，而是以表现人物的真实思想感情动人心魄。

不仅如此，在创作实践中，巴金继承和发扬了鲁迅的反封建精神。

---

① 鲁迅：《坟·论睁了眼看》，见《鲁迅全集》第一卷，人民文学出版社1981年版，第241页。

② 鲁迅：《南腔北调集·我怎么做起小说来》，见《鲁迅全集》第四卷，人民文学出版社1981年版，第512页。

③ 巴金：《我和文学》，见《随想录·探索集》，人民文学出版社1981年版，第127页。

④ 巴金：《三十八 再谈探索》，见《随想录·探索集》，人民文学出版社1981年版，第34页。

⑤ 巴金：《写作生活底回顾》，见李存光编《巴金研究资料》上卷，海峡文艺出版社1985年版，第139页。

⑥ 巴金：《灵魂的呼号》，载《大陆杂志》1932年第1卷第5期，第141页。

⑦ 鲁迅：《集外集·〈穷人〉小引》，见《鲁迅全集》第七集，人民文学出版社1981年版，第103页。

⑧ 巴金：《二十六 观察人》，见《随想录》第一集，人民文学出版社1980年版，第118页。

鲁迅的《狂人日记》，剥开封建主义“仁义道德”的伪装，露出其吃人的本相，将几千年封建社会的历史概括为人吃人的历史，发出了“救救孩子”的强烈呼声。小说以其彻底的反封建精神和革命民主主义思想、别致的艺术形式，开创了中国文艺史上的新时代。但是，小说中所指的封建主义吃人只是一种象征的写法，鲁迅没有具体描绘封建制度怎样吃人、青年人如何被吃，以及觉醒者又是如何掀翻这人肉筵席的场面。小说虽然预示“真的人”将要出现，但没写出这“真的人”是个什么样子。由于篇幅和容量的关系，小说对大哥、赵贵翁和古久先生等旧式人物，未多着笔墨。

巴金称《呐喊》《彷徨》是“我的启蒙先生”[①]，“我没有走上邪路，正是靠了以鲁迅先生的《狂人日记》为首的新文学作品的教育”[②]。他创作“激流三部曲”，显然受到了《狂人日记》的启示和影响。在“激流三部曲”中的高家，青年人在封建主义的魔爪下备受折磨。小说通过鸣凤、梅、瑞珏、蕙和淑贞等年轻妇女被摧残致死的故事，深刻揭露和抨击了封建传统观念和封建宗法制度的吃人罪恶。然而，巴金又不止停留在暴露、鞭挞封建家庭的丑恶现象和表现青年们的一般悲剧命运上。他从经济关系和社会环境出发，对高家的生活发微显隐，揭示封建宗法制度的溃灭是不可避免的历史发展趋势，严正宣判它的死刑。巴金还着力刻画心目中“真的人”觉慧和淑英的形象。由于时代不同，同是封建家庭的叛逆者，他们和狂人的反抗方式不一样。狂人的反抗，主要采取“诅咒吃人的人”和“劝转吃人的人”两种方式进行。觉慧、淑英则是在五四新思想的熏陶下，认识到封建家庭的罪恶，不愿做封建制度下的牺牲者，而走上与封建家庭决裂的道路。他们参加社会上进步青年组织的反封建活动，这样，他们的反抗就不像狂人那样，是个人孤立的叛逆行为，而体现了新的社会力量因素。他们的觉醒与反抗，从内部加快了封建堡垒的崩溃速度。稍加比较，就可以看出这两部作品的人物也有着某种内在的联系。例如高老太爷把觉慧软禁在家，不准他出去参加社会上爱国学生的反封建活动，与大哥把狂人关在屋子里，不让狂人接触群众的行动何其相似。巴金在小说中生动地勾画出高老太爷、冯乐山一类吃人者可憎的嘴脸。从他们的恶行败德中，广大读者看清了封建的“仁义道德”是何等的虚伪和凶残。尽管他们“拼此残年极力卫道”，但终究不能改变封建家庭解体的前景，也阻挡不住五四新思潮迅猛发展的潮流。可以毫不夸张地说，就反封建意义而言，“激流三部曲”在新的历

---

① 巴金：《谈我的短篇小说》，见《巴金论创作》，上海文艺出版社 1983 年版，第 307 页。

② 巴金：《为〈新文学大系〉作序》，见《随想录 · 病中集》，人民文学出版社 1984 年版，第 77～78 页。

史时期发展和深化了《狂人日记》的主题。

巴金称自己是鲁迅的“一个读者和学徒”[①]。他学习鲁迅的创作经验，以形成自己的风格。鲁迅的《伤逝》是巴金最喜爱的小说之一。巴金说“我至今能背出《伤逝》中的几段文字”[②]。巴金创作《春天里的秋天》时，显然受到了《伤逝》的影响。这两篇小说的题材相同，人物、情节和艺术构思都不无相似之处。在表现形式上，《伤逝》采用“手记”、《春天里的秋天》采用“自叙”来展开故事情节。两篇小说都运用单线发展的结构方式，都使用诗一样的语言来抒写男主人公的心境。但《春天里的秋天》不是对《伤逝》的简单模仿，而是巴金融合了自己血和泪的创作。鲁迅与巴金的审美理想不一样，所以对相同题材所作的美学评价也有差异。《伤逝》强调，如果脱离集体的斗争，只用个性解放的武器单枪匹马去同强大的黑暗势力战斗，终将不能“救出自己”；即使暂时取得幸福，也会失去。《春天里的秋天》则着重表现不合理的社会制度、封建家庭的专制、传统观念的束缚和不自由的婚姻，怎样毁灭正在开花的年轻灵魂，从而向垂死的社会发出坚决的控诉声。两篇小说的主人公都是小资产阶级知识分子，都有相同的命运，但却有着不同的思想和性格。《伤逝》的故事发生在五四时期，子君和涓生的思想有着浓厚的个性解放色彩。子君豪迈地宣称：“我是我自己的，他们谁也没有干涉我的权利！”表现出强烈的反抗性。但她和涓生同居后，完全沉溺在个人的爱情和幸福的小圈子里，未能跟随时代继续前进。涓生虽对饲油鸡、喂阿随这种平庸的生活内容感到厌倦、空虚和苦恼，却没有给予子君很好的帮助，心中倒萌生分离的念头。所以，当经济危机袭来时，他们不能同舟共济。从旧家庭中冲出来的子君，又重新回到旧家庭中，最后憔悴地死去。涓生也在失败中进行深刻的反省，准备向新的生路跨出去。涓生身上寄托着鲁迅的某种希望。《春天里的秋天》的故事则发生在30年代初期。比起子君来，郑佩瑢更加天真、热情而带有感伤的气质，在感情上与封建家庭有更多的联系，因此性格比较软弱。她怀着天真的幻想被骗回家后，终于以死反抗父母的包办婚姻。而林则是个多愁善感、心胸狭隘、嫉妒多疑、感情脆弱的青年，当爱情遇到波折时，他就想自杀，却又“没有勇气拿起我的刀子”。这样的人，自然无力去反抗强大的封建势力。巴金同情他们的不幸遭遇，但没有把改造社会的希望寄托在陷进无穷的悲哀和对往事的怀念中的林身上。

---

① 巴金：《鲁迅先生就是这样的一个人》，载《中国青年报》1956年8月1日第3版。原注释为《真话集·七十二 怀念鲁迅先生》。

② 巴金：《忆鲁迅先生》，载《人民文学》1949年创刊号，第60页。

正因为巴金吸取了鲁迅在艺术表现方法上的长处，加以创造性的熔铸，所以，《春天里的秋天》既受《伤逝》的影响，但又与《伤逝》表现出各有千秋的风格色彩，显示出巴金与鲁迅不同的艺术个性。在《伤逝》中，北方的风雪依稀透着暖气，凝炼峻切的语言、跌宕幽婉的格调抒发出作者九曲连环般的感情，沉痛中蕴藏着希望。在《春天里的秋天》里，南方的暖风夹着砭骨的寒意，明丽秀朗的文字、缱绻舒卷的格调表达出作者强烈的愤懑，同情中含有控诉。

在巴金的散文中，也不乏其例。我们只要把《朝花夕拾》《野草》与巴金的《龙·虎·狗》《点滴》《梦与醉》等集子中的许多文章相对照，例如把鲁迅的《过客》同巴金的《龙》《寻梦》相比较，就会知道，在创作上，鲁迅是巴金多么好的一位老师，巴金又是鲁迅多么用功而又富有独创性的一位学生。

三、在鲁迅精神鼓舞下前进

巴金一直敬爱鲁迅，在鲁迅逝世后的几十年里，这种拳拳之情没有随着岁月的流逝而有所衰减。

鲁迅逝世的当天晚上，巴金赶到鲁迅家中，参与治丧处料理鲁迅后事的工作。在万国殡仪馆，他一连四天为鲁迅守灵。鲁迅出殡时，他和十几个作家抬着灵柩上车。在墓地的追悼仪式结束后，他又同别人把灵柩抬往墓穴，唱着悲凉的安息歌，安葬了鲁迅。回到家中，他不顾疲劳，写下《一点不能忘却的纪念》，让全国读者及时知道人们悼念这位伟人的情景。

鲁迅逝世的第二天，《大公报》第三版刊出一篇 300 字的短文，对鲁迅进行攻击。据萧乾回忆，向来文静的巴金气得几乎跳起来，愤怒斥责短文作者的卑劣行径，房东太太都被他那么大的火气和声音吓坏了。[①] 他针锋相对地写下《片断的感想》，大义凛然地驳斥了短文作者对鲁迅的污蔑，挺身而出，捍卫了鲁迅。

巴金在为《文季月刊》一卷六期所写的卷头语中，进一步表达了对鲁迅逝世的痛惜之情："这个老人的逝世使我们失去了一位伟大的导师，青年人失去了一个爱护他们的知己朋友，中国人民失去了一个代他们说话的人，中华民族解放运动失去了一个英勇的战士。这个缺额是无法填补的。"[②] 他认为，不

---

① 萧乾：《挚友、益友和畏友巴金》，载《文汇月刊》1982 年第 1 期。

② 巴金：《无题·悼鲁迅先生》，见《巴金文集》第十卷，人民文学出版社 1961 年版，第 332 页。

能单单用眼泪来埋葬鲁迅，他决心继承鲁迅的遗志，向中华民族解放的道路迈进。

化悲痛为力量，是对鲁迅逝世的最好悼念。“八一三”战争打响后，上海沦为“孤岛”。巴金找出付印的《鲁迅先生纪念集》清样，在冯雪峰、黄源等人的帮助下，克服资金、印刷等方面的困难，保证《纪念集》在鲁迅逝世周年时出版。[①] 正如巴金在鲁迅逝世周年所写的纪念文章中所说的那样：“独立、自由的新中国的诞生，便是纪念鲁迅先生的最好纪念碑。”[②] 巴金更加积极地参加反帝反封建的革命斗争，更加勤奋地创作，用笔来揭露黑暗、鞭挞丑恶、颂扬光明，唤起广大人民的反抗热情。

自鲁迅逝世后，巴金在许多篇文章中倾诉了自己对这位巨人绵绵不尽的怀念和感激之情。对鲁迅的怀念和感激，也成为他不断战斗、不断前进的又一股动力。他说：“在困苦中，在绝望中，我每一想到那灵前的情景，我又找到了新的力量和勇气。”[③] 在新的历史条件下，巴金继承和发扬了鲁迅精神。

巴金像鲁迅那样热爱党、热爱祖国、热爱人民、热爱真理、热爱正义、热爱生活、热爱自己的工作。在民主革命时期，他从事编辑工作，团结一大批进步作家，成为以鲁迅为旗手的文化新军的一部分。他的整个创作活动，与党领导的革命运动是合拍的。[④] 全国解放后，他参与文艺界的领导工作，不但以身作则，坚决沿着党所指引的光明大道前进，到火热的时代生活中去，向工农兵学习，以洋溢的热情歌唱欣欣向荣的新时代和社会主义制度，赞颂社会主义建设中的新人新事，还为贯彻党的文艺方针、政策，为团结老作家、培养新作者，付出了巨大的劳动。他像孺子牛一样任劳任怨，为繁荣社会主义文艺事业呕心沥血。老作家萧乾深有体会地说：“他越是受到党的重视，越感到有责任协助党团结其他知识分子。我感到他虽然不是党员，却能用行动体现党的精神和政策。”[⑤]

他像鲁迅那样“横眉冷对千夫指”。在民主革命时期，他从未停止对敌人的攻击。“文革”期间，“四人帮”把他当作死敌来整。但巴金并没有屈服，没有出卖灵魂，也没有因为遭受意想不到的残酷打击而动摇对党、对人民、对

---

① 此材料来源于陈思和、李辉《记文化生活出版社》，载《新文学史》1982年第3期，第205页。

② 巴金：《无题·感激的泪》，见《巴金文集》第十卷，人民文学出版社1961年版，第335页。

③ 巴金：《忆鲁迅先生》，载《人民文学》1949年创刊号，第60页。

④ 关于巴金的思想发展过程，请参见吴定宇《巴金与无政府主义》，载《中国现代文学研究丛刊》1984年第3期，第130～146页。

⑤ 萧乾：《挚友、益友和畏友巴金》，载《文汇月刊》1982年第1期。

社会主义制度的信念。炼狱的烈火把他煅烧得更坚强，充分显示出他的铮铮铁骨和高风亮节。

他像鲁迅那样做人：襟怀坦白、光明磊落，既解剖别人，更勇于解剖自己，从不原谅自己的缺点，哪怕只有一丁点。他在民主革命时期就坦率地承认："我不是健全的，我不是强项的，我承认我已经犯过许多错误。"[①] 在《生之忏悔》《忆》《短简》《无题》《点滴》《梦与醉》《龙·虎·狗》等散文里，他毫不掩饰内心的矛盾和苦闷，表现了自己激烈的思想冲突和深刻的自我批评精神。他努力克服自身的弱点，摆脱精神上的阴影，冲出痛苦的罗网，紧随着新民主主义革命运动前进。正因为如此，巴金才能把握住时代脉搏，无所畏惧地向着帝国主义、封建主义冲锋陷阵。新中国成立以后，他并没有因为居于文艺界的领导地位而放松对自己的要求。1965 年，他照别人的意思写过一篇批评柯灵先生《不夜城》的文章。还不待文章发表，他就亲自去柯灵家作了说明。事隔 14 年，他还在一篇文章中为当时没有替柯灵辩护表示歉意。从 1979 年起，他打算写五本《随想录》，"从解剖自己，批判自己做起"[②]。尽管他年逾八十，但在耄耋之年也不愿停止清除心灵上的尘垢。这是何等可贵、何等彻底的自我革命精神！

正是因为巴金几十年如一日地学习鲁迅，捍卫鲁迅，所以在他身上可以看到鲁迅的性格、鲁迅的精神。他和许多作家一道，用自己的创作成就，把鲁迅奠基的新文学推向一个新的高度，推向世界。

1983 年 10 月 9 日，腿部骨折初愈的巴金坐着手推车专程访问了绍兴的鲁迅故居。他满怀敬意地仔细观看有关鲁迅的每一件纪念文物，在家人的搀扶下，费力地走进百草园和三味书屋，坐在鲁迅当年用过的书桌前摄影留念。瞻仰完后，巴金在鲁迅纪念馆的纪念册上写下一句出自肺腑的话——"鲁迅先生永远活在人民心中！"

是的，鲁迅先生永远活在人民心中，活在巴金心中。

（原载《中山大学学报（哲学社会科学版）》1986 年第 4 期，第 90 ～ 97 页）

---

① 比金（巴金）：《新年试笔 其二》，载《文学》1934 年第 2 卷 1 号，第 11 页。

② 巴金：《〈随想录〉日译本序》，见《随想录·真话集》，人民文学出版社 1983 年版，第 88 页。

论郭沫若与巴金

1892年11月16日，郭沫若诞生于“绥山毓秀，沫水钟灵”的四川乐山县观峨乡沙湾镇一个中等地主家庭，生肖属龙。正好过了一轮生相，1904年11月25日，巴金在离沙湾镇两百多公里的成都正通顺街一个官宦之家呱呱坠地，生肖也属龙。半个多世纪以来，这两条来自川西的“龙”沐浴着时代的风雨，腾越飞跃，结下不解之缘，在中国现代文学史上作出了巨大的贡献。他们的作品不但是中国文学的瑰宝，而且深受外国读者的欢迎。他们卓越的文学成就，也为巴山蜀水增添了光彩。因此，比较研究他们的生活道路、创作历程和文学风格，不仅使我们可以更进一步认识他们在中国现代文化史上的地位，还可以从中受到有益的启迪。

一

四川古称天府之国，物阜民康，人杰地灵。自两汉以来，儒学在蜀中盛行，即使是寻常百姓也十分重视后代的教育，从而形成尊师重教的传统。郭沫若的父亲为家事所累，在13岁时不得不失学谋生。郭沫若的母亲完全没有读过书，仅凭耳濡目染认得一些字，并能暗诵很多唐诗。郭沫若的父母对儿辈的教育一直抓得很紧。郭沫若三四岁时，就跟着母亲牙牙学诗。多年以后，他不无深意地说，“我母亲事实上是我真正的蒙师”[①]。到了四岁半，父亲带他去家塾拜师发蒙，在“大成至圣先师孔子神位”前磕了几个响头。家塾绥山山馆对学生要求极为严格，白天读经，晚上诵诗，发蒙两三年后还要学作对子、试帖诗。郭沫若在这里学读过《三字经》《诗经》《易经》《书经》《春秋》《周礼》《仪礼》《诗品》《唐诗三百首》《千家诗》《古文观止》；进入小学和中学后，又醉心于《庄子》《楚辞》《史记》等古代文化典籍和古代文学作品，从而奠定了坚实的国学基础。他在13岁时写一《村居即景》：

---

① 郭沫若：《学生时代·我的学生时代》，见郭沫若著作编辑出版委员会编《郭沫若全集·文学编》第十二卷，人民文学出版社1992年版，第7页。

闲居无所事，散步宅前田。
屋角炊烟起，山腰浓雾眠。
牧童横竹笛，村媪卖花钿。
野鸟相呼急，双双浴水边。[1]

这首即兴之作是迄今发现的郭老最早的诗作，深得唐诗之神韵，可以一窥其国学功底。巴金虽然出身于书香门第，但他所受的早期教育与郭沫若不无相似之处。巴金五岁的时候，就跟着两位哥哥、两位姐姐一道向私塾刘先生学“认方块字，或者读《三字经》《百家姓》《千字文》”[2]。回到成都后，继续在私塾学习古典文学。私塾老师平时讲得不多，强调学生要多读书、多背书。小小年纪的巴金，就硬背过《古文观止》等几部作品选，脑子里储蓄了两百多篇古文。巴金怀着深厚的感情说：“我的第一个先生就是我的母亲。”[3] 她不仅在晚上教儿女们读她用娟秀小字抄写的《白香词谱》，还用温柔的声音，把儒家的仁爱思想灌输进巴金幼小的心田。巴金的二叔也为他讲解过一年的《春秋左传》。所谓《左传》笔法，给巴金留下很深刻的印象。

除了在私塾和学校读书外，他们对家庭藏书也很感兴趣。郭沫若偷看过“禁书”《西厢记》《花月痕》《西湖佳话》。这些言情作品，对郭沫若处于朦胧状态的个性意识，不无启蒙作用。巴金在十一二岁读《说岳传》时，“看到不想吃饭睡觉，这才懂得所谓‘读书乐’”[4]。以后他又先后读过《施公案》《彭公案》《杨香武三盗九龙杯》之类的旧小说，以及《水浒》等优秀作品。这些作品固然宣扬了忠君、孝顺的观念，但所蕴含的正义思想，以及惩恶扬善的故事，给巴金打开了一个新的天地。

巴金与郭沫若还从民间文化中吸取过滋养。众所周知，中国传统文化思想以儒学为主流，儒、佛、道互相补充，相辅相成。而儒、佛、道三家文化思想，只有为民众所接受，并且融化在民众生活中，成为世俗化的文化，方能有生命力。巴金与郭沫若主要通过三条途径来接受民间文化的哺育。一是他们都

---

① 郭沫若：《村居即景》，见乐山市文管所编《郭沫若少年诗稿》，四川人民出版社 1979 年版，第 1 页。

② 巴金：《忆·最初的回忆》，见《巴金全集》第十二卷，人民文学出版社 1989 年版，第 366 页。

③ 巴金：《短简·我的几个先生》，见《巴金全集》第十三卷，人民文学出版社 1990 年版，第 15 页。

④ 巴金：《谈自己的创作·谈我的“散文”》，见《巴金全集》第二十卷，人民文学出版社 1993 年版，第 533 页。

喜欢看戏。郭沫若最早是跨在别人的颈项上看川戏《游金河》的，以后他就常出入戏场，为看清和班的王花脸唱《霸王别姬》，还和人打过架。巴金的父亲是成都戏院可园的股东，巴金常在固定的包厢看京戏和川戏，几十年后他仍清楚地记得当年观赏过的川戏《周仁献嫂》。中国戏剧是中国民间文化的一种表现形式，个人的沉浮、国家的兴衰、人间的悲欢，融贯了儒、佛、道的价值观念和伦理观念，都在小小舞台上表演出来。郭沫若与巴金在看戏时，不知不觉地受到感染。二是他们都喜欢听故事。郭沫若小时饶有兴趣地听父母和大舅谈鬼，听二姨娘家里人讲《熊家婆》的故事。幼小的巴金也常常缠着仆妇杨嫂讲什么神仙、什么剑侠、什么妖精的民间故事，他有时躺在污秽寒冷的马房听他的“第二个先生”[①] ——轿夫老周讲种种故事。这些故事当中所蕴含的民间朴素的善恶观念和正义感，以及怎样做人的道理，濡化着他们的心灵。三是当时的一些民俗活动对他们很有吸引力。应当看到，中国传统文化思想往往就溶解在这些民俗活动中，并以无限生动的形式表现出来。郭沫若发蒙以前就能听懂讲“圣谕”的先生所宣讲的忠孝节义的善书。巴金也经历过祭祀、敬神的活动，他对耳闻目睹的玩龙灯、驱鬼、做水陆道场等民俗生活场面，多少年后还记忆犹新。

倘若不是一个伟大的时代来临，郭沫若与巴金完全可能重蹈历代读书人和世家子弟的老路，他们的生活也许会是另一个样子。值得庆幸的是，他们都成长在中国社会从传统向现代嬗变的转型时期，欧风美雨骎骎而来，西方的科学文化知识给他们增加了新的精神粮食。即使是在家塾，郭沫若除了读圣经贤传之外，也读《地球韵言》《史鉴节要》和《启蒙画报》《经国美谈》《新小说》《浙江潮》，家塾壁上挂着《东亚舆地全图》，这使他感到“到这时才真正地把蒙发了的一样”[②]。1905 年科举废止后，他离家负笈去县城的新式学校学习，接受了更多的新学知识。在巴金的少年时代，新学更为普及。家里聘请的塾师就是个新党；表兄濮季云也常给他补习英语；狄更斯的《大卫・考贝菲尔》[③]和史蒂文森的《金银岛》，使他的目光望到了域外的世界。十分明显，西学拓宽了他们的眼界，给他们注入了新的文化因子。这种新的文化因子的不断积累，促成了他们在五四时期的觉醒。

本来，郭沫若与巴金都是感情丰富、聪明敏感而又富有叛逆精神的少年。

---

① 巴金：《短简・我的几个先生》，见《巴金全集》第十三卷，人民文学出版社 1990 年版，第16 页。

② 郭沫若：《少年时代・我的童年》，见郭沫若著作编辑出版委员会编《郭沫若全集・文学编》第十一卷，人民文学出版社 1992 年版，第 42 ～ 45 页。

③ 今译《大卫・科波菲尔》。——编者

但是不同的家庭环境和生活，使他们的个性朝不同的方向发展。郭沫若生长在一个父慈子孝、兄友弟悌的家庭，父母思想比较开通，因此他热爱自由的浪漫天性较少受到封建礼教的束缚。郭沫若几次参与学潮遭到校方“斥退”，都是因父亲出面求情、交涉而能继续在校学习的。这对唤起他朦胧的个性解放要求不无促进作用。有一次他突患伤寒，多亏父母精心照料，方从死里逃生，他无限深情地说：“是我父亲把我搭救了。”[①] 家庭的温暖，使他接受了儒学中的孝的观念。巴金则在一个恪守旧规矩、旧礼制的封建大家庭渡过了少年时代，从小“常常被逼迫着目睹一些可爱的生命怎样受人摧残以至临到那悲惨的结局”[②]。对封建礼教、封建专制的罪恶，巴金有着切身的感受，他说，“在我的渴望自由发展的青年的精神上，‘压迫’像沉重的石块重重地压着”[③]。这就使得沉静、内向、爱思考的巴金变得忧郁起来，诚如他所说的那样：“我自小就带了忧郁性。”[④] 同时，他一旦认清了大家庭的真面目，内心便充满了诅咒，所以他说：“我离开旧家庭，就像甩掉一个可怕的阴影，我没有一点留恋。”[⑤]

从以上的论述中不难看出，郭沫若与巴金最先接受的是中国传统文化的教育，中国传统文化早就给他们的文化心理烙下鲜明的印记。其后，尽管他们长期在西方文化的海洋潜泳游邀，巴金还说：“在所有中国作家之中，我可能是最受西方文学影响的一个。”[⑥] 但丝毫也没有使这个印记消褪。传统文化对他们后来的文化性格的形成和创作，都产生了深远的影响。他们的作品虽然吸取了许多西方异质文化的因子，但无论是内容还是形式都具有中国文化特色，其根源就在于此。同时，各异的家庭生活环境和经历，使他们对中国传统文化各有选择。郭沫若特别喜欢庄子，他接受了庄子追求绝对自由的思想和浪漫主义精神。等到他在日本留学时把庄子哲学与西方泛神论学说参证起来，豁然贯通而形成了郭沫若式泛神论思想。不仅如此，家庭生活的和谐，使他很自然地接受以孝为核心的儒家伦理观念。五四时期，郭沫若的《女神》高扬埋葬旧世界、创造新社会的旗帜，却没有同胡适、陈独秀、鲁迅等新文化运动的先驱和

---

① 郭沫若：《少年时代·我的童年》，见郭沫若著作编辑出版委员会编《郭沫若全集·文学编》第十一卷，人民文学出版社 1992 年版，第 135 页。

② 巴金：《关于〈家〉（十版代序）》，见《巴金全集》第一卷，人民文学出版社 1986 年版，第 451 页。

③ 巴金：《忆·家庭的环境》，见《巴金全集》第十二卷，人民文学出版社 1989 年版，第 398～399 页。

④ 巴金：《新年试笔·其二》，载《文学》1934 年第 2 卷第 1 期，第 11 页。

⑤ 巴金：《关于〈家〉（十版代序）》，见《巴金全集》第一卷，人民文学出版社 1986 年版，第 441 页。

⑥《巴金答法国〈世界报〉记者问》，黎海宁译，载香港《大公报》1979 年 7 月 1—2 日。

主将一道，把抵制的矛头指向“孔家店”，其原因也在这里。[1] 巴金在母亲和轿夫老周的影响下，从传统文化中摭取了儒家的仁爱思想和忠恕之道。“五四”以后，他接受了人道主义的博爱思想，并把它同仁爱思想调和起来而构成他爱人民的性格内在基础。他说：“把我和这个社会联起来的也正是这个爱字，这是我的全性格的根柢。”[2] 忠恕之道，则成为他日后处事待人的准则。而黑暗的家庭生活，使他对延续了几千年的家族宗法制和封建礼教残忍的吃人本质有比较清楚的认识。20 世纪 30 年代，他以现代意识为观照，写出了《家》来揭露和抨击封建礼教的罪恶，来宣判家族宗法制的死刑。显然，郭沫若与巴金的人生起点不无相似之处。他们在气质、爱好、生活环境以及对中国传统文化的取舍等方面的差异，导致他们形成迥然有别的文化个性，并且还使他们日后的创作呈现出浪漫主义和现实主义的不同特色。

二

1913 年 10 月，郭沫若乘上“蜀通号”初出夔门，途经武汉、天津、北京和朝鲜，到日本留学。十年之后，17 岁的巴金为了追求光明，也搭船穿过三峡，到外地去经风雨、见世面。郭沫若与巴金的顺流东下，对他们的人生道路具有特殊的意义。众所周知，四川气候湿润，土地肥沃、物产丰富，人民勤劳，自古以来巴蜀文化就在中国文化中独烁异彩。但是，如李白在《蜀道难》中所慨叹的那样，“蜀道之难，难于上青天”，盆地四周的高山峻岭挡住了人们的视线，水急山险，给四川人与外界的交往造成困难。久而久之，在天府之国就形成了一种保守、满足和安于现状的盆地意识。多少年来，这种盆地意识如醋酸一样，软化了四川人精神的钙质，妨碍了四川人聪明才智的充分发挥和巴蜀经济、文化的进一步发展。毫无疑问，郭沫若与巴金走出盆地，为日后他们接受新思想、超越盆地意识，最终超越自我，跨出了坚实的一步。

当然，在郭沫若、巴金的青年时代，要寻找到救国救民的真理何其艰难。毋庸避讳，郭沫若与巴金在探索的道路上，都走过一段弯路。郭沫若留学日本时，他酷爱自由，不喜拘束，冲动、偏于主观和放任自我的个性，使他从西方思想武库中选择了泛神论作为自己的精神支柱。泛神论出现并形成于欧洲文艺复兴时期，16 世纪意大利著名唯物主义哲学家布鲁诺以此为思想武器，反对

---

① 参见吴定宇《论〈女神〉的文化价值——兼论郭沫若在五四时期的文化心态》，载《郭沫若学刊》1988 年第 2 期，第 9 页。

② 巴金：《短简·我的几个先生》，见《巴金全集》第十三卷，人民文学出版社 1990 年版，第 16 页。

上帝创造世界的天主教教义，在世界文明史上留下光辉灿烂的一页。但是，泛神论不是科学的思想体系，它不能正确解释人和自然的关系，以及人类社会的发展进程，理论上存在着严重的缺陷和局限性。系统论述泛神论对郭沫若的影响和郭沫若式泛神思想的特点，是另一篇文章的探讨任务。需要指出的是，郭沫若认为“泛神便是无神。一切的自然只是神的表现，自我也只是神的表现。我即是神，一切自然都是自我的表现”[①]。这就大大突破传统文化思想中的“天人合一”观念，突出了自我在自然界的主体位置。泛神论增强了他形象思维的能力，拓展了他想象和幻想的空间，使他的思想在宇宙中自由自在地遨游，与他浪漫主义的文学创作是相互吻合的。所以，在狂飚突进的五四时代，诗人个性受黑暗社会压抑而产生的痛苦、中华民族受外国列强欺凌和压迫而郁积的愤怒，火山爆发般地喷薄而出，化作《女神》中诅咒黑暗、歌颂光明、扬弃旧的、创造新的的炽热诗行。笔者赞同许多研究者的看法，《女神》昂扬着为祖国和民族的解放而讴歌的爱国主义的主旋律，律动着泛神论的脉搏。泛神论既促成了郭沫若叛逆精神的总爆发，但由于它自身的缺陷，又使他对未来社会缺乏明确认识。他说：“搞文学是想鼓动起热情来改革社会。这改革社会的要求，在初自然是不分质的，只是朦胧地反对旧社会，想建立一个新社会。那新社会是怎样的，该怎样来建立，都很朦胧。”[②] 尤其是在“五四”退潮时期，泛神论对郭沫若的消极影响就更为明显。不过，郭沫若没有长期固囿在泛神论的圈子里，“五四”以来急遽变化的社会现实，使他感到泛神论已不能再作为反抗黑暗现实的思想利器了。1924 年，他在日本翻译介绍马克思主义的著作《社会组织与社会革命》时，思想有了一个大转变，确立了共产主义的信仰。他说：“我自此以后便成为了一个马克思主义者。”[③] 1927 年 8 月，他经周恩来等人介绍，加入了中国共产党。虽然郭沫若接受马克思主义经历了一个由浅入深、不断学习、逐步积累和提高的过程，但是他能自觉运用新的思想来指导自己的文学创作、学术研究和社会活动，并经受住了惊涛骇浪的考验，成为继鲁迅之后，中国文化战线上又一面光辉旗帜。

比起郭沫若来，巴金的人生探索要曲折、复杂得多。在五四时期，巴金就贪婪地阅读过宣传新思想的《新青年》《新潮》《每周评论》《星期评论》《少

---

① 郭沫若：《文艺论集 · 〈少年维特之烦恼〉序引》，见郭沫若著作编辑出版委员会编《郭沫若全集 · 文学编》第十五卷，人民文学出版社 1990 年版，第 311 页。

② 郭沫若：《〈郭沫若选集〉自序》，见《郭沫若集外序跋集》，四川人民出版社 1983 年版，第 137 页。

③ 郭沫若：《〈郭沫若选集〉自序》，见《郭沫若集外序跋集》，四川人民出版社 1983 年版，第 138 页。

年中国》等新书刊，面对纷至沓来的新思想，最初他有点张皇失措。在众多的新书刊中，国际无政府主义大师克鲁泡特金的《告少年》和波兰廖·抗夫的剧本《夜未央》震撼了巴金的心灵，使他“找到了他底终身事业”①。国际无政府主义活动家高德曼和中国早期无政府主义者刘师复宣传无政府主义的著作，像磁石吸引铁屑一样使巴金倾倒。所以巴金在离开四川前就初步确立了无政府主义信仰。到了上海、南京后，巴金自觉钻研无政府主义的经典著作，不断深化和丰富对无政府主义理论的认识，对无政府主义的信仰更加坚定。与此同时，他着手翻译介绍蒲鲁东、克鲁泡特金及其他国际无政府主义活动家的著作，在国内外宣传无政府主义的刊物如《民钟》《春雷》《国风日报·学汇》《时事新报·学灯》《平等》《民众》《自由月刊》《时代前》等撰文阐述自己对无政府主义理论的认识，探索救国方略，编写无政府主义殉道者的传记等，并一直持续到30年代初期。② 需要指出的是，无政府主义理论最根本的一点，就是在用暴力推翻旧世界之后，废除政府、法律、政党等一切形式的国家机器，消灭私有制，建立一个没有剥削、没有压迫，绝对自由的“共产主义”社会。正因如此，在反对封建主义的斗争初期，无政府主义能够起到一定的积极作用。但是，由于它不是一种科学的理论，因此在相当大程度上如翳障一样，妨碍了巴金对中国社会的实际情况及发展道路的深刻了解和认识，并且使他在埋葬黑暗社会的战斗中，不能充分发挥蕴藏在身上的反抗力量。他自己也长期陷在爱与恨、理想与现实、感情与理智、思想与行为的冲突中，感到幻灭和苦闷。

应当看到，巴金在探索人生的道路上受过许多人的影响，郭沫若便是其中的一位。1978年，年逾古稀的巴金还撰文回忆1921年读《女神》时的感受：“五十几年前我读他的《凤凰涅槃》、读他的《天狗》，他那颗火热的心多么吸引着当时的我，好象他给了我两支翅膀，让我的心飞上天空。《女神》中的诗篇对我的成长是起过作用的。”③ 饶有意思的是，由于政治信仰的歧异，本来早就应该成为朋友的两位川西“龙”，在20年代中叶还打过一场笔墨官司。1925年冬，在瞿秋白的指点和支持下，郭沫若初步运用马克思主义的观点和方法，写出《穷汉的穷谈》《共产与共管》《马克思进文庙》《讨论“马克思进文庙”》《新国家的创造》等文章，与国家主义者展开论战。巴金认为郭沫

① 巴金：《序》，见廖·抗夫《夜未央》，巴金译，文化生活出版社1937年版，第1页。

② 关于巴金的无政府思想，参见拙文《巴金与无政府主义》，载《中国现代文学研究丛刊》1984年第3期，第130～146页。

③ 巴金：《爝火集·永远向他学习》，见《巴金全集》第十五卷，人民文学出版社1990年版，第548页。原载《文艺报》第一期1978年7月15日。

若曲解了无政府主义，在《时事新报·学灯》第8卷1册19号上发表《马克思主义的卖淫妇——评〈洪水〉8期郭沫若之〈新国家的创造〉》，把考茨基痛骂列宁的话——“马克思主义的卖淫妇”，转赠给郭沫若，错误地认为“马克思派废除国家的话，都是欺骗工人的花言巧语”，嘲笑郭“自承为马克思主义者，然而对马克思完全不了解”，要“郭君以后多做诗，少谈主义”，以免“闹笑话”。郭沫若读了这篇文章之后，大感意外，认为巴金的“态度也太不客气”，于是写出《卖淫妇的饶舌》，借答复郭心崧《马克思主义与国家》一文的机会，坚定表示“像马克思那样的人物，他就做我的‘祖师’也当之无愧，而我也是事之不惭”①。在《文艺家的觉悟》中，他也对巴金反唇相讥：“他们以一点浅薄的学识，狭隘（原文作溢）的精神，妄想来做民众的指导者，有人指摘了他们的不是，他们便弄得耳烧面热，手忙脚乱，逢人便信口雌黄，真是可怜可悯。这类人我不愿意和他们饶舌，我始终劝他们多读两本书，把自己的见识稍稍恢宏了一点，然后再来鼓吹，以免得徒是欺人欺己呢。”②以后，由瞿秋白推荐，郭沫若赴广州就任广东大学文学院院长，就退出这场笔墨官司了。巴金当然不服，也不肯输掉这口气，同时写出《洗一洗不白之冤》③和《答郭沫若〈卖淫妇的饶舌〉——并介绍沫若的妙文》④两篇文章，对郭沫若的反驳进行答辩。巴金毫不掩饰地宣称“我是一个无政府主义者”⑤，认为郭沫若把他的《马克思主义的卖淫妇》“一笔抹杀了”，使他“遭了‘不白之冤’了”⑥。针对郭沫若奉马克思为“祖师”的话，他竭力贬低马克思的《共产党宣言》和无产阶级专政的理论等思想，说是“抄袭”别人的。⑦而且巴金也并不因郭沫若停止论战而搁笔罢休。直到1929年，从法国归来的巴金还在他主编的《自由月刊》第1卷3期上，以芾的署名发表三则补白，对郭

---

① 沫若：《卖淫妇的饶舌》，载《洪水》1926年第2卷第14期（正文页眉标有“二期”），第44页。

② 沫若：《文艺家的觉悟》，载《洪水》1926年第2卷第16期（正文页眉标有“四期”），第133～134页。

③ 李芾甘、全平：《洗一洗不白之冤》，载《洪水》1926年第2卷第15期（正文页眉标有“三期”），第130～131页。

④《答郭沫若〈卖淫妇的饶舌〉——并介绍沫若的妙文》，载《时事新报·学灯》第8卷4册5号。

⑤ 李芾甘、全平：《洗一洗不白之冤》，载《洪水》1926年第2卷第15期（正文页眉标有“三期”），第130页。

⑥ 李芾甘、全平：《洗一洗不白之冤》，载《洪水》1926年第2卷第15期（正文页眉标有“三期”），第130页。

⑦《答郭沫若〈卖淫妇的饶舌〉——并介绍沫若的妙文》，载《时事新报·学灯》第8卷4册5号。

沫若所译的《少年维特之烦恼》《浮士德》中的个别不够准确的句子，大加揶揄“这样的妙句，真是空前绝后了。是之为名著的名著”[①]。当时巴金对郭沫若的成见之深，由此可见一斑。

不消说，这场争论并非单纯的意气之争，它表明马克思主义、国家主义和无政府主义在“国家”概念上所存在的严重分歧。平心而论，巴金的见解未免失之幼稚、偏颇、过激，映现出无政府主义在当时对他思想的影响何其深。但是，巴金和郭沫若又都是爱国者，他们此时的分歧不过是在探索改造社会真理、寻找救国道路上所出现的不同看法。爱国主义是他们共同的思想基础，反对封建主义、再造一个新中华，是他们一致的奋斗目标。所以，他们的心灵是不难沟通的。受国民党政府通缉，郭沫若虽然在 1928 年 2 月以后很长一段时间亡命日本，从事中国文字、中国文化等学术研究工作，但仍很关心国内的时局和文坛的状况，不时发表自己的意见。而到了 30 年代初，巴金的思想也有了变化。共产党领导的土地革命和工人运动波澜壮阔，工农红军英勇地抗击着国民党军队的五次军事围剿。在城市，国民党政府推行“白色恐怖”，巴金所期待的“革命高潮”没有到来。而且中国无政府主义队伍此时也出现分化和瓦解。尽管克鲁泡特金的人格和美丽的理想仍然吸引着巴金，但巴金已不再坚持他那套脱离中国社会实际、带有浓厚空想成分的改造中国的政治主张和策略。事实上，他走上文学创作道路之后，就逐渐脱离了中国无政府主义运动。1933 年 8 月初与鲁迅的会见对巴金有着特殊的意义。从此，他在鲁迅身边，思想和行为受到这位巨人的良好影响，思想、感情与左翼作家、进步作家的契合点越来越多。“九一八”事变之后，民族矛盾急遽激化，巴金感到应当团结更多的爱国力量投入到救亡运动中去。1936 年 7 月 1 日，巴金与还在日本的郭沫若在《我们对于推行新文字的意见》[②] 上签名。同年 10 月 1 日，他们又同鲁迅、茅盾等 21 人联合发表《文艺界同人为团结御侮与言论自由宣言》，主张“全国文学界同人应不分新旧派别，为抗日救国而联合”[③]。在民族危亡的紧要关头，这两个川西老乡终于消释前嫌，在抗日救亡的旗帜下团结起来了。

1937 年 7 月底，郭沫若别妇抛雏从日本潜回上海，参加国内的抗日救亡运动。据考证，郭沫若回国后，巴金同他才有了直接的接触，从此两人开始了

---

① 这三篇补白分别是《郭沫若的“坠落”》《郭沫若的“周刊”》《〈浮士德〉里的妙句》。

② 蔡元培等：《我们对于推行新文字的意见》，载《文学丛报》1936 年第 4 期，第 498 ～ 500 页。

③ 巴金等：《文艺界同人为团结御侮与言论自由宣言》，载《文学》1936 年第 7 卷第 4 号，第 744 页。

长达40多年的战斗友谊。1937年8月，郭沫若出任上海文化界救亡协会机关报《救亡日报》社长，巴金也担任宣传抗战的刊物《呐喊》（后改名为《烽火》）的发行人、编辑人。这一报一刊在抗战中起到了揭露侵略者的罪行、振奋民众抗日斗志的“纸弹”作用。1937年10月，在鲁迅逝世一周年纪念会上，他们同时被推选为上海文艺界抗日协会临时执行委员。在1938年3月27日的中华全国文艺界抗敌协会成立大会上，他们又一起当选为理事。在周恩来等共产党人的动员下，郭沫若担任国民党军事委员会政治部第三厅厅长。经周恩来建议，中共中央作出决定：以郭沫若为鲁迅的继承者，为中国革命文化界的领袖，并由全国各地党组织向党内外传达。[①] 以后，郭沫若在党的直接领导下，在陪都重庆极其险恶的环境中，克服重重困难，团结文化界的进步人士，打破森严的文网，进行了艰苦卓绝的战斗。巴金在抗战期间辗转奔波，于1940年10月底到达重庆。在中华全国文艺界抗敌协会举行的“欢迎来渝作家茶会”上，巴金与郭沫若重逢，并且第一次见到周恩来。以后，巴金一方面继续用笔控诉黑暗，呼唤光明，把揭露与批判的锋芒对准老对头——封建主义和不合理的社会制度，写出脍炙人口的名篇佳作《第四病室》《憩园》《寒夜》。另一方面，巴金也参加文协组织的社会活动，与郭沫若和其他共产党人、进步人士的交往增多。例如，在七七事变四周年之际，巴金在郭沫若起草的《中国文艺作家给欧美文化界的一封信》上签名，信中阐明建立国际反法西斯侵略联合阵线的必要和可能，呼吁欧美作家早日建立联合阵线，坚定表示中国的抗战“必然会战斗到最后胜利”[②]，向欧美作家表示了抗战到底的决心和抗战必胜的信念。1945年2月，巴金又与茅盾、老舍等312名文化界进步人士在郭沫若起草的《文化界时局进言》上署名，猛烈抨击国民党政府“政治腐败”“有碍于民主实现”，希望全国各界人士“把专制时代的一切陈根腐蒂打扫干净”[③]。抗战胜利不久，他和郭沫若等人一道，在重庆张家花园听取周恩来宣讲毛主席《在延安文艺座谈会上的讲话》的精神和为工农兵服务的方向。[④] 1945年“一二·一”惨案发生后，巴金和郭沫若等16位作家联名致函闻一多先生，支持昆明爱国师生的正义行动，表示“愿竭诚共同努力，以

---

① 吴奚如：《郭沫若同志和党的关系》，载《新文学史料》1980年第2期，第131页。

② 《中国文艺作家给欧美文化界的一封信》，载香港《华商报》1941年7月7日。

③ 《文化界时局进言》，见北京大学、北京师范大学、北京师范学院中文系中国现代文学教研主编《中国现代文学史参考资料 文学运动史料选》（共五册）第五册，上海教育出版社1979年版，第159页。原载《新华日报》1945年2月22日。

④ 巴金：《一封信》，载《文汇报》1977年5月25日。

期达到制止内战，实现和平之目的”[①]。翌年4月18日，他们又同茅盾等75人联名致电美国国会争取和平委员会，赞同该委员会关于和平的主张，吁请注意“美援”“徒增中国人民之负担与灾难”。他们在抗战胜利后返回上海，交往仍很频繁。1946年6月，他们两次在上海金城餐厅与文化界进步人士聚餐。同年7月，著名民主战士、教授李公朴、闻一多在昆明被国民党特务暗杀，巴金、郭沫若与茅盾等人一起联名通电抗议。不久，巴金和郭沫若等39人联名发表《我们要求政府切实保障言论自由》。

真是“不打不相识”，巴金与郭沫若在反封建、反侵略的斗争中，增进了了解，沟通了彼此的思想感情，结下了深厚的友谊，由20年代的对头，一变而成为同志、战友。1936年，徐懋庸中伤巴金时，鲁迅挺身为巴金说话：“巴金是一个有热情的有进步思想的作家，在屈指可数的好作家之列的作家。”[②]1947年初，上海文坛有位偏激的青年批评家毫无道理地把巴金当作攻击的目标，郭沫若仗义执言，高度评价巴金：“他是我们文坛上少数的有良心的作家。他始终站立在反对暴力、表扬正义的立场，决不同流合污，决不卖虚弄玄，勤勤恳恳地守着自己的岗位，努力于创作、翻译、出版事业，无论怎么说都是有功于文化的一位先觉者。青年们是喜欢破坏偶像的，巴金先生的偶尔遭受拂逆，我相信这是一种消极崇拜的表现，或许也正足以证明巴金先生的优越的成就吧。”[③] 巴金对郭沫若也非常尊敬、爱戴，在郭老身上看到了“战士、诗人和雄辩家：智慧、才能、气魄、热情和谐地结合在一起”，他心悦诚服地说：“他给我们树立了一个光辉的榜样。”表示“我要永远记住他的话，永远向他学习”[④]。新中国成立以后，这两位文坛巨擘都担任过文艺界的领导职务，直接参与国家大事的管理，他们精诚合作，为推进中国人民与世界人民的友谊、维护世界和平、繁荣祖国的文艺事业，奉献出全部的智慧和才干。

三

在文学创作上，郭沫若与巴金堪称中国现代文学史上的双子星座，熠熠闪耀着夺目的光彩。由于他们的气质、经历、文学修养、审美理想和艺术追求不

---

① 影印件见于重庆市博物馆。

② 鲁迅：《且介亭杂文末编·答徐懋庸并关于抗日统一战线问题》，见鲁迅先生纪念委员会编纂《鲁迅全集》第六卷，鲁迅全集出版社1948版，第542页。

③ 郭沫若：《想起了斫樱桃树的故事》，见《郭沫若论创作》，上海文艺出版社1983年版，第742页。原载《文汇报·新文艺》1947年3月24日第4期。

④ 巴金：《爝火集·永远向他学习》，见《巴金全集》第十五卷，人民文学出版社1990年版，第550页。原载《文艺报》1978年7月15日第1期。

同，因此在创作中便呈现出各树一帜的风格。这主要表现在以下三个方面。

首先，郭沫若与巴金都是充满激情的文学巨匠，以上的差别使得他们的作品的感情基调似同却异。郭沫若感情奔放、豪爽、爱幻想、容易冲动，在气质上属外向型。早年，郭沫若受庄子追求绝对自由的逍遥思想、奇特的想象和意境以及汪洋恣肆的文笔的影响很深。后来，他又被外国浪漫主义诗人哥德①、海涅、雪莱、惠特曼、泰戈尔所吸引。惠特曼雄浑、豪放、宏朗的风格和把一切旧套摆脱干净的自由体诗集《草叶集》，暴风雨般地煽动起他的诗欲。同时，在他看来，艺术创作不应该带有利世济人的功利主义，“诗底主要成分总要算是‘自我表现’了”②，“诗是人格创造的表现，是人格创造冲动的表现”③。泛神论又使他认为整个宇宙都是“不断的毁坏，不断的创造，不断的努力”④。不仅如此，他还主张让感情自然流露，最厌恶束缚内容的形式，他说：“形式方面我主张绝端的自由，绝端的自主。”⑤ 所以，他的第一部诗集《女神》偏重于主观情感的抒发，充满火山爆发式的激情，显示出狂飚突进和雄奇的风格，开创了中国现代浪漫主义诗歌创作的先河。巴金不善言辞、腼腆、爱沉思、忧郁、执着，在气质上属内向型。他从小读过不少古代话本小说和散文。中国古代作家关注国计民生的忧患意识，和他们在叙事与表情达意时注重有头有尾、条理清楚、通顺明白的方法对巴金很有影响。以后，他又喜欢读泰戈尔、冰心式的闪耀着哲理的光辉的小诗，也试写过那种清新、隽永的小诗。然而，巴金最喜欢的却是心里怀着火一样的热情而又冷静观察和表现现实生活的作家，如赫尔岑、托尔斯泰，屠格涅夫、契诃夫、左拉、罗曼·罗兰等大师的作品，受他们的影响是很深的。他认为文学创作不应该是没有功利的，“我说我写小说是为了安静自己的心，希望对国家、对人民有所贡献，对读者有所帮助”⑥，因此，他的每篇作品都是有所为而作。尽管他本质上是诗人，但是他缜密的目光始终注视着变幻的时代风云和动荡的社会生活，所以选择了

---

① 今译作“歌德”。——编者

② 郭沫若、宗白华、田汉：《三叶集·郭沫若致宗白华》，见郭沫若著作编辑出版委员会编《郭沫若全集·文学编》第十五卷，人民文学出版社 1990 年版，第 119 页。

③ 郭沫若：《诗是人格创造的表现》，见吴奔星、徐放鸣选编《沫若诗话》，四川人民出版社 1984 年版，第 22 页。

④ 郭沫若：《女神·立在地球边上放号》，见郭沫若著作编辑出版委员会编《郭沫若全集·文学编》第一卷，人民文学出版社 1990 年版，第 72 页。

⑤ 郭沫若：《诗的创造是要创造“人”》，见吴奔星、徐放鸣选编《沫若诗话》，四川人民出版社 1984 年版，第 9 页

⑥ 巴金：《探索集·38 再谈探索》，见《随想录》，生活·读书·新知三联书店 1987 年版，第 210 页。

小说和散文作为创作的主要艺术表现形式。在创作上，他追求的是“更明白地、更朴实地表达自己的思想”[①]，而不是技巧。他的作品侧重于对现实生活真实的描绘，鲜有瑰丽的奇特的想象，而以深刻揭露封建传统观念、家族宗法制和不合理的社会制度的罪恶，细腻地表现一代人的思想、生活和命运见长，从作品中涌溢出的感情激流，汩汩浸润读者的心田，显示出朴实无华、凝重激越的风格。

其次，郭沫若与巴金都非常注重在作品中抒发自己真实的感情，但是由于以上差异，他们对艺术真实的追求和表达的方式大相径庭，因而他们的作品展现出不同的风格特色。郭沫若认为纯真的赤子之心十分可贵，他说：“小儿的行径正是天才生活的缩型，正是全我生活的规范！”[②] 他在生活和创作中，努力保持这颗赤子之心。对于这一点，巴金深有感受，他说：“我同郭老接触多年，印象最深的是他非常真诚，他谈话、写文章没有半点虚假。我想说他有一颗赤子之心。……我每一次同他接触，虽然时间不同，情况不同，可是我觉得他那颗赤子之心从未改变。”[③] 正是因为郭沫若的胸膛跳动着这颗赤子之心，所以他把自己的爱和憎、欢乐与痛苦、希望与失望等毫无遮掩地倾诉在作品中。他的思绪汗漫于宇宙，而他却像一个性急的孩子，等不到思考成熟，就急于把自己对生活的点滴感受，对社会人生、宇宙万物、过去未来的看法表达出来。尤其是每当灵感爆发、诗兴袭来之时，他那瞬息即逝的感觉便化作感人至深的诗句。从《女神》到他晚年所写的诗篇，都有许多这样的即兴之作。无论是气势磅礴、激越奔放的《女神》，还是低回婉约的《星空》、情致缠绵的《瓶》以及激昂乐观的《前茅》《恢复》和其他诗集，郭沫若大多直抒胸臆，因而这些作品显现出率真的风格特色。巴金则把写作当成是生活的一部分，他说：“我在写作中所走的路与我在生活中所走的路是相同的。无论对于自己或者别人，我的态度永远是忠实的。”[④] 他又认为，文学的道路也就是一条探索人生的道路，“我的小说是我在生活中探索的结果，一部又一部的作品就是我

---

① 巴金：《探索集·39 探索之三》，见《随想录》，生活·读书·新知三联书店 1987 年版，第 217 页。

② 郭沫若：《文艺论集·〈少年维特之烦恼〉序引》，见郭沫若著作编辑出版委员会编《郭沫若全集·文学编》第十五卷，人民文学出版社 1990 年版，第 315 页。

③ 巴金：《爝火集·永远向他学习》，见《巴金全集》第十五卷，人民文学出版社 1990 年版，第 548 页。原载《文艺报》1978 年 7 月 15 日第 1 期。

④ 巴金：《〈电椅〉代序》，见《巴金全集》第九卷，人民文学出版社 1989 年版，第 292 页。原题为《灵魂的呼号》，最初发表于《大陆》1932 年 11 月 1 日第 1 卷第 5 期。

一次又一次的收获”[①]。他在生活中看到了什么、感受到什么、理解了什么、领悟到什么，就如实地写出来，不说谎、不骗人、不歪曲、不粉饰，“把心交给读者”[②]。他不像郭沫若那样把自己的所见所闻、所思所想迫不及待地写出来，而是经过选择和独立思考后，在作品中向读者讲真话。这真话固然不等于句句都是真理，也不是每句话都正确，但确确实实是巴金在探索中的体会和答案，是他自己相信的话。巴金追求艺术真实的途径和郭沫若不同。他虽然是一个充满激情的作家，但是在观察生活、分析人物和构思情节时，却以理性为导向，显得相当冷静，不让激情冲昏头脑，不以自己的喜好和厌恶随意给人物安排命运，或者让人物成为自己政治信念的传声筒，而是让生活本来的样子与读者见面。例如他笔下的觉新、李冷、陈真、吴仁民等形象都是这样塑造出来的，因而真实可信。另外，他也不同于郭沫若那样完全根据自己的经历来进行小说创作。郭沫若根据自己从日本九洲帝国大学[③]医科毕业归国后的经历而创作的《漂流三部曲》和《圣者》《行路难》《亭子间中的文士》《湖心亭》等自传体小说，就把自己窘困的生活，从事文学活动的艰难处境，性格的弱点和矛盾、苦闷的心情，毫无保留地陈述出来。小说中的主人公爱牟，则完全是作者的化身。巴金为了使小说更近于真实，常把个人的某些经历融进作品的内容。例如他把自己在幼年因为所喜爱的大公鸡被宰杀而产生的伤感移到《灭亡》中杜大心的身上；把在广元县看母亲养蚕的景象，通过《家》中瑞珏的嘴叙述出来；把自己同萧珊寂寞地打桥牌的琐事，借用到《寒夜》中的汪文宣、曾树生打桥牌的情节上……虽然这不意味着杜大心、瑞珏、汪文宣就是巴金本人，但经巴金独运匠心创造出来的形象，又无不闪现着作者的影子。这样的艺术形象更能真实地反映巴金的感情及其对生活的评价，让作者以本来面目与读者见面。所以巴金的作品又显露出真诚的风格特色。

再次，在创作过程中，郭沫若与巴金都对他们所反映的生活现象作出了判断和评价。作为对现实的审美活动的一个有机组成部分，他们的政治信仰必然会对创作发挥作用，制约和决定着风格的格调与色彩。郭沫若早年服膺泛神论。但是郭沫若式的泛神论具有不同于一般泛神论的特点：充分肯定自我存在和自我价值，突出人在宇宙中的主体地位，律动着力的旋律，洋溢着弃旧图新的创造激情。因此，《女神》昂扬着雄浑乐观的格调，着上了明丽斑斓的色

① 巴金：《探索集·39 探索之三》，见《随想录》，生活·读书·新知三联书店 1987 年版，第 215 ～ 216 页。

② 巴金：《把心交给读者》，见《随想录》，生活·读书·新知三联书店 1987 年版，第 55 页。

③ 今九州大学。——编者

彩。后来郭沫若接受了马克思主义，认清了社会发展的客观规律，即使在中国革命遭受严重挫折的1927年，他对中国革命的前途仍抱着必然胜利的坚定信念。他在亡命中创作的诗集《恢复》，响着“鞺鞑的鼙鼓”，其战斗的激昂格调和鲜明的时代色彩不减于《女神》。巴金走上文学道路的时候，中国无政府主义运动正由低谷走向消亡。在无政府主义思想的观照下，巴金虽然从未怀疑过旧社会要灭亡，新社会要到来，光明必将把黑暗驱逐干净的社会发展进程，但是在对待中国革命的战略、战术以及个人如何在新与旧、光明与黑暗的斗争中贡献力量时，他就感到苦恼、空虚了。他常说自己是一个在暗夜里呼号的人，每篇作品都混合了他的血和泪，都是他追求光明的呼号，而光明“它带来一幅美丽的图画在前面引诱我。同时受苦的、惨痛的景象又像一根鞭子那样在后面鞭打我”[①]。从《灭亡》开始，他的作品如《新生》《家》《春》《秋》、“爱情三部曲”及至《寒夜》等，无不格调悲哀幽忧，色彩惨淡阴沉。

当然，郭沫若、巴金才华横溢，绝不会在自己的作品上只打上一种风格印记，而且他们的风格也在不断地丰富和发展，上述三方面只是就他们风格中主要倾向的差异而言。正是他们如刘勰所说的“各师成心，其异如面”[②]，才在中国现代文坛上自树一帜，各领风骚。中国现代文坛正因为有了这两条川西“龙”，才更加生气勃勃，才更加绚丽多彩。在中国现代文化史和文学史上，他们占据着不朽的巨匠地位。

（原载《郭沫若学刊》1994年第2期，第50～59、70页）

① 巴金:《〈电椅〉代序》，见《巴金全集》第九卷，人民文学出版社1989年版，第293页。该文原题为《灵魂的呼号》，最初发表于1932年11月1日《大陆》第一卷第五期。

② 刘勰:《体性第二十七》，见《文心雕龙》，大达图书供应社1934年版，第105页。

巴金与克鲁泡特金

巴金在青年时代，曾如饥似渴地钻研过一些外国无政府主义者的著作，醉心于收集和编写他们为实现自己的政治理想而奋斗的事迹，从中吸取鼓舞自己探索社会解放道路的力量。在外国无政府主义者中，克鲁泡特金一度对他的思想和创作产生过关键性的影响。

克鲁泡特金于1842年出生在俄国一个世袭的贵族家庭。他的祖先曾为斯摩棱斯克大公爵。尽管这个家族延续了好多世代，但到了克鲁泡特金一辈人时，门第仍然很显赫。他在8岁时，曾因穿着化装跳舞会的服装受到沙皇尼古拉一世的喜爱，被颁为候补侍从。作为一个少年侍从，他出入宫廷，跟随和保护过皇帝亚历山大二世。他从侍从学校毕业后加入西伯利亚哥萨克联队，到远东探过险，甚至化装成商人混入我国东北的兴安岭、黑龙江、松花江一带和吉林从事侦察活动。在他的面前本来铺着一条通往达官显贵的荣华富贵之路，但是他却选择了与之相反的一条荆棘丛生、贫困而危险的人生道路。在俄国社会发生巨变的前夜，达尔文、赫尔岑、伏尔泰等自然科学家和思想家，在他心中点燃了科学与民主的火焰，俄国民粹主义者所发起的“到民间去”的运动使他大开眼界，克氏对俄国社会的危机、人民的悲惨生活和渴望变革的要求有了深切的了解，从而萌生了反专制的斗争精神。1872年，他去瑞士考察时，接受巴枯宁的影响，成为无政府主义者。返回俄国后，他很快参加了当时最大的民粹派组织柴可夫斯基集团，并为该组织起草了阐述无政府主义政治思想的纲领《我们是否应该研究未来制度的理想?》。由于内奸告密，1874年，克鲁泡特金被捕并被关进可怖的彼得保罗垒监狱，两年后越狱，从此不得不长期流亡国外。

克鲁泡特金在国外流亡的40年中，全力以赴地研究和宣传无政府主义，成为继巴枯宁之后无政府主义运动最著名的领袖和理论家。

在当时的历史条件下和社会环境中，克鲁泡特金所从事的无政府主义活动明显带有两重性。一方面，他阐扬无政府主义原理的著作如《面包与自由》《互助论》《伦理学的起源和发展》《近世科学与安那其主义》《无政府主义与工团主义》等，明显地带有空想色彩，在实践过程中常把工人运动引入歧途。但是由于克鲁泡特金坚决反对极权专制，批判现存的资本主义社会制度，彻底否定资本主义国家机器，以及他对没有强权、没有剥削和压迫、万人安乐的未来社会的描绘，因此，在很大程度上能激起工人阶级砸烂旧世界、建立新社会的热情。在克鲁泡特金的学说中，进步性与局限性并存。在国际工人运动中，克鲁泡特金学说的积极作用与消极作用、危害作用常交织在一起。

1917 年 6 月 12 日，克鲁泡特金结束了政治流亡生活，从英国回到自己的祖国。他对十月革命的态度，再次体现了他所具有的两重性。一方面，他固囿在反对任何政党和反对建立任何国家形式的理论怪圈中，不承认苏维埃国家形式，否定十月革命道路和无产阶级专政。另一方面，当他关注实际问题时，他多少也感觉到十月革命是俄国人民几个世纪以来争取自由的斗争的继续。1920 年夏天，他在《致西欧工人们》长信中，呼吁西欧工人阶级支持十月革命，制止政府对刚刚诞生的苏维埃共和国的武装干涉，并恢复同俄国的关系。同时他还多次给苏维埃政权领导人写信——其中有 20 封左右是写给列宁本人的，对苏维埃政权工作中的一些重大失误和缺点，提出尖锐的批评。列宁高度评价克氏的《法国大革命》一书，认为这是一部经典著作，一再推荐大家阅读。从 1918 年到 1920 年，列宁三次会见了克鲁泡特金，承认克氏所指出的一些缺点和失误，欢迎他随时来信。但列宁又看到克氏“已经过时了”，他的著作“成了明日黄花”。[①] 1921 年 2 月，克鲁泡特金逝世，成千上万的普通人加入了送葬的行列。为了纪念克鲁泡特金，苏联政府把莫斯科的一个地下铁道车站、一个广场、一条大街和一条胡同，西伯利亚帕托姆高原的一条山岭和鲍达伊博区的一个工人村，都以克鲁泡特金的名字命名；库班河上的罗曼诺夫村，改名为克鲁泡特金市。

早在五四时期，巴金就被克鲁泡特金的学说所吸引。他最先读到的是克氏在流亡中所写的小册子《告少年》。这本书所宣扬的社会革命思想，震撼了巴金的心灵，以至于事过多年，他还清楚地记得当时的激动心情：

> 我想不到世界上还有这样的书！这里面全是我想说而没法说清楚的话。它们是多么明显，多么合理，多么雄辩。而且那种带煽动性的笔调简直要把一个十五岁的孩子的心烧成灰了。我把这本小册子放在床头，每夜都拿出来，读了流泪，流过泪又笑。……从这时起，我才开始明白什么是

---

① 转引自陈之骅译《列宁与克鲁泡特金——邦契-布鲁耶鲁维奇回忆录选译》，见北京图书馆马列著作研究室编《马恩列斯研究资料汇编（1981 年）》，书目文献出版社 1985 年版，第 522 ～ 523 页。原载《世界史研究动态》1981 年第 4 ～ 5 期。

正义。这正义把我的爱和恨调和起来。[①]

考察巴金思想发展的历程，不难看出，《告少年》在他确立什么样的信仰和选择哪一条人生道路时，起到了启蒙的作用。从此，巴金和克鲁泡特金结下不解之缘。他在钻研无政府主义理论时，从无政府主义各种派别中，服膺克鲁泡特金的学说。他不仅翻译克鲁泡特金的著作——克氏阐述无政府主义理论的十本书，他译了五本，介绍和宣传克氏的思想，还一度运用克氏所阐发的无政府主义原理来指导他对中国革命的探索。直到30年代，巴金还宣称："大体上我愿意做一个克鲁泡特金主义者，这就是说我信奉克鲁泡特金所阐明出来的安那其主义的原理。"[②] 除此，巴金还翻译、介绍和阐扬克氏的战友和信徒如薇娜·妃格念尔、马拉铁司达[③]、阿利兹、司特普尼克、高德曼等人的著作和生平。

克鲁泡特金对巴金前期思想和创作的影响主要表现在三个方面。

第一，克鲁泡特金学说奠定了巴金无政府主义思想的基础。他在1925年着手翻译克氏的重要著作《面包略取》（后改名为《面包与自由》），这部书可以说是克氏学说的纲领。克氏学说的要义是："社会主义必须是自由的。人对于人的支配应该跟着人对于人的榨取一起消灭，权力的独占也应该随着财产的独占消失。不是征服国家，而是消灭国家。中央集权的机关应该让位给自治的公社（或共同社会）之自由联合；自由合意与相互了解会来代替法律的力量。在自由合作与自由创意上面展开了未来社会的全景。"[④] 这个要义从根本上否定了国家的存在、政权的作用、法律的力量，把抽象的自由抬到至高无上的地位。巴金曾认为书中提出的"面包（安乐）与自由"，不仅可用来概括克氏的无政府主义，还可作为未来的自由社会的两大目标，而"各尽所能，各取所需"只是完成这两大目标的手段。巴金曾一度接受克氏对未来社会的设想，情不自禁地写道："万人的面包（安乐）与自由！真、美、善之正确的意义都包括在这里面了。……把未来社会的轮廓表现得如此真实，如此美丽，如

① 巴金：《短简（一）·我的幼年》，见《巴金文集》第十卷，人民文学出版社1961年版，第15～16页。

② 芾甘（巴金）：《从资本主义到安那其主义·序》，上海自由书店出版社1930年版，第4页。

③ 今译作"马拉泰斯塔"。——编者

④ 巴金：《前记》，见［俄］克鲁泡特金《面包与自由》，巴金译，重庆文化生活出版社1940年版，第Ⅳ～Ⅴ页。

此活泼，如此美满!"[1] 誉赞这本书是"一首真理的诗"[2]。

克鲁泡特金根据自己对生物学、人类学和社会学的研究心得，针对达尔文的生存竞争学说，提出生存互助论。就自然科学而论，克氏的生存互助论补充、发展和完善了达尔文的生物进化思想，是正确的。但正如把达尔文的学说运用到人类社会就会变成非科学的社会达尔文主义一样，把克氏的生存互助论运用到社会革命中，它固有的缺陷，如混淆人与动物的本质区别和人的社会性与生物性的区别等，都会暴露出来，不可能用它来解释人类社会的发展进程。不过，当时巴金没有认识到这一点，反觉得克氏的《互助论》"是立在坚实的基础上面的"。他还从克氏的《人生哲学：其起源及其发展》（后改名为《伦理学的起源和发展》）中接受了互助是人的社会本能和国家、政府都是违反人的互助本性的观点。这不仅从理论上加强了巴金的"人类之爱"思想，而且越发坚定了他对无政府主义的信仰。

20 世纪 30 年代，正是中国社会风雷激荡、急剧变化的时期。巴金在这一时期所写的一系列探索中国社会革命的政论文章如《无政府主义与实际问题》(第二章)、《中国无政府主义与组织问题》、《一封公开的信》、《怎样做法》、《工人，组织起来》、《无政府主义的原理——为克鲁泡特金八年祭而作》，以及受克氏忠实信徒柏克曼的《安那其主义 A B C》启发而写成的理论著作《从资本主义到安那其主义》等，阐明了他在克鲁泡特金学说的指导下，对中国社会革命的性质、动力、领导权、策略、道路和前途等问题的看法，明显地映现出克鲁泡特金对他的影响具有积极和消极两重性。就积极意义而言，克氏的学说增强了他反专制、反抗腐败的军阀政府的斗争精神，"面包与自由"鼓舞着他为争取实现万人安乐、万人自由的社会变革而奋斗，客观上对中国革命运动起着推波助澜的作用。就消极意义而言，克氏的学说和马克思主义隔着一道不可逾越的鸿沟，根本不能指导中国革命，它妨碍了巴金对中国革命的深刻了解。他早年提出的政治主张是虚幻和幼稚的。

值得一提的是，巴金有很强的独立思考能力，如同他所说的那样："克鲁泡特金对某一个特殊问题的意见，我有时也并不同意。"[3] 巴金曾撰文批评克氏的"欧战论"，说"我是反对克氏那种主张的"。他们把第一次世界大战参战国比成老虎，巴金认为："两虎相斗的时候，你帮助一个老虎把其他的老虎

---

① 巴金：《前记》，见［俄］克鲁泡特金《面包与自由》，巴金译，重庆文化生活出版社 1940 年版，第Ⅵ页。

② 巴金：《前记》，见［俄］克鲁泡特金《面包与自由》，巴金译，重庆文化生活出版社 1940 年版，第Ⅵ页。

③ 芾甘（巴金）：《从资本主义到安那其主义·序》，上海自由书店出版社 1930 年版，第4 页。

打败了，弄得精力疲倦，于是那只老虎便很容易的把你吃了。所以克氏所说的‘两虎相斗，应先击最残忍者而毙之’的话，是不对的。”[①] 可见巴金对帝国主义吃人本质的认识，比克氏要深刻得多，他的看法纠正了克氏观点的偏颇。

第二，巴金在76岁高龄总结自己走过的生活道路时说：“人怎样做人？怎样做一个好人？我几十年来探索的就是这个问题。”[②] 克鲁泡特金的人生哲学对巴金的伦理思想产生过巨大的影响，克鲁泡特金早在1880年就动手研究道德问题，十月革命之后，他在乡间潜心写出他最后一部理论著作《人生哲学：其起源及其发展》。在这本书中，克氏发展了《互助论》中的思想，阐述了道德发展的三个连续阶段：互助、正义与自我牺牲。这三个阶段构成道德的三个要素，而自我牺牲则是道德发展的最高阶段并为人类所专有，只有它才可以真正被称为道德。克氏把无政府主义运动纳入其伦理学的内容，把正义的观念与平等的观念联结在一起，阐发了他的“各尽所能，各取所需”的“社会主义”原理和“无报酬地给与他人”的伦理学原理，提出“无平等则无正义，无正义则无道德”的伦理公式。克鲁泡特金力图证明“幸福并不在个人的快乐，也不在利己的或最大的欢喜；真正的幸福乃是由在民众中间与民众共同为着真理和正义的奋斗中得来的”[③]，以便在人们心里燃起自我牺牲之火，鼓舞人们为着真理和正义、为着实现无政府主义的理想而奋斗。克鲁泡特金的人格体现了他的伦理思想，他的伦理思想也确实为许多无政府主义者所接受。

克氏的这一伦理思想吸引了巴金。1927年初，他在赴法国留学途中，埋头攻读克氏的《伦理学》，痛感“中国革命之所以弄到现在这样的地步，在我看来也是因为没有崇高的道德理想”。于是他“在这中国人大开杀戒之时期中，来拼命地翻译《人生哲学》”[④]。在这之前，巴金收集、整理和编写了一些无政府主义殉道者的事迹，深为他们为了人民和为实现自己的理想而牺牲生命的伟大崇高行为所感动。克氏的伦理思想，使他对殉道者精神的认识从感性阶段上升到理性阶段。翻译克氏的伦理著作成了他“唯一的安慰，唯一的快乐，它坚强了我的信仰，鼓舞了我底勇气”[⑤]。

巴金从克鲁泡特金伦理思想中主要吸取了既尊重个人自由、权力，又要为

---

① 芾甘：《〈讨论进行的两封信〉芾甘附记》，载《民钟》1926年第15期，第5～4页。

② 巴金：《再谈探索》，见《随想录·探索集》，人民文学出版社1981年版，第35页。

③ 日译本《克鲁泡特金全集》第12卷。

④ 芾甘：《译者序》，见［俄］克鲁泡特金《人生哲学：其起源及其发展》上编，芾甘译，上海自由书店1928年版，第2～3页。

⑤ 芾甘：《译者序》，见［俄］克鲁泡特金《人生哲学：其起源及其发展》上编，芾甘译，上海自由书店1928年版，第2页。

万人的幸福而献身的精神。他非常赞成克氏“在社会的进步与民众的解放中见到个人人格的发展”[①] 的观点，形成为社会的解放和万人的自由牺牲个人的一切的道德信念和价值观念。巴金在二三十年代所强调的信仰的力量，既包括他对“面包与自由”目标的执着追求，又包含了道德信念和价值观念的作用。而这种信仰的力量，正是巴金反帝反封建精神的有机组成部分。所以，从总体上看，克氏的人生哲学对巴金的影响是良好的。

第三，在文学创作上，克鲁泡特金学说给巴金以新的启迪。这种启迪首先表现在文艺思想上。巴金并不是为了当作家才来叩文学殿堂之门的，他的文艺观与人生观是统一的。他一再声明：“我不是一个艺术家，我只是把写作当作我底生活底一部分。我在写作中所走的路径和我在生活中所走的路径是相同的。”[②] 他在写作时感到“不仅是一个阶级，差不多全人类都要借我底笔来申诉他们的苦痛了”[③]，体现出“爱人类”的思想。因此，他的创作带有很强的功利性，“自从我知道执笔以来，我就没有停止过对我底敌人的攻击。我底敌人是什么？一切旧的传统观念，一切阻碍社会的进化和人性的发展的人为制度，一切摧残爱的势力，它们都是我底最大的敌人。我永远忠实地守着我底营垒，并没有作过片刻的妥协”[④]。巴金的敌人，也正是克鲁泡特金的敌人。克氏很欣赏虚无主义的文艺观，“艺术也是在被他否定之列。所有的艺术品却是用饥饿的农民和工资微薄的工人那里掠夺来的钱作为代价买来的，而所谓‘美之崇拜’却只是一个掩饰极卑俗的荒淫之假面具。……现代最大艺术家之一的托尔斯泰的有力的艺术批评，虚无主义者在当时用下面的一句武断的肯定就完全表示出来了：一双靴子也要比所有你们的《圣母像》和所有你们的关于莎士比亚的精美的讨论贵重得多”[⑤]。巴金的文艺观与之不无相通之处：“艺术算得什么？假若它不能够给多数人带来一点光明，假若它不能够对黑暗给一个打击。……我最近在北平游过故宫和三殿，我看过了那令人惊叹的所谓不朽的宝藏，我就有一个思想，就是没有它们，中国决不会变得更坏一点。”[⑥] 正是这种功利性才使巴金不把自己的作品看作是纯艺术品，而是控诉黑暗、追求

---

① 巴金：《前记》，见［俄］克鲁泡特金《伦理学的起原和发展》，巴金译，平明书店 1941 年版，第Ⅳ页。

② 巴金：《写作生活底回顾》，见李存光编《巴金研究资料》上卷，海峡文艺出版社 1985 年版，第 142 页。

③ 巴金：《自序》，见《光明》，新中国书局出版社 1932 年版，第 2 页。

④ 巴金：《写作生活底回顾》，见李存光编《巴金研究资料》上卷，海峡文艺出版社 1985 年版，第 143 页。

⑤ ［俄］克鲁泡特金：《我的自传》，巴金译，生活·读书·新知三联书店 1985 年版，第 295 页。

⑥ 巴金：《灵魂的呼号（代序）》，见《电椅》，新中国书局出版社 1933 年版，第 9 ～ 10 页。

光明、攻击敌人、颂扬反抗的武器，听命于反帝反封建的斗争。当然，巴金的文艺功利观的形成，受到过许多作家思想的熏陶，但克氏对他的启迪，也起到重要的作用。

其次，巴金创作的格调也受到克氏学说的影响。巴金在构思处女作《灭亡》及其续篇《新生》时，正着手翻译克氏的《人生哲学：其起源及其发展》。从《灭亡》开始，其后的《新生》、"爱情三部曲"、《利娜》《父亲买新皮鞋回来的时候》《化雪的日子》等小说，都塑造出一系列立志改革社会的热血青年形象。他们为了社会的解放，义无反顾地抛弃了舒适的生活、牺牲了个人的爱情，甚至献出最可贵的生命。他们的人格闪耀着克鲁泡特金伦理思想的光泽。尤其是在《新生》中，当李冷从个人主义者转变成集体主义者后，他日记中的一些话，如"我生活在这个世界上，只是为着牺牲自己，为人类工作，使人类幸福、繁荣，而在这里面又看出自己个人底幸福和繁荣来"等，更是直接映现了克氏的人生哲学。在抗战时期创作的《火》第二部中，巴金写李南星离开战地服务团时，送给冯文淑留着纪念的一本书是《插图本克氏全集》，并在信中留言："它给过我不少的鼓舞。你读它，它可以慢慢帮助你的人格的发展。"这表明，此时巴金仍然希望克氏的伦理思想能成为鼓舞青年的一种精神力量。他在这个时期创作的另一部小说《第四病室》中，还通过杨大夫的嘴，道出他的人生理想："变得善良些，纯洁些，对别人有用些。"综观巴金的所有创作，在克鲁泡特金等人的影响下，他没写过一部格调低下的文学作品。所以他在 80 年代回顾自己的创作活动时不无自豪地说："我在多数作品里，也曾给读者指出崇高的理想，歌颂高尚的情操……不把自己的幸福建筑在别人的痛苦上；爱祖国、爱人民、爱真理、爱正义；为多数人牺牲自己；人不是单靠吃米活着；人活着也不是为了个人的享受。我在作品中阐述的就是这样的思想。"①

再次，克鲁泡特金的文笔简洁、轻松、直率而带有感情色彩，语言质朴、优美、传神，往往寥寥几笔就勾画出一个栩栩如生的形象。作为一个文学语言大师，巴金显然向包括克鲁泡特金在内的许多作家学习过语言，吸取他们的长处，以形成自己的语言风格。例如克氏曾引用屠格涅夫评论赫尔岑的话"他是用血和泪写文章的，在俄国再没有第二个人这样写过"② 来称赞赫尔岑文体之优美。巴金也说："我的作品里混合了我的血和泪。"③ 再如克鲁泡特金时常

---

① 巴金：《再谈探索》，见《随想录·探索集》，人民文学出版社 1981 年版，第 35 页。
② ［俄］克鲁泡特金：《我的自传》，巴金译，生活·读书·新知三联书店 1985 年版，第 130 页。
③ 巴金：《灵魂的呼号（代序）》，见《电椅》，新中国书局出版社 1933 年版，第 7 页。

称他惨淡经办的杂志《反抗者》为“我们的顽皮孩子”[1]。无独有偶，在巴金所写的《田惠世》中，田惠世也称自己千辛万苦创办的杂志《北辰》为自己最心爱的“最磨人”的“淘气的孩子”。不消说，巴金那种感情奔放、直抒胸臆、融叙事与抒情为一体的文笔，也有克氏等外国作家影响的痕迹。

需要指出的是，在中国社会变革的各个时期，克鲁泡特金对巴金的影响也有所不同。在 20 年代，巴金为克氏所描绘的无政府共产主义社会图景所倾倒，他以克氏的政治理想为指南，去寻找中国革命的道路。但是，中国新民主主义革命进程表明，克氏的政治主张根本不能指导社会革命。在现实的教育下，从 30 年代开始，克氏的政治信条对巴金的影响便逐渐减弱，到了 40 年代，巴金基本上抛弃了旧的政治信念。与此同时，巴金也在扬弃克氏的伦理思想。应当看到，克氏的伦理思想并非都是过时的精神垃圾，其中合理的成分在现在仍不乏积极的意义。1985 年，81 岁高龄的巴金在回答一群寻找理想的小朋友的提问时说：

> 我在二十年代写作生活的初期就说过：“把个人的生命连系在群体的生命上面，在人类繁荣的时候，我们只看见生命的连续，哪里还有个人的灭亡？”在三十年代中我又说：“我们每个人都有更多的同情，更多的爱，更多的欢乐，更多的眼泪；比我们维持自己的生存所需要的多得多，我们必须把它们分给别人，不这样做，我们就会感到内部干枯。”你们问我伏案写作的时候想的是什么？我追求什么？我可以坦率地回答：我想的就是上面那些话。我追求集体的幸福和繁荣。[2]

由此可见，巴金从克鲁泡特金的人生哲学中吸取了有益的部分，加以消化，构成自己的伦理思想。一直到现在他都按照这种伦理思想做人，并且也以此勉励别人，尤其是青少年。

（原载余思牧、唐金海、汪应果主编，吴定宇、戴翊副主编《巴金与中外文化》，山东文艺出版社 1995 年版，第 224 ～ 235 页）

---

① ［俄］克鲁泡特金：《我的自传》，巴金译，生活·读书·新知三联书店 1985 年版，第 479 页。

② 巴金：《“寻找理想”》，见《随想录》第五集，人民文学出版社 1986 年版，第 52 页。

巴金与赫尔岑

19 世纪中期，俄国的民粹主义运动在俄罗斯革命史上起过不平凡的作用，赫尔岑便是俄国民粹主义的创始人之一和民粹主义运动的重要思想家、文学家。正如列宁所说："他在十九世纪四十年代农奴制的俄国，竟能达到当代最伟大的思想家的水平。"① 在反对沙皇这个蟊贼的斗争中，"赫尔岑就是通过向群众发表自由的俄罗斯言论，举起伟大的斗争旗帜来反对这个蟊贼的第一人"②。俄国著名的民主主义文学批评家别林斯基多次高度评价赫尔岑的文学成就，把赫尔岑创作的小说视为具有巨大艺术力量的杰作。在列夫·托尔斯泰心目中，赫尔岑是"一个多么了不起的作家！如果年轻一代能够读到这位作家的作品，最近二十年来我们俄罗斯的生活一定不是这个样子了"③。赫尔岑的思想、不倦地探索俄罗斯解放道路的革命精神及其卓越的文学成就，吸引和影响了几代人，巴金便是其中的一个。

巴金最初是从赫尔岑的作品去认识这位大作家的。他在青年时代就读到赫尔岑的回忆录《往事与随想》。这部熠熠闪光的作品是赫尔岑 15 年以上辛勤劳动的结晶，反映了从 19 世纪 20 年代到巴黎公社前夕俄国西欧政治、经济、社会文化生活的许多方面，刻画出达官显贵、将军、警察、形形色色的知识分子、艺术家、仆婢、农奴、革命者等一系列形象，代表了赫尔岑创作的精华。《往事与随想》在巴金心灵上产生了强烈的共鸣，半个世纪之后，他在一篇文章中谈到赫尔岑对他的影响时说："《往事与随想》可以说是我的老师。我第一次读它是在一九二八年二月五日，那天我刚买到英国康·加尔纳特夫人（Mrs. C. Garnett）翻译的英文本。当时我的第一本小说《灭亡》还没有写成。……我不知不觉间受到了赫尔岑的影响。以后我几次翻译《往事与随想》的一些章节，都有这样一个意图：学习，学习作者怎样把感情化成文字。……

① ［苏联］列宁：《纪念赫尔岑》，见《列宁选集》第二卷，中共中央马克思恩格斯列宁斯大林著作编译局编，人民出版社 1972 年第 2 版，第 416 页。

② ［苏联］列宁：《纪念赫尔岑》，见《列宁选集》第二卷，中共中央马克思恩格斯列宁斯大林著作编译局编，人民出版社 1972 年第 2 版，第 422 页。

③ 转引自［美］布罗茨基主编、［苏联］波斯彼洛夫等著《俄国文学史》中卷，蒋路、孙玮译，作家出版社 1954 年版，第 651 页。

我要学习到生命的最后一息。当然学习是多方面的，不过我至今还在学习作者如何遣词造句，用自己的感情打动别人的心，用自己对未来的坚定信心鼓舞读者。”[①] 在“四人帮”横行的岁月，巴金着手翻译这部作品，他在另一篇文章中不无感触地写道：“我每天翻译几百字，我仿佛同赫尔岑一起在十九世纪俄罗斯的暗夜里行路，我像赫尔岑诅咒尼古拉一世的统治那样咒骂‘四人帮’的法西斯专政，我相信他们横行霸道的日子不会太久。”[②] 粉碎“四人帮”后，1978 年巴金访问法国时，还特地去尼斯给赫尔岑扫墓，并埋头抄录墓石上的文字。可见赫尔岑对巴金一生的影响是巨大的，巴金对这位伟人也一直怀着深挚的感激与崇敬的感情。

尽管赫尔岑和巴金生活在不同的时代、不同的国土，但是他们探索人生、探索社会解放道路的某些经历却很相近或相似。赫尔岑出身于莫斯科的名门望族；巴金则出生在成都的一家蒙受浩荡皇恩的“书香门第”。在大家庭中，他们又都是孤独和爱思考的孩子，都爱同仆役等下人接近。劳动人民的悲惨遭遇，很早就激发了他们对专制压迫的憎恨，赫尔岑激动地写道：“我一直看到农奴处境的那种可怕的心理怎样损害和毒害着农奴的生命，怎样压迫和麻痹着他们的心灵。”[③] 他曾“对着全莫斯科宣誓说：要为我们所选定的斗争献出我们的生命”[④]。和赫尔岑一样，巴金“心里起了火一般的反抗的思想。我说我不要做一个少爷，我要做一个站在他们一边，帮助他们的人”[⑤]。社会历史的进程给他们提供了相近的条件，使他们的正义冲动升华为以改造现存的社会制度为目标的反抗意识。1825 年 12 月 14 日的流血悲剧使赫尔岑大为震动，从此，赫尔岑献身于推翻残暴的沙皇独裁统治的革命斗争，长期从事革命的宣传和鼓动工作，成为贵族阶级的叛徒。以后他坐过牢，被放逐流放过，为了避免受到沙皇尼古拉一世更大的迫害，他被迫在国外流亡 22 年，但他并没有停止战斗，他所创办的《北极星》和《钟声》等刊物，在当时是极有影响的舆论阵地。最后，他埋骨异国他乡。90 年后，席卷中国大地的五四运动像一声春雷把巴金从睡梦中惊醒。他睁开眼睛，开始看到一个崭新的世界，他如海绵吸

---

① 巴金：《〈往事与随想〉译后记（一）》，见《序跋集》，花城出版社 1982 年版，第 483 页。

② 巴金：《一封信》，见《巴金全集》第十五卷，人民文学出版社 1990 年版，第 517 页。最初发表于《文汇报》1977 年 5 月 25 日。

③ 参见［俄］赫尔岑《往事与随想》，巴金译，上海译文出版社 1979 年版。

④ 转引自［美］布罗茨基主编、［苏联］波斯彼洛夫等著《俄国文学史》中卷，蒋路、孙玮译，作家出版社 1955 年版，第 630 页。

⑤ 巴金：《短简（一）·我的幼年》，见《巴金文集》第十卷，人民文学出版社 1961 年版，第 114 页。

水一样，尽情吮进各种外来的新思想。经受了五四运动的洗礼，巴金迫切要求改变不合理的社会现状，渴望在为人民争自由谋幸福的斗争中贡献出个人的一切。年轻的巴金上街散发过反对军阀的传单，参加过热血青年组织的进步团体；通过写文章和办刊物，阐扬自己的理想和改革社会的政治主张。很明显，这种相似和相近的经历，使得巴金的感情跨越时空的限制，很自然地向赫尔岑靠近。巴金在1928年所写的《赫尔岑与西欧派》中，就向中国读者介绍了这位俄国民粹主义的运动先驱，高度赞扬“赫尔岑底一生在俄国解放运动史上完成了新的一章。他从西欧把自由之精神吹入俄罗斯之平原。在几十年中他不断地眷爱地在尸体一般的俄罗斯身体底伤痕上涂满了香膏，一直到他看见它苏生了而且产生了新生活。从他所下的种子中一代新的改革的青年起来……”[①]表达了他对这位“在觉醒了的青年中间最卓越的人物而且先后成了俄国青年运动之指导者”的敬仰。[②]

当然，巴金与赫尔岑思想接近的主要原因，就是他们都具有反专制压迫和锲而不舍地追求自由的个性。巴金幼年目睹了封建家庭中“上等人”种种荒淫无耻的生活，“下等人”——仆人的痛苦遭遇，以及一些年轻人在封建礼教和封建专制的束缚下，备受摧残的惨剧，对专制压迫深恶痛绝。后来他回忆说：“那个时候我的心由于爱怜而痛苦，但同时它又充满憎恨和诅咒。”[③] 巴金步入社会之后，现实生活中那些坏人享福而善良的弱者被欺凌、被压迫的不平等、不公道的现象，折磨着他的心。在1921年所写的《怎样建设真正自由平等的社会》中，这位17岁的青年便表达了对没有强权、没有压迫、没有剥削、真正自由平等的未来社会的向往。为了实现自己的理想，巴金曾狂热地投入改造中国的活动中，写出一篇又一篇的政论文和杂文，猛烈抨击束缚人性发展和压制人身自由的腐朽的传统观念和社会制度。即使后来他走上文学创作的道路，也没有松懈自己的斗志，他说：“我是不会屈服的。我是不会绝望的。我底作品无论笔调怎样不同，而那贯串全篇的基本思想却是一致的。自从我知道执笔以来，我就没有停止过对我底敌人的攻击。我底敌人是什么？一切旧的传统观念，一切阻碍社会的进化和人性的发展的人为制度，一切摧残爱的势力，它们都是我底最大的敌人。我永远忠实地守着我底营垒，并没有作过片刻

---

① 巴金：《赫尔岑与西欧派》，见《俄国社会运动史话》，文化生活出版社1935年版，第83页。

② 巴金：《赫尔岑与西欧派》，见《俄国社会运动史话》，文化生活出版社1935年版，第59页。

③ 巴金：《和读者谈〈家〉》，见《中国当代文学研究资料 巴金专集（1）》，江苏人民出版社1981年版，第385页。

的妥协。"[1] 鞭挞黑暗，歌颂光明，批判专制，追求自由，成为巴金创作的主旋律。

正因为如此，赫尔岑的革命民主主义思想对巴金才格外有吸引力。赫尔岑青年时代饱受沙皇的迫害和流放，对专制制度的压迫有着切身的感受，他在30岁生日那一天的日记上写道："不断的压制和凌辱使我痛苦极了。"[2] 所以，他对沙皇专制的各种暴行和野蛮的农奴制特别憎恨。卢那察尔斯基在评论赫尔岑时，说过一句很有见地的话："赫尔岑首先是社会学家兼政论家，其次才是小说家，他的小说都被鲜明的政论的火光照耀着。"[3] 赫尔岑的政论文和小说，也的确贯串着对反动的农奴制的批判精神和对俄国革命道路的探索精神。在著名小说《谁之罪》中，赫尔岑通过贵族、农奴、官吏及平民知识分子的形象，深刻揭露了封建农奴制的罪恶，艺术地指出，如果农奴制不废除，妇女在社会上就不可能取得平等的地位。而在《偷东西的喜鹊》中，赫尔岑通过有才能的农奴女演员安涅塔被地主老爷迫害折磨而死的悲剧，大胆地抨击和彻底地否定了罪恶的农奴制。

赫尔岑深知，由于"人民保持着沉默，不相信我们"，因而"我们的情况没有出路，因为它不正常，因为历史的逻辑证明我们脱离了人民的要求，我们的事业是一种无望的苦难"[4]。于是，他提出和生活实际相接触的观点。这个观点为后来的民粹主义革命者指明了方向，也为巴金所接受。巴金非常钦佩那些出身贵族的俄国革命青年，如妃格念尔等，甘愿抛弃舒适的享受，到民间去，到农村去，到工厂去，对劳苦大众进行启蒙教育，发动群众起来参加推翻沙皇的革命斗争。他不仅编译介绍了一些著名民粹主义活动家的事迹，利用所搜集的资料写出歌颂民粹主义革命者的小说《利娜》，而且在他创作的小说《新生》中，写李静淑到工厂做工，显然是受了民粹主义革命者"到民间去"的影响。在这个问题上，赫尔岑无论是对民粹主义革命者，还是对巴金，都起到了引路的作用。

赫尔岑锐利的目光透过西欧和美国生活表面的繁华，看到了资产阶级的庸俗、卑劣、贪婪、自私、伪善的可憎嘴脸，看到了工人阶级的贫困和悲惨的处

---

① 巴金：《写作生活底回顾》，见《中国当代文学研究资料 巴金专集（1）》，江苏人民出版社1981年版，第262页。

② 转引自［美］布罗茨基主编、［苏联］波斯彼洛夫等著《俄国文学史》中卷，蒋路、孙玮译，作家出版社1954年版，第632页。

③ ［苏联］卢那察尔斯基：《赫尔岑与四十年代的人》，见《论俄罗斯古典作家》，蒋路译，人民文学出版社1958年版，第37页。

④ 参见［俄］赫尔岑《往事与随想》，巴金译，上海译文出版社1979年版。

境，认识到“法国以及其它欧洲列强的国体，就它本身的内在概念来说，无论是与自由，或者平等，或者博爱，都是势不两立的”①。他猛烈地抨击当时的美国是“独裁和警察政权”②。赫尔岑对19世纪中叶资本主义世界的政治制度、经济制度、社会秩序和社会文化等方面弊端的揭露，不仅对当时的读者，而且对巴金都具有振聋发聩的作用。

赫尔岑一直宣称自己是“社会主义者”，他从圣西门的空想社会主义理论出发，探索俄国革命的道路。他对西欧资本主义制度感到绝望，认为俄国可以不走西欧各国所走的道路，即不经资本主义阶段而直接跨跃进社会主义。他提出农村公社是社会主义的起点的学说。在他看来，农村公社说有三个极其宝贵的因素：各人有土地权、土地共有和乡村社会进行共同自治，唯有实行农村公社，才能使俄国从沙皇专制的统治下解放出来。赫尔岑的这个学说为俄国民粹主义空想奠定了基础。巴金在建构自己的政治理想时，也从中吸取过营养。巴金认为，进行社会革命，必须将土地、田产、煤矿、铁路、工厂、店铺收归社会公有；就其在社会革命中所起的作用而言，“如果城市无产阶级是革命的前锋，那么田庄劳动者便是革命的后援”③。因此，社会革命一旦爆发，就应该在城市建立工厂委员会和工人议事会，在农村建立沟通城乡交流的村社组织——合作社，“农民（也是依地方组织起来，而一县分，而一省区，而一国以至于全世界这样子地联合起来）用合作社供给城市的需要，又由合作社接收交换来的城市工业出品”④。不难发现，巴金的这个主张体现了赫尔岑的意图。

不可否认，1848年法国革命失败之后，赫尔岑的精神陷入破产状态。而且由于对俄国社会的基本矛盾、俄国革命的动力缺乏深刻的了解，他所建立的学说带有浓厚的空想色彩。正如列宁所说：“这完全不是社会主义，而是资产阶级民主派以及尚未脱离其影响的无产阶级用来表示他们当时的革命性的一种富于幻想的词句和善良的愿望。”⑤ 尽管在19世纪60年代他看见革命的人民时，就坚决摆脱了社会发展问题上的悲观主义和怀疑主义，大胆地站到革命民主派方面来反对自由主义，他的视线也“转向马克思所领导的国际”，并且

① 参见［俄］赫尔岑《往事与随想》，巴金译，上海译文出版社1979年版。

② 参见［俄］赫尔岑《往事与随想》，巴金译，上海译文出版社1979年版。

③ 芾甘：《从资本主义到安那其主义》，上海自由书店1930年版，第241页。

④ 芾甘：《从资本主义到安那其主义》，上海自由书店1930年版，第283页。

⑤ 列宁：《纪念赫尔岑》，见《列宁选集》第二卷，中共中央马克思恩格斯列宁斯大林著作编译局编，人民出版社1972年版，第417页。

“举起了革命的旗帜”[①]，但是，他来不及纠正自己所创建的学说的偏颇之处。因此，他的思想虽然是革命民主主义占了主导地位，但也带有相当大的历史局限性。巴金则很幸运。在20世纪30年代，他的政治信仰同中国革命的实际情况产生尖锐的矛盾。他怀着强烈的反帝反封建愿望，却又找不到一条正确的革命道路，一时陷在理想与现实、理智与感情、爱与憎、思想与行为的冲突中，感到压抑和苦闷。不过，巴金的精神危机没有持续多久。中国的新民主主义革命运动，给他的思想以巨大的震动；同鲁迅及周恩来等人的交往，使他的思想进入柳暗花明的新境界；抗日战争的烽火犹如炼狱中的烈火一样，煅烧掉他头脑中一些不切实际的幻想。在探索社会解放真理的过程中，巴金思想中的革命民主主义成分不断增长和升华，经过激烈的内心冲突，终于甩掉精神上的阴影和旧有的思想武器，建立起新的信仰，完成了思想上的新陈代谢过程[②]，在反帝反封建的斗争和社会主义建设中，作出了卓越的贡献。

作为文学家，巴金的文学思想与赫尔岑不无相同之处。众所周知，赫尔岑的文学思想闪耀着革命民主主义思想的光辉。赫尔岑关注着俄国的现实生活，他说：“艺术家愈是血肉相关地、愈是强烈地去体会当代生活的苦恼和问题，那么这些苦恼和问题就愈会强烈地在他的笔下表现出来。”[③] 在当时，“现实主义”是被当作贬义词使用的，他力排众议，坚持理想主义应当和现实主义相结合；直到今天，社会主义和现实主义仍然是摆在革命与科学的道路上的试金石[④]。因此，他在创作中尤其注意表现俄国人民生活中那些刻不容缓的、需要解决的重大问题——农奴的命运和解放，以及俄罗斯的出路。他在国外创办的宣传革命的刊物《钟声》的增刊上，写下醒目的标题“控诉!”其实这“控诉”不仅是他的办刊宗旨，而且是他一贯坚持的现实主义创作原则。他创作的小说《克鲁波夫医生》《偷东西的喜鹊》《谁之罪》等，是俄罗斯文学宝库中的瑰宝。

巴金虽然从未说过他遵循什么样的创作方法进行写作，但是他在文学活动中一直坚持“我控诉”[⑤] 的原则。强烈的反帝反封建精神，使得他的目光从来没有离开过灾难深重的祖国和苦难的人民，他把自己看作是人民的代言人，

---

① 列宁：《纪念赫尔岑》，见《列宁选集》第二卷，中共中央马克思恩格斯列宁斯大林著作编译局编，人民出版社1972年版，第422页。

② 参见吴定宇《巴金与无政府主义》，载《中国现代文学研究丛刊》1984年第3期，第146页。

③ 转引自［苏联］普青采夫著、夜澄译《赫尔岑》，见［苏联］季莫耶夫主编《俄罗斯古典作家论》下，人民文学出版社1958年版，第666页。

④ 参见［俄］赫尔岑《往事与随想》，巴金译，上海译文出版社1979年版。

⑤ 参见巴金为《家》《春天里的秋天》《寒夜》等作品写的序或创作谈。

"每天每夜热情在我底身体内燃烧起来，好象一条鞭子抽着那心发痛，寂寞咬着我底头脑，眼前是许多惨痛的图画，大多数人底受苦和我自己底受苦……这时候我底手不能制止地迅速地在纸上动，似乎许多许多人都借着我底笔来申诉他们底苦痛了"[①]。伟大的批判现实主义大师巴尔扎克说："法国社会将成为历史学家，我只应该充当它的秘书。"[②] 而巴金则是自"五四"以来中国社会动荡生活的忠实书记，他说："我只是把一个垂死的制度的牺牲者摆在人的面前指给他们看：'这儿是伤痕，这儿是血，你们看！'"[③] 希望自己的作品能"引起人对光明爱惜，对黑暗憎恨"[④]。他的小说《家》《憩园》《寒夜》等，是中国现代文学中遐迩闻名的优秀作品。由此看来，赫尔岑与巴金的文学思想不但有相同的地方，而且还有某种私淑关系。

事实上，在创作上赫尔岑给予巴金以良好的影响。这主要表现在三个方面。一是艺术语言。赫尔岑是俄国文学独具匠心的文体家之一，他抒情的笔调饱含了自己的爱与憎、赞美与诅咒的感情，既真挚又优美，对读者具有不可抗拒的魅力，所以屠格涅夫说他"天生是一位文体家"，"这一切全是用血和泪写成的：它象一团火似的燃烧着，也使别人燃烧……俄罗斯人中间只有他能够这样写作"。[⑤] 高尔基也称赞赫尔岑的语言是非常"优美和出色"[⑥] 的。巴金从写处女作《灭亡》开始，就认真学习赫尔岑的语言。巴金的语言也以汪洋恣肆的真挚感情打动人心，自然从赫尔岑的语言中得益不少。二是艺术技巧。屠格涅夫说，赫尔岑"在刻画他所碰见的人们的性格方面，他是没有敌手的"[⑦]。赫尔岑不注重描写人物的外表，而擅长刻画人物的丰富内心世界，常常在寥寥数语中就勾勒出形象的轮廓。巴金也以描写人物的精神世界著称，在塑造杜大心、李冷、陈真、汪文宣等形象时，没有在人物的外貌、穿着上多着

---

① 巴金：《写作生活底回顾》，见贾植芳等编《巴金写作生涯》，百花文艺出版社 1984 年版，第 101 ～ 102 页。

② ［法］巴尔扎克：《〈人间喜剧〉前言》，见《巴尔扎克全集》第一卷，丁世中译，人民文学出版社 1984 年版，第 8 页。

③ 巴金：《作者的自剖》，见李存光编《巴金研究资料》中卷，海峡文艺出版社 1985 年版，第 7 页。

④ 巴金：《灵魂的呼号》，见贾植芳等编《巴金写作生涯》，百花文艺出版社 1984 年版，第 465 页。

⑤ 转引自［美］布罗茨基主编、［苏联］波斯彼洛夫等著《俄国文学史》中卷，蒋路、孙玮译，作家出版社 1954 年版，第 654 页。

⑥ 转引自［苏联］普青采夫著、夜澄译《赫尔岑》，见［俄］季莫菲耶夫主编《俄罗斯古典作家论》下，人民文学出版社 1958 年版，第 686 页。

⑦ 转引自［苏联］普青采夫著、夜澄译《赫尔岑》，见［俄］季莫菲耶夫主编《俄罗斯古典作家论》下，人民文学出版社 1958 年版，第 682 页。

笔墨，而是淋漓尽致地展现出这些人物的内心世界，使之具有传神的艺术力量。三是艺术形式。《谁之罪》是赫尔岑独出机杼创造出的政论小说体裁。这种体裁被巴金借鉴，在《灭亡》《新生》、“爱情三部曲”等作品中有了新的发展。1852 年，赫尔岑开始写不朽的杰作《往事与随想》。这部作品在反映赫尔岑的生活、思想、感情以及精神世界的个别部分的同时，也折射出 19 世纪社会生活的许多方面，揭示出一定社会历史现象的某些本质，不但是俄国文学而且是世界文学的伟大成就之一。巴金在晚年所写的五本《随想录》，不消说受到过《往事与随想》的启迪。

需要指出的是，巴金在探索人生的道路上有过许多老师。但是他对各位老师的思想从不生吞活剥、全盘接受。即使对于他所崇敬的赫尔岑的学说，也不会不加区分、盲目信服。例如赫尔岑认为“社会是逐渐进化渐次前进的，我们应该一步一步地达到理想社会。因此他便不赞成武力革命……”[①] 巴金却鼓吹以暴力革命的方式改造社会，在他看来，“进化与革命并不是两个分离的东西。进化与革命是一个现象之连续的行动，进化先于革命然后演进到革命。革命不过是进化的沸点”。[②] 所以，他主张进行阶级斗争，“阶级斗争之所以构成历史，就是因为统治阶级，掠夺阶级不肯自己放弃其权利，不肯让别人来把他们打倒，他们总是要拼命来防卫自己的。因此革命便成为不可避免的了”[③]。显而易见，巴金的见解比赫尔岑要深刻得多。即使巴金晚年翻译的《往事与随想》出版时，他在译后记中也指出赫尔岑“学识渊博，但他的思想是有局限性、甚至也有错误的”[④]。正是巴金对赫尔岑学说采取了扬弃的态度，他才吮吸赫尔岑学说的精髓，丰富自己的思想，铸造自己的人格；学习赫尔岑文学创作的长处，提高自己的艺术表现能力；同时在几十年风风雨雨的生活中，紧随着历史车轮前进，避免了赫尔岑式的精神悲剧发生。可以说，在巴金身上能看到赫尔岑的某些精神和品质，但他确确实实是巴金而不是别人。

（见余思牧、唐金海、汪应果主编，吴定宇、戴翊副主编《巴金与中外文化》，山东文艺出版社 1995 年版，第 236 ～ 246 页）

---

① 巴金：《赫尔岑与西欧派》，见《俄国社会运动史话》，文化生活出版社 1935 年版，第 82 页。

② 芾甘：《从资本主义到安那其主义》，上海自由书店 1930 年版，第 234 页。

③ 芾甘：《从资本主义到安那其主义》，上海自由书店 1930 年版，第 230 页。

④ 巴金：《〈往事与随想〉译后记（一）》，见《序跋集》，花城出版社 1982 年版，第 484 页。

创作篇

巴金小说阐释

试析《家》的反封建主题

《家》是一部反封建的力作。但是，封建主义作为一种历史文化的范畴，内涵十分复杂：既包括地主阶级剥削农民的经济关系，又含有统治阶级与劳动人民互相对立的阶级关系，更涵容专制压迫的政治制度，还并行着束缚思想、制约行为的文化观念。前三种属于政治文化和经济文化之列，后一种则归入思想文化领域。正因为如此，对封建主义的批判才有不同的方位、内容和方式。从政治文化和经济文化的方式去反对封建主义，主要是通过武装夺取政权的阶级斗争方式，消灭地主阶级，没收封建财产，改变封建剥削的经济关系，建立代表人民利益的新政权和社会主义制度来完成。从思想文化的方位去反对封建主义，主要是通过清除陈腐的传统观念在人们文化心理上的积垢，改变国民性，构建新的价值观念和思维方式，树立现代文化来完成。那么，《家》是从什么角度去反对封建主义的呢？巴金在20世纪30年代所写的《写作生活底回顾》中说："自从我知道执笔以来，我就没有停止过对我底敌人的攻击。我底敌人是什么？一切旧的传统观念，一切阻碍社会的进化和人性的发展的人为制度，一切摧残爱的努力，它们都是我底最大的敌人。我永远忠实地守着我底营垒，并没有作过片刻的妥协。"[①]《家》没有具体描写地主阶级怎样对农民进行残酷的政治压迫和经济剥削的生活现象，也没有正面展现这两个敌对阶级你死我活的较量。作品主要通过20年代初期四川成都一个封建官僚地主家庭走向没落的故事，以祖孙两代人的矛盾冲突为线索，展现出鸣凤、梅、瑞珏三个女子的血泪悲剧，从思想文化的角度，沉痛控诉陈腐的封建礼教和家族宗法制对年轻一代人的摧残，揭露和抨击它们的腐朽及"吃人"的罪恶，展示其无可挽回的崩溃趋势，同时颂扬青年一代在民主主义思想影响下的觉醒及其反封建斗争。

当然，《家》的这一主题思想是通过一系列鲜明生动的艺术形象来体现的。高老太爷是封建礼教和家族宗法制的代表人物，唯我独尊，专制独裁，掌握着家庭的大权，支配着每一个人的命运。在他心目中，奴婢不过是会说话的

---

① 巴金：《写作生活底回顾》，见《中国当代文学研究资料 巴金专集（1）》，江苏人民出版社1981年版，第262页。

工具，孙子一代也只是由他摆布的傀儡，在高公馆，他制造了一系列悲剧。例如他要把鸣凤送给封建余孽冯乐山作妾，一句吩咐就葬送了她年轻的生命。鸣凤投湖自尽后，婉儿又被他推进冯家的火坑。高老太爷的家庭意识十分强烈，子孙后代繁盛和维持发展他创置的家业，是他的人生理想。所以，尽管觉慧一直对他不满，觉民抗婚出走在外，但他临终前也会对孙辈表现出慈祥和忏悔：取消强加给觉民的婚事，承认“我错了”。当他发现不肖子克定在外私设小公馆，觉察到克安、克定等后代靠不住，没有人愿意分担他的痛苦和孤寂时，他终于怀着失望、幻灭和黑暗的感觉死去。他的死，意味着家族宗法制的大厦将要坍塌。至于克安、克定，则是大家庭的蛀虫，封建家庭造就出这样一批吃喝嫖赌的继承人，说明它的内部已溃烂得无可救药了。

在等级森严的高家，鸣凤的地位最卑贱。在和觉慧充满稚气的爱情中，她并不幻想觉慧将来会娶她，只希望能从当高府全家人的奴隶变作当觉慧一个人的奴隶，她期待着觉慧把她搭救出苦海。然而，主人和奴隶的不同身份像一堵厚墙隔在她和觉慧的中间，使他们不能够厮守在一起。为了反抗给冯乐山作姨太太的命运，她以死向封建专制压迫和封建等级制度表示了抗议。梅和觉新是青梅竹马时代的恋人，但包办婚姻拆散了这对好姻缘，梅被嫁到外地去，不到一年就作了寡妇。在“一女不更二夫”的封建节烈观念的压制下，她失去了重新安排生活的信心，最后憔悴地死去，成为封建礼教祭台上的牺牲品。而瑞珏则是深受三从四德熏陶的贤妻良母，长辈们为避荒诞无稽的“血光之灾”，把她逼到郊外分娩。结果，瑞珏在难产中惨号着被封建伦理观念和封建迷信夺去年轻的生命。作品从这一件件血淋淋的悲惨事件，展现出挣扎在家庭底层的妇女所承受的最深重的苦难，满腔悲愤地为一代在封建礼教和家族宗法制的摧残下丧失爱情、青春、幸福和生命的妇女呼吁，喊出了“我控诉”的心声。

该作品还是一曲封建家庭“叛徒”的颂歌。觉慧是受“五四”新文化思潮启迪最先觉醒的青年。民主主义、个人主义是他的思想基础，他有着反封建的热情和强烈的个性解放的要求。鸣凤的死，使他认识到他所出身的家庭的罪恶。在高府所发生的一出出悲剧，使他对封建礼教和家族宗法制的仇恨由感性阶段逐渐上升到理性阶段，巴不得旧家庭“早点散了，好让各人走各人底路”。因此，他时刻保持清醒的头脑和独立的人格。他从未向压制青年人个性发展的长辈低头，从帮助觉民抗婚和斥责“捉鬼”的胡闹行动上，反映出他时时与长辈作对，搅得他们心神不宁。不仅如此，他还参加社会上爱国学生的反封建活动，这样，他对家庭的反抗就不是单枪匹马的行动，而是得到社会上进步力量的支持的。当他认识到封建家庭已“一天天地往衰落的路上去了”时，他怀着要在社会上“干一番不平凡的事业”的理想，勇敢地蹬开旧文化和旧家庭的樊篱，走上新的人生道路。他的叛逆行动，无疑在封建大家庭的铁壁上震开一道罅缝，加速了它瓦解的进程，映现出“五四”反封建的时代精神。

至于在新文化潮流前犹豫彷徨的觉新，虽然读的是宣传新思想的书报，但由于不愿舍弃继承家业的长房长孙的地位，丢不开背负的旧礼教的十字架，心安理得地过着自我麻醉的“两重人格”生活：一方面他心地善良，另一方面性格懦弱；一方面他同情封建礼教的受害者，另一方面又反对受害者（包括自己）进行反抗。瑞珏的死和惨痛的生活教训使他有了初步的觉醒和反抗；他也希望家庭中能出现一个“叛徒”，觉慧离家出走是得到他筹款资助的。

毫无疑问，《家》从思想文化方位对封建礼教和家族宗法制的抨击与否定，其坚决性、猛烈性、深刻性都达到“五四”以来的一个新高度。在民主革命时期，许多青年从这部作品中受到启迪，义无反顾地走上反封建的斗争道路。这足以说明，巴金对封建主义的批判，取得何等巨大的成功。

（原载中山大学中文系《刊授指导》1993 年第 3 期，第 3 ～ 4 页）

冲出大家庭，描写大家庭——巴金的家和《家》

巴金原名李尧棠，字芾甘。李家本来世世代代在浙江嘉兴居住，清朝道光年间，巴金的高祖李介庵到四川做师爷，才把家从江南鱼米之乡，迁往巴山蜀水之地定居。曾祖李璠做过师爷和县官，著有《醉墨山房仅存稿》留给后人。祖父李镛号皖云，恪守礼教，能诗善文，在四川南溪县等地做过县官，写过一本《秋棠山馆诗钞》送给亲朋好友。李镛在做官的时候积聚了一大笔钱财，在川西平原买了不少田地，还在成都北门正通顺街置下一座五进三重堂的公馆。巴金的父亲李道河在父辈中是老大，不是通过参加科举进入仕途，而是花钱买的官做。他在大足县做典史时，曾因抵御攻城的盗匪有功而受到上司的嘉奖。1909 年，捐班到四川广元县做知县。巴金的二叔李道溥、三叔李道洋都被李镛送往日本早稻田大学学法律，归国后李道溥在西充县任清朝最后一任知县时，李道洋也在与之毗邻的南充县知县任上。巴金在 1904 年 11 月 25 日（农历甲辰年十月十九日）出生时，这个官宦之家已有近 20 个长辈，30 多个兄弟姊妹，同时还雇有 40 多个男女仆人。

巴金这一房有兄弟姊妹 9 人。大哥李尧枚（1897—1931）面目清秀，自小就很聪明，父亲对他抱有很大的希望，想使他成为李家“文武全才”的传人。三哥李尧林（1903—1945）性情与巴金相近，先后就读于苏州东吴大学、北平燕京大学。大学毕业后长期在中学教英语，终身没有结婚。二姐李尧桢、三姐李尧彩早逝；九妹李琼如、十妹李元廪是巴金的同胞妹妹；十二妹李瑞珏、十七弟李尧集（又名李济生，笔名纪申）为继母所生。由于巴金和母亲陈淑芬的生日是同一天，所以特别受到母亲的宠爱。1909 年，5 岁的巴金跟着全家到了父亲任职的广元县，在那里度过了两年温馨的童年时光。那时，白天他跟着两个哥哥、两个姐姐到书房向家庭教师刘先生学认方块字，读《三字经》《千字文》《百家姓》；晚上母亲柔声教他们读《白香词谱》中优美的词；睡觉前他们有时还缠着女佣讲离奇动听的故事；有时他还悄悄到大堂看父亲审案。

1911 年突变的政治风云，对巴金一家的生活产生了重大的影响。这年春天，李道河任满卸职，带着一家人回到成都老宅。在此后不久爆发的辛亥革命风暴中，巴金的二叔、三叔弃印逃回成都。清政权被推翻之后，巴金父辈一代的仕途被断绝了。李家在政治上虽然失势了，但是由于在成都附近购置了不少田产和买进成都商业场各行业的许多股票，再加上李道溥、李道洋是我国第一批法科留学生，在成都开设了一家律师事务所帮人打官司，收入丰厚，因此一大家人还能过上富裕、体面的生活。只是家里的经济大权都捏在祖父李镛的手里，一家人都得听他的话。李镛认为钱可以解决一切问题，相信这个家是万世不败的，完全没有想到年轻人还会有自己的理想和爱情，要儿子们以他为榜样，孙子们走他的道路；他不知道金钱不仅不能"长宜子孙"，而且只会促使子孙走向堕落。他的专制把儿子们造就成互不兼容的仇敌，断送了孙子一辈的青春、爱情和前途，酿成大家庭中一幕又一幕的惨剧。

幼小的巴金从广元回到成都后，觉得自己和大家庭格格不入。他的一个叔父不许自己的女儿读书，还强迫她缠脚，他常常听到这个堂妹悲惨的哭声；辛亥革命后，他的一位姨表姐还被逼抱着已故未婚夫的牌位拜堂成亲；他的大哥尧枚刚满 19 岁，就被长辈以拈阄的方式决定了婚事，婚后不久又被长辈送进一家商业公司当一名月薪 24 元的会计，到北京读大学和到德国学习电气工程的愿望遂成泡影。巴金的父母死后，祖父开始关心他、爱护他，时常把他叫到卧房里，亲切地谈一些做人处事的话，又黑又瘦的老脸上露出微笑，眼里却淌出泪水。二叔也给他和三哥讲了一年的《春秋左传》。但是他已睁开眼睛，察觉到这个富裕家庭已变成一个专制的大王国。在和平的、友爱的表相下，他看见了仇恨的倾轧和斗争。各房人明争暗斗，为的是多争一些家庭财产。在 1920 年祖父死后，大家庭立刻剥下诗书传家的虚伪外衣，露出其自私、贪婪、腐化的本相。为争夺遗产，巴金的叔父们甚至在灵前发生激烈的争吵。他的大哥由于是承重孙，更成了各房明枪暗箭中伤的目标。大哥奉行托尔斯泰的无抵抗哲学和刘半农的作揖主义，为了顺应家庭环境，凡事退缩忍让、四面讨好，处处打躬作揖、委曲求全，受到各房的欺负也不抗争，但他仍然得不到叔叔婶婶们的谅解，反倒招致更大的伤害。那时巴金渴望自由发展的心灵，被封建家庭沉重地压着。但在这里的 19 年的生活，为他日后从事文学创作提供了丰富的素材。

1929 年夏天，刚从法国留学归来不久的巴金与大哥尧枚在上海相逢。在闲谈中巴金向大哥提到打算以他们大家庭为题材，写一部叫《春梦》的小说。大哥回到成都后，写信表示支持："《春梦》你要写，我很赞成；并且以我家人物为主人翁，尤其赞成。实在的，我家的历史很可以代表一切家族的历史。"写作伊始，巴金决定将《春梦》改名为《激流》。不料《激流》在上海《时报》刚一发表，他就接到大哥因破产而自杀的电报。历历往事犹如一幅幅悲惨的图画出现在巴金的眼前，他将对封建主义的愤恨融进作品中。在出书时，巴金感到奔腾的激流没有结束，还要继续发展，所以又将《激流》改名为《家》，作为“激流三部曲”的第一部。1938 年 2 月，巴金写出《家》的续集《春》；1940 年 5 月又完成“激流三部曲”的第三部《秋》。

“激流三部曲”以巴金生活了 19 年的大家庭故事为题材，其中有不少人物都以巴金的亲人为原型：如小说中的高老太爷就是他的祖父李镛；克明、克定就是他的二叔和五叔；觉新就是他的大哥尧枚。小说中的不少情节如觉新结婚、责打克定、驱鬼行动、高老太爷之死等场面，都是生活中发生过的真实事情。当然，巴金也借用和概括川西平原其他官宦家庭的生活，以表达对家族宗法制度和封建礼教的切齿痛恨，为一代受摧残的无辜青年呼吁，喊出“我控诉”的心声，歌颂一代觉醒青年冲破旧家庭的藩篱，投入时代激流的叛逆精神。他以悲愤的控诉声宣判了封建家族宗法制的死刑。

《秋》脱稿后，巴金意犹未尽，打算写一部《冬》来作为“激流三部曲”的补充。但是对家庭生活新的感受和新的认识使他改变了这个计划。1941 年 1 月，巴金回到阔别 18 年的成都。有一天傍晚他路过正通顺街的故居，老房子因几易主人，已非昔日模样：门前的右狮子和“国恩家庆、人寿年丰”的木板对联已被搬走，包铁皮、钉铜钉的门槛也给人锯掉，门楣题有“藜阁”，门前还有士兵守卫，只有照壁上篆体的“长宜子孙”四个字还在。他回成都不久就听到李家的不肖浪子五叔道沛病死的消息。这两件事使他感触很深，他便把写《冬》的材料写进了《憩园》。他以五叔道沛为原型，塑造了无可救药的落魄浪子杨梦痴的形象，以半是同情、半是挽歌的笔调，描述杨梦痴由一个纨绔子弟走向穷途末路的复杂心情，揭示了不劳而获的财产本身就是罪恶，它不仅不能“长宜子孙”，反倒会贻害后人的道理。由于他熟悉五叔的生活，因此小说读来格外真实感人。

［原载黄修己主编《百年中华文学史话（1898—1987）》，（香港）新亚洲文化基金会有限公司 1997 年版，第 62 ～ 66 页］

现代意识与传统观念相撞击的火光
——论巴金《家》的文化价值

在中国现代文学史上，《家》是最有影响的现实主义作品之一。长期以来，研究者从社会学和艺术学的角度来分析这部作品的人物形象，探讨其反封建的思想意义和独具的艺术特色，写出不少好文章。但是，把《家》放在五四时期中外文化碰撞的文化背景下，从人类文化学的方位来审视小说中人物的文化心理，考察小说文化价值的论文却很罕见。本文试就此进行论述，以求教于方家。

一、新旧时代转型期的异质环境：文化心理的嬗变

中国的家族宗法制建立在小农经济的基础上，以儒学为思想支柱，在传统中处于特殊的地位。在中国封建社会，一个大的家族就是一个社会群体。一个人从呱呱堕地时起，便被血缘的纽带同家族紧紧联结在一起。这个社会群体不仅是个人生活的轴心，制约着个人的思想与活动，也是一个生产单位，直接映现出封建社会的政治、经济、法律、伦理、教育和宗教等方面的投影，正如黑格尔所说："中国纯粹建筑在这一种道德的结合上，国家的特性便是客观的'家庭孝敬'。中国人把自己看作是属于他们家庭的，而同时又是国家的儿女。"① 尽管朝代更迭，世道沧桑，直到民主革命以前，家族宗法制从未发生质的变化，显示出它是凝结封建社会，使之长期存在的基本力量。不过，当历史的步伐迈入近代，资本主义经济在中国社会绽芽露苗，西学东渐，中国封建文化受到挑战，社会架构逐渐发生变化，从古代沿袭下来的家族宗法制开始出现颓势。到了五四时期，资本主义经济有了进一步的发展，各种西方现代意识潮水般涌来，猛烈冲击着中国封建传统观念，摇撼了家族宗法制的根基，触及一代人的文化心理。

《家》真实地反映了新旧时代转型期社会文化心理的嬗变和家族宗法制的瓦解。

小说中的高家是被封建主义魔影笼罩着的黑暗世界。然而，经过洋务运

---

① ［德］黑格尔：《历史哲学》，王造时译，商务印书馆 1963 年版，第 165 页。

动、变法维新，西方文化在五四运动之前就像一股飘飘飏飏的微风，从黑漆大门的罅缝吹了进来，使人们不能再按照旧的价值观念和传统的方式生活下去。有趣的是，首先是高府的专制家长高老太爷的文化心态发生了微妙的变化。高老太爷年轻时是一介寒儒，通过科举而走上仕途。他当过多年地方官，积聚了一大笔财富，广置田产，又在成都城内修建起漂亮的高公馆。儒家学说既是他打开功名富贵的金钥匙，也是他遵奉的处世信条。以孔子为首的儒家不大相信鬼神，极注重生命的延续，认为人如能在去世前留下子孙后代，便是“永生”，而后代子孙也须将家风家业发扬光大，否则便是“不肖”。在儒家思想的影响下，高老太爷的家族意识十分强烈，希望子孙后代繁盛。正是出于这种价值取向，在19世纪末的学校与科学之争、新学与旧学之争、西学与中学之争中，他不像一般封建卫道者那样死揪住“华夏优越”“天朝中心”的观念不放，把外来文化拒之门外。为子孙的出路着想，他不能不面对现实，在一定程度上接受一些不情愿接受的新东西，例如他在晚清时把儿子送到日本留学。小说没有具体点出克明的留学时间，但根据内容可推算出那正是鲁迅“走异路，逃异地，去寻求别样”之际。鲁迅曾深有感慨地说过：“那时读书应试是正路，所谓学洋务，社会上便以为是一种走投无路的人，只得将灵魂卖给鬼子，要加倍的奚落而且排斥的。”[①] 在五四时期，顽固的守旧派视新文化运动为洪水猛兽，他却让长房长孙觉新在新学堂——中学修满四年课程毕业出来，并允许觉民、觉慧进外语专科学校学习“夷狄”语言。如果高老太爷的文化心态像《春》《秋》中的周伯涛那样愚顽不化，觉慧兄弟恐怕就不可能在家里阅读《新青年》《新潮》《星期评论》《少年中国》等新书刊，讨论社会人生的问题。

应当看到，古老的中国是一个农业国，小农经济是封建社会最典型、最普遍存在的经济形态。农业被当作国民生计的根本，人们的主要生活资料——粮食和布帛，都是由耕织相结合的农业生产所提供。耕读被历代读书人当作美谈。地主也往往以占地多少来显示富裕的程度。自战国以来，重农抑商已成为一种社会风气流行了两千多年。按照儒家的价值观念，人的社会地位以士、农、工、商的顺序排列着。一般士大夫家庭为子孙后代的前途设计，都把读书做官放在首位。读书人一旦做了官，差不多都以买田买地的方式来创建家业。不过，到了20世纪，随着资本主义经济的发展，商业在社会生活中的作用越来越重要，资产阶级革新派提出“以工商立国”的崭新口号，使重农抑商的

---

① 鲁迅：《呐喊·自序》，见《鲁迅全集》第一卷，人民文学出版社1981年版，第415～416页。

古老训条黯然失色。小说中的高家虽然仍以剥削农民、收取地租为家庭经济的主要来源，但高老太爷买了不少商业公司的股票，使高家开始由封建经济形态向资本主义商品经济形态转化。不仅如此，当学习成绩名列第一的觉新从中学毕业时，高家长辈竟然叫他辍学进一家商业公司事务所当一名月薪 24 元的职员。不让儿孙走读书做官兼济天下的道路而从商业去寻找出路，这种对人的前程的设计，意味着“士”和忝列末位的“商”，作为两个不同的阶层，在高家长辈以儒学思想为基底的价值系统中发生了逆转的变化。

很明显，高老太爷和克字辈一代人的文化心理之所以有这些变化，完全是出于维护封建大家庭利益的需要，儒家的教条仍被他们奉为金科玉律。他们的阶级地位、家庭地位和头脑中的陈腐观念，使他们本能地维护家族宗法制和封建礼教，这决定其必然站在觉慧一代人的对立面，成为新民主主义革命运动的锋芒所向。

当五四新思潮纷至沓来之时，这个官宦之家的“不肖”子孙觉慧的文化心理最先发生裂变。觉慧如饥似渴地从新书刊和进步的外国文学作品中吸取西方现代意识的乳汁。当时的新书刊上所发表的《吃人的礼教》《对于旧家庭的感想》等抨击封建礼教和家族宗法制的文章，激起他的共鸣。受激进的新思想启迪，觉慧睁开了眼睛，发现这个门口挂着“国恩家庆，人寿年丰”木对联的府第，原来“每一房就是一国，彼此在明争暗斗”，为的是“争点财产”。他厌恶这种绅士生活，对自己在封建家庭的“合法”地位提出疑问：“我们底祖父是绅士，我们底父亲是绅士，所以我们也应该是绅士吗?”觉慧的疑问，实质上是对几千年来“从来如此”的子承父业观念的怀疑和否定，表达出对长辈为他们所做的“人”的设计的抗议。

觉慧在对传统文化进行严肃的反思时，也在寻求“我是谁”的答案。屠格涅夫的《前夜》帮助他发现自我价值：“我们是青年，不是畸人，不是愚人，应当给自己把幸福争过来!”他用新的价值观念去衡量一切，感到自己同大家庭格格不入，对封建家庭的罪恶及其走向没落的发展趋势的认识，也在逐步加深，巴不得旧家庭“早点散了，好让各人走各人底路”。因此，他时刻保持着清醒的头脑和独立的人格，不向压制青年人个性发展的长辈低头。

值得注意的是，现实生活也给觉慧深刻的教育，使他不断进行自我反省。比如他出于怜悯，把继母给的压岁钱送给低声哭泣的讨饭小孩。接着又反躬自问：“你以为你这样做，你就可以把世界底面目改变过来吗？你以为这样做，你就可以使那小孩一生免掉了冻饿吗？……你，你多么愚蠢呵!”又如鸣凤死后，他为没有尽到拯救她的责任而悔恨，他不能原谅自己“太自私了”“没有胆量”的弱点，以致“把她牺牲了”。他痛苦地自谴“我是杀死她的凶手”，宣称："我恨一切人，我也恨我自己！"觉慧"恨我自己"，实际上是恨旧的自我，是对旧的自我的否定。由此看来，觉慧的自我反省，不同于古代儒家"吾日三省吾身"那种注重道德自我完善的自我省察，而是一个出身封建家庭的青年，以现代意识为观照系统来反观自己的思想行为而作出的真诚忏悔。由自我反省而产生的忏悔意识，使得觉慧的文化心理机制具有动态目的意向性。他忏悔过去，不满意现在，执着地追求未来。在死气沉沉的高家，他是第一个摆脱冷气，敢爱敢恨，敢于反抗专制家长的青年。他不仅是旧家庭的叛徒，还勇敢地参加社会上进步的学生运动，以献身的热诚办反封建的《黎明周报》，渴望在社会上"干一番不平凡的事业"。觉慧最后冲决封建礼教和家族宗法制编织的罗网，从封建地主阶级营垒里异化出来，到外面去创造新的事业，在罪恶之家打开了一个缺口，无疑从内部加快了它崩溃的速度。他的思想和行动，映现出"五四"的反封建时代精神。

当然，觉慧的反抗绝不是孤立无援的。他的二哥觉民就是坚定地站在他那一边的同盟者。恰如觉民所说："我们俩要和这一切奋斗。"当包办婚姻的厄运降临到觉民头上时，觉民不愿重演觉新的悲剧，为了争取婚姻自主的权利，便采取逃婚的行动，来对抗高老太爷的决定。觉民离家时给觉新留下一封信，这封信便是觉民的"人权宣言"。觉民在信中表示"我决定走自己的路，我毅然地这样做了。我要和旧势力奋斗到底"。觉民坚决顶住家庭压力，最终迫使高老太爷取消了婚约。觉民的抗婚固然得到觉慧的同情和帮助，但也使觉慧更加认清了大家庭的专制和腐朽，产生了"这个家庭是一点希望也没有了，索性脱离了也好"的念头。

在高家的亲友中，琴是觉慧的战友。她经常和他们一起阅读新书报，关心妇女解放等社会人生问题。个性解放的观念渗透进她的文化心理深层，使她坚定"要做一个人，一个和男子一样的"新女性。她敢于蔑视"男女授受不亲"的古训，提出进男女同校的外专读书的要求；她敢于拒绝钱伯母的提亲而与觉民恋爱。这些行动对觉慧的反抗也是很大的鼓舞。所以觉慧在出走时还特意赶到琴的家门与琴告别，不住地说："我会时常记念着你。你知道我会时常记念着你。"

不能忽视的是，觉慧、觉民和琴的活动得到《黎明周报》（后改名为《利群周报》）社的进步青年们的支持，与社会上反封建运动有着联系。他们的思想在一定程度上反映了一代觉醒青年的文化心理，他们的行动体现了新的社会力量因素。

高家老少三代人中极端不协调与矛盾的文化心理，使生活的表层出现复杂舛错的表现形态，构成新旧嬗替时代特有的文化异质环境。一方面，高府和其他封建家庭一样，以长者和尊者为本位，高老太爷严密地控制着高公馆，用封建礼教压制年轻人个性的发展；另一方面，觉慧等人以个性解放等现代意识为思想武器，为争取到做人的权利而进行着种种努力。一方面，封建长辈用儒家的伦理道德思想教育后代子孙，觉群、觉英读的是“五刑属三千，而罪莫大于不孝”之类散发着腐臭气味的古书，淑字辈的孙女一辈人读的是宣扬三从四德的《女四书》；另一方面，觉民、觉慧等人可以公开在家里阅读新书刊，接受新思想。一方面，高家长辈按照“父母之命，媒妁之言”的古老规矩，要包办年轻人的婚事；另一方面，觉民、觉慧却背着长辈去自由恋爱。一方面，长辈们吃花酒、玩小旦，过着荒淫无耻的生活；另一方面，觉慧等人积极参加社会上进步学生所组织的反封建斗争……巴金浓墨重彩地表现了觉慧等人在中西文化碰撞中觉醒的过程。他们同高老太爷等老一辈的冲突，实质上就是新时代与旧时代的斗争、革命民主主义的文化思想同陈腐的封建传统观念的斗争。巴金描绘了新生力量的成长与壮大，艺术地揭示出在时代洪流的冲击下，封建家族宗法制必将消亡的历史发展趋势。

二、悲剧的根源：家族宗法制的钳制和封建文化在心理上的积淀

《家》对封建主义的批判，不同于一般的文学作品。巴金在小说里没有具体描写封建地主阶级怎样对农民实行政治压迫和经济剥削的生活现象，也没有正面展现这两个敌对阶级你死我活的斗争。巴金从文化的方位、从一些无辜的年轻人由于思想和行动被封建意识所规范而造成的悲剧，来控诉封建传统观念与家族宗法制的吃人罪恶；站在历史的高度，通过对高家文化表层生活的描绘，揭露封建意识形态和家族宗法制的载体——地主阶级的腐朽与没落。换言之，《家》的独特之处就在于巴金把批判的重心放在封建文化上。

巴金对家族宗法制的抨击，主要是通过对高老太爷形象的刻画来体现的。尽管中西文化的碰撞使高老太爷的文化心态发生了微妙的变化，但他的心理特质是认同封建主义文化。高老太爷按照以孝为核心的封建伦理纲常建立起家庭礼仪：每天早晚子孙要给他请两次安；吃饭时“祖父举筷，大家都跟着举筷，祖父底筷一旦放下，大家底筷也跟着放下”。平时子孙在他面前，态度要恭敬，说话要低声下气；受到他的训斥，无论是非曲直，只能低头忍受，不能辩解。在这样的文化环境中，高老太爷简直成了家族宗法制的化身，他的性格鲜明地显示出行将崩溃的家族宗法制的某些特征。

高老太爷性格最突出的特点是唯我独尊、独断专横，体现了儒家体系中的“尊尊”思想。他掌握着家庭的财产权，支配着每个人的命运。他爱说：“我说是对的，哪个敢说不对？我说要怎样做，就要怎样做！”即使是他在外做官

多年的长子——觉新的父亲，在设计觉新的前途时，也不敢违悖他的主张。明明家里有钱可供觉新继续求学，但觉新的父亲却叫觉新去商业公司当职员，其中一个重要原因是“祖父也不一定赞成”觉新外出读书。在高老太爷心目中，奴婢不过是会说话的工具，孙子一代也只是由他摆布的傀儡。他要把鸣凤送给冯乐山做妾，一句吩咐就葬送了她年轻的生命。鸣凤死后，婉儿又被他推进冯家火坑。出自“他底命令”，给觉民订下与冯乐山侄女结亲的婚事，使觉民几乎走上觉新的老路。有他在场，觉慧也“很是拘束，连笑也不敢笑”。他一句话“从今天起我不许你再去闹事”，就把觉慧关在家里好多天。觉慧尚且如此，其他人对他的恐惧可想而知。

在高老太爷身上，交织着儒家知和行的矛盾。这种矛盾从生活表层体现出来，就形成他的性格另一特点：假道学。从表面看，他恪守儒家的道德训条，逼着觉慧去念《刘芷唐先生教孝戒淫浅训》。当发现爱子克定违反这些“浅训”，在外私设小公馆，便当众罚打。但骨子里他也喜好声色，年轻时“原也是荒唐的人物”，甚至到了儿孙满堂的老年，还把唱小旦的戏子弄进家里照相。平时陪伴他的是艳妆浓抹、一身香气的陈姨太，以至于觉慧产生疑问：“风雅的事，又怎么能够和卫道的精神并存不悖呢?”

高老太爷性格的第三个特点就是色厉内荏。到了五四时期，家族宗法制已是气息奄奄，任他怎样“用独断的手腕来处置和指挥一切”，也不能阻止觉醒的青年一代向新的道路走去，更不能挽回大家庭衰落的颓势。觉民的抗婚使他的权威受到挑战，他的威逼落了空，后来只得承认“我错了”，解除强加给觉民的婚事。他最后发现他苦心创立的“四世同堂”的大家庭已经“走着下山的路”，觉察到克安、克定等人靠不住，明白没有人能够分担他的孤寂和痛苦，最后他怀着失望、幻灭和黑暗的感觉离开人世。觉慧一向把他当作“旧时代底代表”，他的死意味着家族宗法制的大厦快要倒塌了。

在封建家庭中，地位最低的是妇女。她们经受着封建礼教最严格的约束，承受着生活最深重的苦难。巴金满蘸同情的笔触，写出了鸣凤、梅、瑞珏在家族宗法制和陈腐的传统观念的摧残下，丧失爱情、青春、幸福和生命的悲剧，满腔悲愤地为一代受压迫的妇女喊出了“我控诉”的心声。

在等级森严的的高家，鸣凤的身份最卑贱，连未成年的淑华都可以呵斥她。所以她终日战战兢兢，生怕挨上房太太的打骂。她没有读过儒家的书，但从高家生活中显现出来的封建观念（或者叫作俗化的封建观念），也在她的心灵上投下斑驳的阴影。她正当开花的年纪，对未来也做过许多美丽的梦。严酷的现实粉碎了她的梦想，她像自古以来的许多奴隶一样，无法解释生活中为什么会有那么多不平等的现象，只是简单地将它归咎于“一切都是命中注定了的哟”。她爱觉慧，渴望同他在一起但又不敢同他在一起玩，这是因为她从来没有忘记觉慧是主子，而自己是奴隶的不同地位。她相信命运，又渴望改变“这样贱的命”，竭力避免走喜儿的道路，由主人把自己当牲口一样配给不认识的男人。受传统观念的影响，鸣凤没有发现人的真正价值，去为改变自己的命运奋斗。她的文化心理形成了一种依赖感：盼望有人搭救她出苦海。因此，她把觉慧当作救星来崇拜。她并不幻想将来觉慧会娶她，只愿“我一辈子在这里服待你，做你底奴隶，时时刻刻在你身边”。她所期待的得救，就是把当高府全家人的奴隶变作当觉慧一个人的奴隶，始终没把自己摆在与觉慧平等的位置上。当她确知自己被高老太爷当成礼物送给冯乐山作姨太太时，她苦苦哀求太太发点慈悲，不要把她送到冯家去。直到最后一夜，她还抱着一丝希望来找觉慧，“看他底意思怎么样”。一旦明白觉慧不能把她从淫欲的冯乐山爪下救出来，主人和奴隶的不同身份像一堵厚墙隔在她和觉慧的中间，使他们不能够厮守在一起，她又不愿走当姨太太那条堕落的生活道路，便以死向封建专制压迫和封建等级观念表示了抗议。

梅同觉新是从青梅竹马时代就开始相爱的恋人，但包办婚姻拆散了这对好姻缘，她被迫嫁到外地去，不到一年便成了寡妇。在旧社会，寡妇被视为未亡人，一切喜怒哀乐，合乎人性的愿望、要求和行为，都要受到封建礼教的压制。梅不得不接受“一女不更二夫”的封建节烈观念，并且形成她向后看型的思维方式和万念俱灰的心态。在孤寂、凄冷的居孀生活中，向后看型的思维方式使她常常沉溺在对儿时甜美时光的回忆里，从精神上得到片刻的麻醉。她不愿意朝前看，“我有什么明天呢？我只有昨天”。梅愈留恋出嫁前的往事，就愈感到生命对她已失去意义；万念俱灰的心态，使她完全失去重新安排生活的信心。她不无凄楚地说：“我是什么都完结了。……在生活里我只是一个多余的赘物。”封建节烈观的风刀霜剑虐杀了梅的生机，使她滴尽眼泪憔悴地死去，成为封建礼教祭台上的牺牲品。

瑞珏是深受三从四德的封建伦理熏陶的贤妻良母型妇女。她是被长辈用拈阄的荒唐方式决定为觉新配偶的。她一嫁进高家，便处在一种尬尴的境地。在高家，大家都喜欢梅，认为觉新和梅结婚乃是天经地义的事。瑞珏取代了梅的位置，开始觉慧等人总觉得不舒服，为梅惋惜，替梅抱不平。但是，她善良、宽厚、大度而富有同情心的性格和她对觉新的全心全意的爱和无微不至的体贴，不但使觉新感到满足和陶醉，也博得觉慧一代人的好感和同情。当觉慧被高老太爷软禁在家心情苦闷时，瑞珏在精神上给他以安慰。所以，觉慧虽然瞧不起大哥并且多次顶撞和讽刺过他，但很敬爱嫂子。瑞珏的贤惠还表现在，她发现觉新与梅的关系之后，不是自怨自艾，也不是大吵大闹地把梅当作仇人，而是尊重和体谅他们的感情，真诚地与梅倾吐衷曲，成为梅的知心朋友，维持了小家庭生活的和谐。受传统的伦理观念的影响，瑞珏具有温柔顺从的品性。自与觉新结婚后，她便把觉新当作终身依靠，事事以觉新的爱好与意志为重。觉新喜欢梅花，她不但亲自到花园折取下来放进房中的花瓶里，还画了幅梅花的帐檐挂在帐子上。可悲的是，觉新是个缺乏意志力的人，他的承重孙的地位早就遭到各房的妒恨，长辈们也容不得这个在家庭中毫无过错的媳妇，为避荒诞无稽的"血光之灾"，他们一齐发难，硬逼她到城外分娩。觉新和她明明不相信长辈编造的鬼话，但怕担戴不孝的罪名，不顾觉民、觉慧的反对，夫唱妻随，顺从长辈的摆布，把瑞珏移到郊外去临盆。结果瑞珏在难产中惨号着被封建伦理观念和封建迷信吞噬了生命。

巴金从鸣凤、梅和瑞珏的悲惨遭遇中，概括地写出旧社会许多妇女的共同命运和文化心理，形象地揭示出家族宗法制的钳制和陈腐的传统观念在心理上的积淀，是酿成她们悲剧命运的根源。巴金怀着极其厌憎的感情，对封建文化进行了猛烈的攻击和否定。

三、病态的文化心理，畸形、懦弱性格的基因

现代意识绝非全部都是精华。当现代意识与传统观念相撞击时，两者的糟粕所释放出来的能量也会形成令人目迷心摇的毒雾，戕害人的灵魂。高觉新便是一个受害者。

巴金坦率地承认："觉新不仅是书中人，他还是一个真实的人，他就是我的大哥。"[①] 他又说："我在自己身上也发现我大哥的毛病，我写觉新不仅是警告大哥，也在鞭挞我自己。……正因为像觉新那样的人太多了，高老太爷才能够横行无阻。"[②] 这就是说，觉新形象不仅有生活的原型，而且涵容了作者的自省。巴金精心镂刻的觉新形象，侧重于对他在新旧嬗替时代病态文化心理的剖析与鞭笞。

中国家族宗法制的核心是嫡长继承制。嫡长子称为宗子，是某一家族的正统继承人，享有对家族的政治、经济、祭祀等方面的世袭权。作为长房长孙的觉新，在大家庭的地位十分重要，支撑门户的责任首先落在他的身上。长辈们也完全是按照他们的意愿来造就这个蕞尔小国的传人。因此，比起觉民、觉慧来，他更容易吸收封建意识的毒素，行动上更会受到礼教法规的羁绊。在封建

---

① 巴金：《和读者谈〈家〉》，见《中国当代文学研究资料 巴金专集（1）》，江苏人民出版社1981年版，第384页。

② 巴金：《关于〈激流〉》，见《创作回忆录》，人民文学出版社1982年版，第96～97页。

伦理思想的影响下，孝顺的观念很早就渗进觉新的文化潜意识，成为他调节家庭人伦关系和制约个人行为的准则。

然而，觉新毕竟生活在五四时代，新书报曾点燃过他胸中的热情，他有时也和两个弟弟讨论新书报上所论及的各种问题。如果他这时不采取温柔和软弱的改良主义态度，也许会同两位弟弟一道追随时代流潮前进，那么他的生活或者会变一个样子。可叹的是，觉新竟然认为资产阶级改良主义者胡适的点滴渐进观点还有点过火，于是服膺托尔斯泰的无抵抗主义。托尔斯泰是 19 世纪俄国伟大的批判现实主义作家，其世界观包含着显著的矛盾：进步的因素和反动的因素的矛盾。无抵抗主义正是托尔斯泰世界观中的反动成分。在“五四”时期，进步的知识分子并不欢迎这种消极的思想。觉新一知半解地把托尔斯泰思想中的糟粕生吞活剥过来，与潜意识中的孝顺观念融合而成为一种新中庸思想，这种新中庸思想麻醉了觉新的神经，使他形成了病态文化心理。

觉新的病态文化心理，首先从“我愿意做一个牺牲者”的价值观表现出来。觉新从中学毕业后，长辈对他前途的安排和婚事的包办，使他牺牲了自己的理想和爱情。如果说作出这种牺牲并非他情愿，那么父亲一去世，为了家庭的利益和报答父母的恩情，他“自愿地把担子从父亲肩上接过来”，把照看弟妹成人当作人生最大的义务。觉新要“做一个牺牲者”，其实是做封建家庭的牺牲者。本来他早就发现大家庭隐藏在和平友爱表面下的倾轧，但新中庸思想使他用这种价值观去处理大家庭的日常事务，调和各种矛盾。因此他凡事退缩忍让，四面讨好，处处敷衍，委曲求全，即使受到明枪暗箭的中伤，也不抗争；觉新爱的东西得不到，便不去追求；他讨厌的东西排遣不开，就习以为常。他不满意自己的处境，却又不愿意改变这种处境。“做一个牺牲者”的价值观，已使他对生活的看法蒙上浓厚的悲观色彩，他哀叹地说：“我怕人向我提起幸福，正是因为我已经没有得着幸福的希望了。我底一生就这样完结了。”在半死不活的家庭环境里，觉新对生活失去了信心，对自己也失去了信心，以致把对未来的希望寄托在两个弟弟和儿子身上：希望两个弟弟为父母争气，希望儿子能实现他没有实现的理想。而他就在这缥缈的憧憬中，构筑起一道心造的幻影，从中得到精神上的安慰和满足。

值得一提的是，觉新虽然深爱着现在的妻子瑞珏，却又不能忘情于过去的情人梅。然而，当封建主义的魔爪伸向梅和瑞珏的时候，“做一个牺牲者”的价值观如醋酸一样，软化了觉新精神上的钙质，新中庸思想像无形的绳索，捆住觉新的手脚。他没有勇气帮助梅，又无力保护瑞珏，眼睁睁地看着她们成为冤魂。他在梅的尸体前痛切自责：“是我害了她的。”瑞珏死后，他向觉慧承认：“是我杀死她的。”他固然不是元凶，但他的病态文化心理对她们的影响，对酿成她们的悲剧不无关系。因此，她们的死，觉新也有责任。恰如觉慧指责的那样，他的价值观使他充当了帮凶的角色，“害人害己”。其次，觉新的病态文化心理表现在他以长辈意旨为导向的单向思维方式上。觉新从来没有想到要放弃剥削生活、在经济上摆脱对旧家庭的依赖，他以新中庸思想为观照系统，必然会唯长辈之命是从，并且用行动表明自己是大家庭的孝子贤孙。他信服新理论，但他的思维方式使他不能像觉慧那样用进步的现代意识作指导，对社会人生问题、大家庭中种种不合理的事情、长辈们的言行进行反思。他只是站在新思潮的边缘徘徊，激进的新理论还没有进入他的文化心理深层，在这种状态中形成了他的两重生活：读的是新书报，依旧是暮气十足的旧式少爷。

觉新的单向思维方式使他失去了自己的意志，行动完全受长辈制约，即使察觉出长辈的所作所为有明显的错误，也不提出反对意见。例如他根本不相信“捉鬼”会治好祖父的病，却跟着长辈们和巫师胡闹。他不但自己对长辈俯首贴耳，而且还竭力劝说两个弟弟听长辈的话。高老太爷深知他听话的特点，常常叫他管束两个不听话的弟弟。当觉民、觉慧同高老太爷发生冲突时，他常处在一种窘困的境地。一方面他对两个弟弟亲仁宽厚，确实有一种“长兄当父”的父爱感情在内，因此，他不会给高老太爷出坏主意；另一方面，单向思维使他得出错误的结论——“祖父底命令也是要遵守的”，高老太爷的话也确实是通过他来执行的。这就使得他不得不站在两个弟弟的对立面。在对待觉民逃婚这件事上，明显地反映出他的良知同思维导向的矛盾。他清楚高老太爷包办的婚事将铸成大错，会使觉民抱恨终身。他不忍见弟弟重蹈自己的复辙，他的良知承认觉民的逃婚行动是正当的。但他的思维导向又使他的基本立场仍在长辈那一边，竭力劝说觉民服从祖父，作一个同他一样的牺牲者，帮助高老太爷压迫自己的同胞弟弟。难怪觉慧当面责骂他是“懦夫”，在这一时刻把他视为敌人。

觉新的病态文化心理还表现在新中庸思想抹煞了他的个性，使他缺乏自我意识和独立的人格。他背负着封建伦理纲常和家族宗法制所构成的十字架，艰难地趑趄着，在生活中没有找到自己正确的位置。觉新和觉慧在文化心理上最大的差异是：觉慧认为自己是人，应当有争取幸福的权利，焕发出大胆的奋进精神；觉新感到自己在做人，不敢面向生活，失去了进取心。为了顺应旧的环境，觉新极力抑制正常的个人欲望，克制合理的要求；尽量回避家庭中的矛盾，把生存的空间蜷曲为不引人注目的角落。很明显，新中庸思想通过这种自我压缩的生活方式，扭曲了他的人性，以致他在生活中不知道应该做什么和怎样做，只是机械地按长辈，尤其是按高老太爷的指使去做。觉新并不糊涂，他不会与长辈沆瀣一气，但由于受长辈的控制和利用，他所做的往往是既伤害别人也伤害自己的事情。觉新对自我的抑贬，使他的生活如一潭死水，无论是新书报上激扬的文字，还是觉慧措辞激烈的批评，都不能激起振作的浪花。大家庭夜气如磬的现实生活压得他太难受了，他便借酒消愁，想使自己变得麻木一点，用遗忘来排解心中的烦闷与痛苦。

当然，觉新的心理不乏闪光的颗粒。他心地善良，不自私自利，这使他免于堕落到克安、克定一类纨绔子弟的圈子中去。他有时也不甘心受大家庭各房的欺侮，产生过"我们这家需要一个叛徒"的想法。觉慧的出走，在经济上得到过他的帮助。可见，他并非死心塌地去做封建家庭的孝子贤孙。不过，审视他的整个文化心理，他还是属于背着因袭的精神重担尚未觉醒的青年之列。

不难看出，觉新的病态文化心理，是形成他畸形的懦弱的性格根柢，是酿成他悲剧命运的内在原因。读者可以从觉新这一人物形象中省悟到，现代意识中的渣滓同封建文化的积淀一样，都会戕害人的灵魂。在从传统社会走向现代社会的转型期，青年人只有与陈腐的传统观念决裂，接受进步的新思想，才不会被历史的潮流所卷没。

在同时期的家庭题材小说中，《家》是出类拔萃的。它不止停留在单纯暴露和批判封建主义罪恶，或者表现青年人受长辈压制的苦闷生活的一般水平上。巴金从历史文化的角度，对高家的日常生活发微显隐，在现代意识与传统观念相撞击的火光中，严正地宣判了家族宗法制的死刑。

（原载《中国现代文学研究丛刊》1988 年第 2 期，第 39 ～ 54 页）

一部现实主义的杰作——读巴金的《憩园》

《憩园》是巴金在1944年所创作的一部中篇小说；在他写的所有作品中，是他最喜欢的三部小说之一。[①] 1979年初译成法文后，与《家》《寒夜》的法译本在巴黎各书店出现，很快就被抢购一空，深为法国读者所喜爱。近年来在国内重版后，也是畅销书之一，受到我国广大群众的欢迎。然而，这样一部名闻遐迩的小说竟然在中国现代文学史上遭到冷落，默默无闻。有些研究者甚至认为“在这本书里面更多的是表现出作者对过去的留恋和作者对资产阶级人性的宣扬”，因而“我们从中很难发掘出多少值得肯定的东西”[②]，对这部小说作了根本的否定。这种粗暴的批评是很不公正的。本文就《憩园》的思想内容及其艺术成就进行一番新的探索，以求教于专家和读者。

一、“激流三部曲”的姊妹篇

巴金出身于成都的一个封建大家庭。他幼年目睹了这个家庭中种种荒淫无耻的生活，和一些年轻人在封建专制下横遭摧残、备受苦难的惨剧，对“诗礼传家”的招牌所掩盖着的“吃人”罪恶，有着切身的感受。后来他回忆说：“那个时候我的心由于爱怜而痛苦，但同时它又充满憎恨和诅咒。”[③] 若干年后，他正是怀着对封建制度深恶痛绝的感情和封建家庭必然要崩溃灭亡的信念，写出了“激流三部曲”和《憩园》。巴金青年时代在法国读过左拉的《卢贡-马加尔家族》。左拉的这套书包括20部长篇小说，描述了在法国第二帝国时代，一个家族的两个分支的盛衰亡兴史，反映出这个时代一定的社会面貌。而巴金的“激流三部曲”和《憩园》，则根据自己的亲身经历和体验，写出了20世纪一个封建大家庭全盛、衰落和解体死亡的过程。如果说《卢贡-马加尔

---

① 1980年5月28日，巴金答来访者问时说，他最喜欢的作品是《家》《憩园》和《寒夜》。见孙晨、徐瑞岳《巴金、陈残云访问记》，载《徐州师范学院学报（哲学社会科学版）》1980年第4期，第45页。

② 武汉大学中文系三年级巴金创作研究小组：《巴金创作试论》，湖北人民出版社1959年版，第53页。

③ 巴金：《谈自己的创作·谈〈家〉》，见《巴金全集》第二十卷，人民文学出版社1993年版，第415页。

家族》中的某些小说揭露了资本主义制度的罪恶，但由于受左拉所信奉的遗传学说的影响，使他对当时社会的批判还远不够彻底，那么巴金则通过他所创作的小说，“向这个垂死的制度叫出 J′accuse（我控诉）”，[①] 表现出强烈的反封建精神。

巴金小说中的人物常常是以现实生活中某个或某几个熟识的人物为模特，然后再加以典型化处理而成的。同样是以他生活过的封建家庭为题材，他为他的大哥写了一部《家》，为他的五叔写了这部《憩园》。写《家》的念头在他头脑里孕育了三年，而《憩园》从构思到动笔也差不多酝酿了三年。所以，从创作的准备过程看，《家》和《憩园》不无相似之处。

巴金在回顾自己的创作生活时说过：“《春》是《家》的补充，《秋》又是《春》的补充。”[②] 作者在《家》里控诉了封建家族制度的罪恶，揭示了它必然崩溃的趋势；在《春》里进一步描写了封建家庭里老剥削者的虚伪和堕落，表现了青年一代的痛苦、觉醒、奋斗、牺牲和新生，展示了比《家》更为深化的矛盾；而在《秋》里，则写了高家“木叶黄落”的衰败景象。巴金写完《秋》后，意犹未尽，准备还写一部《秋》的续篇《冬》，作为“激流三部曲”的尾声。后来，巴金没有写《冬》，而是把创作《冬》的材料写进了《憩园》中。从反映的生活内容看，《憩园》可以说是“激流三部曲”的继续和发展，就其反封建精神而言，它们是一脉相承的。

而且，由于巴金曾经受过无政府主义思想的影响，在他过去写的一些作品，如《灭亡》《新生》、“爱情三部曲”中，都有这种影响的明显痕迹。就是在《家》中，也多少表现了带有无政府主义色彩的青年团体的活动。而在创作《憩园》时，作者走出了书斋，直接参加了抗日救亡活动；颠沛流离的生活扩大了他的视野，他更懂得人民的苦难和造成这种苦难的根源；1941 年春天，他脱离沦陷区，辗转来到重庆，在文艺界抗敌协会的欢迎会上第一次同周总理见面，以后多次听过周总理的报告、演说和谈话；与此同时，他主动接近党领导的进步力量，受到党的教育和进步思想的感染。这种种因素使得他的思想发生变化，世界观中无政府主义的成分越来越少，以至于他在写《憩园》及后来的《第四病室》《寒夜》时，几乎再也看不到无政府主义思想的踪影了。他在创作这几部小说时，收敛或隐藏了过去那种激动的热情，以平淡的笔

① 巴金：《关于〈家〉（十版代序）》，见《巴金全集》第一卷，人民文学出版社 1986 年版，第 442 页。

② 巴金：《谈自己的创作 · 谈〈春〉》，见《巴金全集》第二十卷，人民文学出版社 1993 年版，第 425 ～ 426 页。

调描述人民所受的苦难。读者从这些不大为社会所注意的小人物悲惨与不幸的故事中，仍然可以感受到作者对黑暗的社会与不合理的制度深沉仇恨感情。这样，巴金对旧社会罪恶的揭露和批判就显得更有力量。所以《憩园》的创作也标志着巴金创作风格的转变。

二、不可救药的败家子——杨老三

作家总是通过他所塑造的艺术形象，来寄托自己的思想、表达自己的感情。

巴金在《家》中塑造了一个封建家庭的专制者高老太爷的形象，在《憩园》中创造了一个封建家庭败家子杨老三（杨梦痴）的形象，两个形象同样具有典型意义。高老太爷通过做官和剥削农民，搜刮了一大笔财产，幻想这笔财富能“长宜子孙”，使封建家庭世世代代维持下去。杨老三则是在花天酒地、纵情享乐之中，把继承得来的家产很快败得个一干二净，沦为小偷、乞丐，最后可耻地死去。在黑暗的旧中国，像高府那样的罪恶之家和那栋几易主人的公馆，像高老太爷那样专横独裁的封建家长和杨老三那种毫无谋生本事的社会渣滓，是司空见惯的。

巴金根据他五叔的某些经历塑造了《家》中的克定、《憩园》中的杨老三，但克定和杨老三又不只是他的五叔，他说：“我写出来的杨梦痴跟我脑子思想的那个人并不完全相同。”因为“倘使完全照我五叔的性格写下去，杨梦痴的故事可能缩短一半”[①]。作者概括了成都平原上各式各样的封建家庭的特点，综合了各种类型的新旧老爷的经历的遭遇，积累了丰富的创作素材，经过选择、提炼，再加以想象和虚构，创造出如别林斯基所说的“一方面成为特殊世界人们的代表，同时还是一个完整的、个别的人”[②]。克定、杨老三是走向灭亡的封建阶级的一种典型代表人物，在他们身上可以看到封建制度造就的败家子的一般性格。但是，由于人物的性格是在他的社会生活基础上形成的，人物性格的典型性又与他的生活环境相关联，克定与杨老三在不同的家庭环境中生活，这又使得他们的个性各具特色。在“激流三部曲”中，巴金虽然描写了封建旧家庭的腐朽与没落，但因这个家庭有至高无上的统治者高老太爷、高老太爷死后又有封建家族的卫道士克明支撑，所以在克定身上出现的是嫖赌

---

① 巴金：《谈自己的创作·谈〈憩园〉》，见《巴金全集》第二十卷，人民文学出版社1993年版，第485页。

② ［俄］别林斯基：《同时代人》，见《别林斯基论文学》，别列金娜选辑，梁真译，新文艺出版社1958年版，第121页。

吃喝的下流荒唐举止和偷骗借吃无所不为的卑劣堕落行为。而在《憩园》中，封建家庭已经破落解体，我们在杨老三身上更多地看到的是他在落魄潦倒时剥削阶级的恶习仍然未改，以及他陷在毁灭境地中不能自拔的复杂心情。

杨老三早先是“靠祖宗吃饭”的纨绔子弟。他每日挖空心思考虑的是，如何能弄到更多的钱来满足他狂嫖滥赌的生活。他对妻子毫无感情，对儿子也漠不关心，甚至把亲生儿子寒儿带到姘妇“老五”住的小公馆去，并无耻地问儿子：“觉得‘阿姨’怎样?”他的大儿子目睹他的胡作非为，曾当面斥责：“爹？做爹的应该有象爹的样子。他什么时候把我当成他的儿子看待过?”在杨老三的思想中也曾有过矛盾的时刻，那就是当他的大哥一死，二哥、四弟和他的大儿子不顾他的反对，坚持要分家卖公馆的时候。这件事给了他很大的刺激，他开始懂得了父亲说过的话——“不留德行，留财产给子孙，是靠不住的”的意思，同时发出“这是我自作自受”的自责。他虽然追悔莫及，但身上的恶习癖性已深，所以仍无半点改过自新的表示。公馆被卖掉后，他的妻儿另租了房子，而他却仍同“老五”在外面鬼混。甚至“老五”偷了他值钱的东西逃跑了，他还不死心，不惜远追到嘉定去，梦想找到她后，再恢复那小公馆的腐化生活。后来他的大儿子给他找了一个办事员的差使，如果他愿意洗心革面，这仍不失为一个重新做人的机会。但他却放不下当过老爷的那副臭架子，去干这“其实不过是个听差”的工作。他丢掉这份差使后，连一向对他逆来顺受的老婆也很失望地说：“我也听够了你的谎话了，我不敢再相信你。你走吧。”他过去不要这个家，现在在这个家里更显得是个多余的废物。他被大儿子赶出家门后，由于没有一种能够谋生的本领，只得隐姓埋名，沦为小偷、乞丐。他在窘困之中，尽管也有过反省，但他的失悔却只是他花光了家产，不见谅于妻子和大儿子，而不是真对以前糜烂生活有什么醒悟或认识。他自己也说：“我也改不了我的脾气。”可见他已病入膏肓，积重难返了，最后病死在监狱里。

纵观杨老三一生，除了剥削、挥霍、偷窃、叫化以外，没有做一件有益于社会的事情，他的下场完全是罪有应得。但作者在创造这个人物时，不是把他作为一个十恶不赦的南霸天、死有余辜的黄世仁来处理的。小说中的杨老三是一个被金钱所毁灭的浪子，作者在批判他堕落行为的同时，还揭示了他的性格中的另一面：他流落到大仙祠后，也对自己从前的所作所为有所负疚，还不是至死不悟的人（尽管这种“悟”是很有限度的）。因此，作者说“换一个时代他也许会显出他的才华”[1]，对他的命运不无惋惜之意。那么，作者对杨老三的这种看法是否正确？所流露的感情是否健康？我们应当把这个问题放在当时的社会生活中去考察。首先，在当时的社会中，确实有很多好像南霸天、黄世仁那样带着花岗岩脑袋去见阎王的剥削阶级中的死硬分子。但也有不少剥削者，一旦丧失了生产资料和寄生虫的生活条件，也会“良心发现”，只不过解放前的旧中国没有改造他们的条件。而只有解放后的新社会才会使他们脱胎换骨，改造成为自食其力的新人。既然现实社会中有这样的人，那作为反映生活的文学作品为什么不可以加以表现呢？其次，在抗战期间，民族矛盾是国内的主要矛盾，阶级矛盾居于次要地位，没收封建财产、消灭地主阶级，则是第三次国内革命战争时期的历史任务。巴金当时是革命民主主义者，他在写作中一直坚持“所憎恨的并不是个人，而是制度”的态度，他通过塑造杨老三的形象，鞭笞了孳生杨老三这种低能废物的旧制度，这在当时已是一种进步的倾向，我们不能跨越历史去苛求作者。而且，在作者笔下，杨老三是一个否定人物，作者对杨老三过去的生活是批判，而不是留恋。正如茅盾在《腐蚀》中塑造赵惠明、曹禺在《北京人》塑造曾文清的形象一样，作家在他所否定的人物身上，有时也会出现一种复杂的感情，这在创作中是一种很正常的现象，并非巴金所特有。这种现象如同席勒所说：“即使是最坏的人，他们的身上都会或多或少地映现出上帝的影子来的。”因此，“如果全然邪恶，就绝对不能够构成艺术的对象，也不能抓住读者的注意力，结果反而会使人避之唯恐不及”[2]。杨老三这个形象之所以刻画得如此鲜明生动，其中一个重要的原因就是巴金从生活实际出发，把杨老三作为一个“人”来描写，把笔触伸进他心灵深处，写出了他复杂的内在情感，没有从某种概念出发，去简单地丑化他。

如果说在《家》里，巴金的反封建精神主要表现在控诉封建礼教、封建家族制度的吃人罪行，猛烈抨击封建社会的上层建筑——封建意识形态上，那么，在《憩园》里，通过塑造杨老三的形象，巴金则把斗争的矛头进一步指向封建意识形态中系统严密、腐朽的伦理纲常，指向封建阶级赖以生存的经济基础——不劳而获的祖传家业。《家》里的觉慧虽然十分憎恨那个黑暗的封建大家庭，对祖父的专制进行过反抗，但在祖父临终之前，却流露出一丝温情，觉得祖父“慈祥和亲切”，以至于在临离开这个家庭前夕，他还信步走进祖父

---

① 巴金：《谈自己的创作·谈〈家〉》，见《巴金全集》第二十卷，人民文学出版社1993年版，第417页。

② ［德］席勒：《〈强盗〉第一版序言》，见山东师范学院中文系文艺理论教研室《外国作家谈创作经验》，杨文震、李长之译，山东人民出版社1980年版，第116页。

灵堂，拿起铗子要挟掉供在灵位牌前的烛花，表现出思想中封建伦理纲常观念的残余。而在《憩园》中，和儿则冲破“君为臣纲，父为子纲，夫为妻纲”的封建观念的束缚，勇敢地把不配做自己父亲的杨老三赶出家门；甚至当流落在外的杨老三写信回来，他也把信拿到油灯上烧掉，不肯回复，表现出不妥协的“大逆不道”的反叛精神。作者还揭开笼罩在封建家庭人与人关系上温情脉脉的面纱，使人们看到这种关系纯粹是金钱的关系。杨老三的二哥和四弟做生意相当赚钱，但对杨老三的穷困潦倒却是撒手不管。有一次，他那在省城某大公司当副经理的四弟，乘私包车撞倒了他这个沦为乞丐的亲哥哥，不但不招呼他一声，反而责骂车夫不该停车，同时还顺口把一口痰吐在他身上。作者勾勒出了一幅多么冷酷无情的图画！作者在杨老三的悲剧中寓予了深刻的道理：金钱固然是各式各样的剥削者和寄生虫享乐腐化的温床，但同时也是他们灭亡的坟场；财富不仅不能“长宜子孙”，恰恰相反，只能把子孙引向堕落毁灭的渊薮。杨老三的死，令人信服地表明，剥削阶级已经腐烂，不可救药，作者对它作了彻底的否定。由此可见，作者在《憩园》里，表现了比《家》中更为深刻的反封建精神。

三、一事无成的新式寄生虫——姚国栋及其他人物形象

作者选取有“灰砖的高门墙，发亮的黑漆大门”的憩园，来展示这个公馆新旧两个主人的生活画面是寓意深长的。憩园的主人换成了新式寄生虫姚国栋以后，情况又将怎样呢？

姚国栋属于另一类型的剥削者。他读过大学留过洋，做过三年教授两年官。他也曾有过抱负。“我也要写小说，我却要写些惊天动地的壮剧，英雄烈士的伟绩！”他本来可以运用所学的知识做一点有益于社会的事情，但金钱戕害了他的生机。他“回到家里，靠他父亲遗下的七八百亩田过安闲日子”。他不像杨老三那样沉溺在狂嫖滥赌之中，在他身上更多的是新式寄生虫那种夸夸其谈，自命不凡，故作清高，却又流懒散漫、一事无成的性格。他居家多年最大的作为是：用祖上剥削来的钱从杨家手里买过这座憩园，写过两万字、但始终未能竣稿的小说，译过一本没能出版的法国小说。连他自己也不得不承认：“我这大学文科算是白念了。”他的生活与冈察洛夫笔下的俄国贵族奥勃洛摩夫有惊人的相似之处——古今中外一切不劳而获的寄生虫，在本质上没有多大的区别。他和奥勃洛摩夫又有些不同，他生活在20世纪40年代的中国，家里还有一个体贴他的妻子。姚国栋虽然很满意续弦的妻子，但也只是把她当作第一个“宝贝”来爱，所以有的事情并不尊重妻子的意见。比如，在管教他前妻生的儿子小虎的问题上，他不是把妻子的话当作耳边风，便是大发脾气。在

这个问题上，他还几次固执地拒绝了朋友黎先生的劝告。他认为他那种安闲舒适的生活是会天长日久的，因此放任独生子去赌钱、看戏、胡混，“就害怕他不爱玩，况且家里又不是没有钱”。正是他自以为是、相信金钱万能，才断送了独生子的生命。具有讽刺意味的是，明明他自己也是一个无所作为的社会渣滓，却自负要拯救杨老三，并且自鸣得意地说：“什么事都包在我身上。”如果说巴金在《家》中使我们看到以高家为代表的封建家庭面临着分崩离析、彻底瓦解的命运，那么在《憩园》里，作者在塑造姚国栋的形象时则把死亡直接引进封建阶级家庭的内部，金钱也不能维系封建阶级的生命，小虎的死表明封建地主阶级已后继无人。在这里，作者不单是在控诉万恶的封建制度，还通过鞭挞金钱的罪恶，来动摇封建地主阶级赖以存在的经济基础，宣判它的死刑。

在姚国栋身上，可以明显地看出作者的憎恶感情，而对于他的妻子万昭华，作者则倾注了同情。万昭华年纪不过二十三四岁，但却有着解放前封建家庭的小姐几乎都有的共同经历，用她的话来说，就是“两个家，一个学堂，十几条街”。她温柔善良，富有同情心，希望当一个护士，“帮助那些不幸的病人：搀这一把，给那个拿点东西，拿药来减轻第三个人的痛苦，用安慰的话驱散第四个人的寂寞”。但这些仅仅只是她的美好憧憬而已，她没有决心，更没有勇气走出那个被金钱魔影笼罩着的憩园，投身社会去实现梦想。她好像封建樊笼中的一只柔弱的鸟，结婚前“要飞也飞不起来”，结婚后又被剪去翅膀，“现在更不敢飞了”，反映出理想与现实的矛盾。她是姚国栋的第一个“宝贝”，但“宝贝”只不过是一件玩物而已，丈夫并不了解她，也不是真正关心她，再加上“赵家的仇视，小虎的轻蔑”，她的日子也不好过。她一家三个人，虽然有七个“下人”伺候，然而这种富裕的生活却没有使她感到幸福。因此，她常借读小说、看电影来排遣生活的寂寞与无聊，来消除内心的苦闷与空虚。作者虽然对她流露出惋惜的感情，但并没有给她加上一条光明的尾巴，在那里暗如漆的旧社会，和“激流三部曲”中那些被封建制度摧残了自由和幸福的青年女子一样，她的青春和生命无法焕发出光彩。

在姚国栋的老同学黎先生的身上，无疑有着作者的某些经历。他是一个有着浓厚的人道主义思想的小资产阶级作家，身上的书呆子气使人不禁联想起《日出》里的方达生来。他不相信有钱人“就永远有钱，永远看着别人连饭都吃不饱，他们一事不做，年年买田，他们儿子、孙子、外孙、曾孙、重孙都永远有钱，都永远赌钱、看戏、吃饭、睡觉”，十分鄙视那种“吃的是钱，睡的是钱，把钱当作父母，一辈子抱住钱啃”的人。因此，他对姚国栋并无好感。他从对生活的感受中，已经敏锐地意识到姚国栋保不住他的产业和他的儿子，所以，当小虎被水冲走后，他并不焦急和惋惜。他对沦为乞丐的杨老三最初怀着一种好奇心，当他觉得杨老三有悔意时，便表示要分担杨老三的痛苦，料理杨老三的生活，出钱为杨老三治病。后来杨老三被抓进监狱做苦工，他还试图同姚国栋夫妇设法去搭救。他的这种态度，是建筑在使杨老三走上新路、成为新人的愿望上的，而不是帮助杨老三恢复过去那种糜烂的生活，这充分体现了他的资产阶级博爱思想。然而，他不明白，在万恶的旧中国，根本没有改造杨老三这种人的条件和可能，正如方达生没有救出陈白露一样，他也没能救出杨老三。杨老三死后，他为自己的挽救计划落空、杨老三最终没有获得重新做人的机会而淌下眼泪，甚至还想"去找到他的尸首，买块地改葬一下，给他立个碑也好"，表现出无可奈何的惋惜心情。读者不仅从黎先生的眼中看到憩园前后两家主人的生活和变化情况，还从他的思想活动中感受到作者强烈的爱憎感情。

寒儿的形象体现着作者的美学观点。作者从这个少年身上发现了一副"好心肠"。寒儿生长在畸形的家庭之中，生活已在他思想上打上深深的烙印，小小年纪就已经"晓得钱比什么都有用，我晓得人跟人不能够讲真话，我晓得各人都只顾自己"。他从小受到杨老三的喜爱，因此他对杨老三也怀着深厚的感情。但是他并不是毫无是非之感，一味赞成杨老三的荒唐行径。杨老三在家里的时候，他曾多次规劝："你不要再跟妈吵嘴。"要求杨老三"不要再到'阿姨'那儿去"。对杨老三的话也不是盲目听从，他曾当面直率地指出："我不信你的话!"批评父亲："你不应该骗我。"可见他是一个早熟的、有头脑的少年，而不是二十四孝图中的那种孝子，也不会走杨老三的老路。杨老三被赶出家门后，被他在大仙祠找到，他以后经常送零用钱、送东西和送花去，苦口婆心地劝杨老三回家跟他们一起过日子。寒儿依恋杨老三，这固然是出自儿子爱父亲的感情，但这种感情也是建筑在希望父亲痛改前非、回心转意的基础上的，他说："他已经后悔了，我们也应该宽待他。"因此，当杨老三从大仙祠失踪后，他仍然四下苦苦寻找。作者刻画这个形象时，显然是从生活的逻辑出发，而不是从某种概念出发。寒儿毕竟还是破落的地主家庭子弟，而不是一个叛逆者，如果把这个15岁的中学生写成对他父亲深恶痛绝，势不两立，那这样的人物形象一定是虚假的。同样，硬给寒儿扣上杨老三的孝子的帽子，也背离了生活的真实，是很不恰当的。

至于小说中的李老汉和老文，则是作者按照他们"本来的面目"写成的。他们是憩园的老仆人，从阶级地位看，他们都是受人驱使的被压迫者；但是从小说的描写看，他们似乎一点也不仇恨压迫他们的主人，老文还夸"我们老爷心地好，做事待人厚道，就跟老太爷一模一样"。而李老汉念念不忘的是杨家的旧主人，为杨老三的遭遇流泪、叹息和祈祷，对破败了的杨家保持着同情和忠诚。应当怎样理解小说描写的这个社会现象呢？我们要看到李老汉和老文虽然是奴隶，但由于几千年传统的封建等级制度的箝制和封建意识的毒害，他们还没有觉悟，没有认识到他们的主人正是他们的敌人，他们的反抗热情没有被激发。鲁迅对此曾沉痛地指出，一些奴隶被“一级一级的制驭着，不能动弹，也不想动弹了”①。但即使是这样，他们同主人也不是一条心。例如老文对姚国栋放任小虎的行为表示强烈的不满；当小虎被水冲走，姚国栋陷入极度的悲哀之中时，他反而幸灾乐祸地说：“天老爷看得明白，做得公道，真是报应分明呵。”李老汉也对昔日的主人杨老三发出“他要回头，真是不容易”的批评。而在青年仆人赵青云身上，则表现出更多的反抗精神。他敢与憩园的小主人小虎对骂，当小虎要打他时，他“也站起来，把膀子晃了两晃，一面回骂道：‘×妈，你敢动一下，老子不把你打成肉酱不姓赵！’”可见，只要用先进的革命思想加以启发和引导，他们一旦觉悟，也会加入彻底埋葬封建阶级的斗争中的。

四、别具特色的艺术技巧

在艺术构思方面，作者是独具匠心的。巴金写完《秋》后，曾有过写《冬》的欲望，他说：“我写《冬》的念头并非如夏日的电光一闪即逝，它存在一个较长的时期。”② 但后来他为什么没有写《冬》，而另起炉灶写了《憩园》呢？作者是颇费了一番心思的。在“激流三部曲”中，他塑造了70多个有名有姓、有性格的人物，倘若再以高家为创作对象，那么，这些人物的活动场面便会继续下去，作品的艺术结构、情节安排，人物的刻画，都不会离开“激流三部曲”的窠臼。如果照这样写下去，以巴金的生活经历、思想状况和艺术才能，《冬》也可能是一部成功的现实主义作品。但是巴金却改变了主意，不依“激流三部曲”的现存线索，而是另辟蹊径，这充分体现了他在创作上勇于探索、不断创新的精神。把杨老三的故事从《冬》移到《憩园》来，不仅表达了同样的反封建主题，而且删去了纷繁的枝蔓、不必要的人物和事件，从而使笔墨更经济、脉络更分明、情节更集中、结构更紧凑、人物性格也更突出。

---

① 鲁迅：《坟·灯下漫笔》，见鲁迅先生纪念委员会编纂《鲁迅全集》第一卷，鲁迅全集出版社1948年版，第200页。

② 巴金：《谈自己的创作·谈〈憩园〉》，见《巴金全集》第二十卷，人民文学出版社1993年版，第473页。

在艺术技巧上，和《家》相比，《憩园》也别具一格。作者更多地继承和运用了我国传统的艺术表现手法，使小说更具有我国民族形式的特色。《家》以高家的生活为主线，所有的人和事都服从高家故事的需要，或出现，或消隐。《憩园》则以杨家和姚家的生活为线索，双线并运，或平行发展，或交错纽结，前后呼应，相互映衬，十分得体。在这两条线索中，对姚家是用明写直叙法，对杨家则采用传统的草蛇灰线法——小说第一节黎先生与姚国栋邂逅相遇，第三节寒儿进憩园折花与仆人们的吵闹，第五节黎先生的问话与姚国栋轻描淡写的回答，第十节李老汉藏头露尾的叙述，第十一节大仙祠里的“哑巴”乞丐。这些表面看来是彼此不相关联的孤立的描写，然而细细看去，却有一条隐隐约约的线把它们衔接起来，曲折宛转，引出杨老三的故事，牵一环而通体皆动。这两条线索又紧紧围绕金钱能否“长宜子孙”这个问题，展开了矛盾和冲突的情节。作者还圆熟地运用了传统的背面敷粉手法，把杨老三沦为小偷乞丐的生活与姚国栋安闲舒适的生活加以对照，把寒儿的懂事同小虎的恶习相对照，把万昭华的性格与寒儿母亲的性格加以对照，把杨老三的死和小虎的死相对照，不但突出地表现了憩园两家主人无可挽回的悲剧命运，而且人物的性格也随之清晰、鲜明、生动起来。

小说没有曲折离奇的情节和惊心动魄的场面，一切事件都是在平淡无奇的生活中发生的，但作者善于运用悬念的手法，扣人心弦。例如第三节写寒儿闯入憩园折花，这就使人想到一个问题：他折花干什么？第十一节设下疑问：大仙祠住的那个乞丐是不是杨老三？他为什么住在这里？第二十二节写杨老三留下一张纸条失踪了，这又产生一个悬念：他为什么要躲开寒儿？寒儿能找到他吗？他过去的生活究竟是怎样的？第二十九节写黎先生偶然看见被押着做苦役的杨老三，布下这样一个悬念：黎先生能救出他吗？真是一波未平，一波又起，故事情节就在这一个又一个悬念中展开，层层剥笋，逼着人一气读完。临结尾还安排了一个悬念：大家都希望黎先生明年再来憩园，他明年究竟来不来？给人隽永的余味。

在《家》里面，巴金刻画人物形象多采取直接描写的手法；而在《憩园》中，巴金好像绘画一样，运用直接描写和间接描写交叉进行的手法，多方面展现出人物的性格特征。杨老三的形象，就是这样描绘出来的。小说的第五节姚国栋向黎先生简短地介绍了杨老三，好似给这幅人物画抹上底色。接着，李老汉和寒儿的叙述从侧面勾勒出杨老三的轮廓。然后又通过黎先生的直接观察和接触，绘出了杨老三穷愁潦倒的正面像。再由寒儿的回忆，从另一个角度对这幅画加以补充和润色。最后由姚国栋交待他的结局，给这幅画添上了最末一笔。这样的人物形象，具有实在的立体感，真是呼之欲出。而对比姚家更有钱的赵家，则运用虚写的手法：尽管赵家的人没有出场，可是他们的阴影却一直笼罩着憩园。多种描写手法运用得如此成功，充分显示了巴金卓越的艺术才能。

作为一个现实主义大师，巴金是很注重细节的真实性的。如杨老三虽然沦为乞丐，但他栖身的破庙的供桌上插着他喜欢的茶花，他手里还拿着20年前石印的《唐诗三百首》，这与他曾经是读过书的阔少爷的特点相符合。他翻看着"共看明月应垂泪，一夜乡心五处同"的诗句，真实地流露出他内心的凄凉。又如姚国栋最初与黎先生见面时，说起话来"声音是那么高，好像想叫街上行人都听见他的话似的"，流露出他在舒适环境中养成的旁若无人的优越感；而在后来给黎先生饯行时，"黑起一张脸，皱起一大堆眉毛，眼圈带着灰黑色，眼光常常茫然地定在一处，他好像在看什么，又像不在看什么"，说起话来也声音沙哑，表现出他因小虎的死而忧伤悲愁的情绪。这些细微而又真实的细节描写，十分贴切地反映出人物的心理活动，生动地表现出人物的性格和环境的特征。

在语言上，如果说《家》的文字是热情、明快、素朴而又直泻无余，那么《憩园》的文字就是沉郁、清婉、恬淡而又含蓄蕴藉。这种语言风格上的变化，正是巴金不断学习、不断锤炼的结果，使得《憩园》与他以后写的《第四病室》《寒》更具有民族语言的特色。

综上所述，我们可以得出这样一个结论：《憩园》和《家》一样，都是现实主义的杰作。它的问世，标志着巴金的创作在40年代开始出现了一个新的高峰，这部作品在中国现代文学史上，应该有自己的地位。

（原载《中山大学研究生学刊（文科版）》1982年第2期，第87～94页）

巴金的家庭题材小说探胜

在中国新文学的百花苑里，巴金的家庭题材小说是一朵耀眼的奇葩。它不仅艺术地再现了从“五四”到抗战胜利20多年间的社会生活，揭示出时代本质规律的某些方面，也显示出巴金作为一代文学巨匠的卓越才能。巴金不止一次说过，在他所有的作品中，最喜欢的是“激流三部曲”、《憩园》和《寒夜》[①]。而这几部作品又都是家庭题材小说，代表了巴金小说创作的主要成就。因此，探讨巴金的家庭题材小说的独创特色和艺术成就，对研究和评价巴金的创作活动有着重要的意义。

一、崩溃中的封建家庭生活图景

恩格斯的话何等正确：“家庭制度完全受所有制的支配。”[②] 中国的旧家族制度，反映了中国封建社会的经济关系，是中国封建统治赖以维系的一个重要支柱。“激流三部曲”的故事，发生在五四运动的高潮和余波回荡的20世纪20年代初期。当时，中国的资本主义经济有了显著的发展，封建主义经济日趋衰落。五四运动猛烈地冲击着封建传统观念和封建秩序，动摇着封建统治的根基，封建家族制度的瓦解势在必行。然而，垂死的封建制度“甚至在崩溃的途中它还会捕获更多的‘食物’：牺牲品”[③]。巴金在“激流三部曲”中，怀着极大的憎恶感情，撕开高家这个有代表性的封建大家庭“诗礼传家”的外衣，露出它吃人的本相；通过高老太爷和他的儿子克明、克安、克定等人的种种恶行败德，展现出封建家庭腐朽糜烂的生活，反映了整个封建宗法制度和封建地主阶级“木叶黄落”的灭亡趋势。小说通过鸣凤、梅、瑞珏、蕙、淑贞等无辜青年在封建主义魔爪下丧失理想、青春、爱情、自由和幸福的悲剧，无情地鞭挞了封建制度的罪恶，满腔悲愤地为一代受摧残的青年呼吁，发出了强烈的控诉声。

---

① 见《徐州师院学报》1980年第4期，以及香港《大公报》1982年4月6日刊文。

② ［德］恩格斯：《家庭、私有制和国家的起源》，中共中央马克思恩格斯列宁斯大林著作编译局译，人民出版社1972年版，第4页。

③ 巴金：《关于〈家〉（十版代序）》，见《巴金全集》第一卷，人民文学出版社1986年版，第442页。

新民主主义革命运动的洪流，促使封建家庭内部分化。巴金浓墨重彩表现了高家的叛逆子孙觉慧、觉民、淑英等人，在新的进步的社会思潮影响下觉醒和走上反抗道路的过程。在高家，以觉慧为代表的青年一代，同高老太爷、克明、克安、克定等老一辈人的矛盾冲突，实质上就是新时代同旧时代的斗争，革命民主主义思想同反动的封建传统观念、垂死的封建制度的斗争。觉慧参加社会上反对封建军阀的学生运动，写出一篇篇反对封建主义的文章；觉民和淑英参加过在当时具有一定进步倾向的青年团体的活动，他们的叛逆行动都得到了社会上进步力量的支持和帮助。这表明，他们的反抗不是孤立的个人行动，而与社会上的反封建运动有着联系，体现了新的社会力量因素。在《家》里，觉慧斩钉截铁地说："我要做自己的主人!"在《春》里，淑英坚定地宣称："春天是我们的。"在《秋》里，觉民两次义正辞严地斥责腐化堕落的长辈，决心放弃不劳而获的生活。他说："靠了祖宗吃饭，并不是光荣的事情。总有一天会吃完的。我就不像你们，我要靠自己挣钱生活。"他们同本阶级的决裂行动，从内部摇撼了封建堡垒，映现出五四时期强烈的时代精神。在民主革命时期，有许多出身于旧家庭的青年，在他们身上看到了学习的榜样，从而走上反抗的道路。

巴金还精心镂刻了觉新的形象，对他身上的"两重人格"进行深刻的剖析。觉新受过一定的新式教育，接受过五四新思潮的一定影响，但却摆脱不掉旧的传统观念的羁绊，恪守着封建秩序，过的是暮气沉沉的旧式少爷生活。他也有过美好的理想和爱情，却听凭长辈摆布，中断学业，屈从于封建包办婚姻。他不是没有看到封建家庭的罪恶及其不可挽回的崩溃命运，但作为长房长孙，他又想维护高家的门面，保全高家的产业，心甘情愿地充当孝子贤孙。他不相信鬼神，偏又参加"捉鬼"的胡闹，为避"血光之灾"，断送了妻子的生命。他明知蕙表妹的婚事是一场悲剧，仍亲手把她送进火坑。在这个黑暗王国里，他成了各房暗箭中伤的目标，却又退缩忍让，事事委曲求全。巴金从觉新的不幸遭遇中，批判和否定了他所奉行的"作揖哲学""无抵抗主义"，形象地指出：出身封建家庭的青年，只有克服自身的软弱性，大胆反抗黑暗现实，才会获得新生，否则就会成为封建主义的殉葬者。

"激流三部曲"在同时期的家庭题材小说中，是出类拔萃的。它不停留在单纯暴露或者批判封建主义罪恶，或表现青年人受长辈压抑的苦闷生活的一般水平上。巴金认识到封建家庭的土崩瓦解命运"是被经济关系和社会环境决定了的”[1]。他从高家走向没落的悲剧发微显隐，概括地写出了一般封建地主家庭的历史。在中国新文学运动中，他第一次在悲愤的控诉声中，严正地宣判了不合理的封建制度的死刑。

《秋》脱稿后，巴金意犹未尽，打算写一部续集《冬》来作为“激流三部曲”的补充。但是，对生活的新的感受使他更改了这个计划。四年以后，他把写《冬》的材料写进了《憩园》里。在《憩园》里我们可以看到，作为一个优秀的现实主义作家，巴金的思想是随着时代的步伐而前进的，对封建主义本质的认识与批判也在不断地深化。“激流三部曲”的锋芒主要指向封建传统观念和封建宗法制度，读者看到死亡已走到封建家庭的门口。《憩园》的矛头则对准封建阶级赖以存在的经济基础——祖传的产业和财富，把死亡引进封建家庭的内部。就反封建意义而言，《憩园》发展了“激流三部曲”的主题。

巴金在《家》中塑造了封建专制家长高老太爷的形象，在《憩园》中创造了封建家庭的败家子杨老三和新式寄生虫姚国栋的形象。三个形象都具有典型意义。

高老太爷通过做官和剥削劳动人民，搜刮到一大笔财富。他在世时挥霍享受，临死时又把产业留给后人，幻想能“长宜子孙”。像他这样荒淫、专横、冷酷、刻骨仇恨进步学生运动的老吸血鬼，不会有什么好的德行留给子孙，只会把儿子们造就成互不相容的仇敌和坐吃山空的纨绔子弟。他虽然“拼此残年极力卫道”，希望封建家业世世代代繁盛下去，但总阻挡不住封建家庭必然解体的历史发展趋势。他预感到高家的衰败，怀着孤独、空虚的情感离开了人世。

杨老三就是从封建家庭中孳生出来的低能废物。在某种程度上，他的下场就是《家》中克定堕落生活的必然归宿。杨老三处心积虑的是如何搞到更多的钱，来支付花天酒地的开销。他对妻儿毫无感情，终日与妓女在外鬼混，几乎把家产倾荡得一干二净，表现出剥削者那种极端自私、贪婪无厌的本性。姘妇卷囊逃走后，他迫不得已回到家中。他的大儿子给他找了个办事员的差使，如果他肯革心洗面，这仍不失为一个重新做人的机会。但他剥削阶级的恶习劣癖积重难返，放不下当过老爷的架子，去干这“其实不过是听差”的工作。丢掉这份差使后，他被妻子和大儿子逐出家门。尽管杨老三在窘困中对荒唐的往事有过反省，可并不像美国的巴金研究者纳森·K. 茅所说的那样“是一个

---

① 巴金：《关于〈家〉（十版代序）》，见《巴金全集》第一卷，人民文学出版社 1986 年版，第 442 页。

悔悟的堕落者”[①]。杨老三为败了家，不能见谅于妻子和大儿子而悔恨，而不是要痛改前非。他栖身大仙祠，也决非“以一系列羞辱自己的苦行来赎罪”[②]，而是由于失去经济来源，自己又没有一种谋生的本领，只得沦为小偷、乞丐。求乞和偷盗，是他仍在堕落的另一种表现形式。他的落脚点还是站在封建地主阶级一边，决不肯用劳动的汗水去洗涮自己的罪愆。可见，他一直到死都没有觉悟。在那个社会里，他是不可救药的。杨老三最后可耻地死在监狱里，说明封建主义走向末路时，不仅会吞噬掉鸣凤、梅、瑞珏、淑贞等无辜妇女，毁灭觉新的一生，还会毁掉封建地主阶级内部的浪荡子弟，从而作者更加深刻地揭露和抨击了封建主义的吃人罪恶。

憩园的新主人姚国栋则是被财富戕害了生机的另一类寄生虫。他进过大学留过洋，当过三年教授两年官，不嫖不赌，生活方式与杨老三大不一样。他本来可以译书和写书，运用所学的知识多少做一点有益于社会的事情。但是，由于他不愿意放弃剥削的生活，宁肯“我这大学文科算是白念了”，跑回家去，守着父亲遗下的七八百亩田过舒适、安闲的日子。他所受的资产阶级教育又使他迷信金钱万能。因此，他固执地拒绝了妻子和黎先生的劝告，放任独生子小虎去赌钱、看戏等胡混，以致送掉了小虎的生命。他自命不凡、夸夸其谈，但其实是一具疏懒散漫、一事无成的行尸走肉。

《憩园》中的“我”（黎先生）是巴金小说中绝无仅有的一个典型形象。小资产阶级作家黎先生到憩园的本意是想借这块安静的地方来写作，然而这里不平静的生活使他意外地作了杨、姚两家悲剧的见证人。黎先生鄙弃那种“吃的是钱，睡的是钱，把钱当作父母，一辈子抱住钱哨”的人。他从对生活的感受中，预料到姚国栋将保不住产业和儿子，对姚提出规劝和警告。但他的当头棒喝并不能使姚国栋幡然醒悟。他关心杨老三，试图拯救杨老三，是建筑在企望杨老三改过自新的基础上的，而不是帮助其重振家业，再过那种糜烂生活。但他不知道，旧中国根本没有改造杨老三一类寄生虫的条件和可能。杨老三死后，黎先生为自己的努力落空而落泪，流露出无可奈何的心情。姚国栋的独生子死后，他不无遗憾地离开了散发着腐臭气味的憩园。黎先生落荒而去，表明在封建地主阶级肌体腐烂时，悲天悯人的资产阶级人道主义已经不能救任何人。

《憩园》也写了两代人的冲突。时代在前进，两代人的力量对比也发生了变化。作为一家之长的杨老三已威风扫地，不能像克定那样在家里任所欲为。

---

① Nathan K. Mao：Pa Chin，Twayne Publishers，1978，p. 9.

② Nathan K. Mao：Pa Chin，Twayne Publishers，1978，p. 9.

即使是十分依恋杨老三的寒儿，对父亲的荒唐行径也敢于当面批评。他不但要求杨老三“你不要再跟妈吵嘴”“不要再到‘阿姨’那儿去”，还顶撞杨老三：“我不信你的话”，“你不应该骗我”。至于他的哥哥和儿，从小就对杨老三的胡作非为极为反感，长大后在邮局工作，经济上独立后便和母亲一道，勇敢地踢开封建伦理纲常，采取比觉慧、淑英等人更为激烈的“逆伦”行动，把不配做父亲的杨老三赶了出去。甚至当流落在外的杨老三写信回来，和儿也把信烧掉，不肯回复，表现出不妥协的“大逆不道”精神。

比起“激流三部曲”来，《憩园》受到更多不公正的责难。有的批评者认为这本书带有挽歌的调子，批评巴金立场错误，感情不健康，从而否定了小说积极的思想意义。夏志清也说：“《憩园》是巴金这三个长篇中最差的一个……巴金对于他笔下的悲剧素材，处理尚欠周到。”[①]

是的，《憩园》是带有挽歌的调子，巴金细致地写出杨老三在穷途末路时的复杂心情，除了毁灭，杨老三一类剥削者不配有更好的结果。巴金对憩园新旧主人的生活是批判，而不是留恋和赞美。小说通过杨、姚两家的悲剧，表达了不劳而获的财产本身就是罪恶，它不仅不能“长宜子孙”，反倒会贻害后人的主题，鞭挞了孳生杨老三、姚国栋之流的旧制度，扫荡了腐朽的封建伦理纲常，刨了封建主义的老根，更加深刻地揭示出封建地主阶级必然灭亡的历史命运。小说的思想倾向性无疑是进步的。作为“激流三部曲”的姊妹篇，《憩园》是一部现实主义杰作，正如李广田所说：“巴金的《憩园》是一本好书。”[②] 它应该在中国新文学史上有一席地位。

二、向侵略者发出深沉的控诉声

巴金在20世纪20年代末和30年代初所写的《房东太太》《丁香花下》等短篇小说，反映了第一次世界大战给法国人民的家庭生活所带来的苦难。抗战爆发后，他又在《莫娜·丽莎》《某夫妇》等小说中，真实地描写了日本帝国主义的侵华战争怎样破坏两对年轻夫妇相当美满的家庭生活，表达了人民群众为国家、为失去的亲人报仇雪恨的坚强意志和对抗战必胜所抱有的坚定信念，在当时起着鼓舞人心的作用。然而，长期众说纷纭的是巴金在1943年9月创作的《火》第三部（又名《田惠世》）。这部小说描写了一个基督徒家庭在抗战中子死父亡的悲剧故事。有的人认为“《火》的第三部是一部政治倾向

---

① 夏志清：《中国现代小说史》，刘绍铭编译，传记文学出版社1985年版，第386～387页。

② 司马长风：《中国新文学史》下卷，昭明出版社有限公司1978年版，第75页。

很强的反现实主义的作品”①。最近仍有人说：“严格地说来，这不是一部成功的作品。”② 这些看法，不无偏颇之处。

巴金写宗教信仰者的生活，并不是从《火》的第三部开始的。早在 30 年代中期，他就在《神》《鬼》等小说中，对宗教的虚妄性进行了严厉的批判。

卢沟桥的炮声打响后，在中国共产党的努力下，国内建立了抗日民族统一战线。凡不愿作亡国奴的中国人，不分男女老幼，不分党派信仰，都投入全民抗战的洪流中去。这是巴金创作《火》的生活基础。他在《火》第一部的后记中透露，在《火》的第二、第三部中，他打算一写刘波在上海做秘密工作，一写文淑和素贞在内地的遭遇。只是对抗战生活的新的体验与新的理解，使他改变了原来的写作计划。爱国的基督徒林憾庐所表现出的抗日热情与献身的行动使他深为感动。他以老朋友林憾庐为原型，在《火》的第三部中写出一个爱国的基督徒及其家庭在抗战中的遭遇，而文淑和素贞却成了次要人物。小说通过田惠世的生与死、田惠世与无神论者冯文淑的思想感情交流，描绘出大后方社会生活的图画，表现出不同信仰的人是可以在抗战的旗帜下团结对敌的主题。这个主题，应该说是具有积极思想意义的。

田惠世有其独特的生活道路。他出身于牧师家庭，从小深受基督教义的熏陶。《圣经》是他的精神支柱，福音书中“唯有忍耐到底的，必然得救”的话，成为他的生活信条。他不是一个阶级论者，平等、博爱是他的思想核心。他希望“用爱拯救世界”，坚持基督徒应当自我牺牲、勤奋工作的原则，他在帮助人、爱人，尤其是爱穷人中，找到了生活的乐趣。在他的生活经历中，处处都显示出他正直、善良、谦恭、刻苦耐劳和笃守教义的性格特点来。但是，在抗战时代的中国人，他的生活与思想感情无一不与抗战有关。巴金从田惠世的宗教信念同战争环境的冲突中以及他与冯文淑的辩论中来发展他的性格、展现他和他的家庭的命运。

田惠世虽然是一个基督徒，但也是一个忠诚的爱国者。面对日本侵略者的暴行，他心里充满憎恶，再也忍耐不下去了。他是“为了爱生的缘故，才来拥护抗战，反对那残害生命的侵略者”。他把全部精力都花在办好宣传抗战的杂志《北辰》上面。为了使它在抗战中能起到“纸弹”的作用，在上海，他不理会匿名电话的威吓；在广州，他不怕敌机的轰炸；在昆明，他力排印刷等方面的困难，保证刊物能够出版；病重时，他卧床校对清样；甚至在垂危的时

---

① 武汉大学中文系三年级巴金创作研究小组：《巴金创作试论》，湖北人民出版社 1959 年版，第 51 页。

② 陈丹晨：《巴金评传》，花山文艺出版社 1982 年版，第 220 页。

刻，也还惦挂着下一期的编排工作。这些都表现出他性格中坚强的一面和殉道者的献身精神。然而，他的信仰妨碍了他对中国现实生活的深刻理解。冯文淑同他关于宗教问题的争论，使他从基督教义的束缚中逐渐走出来。冯文淑引用《沙宁》的话，尖锐地揭露宗教的虚伪性与欺骗性，触动了他的心弦。针对田惠世所奉行的人类之爱，冯文淑说："其实用爱也拯救不了世界，连中国也拯救不了！譬如对日本军人，你讲爱罢，那就用不着抗战了。"这话切中肯綮，田惠世只得认输。不过，对他教育最深的还是残酷的现实生活。日机的空袭炸死了他的爱子世清，给他的精神以极大的打击，从根本上动摇了他从小建立起来的对《圣经》的信念。他在弥留时终于省悟到"基督徒不基督徒都是一样的"，把他一生的事业《北辰》托付给了冯文淑。田惠世临终前坚信活着的人们"可以看到抗战的胜利"，表达了作者对抗战前途所抱定的乐观信心。可见，巴金在小说中赞扬的是田惠世的爱国热情与行动，而不是宣扬基督教教义。

田惠世本来有一个和睦幸福的家庭。他的妻子对他很体贴，总是默默地支持他的事业。他的女儿在外地读大学，两个儿子也很懂事听话，把他当作学习的楷模，自觉协助他的工作，准备继承他的事业。可是，大后方昆明并非世外桃源，日本帝国主义的轰炸毁灭了田惠世的家庭。世清惨死不久，田惠世也病倒在自己的岗位上。他临死时悲沧地呼喊："还我的世清……还我的儿子。"向日本侵略者发出了深沉的控诉声。

巴金还从田惠世、冯文淑的生活环境中，描画了勾结奸商、搞投机买卖的花花公子温健，谈恋爱混文凭的吴其华，把结婚当作女人归宿的谢质君，交际花王文婉等人的畸形生活，勾画了崇拜意大利法西斯头目的哲学教授张翼谋、发国难财的走私奸商钱慕陶、王新之的丑恶嘴脸。尽管在"皖南事变"后，国民党反动派推行文化统制政策，作家的创作受到难以想象的限制，但是巴金没有回避现实生活中的矛盾，对国民党统治下的"大后方"污浊、腐败的社会现象，勇敢地予以揭露和批判。

小说也有不足之处，那就是对冯文淑、朱素贞的形象未能作进一步的刻画。她们的性格好像是凝固的，没有什么发展。对其他人物，如对田世清、洪大文的描写也过于简略。不过，从全书来看，瑕不掩瑜，其仍不失为一部政治倾向十分鲜明的现实主义作品。在中国新文学史上，工人、农民、战士、革命者、小资产阶级知识分子、民族资本家各种各样的人物形象层出不穷，唯独很少出现丰满的基督徒的身影。在当时流行的中、长篇抗战小说中，《火》的第三部是唯一反映爱国基督徒的思想与生活的作品，填补了文艺园地的空白。巴金独出心裁地创造出田惠世的形象，应该说是对中国新文学运动的一个突出贡献。

三、一代善良的知识分子悲惨生活的缩影

1944年初冬，巴金在对现实生活进行了缜密观察和深刻感受后，开始创作不朽的杰作《寒夜》。小说通过一个勉强支撑着的小职员家庭被不合理的社会制度逼上绝路的悲剧，展现出人间地狱——抗战后期国民党统治区苦难的社会生活图画。

小说的主人公汪文宣是大学教育系毕业生。十几年前，他与同学曾树生自由恋爱而同居了。在当时，这对封建礼教是很大的蔑视和勇敢的反抗。个性解放和教育救国是他的思想支柱。他致力于实现自己美好的理想：办一所“乡村化，家庭化的学堂”，用自己的知识和才干为社会作出贡献。日本侵略者的炮火，轰毁了他的理想和事业；腐败的社会制度，使他的家庭陷在贫困的境地。在黑暗如漆的社会中，汪文宣看不到出路在哪里。他的思想支柱坍塌了，失去反抗的勇气，“为了生活，可以忍受”，是他奉行的新的处世哲学。他成了一个见人低头，忍受着上司的冷眼和同事的奚落，终日战战兢兢生怕失去饭碗的书局校对。尽管他在生活的重压下失去了锐气，却没有失去洁身自好的品性。他保持着正义感，常对社会上不合理的事情愤愤不平，没有与邪恶的势力同流合污。在家庭中，他孝敬母亲，热爱、关心和体贴妻子，却对她们之间的纠纷束手无策，显示出忠厚、善良、处处为别人着想的菩萨心肠和懦弱的性格。他要求“公平”，但在旧社会却找不到。他嘶哑地呼喊：“我要活，我要活。”而失业、贫困和疾病却像鞭子一样把他驱向死亡。他盼望抗战胜利，但又预感到抗战胜利不会给母亲和儿子带来解救。在庆祝抗战胜利的喧天锣鼓声中，他终于带着精神上和肉体上的极大痛苦，吐尽血痰，凄凉地死去。巴金笔下汪文宣的形象，一方面是为像汪文宣那样在咽气时已经没有气力呼唤黎明的小人物伸冤；另一方面，巴金不赞成汪文宣那种逆来顺受、忍辱苟安、不作抗争的行为，含着眼泪批评了像汪文宣一样的老好人至死不觉悟的缺点，“让旁人不要学他们的榜样”[①]。

曾树生是一个复杂的艺术形象。她的性格和汪文宣不同，“并不甘心屈服，还在另找出路”[②]。所谓“不甘屈服”，就是她没有失却生活的勇气，还希望抗战胜利后跟汪文宣一块做理想工作，帮他办教育。所谓“另找出路”，就

---

① 巴金：《谈自己的创作·谈〈寒夜〉》，见《巴金全集》第二十卷，人民文学出版社1986年版，第501页。该文最初发表于《作品》1962年6月新1卷第5、6期合刊。

② 巴金：《谈自己的创作·谈〈寒夜〉》，见《巴金全集》第二十卷，人民文学出版社1986年版，第507页。该文最初发表于《作品》1962年6月新1卷第5、6期合刊。

是她靠漂亮的外貌，到大川银行当了“花瓶”。在汪文宣患病的时候，她离家随陈主任到了兰州。她当“花瓶”并非自愿，而是为生活所迫。有一次，她辛酸地对丈夫道出苦衷：“说实话，我真不想在大川做下去。可是不做又怎么生活呢？我一个学教育的人到银行里去做个小职员，让人家欺负，也够可怜了！”在她身上显示出作为“花瓶”、小资产阶级知识分子和汪文宣的妻子的多重特点。她爱虚荣，好打扮，也追求物质享受，这同她是“花瓶”的生活地位分不开。不过她并不放荡，面对着上司陈主任的纠缠，她巧妙地施展出聪明而善于应酬的本领与之周旋。小资产阶级女性那种任性而又自尊的习性也在她身上充分地表现出来。她同汪文宣一闹矛盾就赌气出走。受到婆婆的挑衅和侮辱时，她寸步不让地还击。然而，她毕竟受过高等教育，心胸还不狭隘，一旦冷静下来，也会体谅婆婆的心情，原谅婆婆给她的难堪。在家庭中，她固然不是个贤妻良母，却也诚如她所表白的那样：“我并不是一个坏女人。”她挣的钱还是用来贴补家用，供儿子上“贵族学堂”念书。汪文宣失业后，她负担了家庭的生活费用。可见，她决非不顾家，也不是个自私自利的女人。作为汪文宣的同学和共同生活了十几年的伴侣，她对汪文宣是有很深厚的感情的。汪文宣吐血后，她不仅亲切地照护与温和地安慰他，而且再三劝阻汪文宣不要出去卖命，表示要尽一切努力来养活他。甚至她明知汪文宣是“一个垂死的人”，也在设法筹备医药费。尤其感人的是她同汪文宣的离别。她不顾肺病会传染人，流着泪热烈地抱吻他。所以汪文宣也总是感到曾树生待他“太好了”，称赞她是个“好心肠的女人”。

曾树生到兰州前后的矛盾心情和行动，突出地体现了她的性格特征。一方面，她舍不得离开患病的丈夫；另一方面，新上司是个古板的老先生，已经“带着奇怪的眼光接连看了她好几眼，微微摇了一下头”，“花瓶”的地位出现动摇的征兆，要是再留在银行，日子就更难过了。而且，在家庭里，婆婆的敌视态度有增无减，毫无生气的灰色生活，使她感到空虚、寂寞。倘若她不走，既不能与婆婆和睦相处，也不能救出汪文宣，只会与这个家庭同归于尽。因此，她犹豫不决，十分痛苦。汪文宣看到时局很坏，自己又沉疴难愈，也支持她：“你应该先救出你自己啊。”曾树生后来作出到兰州的抉择，毋庸讳言有“自己救出自己”的打算，同时也是出于“我到了那边升了一级，可以多拿薪水，也可以多寄点钱回家”的考虑。事实上，曾树生飞到兰州后，仍然挂牵着汪文宣。她不但按月寄钱回家，而且抗战刚一胜利，就履行临别时说过的至迟不超过一年就回来的诺言，急急忙忙飞回重庆，想对丈夫说：“只要对你有好处，我可以回来，我并没有做过对不起你的事情。”这表明，她根本没有遗弃汪文宣。虽然，曾树生身上有着种种弱点，可她仍是一个善良、无辜的女性。我们不能脱离当时的社会条件和她的生活环境去苛求于她。所以，巴金说："我同情她和我同情她的丈夫一样。"① 她兴冲冲地回到原来的住处，却已是人亡楼空。从异地回来的曾树生，战栗在寒夜里。在现实生活中，曾树生也是一个不能主宰自己命运的弱者。她的出路在哪里？作者没有写出来，但读者完全可以领会到，她必将是被黑暗社会吞噬的又一个牺牲者。

汪文宣的母亲不同于《家》中的高老太爷，战争使她失去财产，跟着儿子吃苦。她的性格很倔强，宁愿挨饿和忍受一切痛苦，甚至想出去当老妈子，也不愿让媳妇曾树生来养活她。长期贫困的生活，使曾是昆明才女的她痛楚地对儿子说："我只后悔当初不该读书，更不该让你也读书，我害了你一辈子，也害了我自己。"她也有一副善良的心肠，为了自己深爱的儿子，可以去干连老妈子都不愿干的事情。但她毕竟是受过旧式教育的妇女，常用陈腐的旧道德观念的尺码去衡量曾树生的一切行动，使得她同媳妇之间隔了一道鸿沟，在这个本来应当同舟共济的家庭，发生了没有休止的纠纷。在家庭里，她有时也要使出当婆婆的威风，却没有作一家之长的权威，媳妇敢于公开和她争吵。正因为她不满意曾树生，不愿让媳妇分享对儿子的爱，以至于在争吵中她咬牙切齿地喝令曾树生："你给我滚。"抗战的胜利，使她一度产生"我们不再吃苦了"的幻想。但短暂的高兴被残酷的现实撞得粉碎。汪文宣死后，她愁白了头发，带着孙子流浪到远方去。巴金满蘸同情的笔触，描画出她那颗破碎了的母亲的心。

汪文宣家破人亡的故事是旧中国一代没有找到正确生活道路的善良的知识分子苦难生活的真实写照。巴金在令人窒息的时代生活中，描写汪文宣及其家庭的命运，深掘造成这种悲惨结局的原因。战乱和不合理的社会制度，是酿成他们家庭不幸的祸根；黑暗的旧时代，不让汪文宣活下去。汪文宣、曾树生始终没找到一条正确的生活道路，小资产阶级的软弱性是造成他们生活悲剧的内因。所以，他们的悲剧是社会的悲剧、时代的悲剧。而这些悲剧，通过家庭悲剧和个人悲剧的形式表现出来。巴金在小说中控诉和否定了不合理的社会制度，宣判了国民党当局反动统治的死刑。

从"激流三部曲"到《寒夜》，"我控诉"是贯串其间的一条红线。进步的思想内容有机地融合、渗透在生动的形象之中，使得这几部小说所描绘的家庭生活画卷，呈现出人间的悲欢离合，抒写出社会的苦难，映照出动荡的时代

---

① 巴金：《创作回忆录·四 关于〈海的梦〉》，见《巴金全集》第二十卷，人民文学出版社 1986 年版，第 609 页。

风云，显示出黑暗的旧社会必然灭亡、光明的新社会即将诞生的历史发展趋势。正因为如此，巴金的家庭题材小说才是彪炳千秋的现实主义杰作。

四、独创的艺术特色

巴金的家庭题材小说，在艺术上也放射出夺目的异彩，是成功的典范之作。

家庭题材的创作，最容易把许多笔墨花费在没有多大社会意义的日常琐事的描写上面。巴金则不是这样。他说："我拿起笔写小说，只是为了探索，只是在找寻一条救人、救世、也救自己的道路。"[①] 他把探索同创作结合起来，在探索中看到什么、理解什么，就如实地写下来，而不是机械地、刻板地去临摹生活。小说所表达的思想，是经过他对生活的深切感受与认真思考后所得到的真知灼见。这就使得他独具慧眼，能从常见的生活现象中体察出所包含的社会意义，并通过艺术形象把它们一一表现出来。这样，他的家庭题材小说便具有独创的内容，焕发出革命民主主义的思想光辉来。

巴金刻画人物形象，有自己的典型化方法。他有时专用自己最熟悉的一个人为原型，如他以自己的祖父、五叔和大哥的生活为基础，创造出高老太爷、克定、杨老三和觉新的形象来。他有时也如鲁迅所说，"杂取种种人，合成一个"[②]。例如在汪文宣的形象中，不仅有他的老朋友陈范予、王鲁彦、缪崇群以及他的一个表弟的影子，还融合了他亲眼见过的许多挣扎在死亡线上的小职员身上的东西。不过，他用得最多的是把个人的某些经历放进小说里，使得创造出来的人物形象更为真实生动。比如他把早年在成都外专读书时所干过的一些事情，融进觉慧的活动中；把自己同萧珊寂寞地打桥牌，用在汪文宣同曾树生打桥牌的情节上。然而，这并不意味着觉慧、汪文宣就是巴金，他们都有各自的生活和独立存在的性格。诚如巴金所说："作家经常把自己亲身见闻写进作品里面，不一定每个人物都是他自己，但也不能说作品里就没有作者自己。"[③] 正是巴金把自己同所表现的对象和谐地交融在一起，使得艺术表现的主体和客体之间不再互相外在和对立，因而经过他独具匠心创造出来的人物形象，个性鲜明、栩栩如生，或浓或淡地闪现出作者的影子。他们也确实是一些

---

① 巴金：《探索集·38 再谈探索》，见《随想录》，生活·读书·新知三联书店 1987 年版，第 209 页。

② 鲁迅：《且介亭杂文末编·〈出关〉的"关"》，见鲁迅先生纪念委员会编纂《鲁迅全集》第六卷，鲁迅全集出版社 1948 年版，第 522 页。

③ 巴金：《一点不成熟的意见》，载《雨花》1979 年第 5 期，第 63 页。

巴金式的人物，即使把他们混同在命运相同或者性格相近的人物中间，我们都能把他们辨认出来。

巴金十分重视细节描写的作用，善于选择那些富于表现人物性格特征和生活特征的细节来塑造艺术形象。《寒夜》中有一段写汪文宣上班时，一个同事向上司请求加薪遭到拒绝，在汪文宣心中引起了反应："那么你一个钱也不给，不是更好吗?"汪文宣在一边暗暗骂道："你年终一分红，就是二三十万，你哪管我们死活！要不是你这样刻薄，树生怎么会跟我吵架?"可是他连鼻息也极力忍住，不敢发出一点声音，怕周主任会注意到他心里的不平。

这个细节，既写出汪文宣鲜明的是非观念和憎恶感情，又表现出他敢怒不敢言的懦弱性格，同时还点出他在书局里地位低微、如履薄冰的处境，暗示薪水菲薄是产生他的家庭纠纷的一个重要原因。像这种绘形传神的细节描写，在这几部小说中是不乏其例的。

巴金的家庭题材小说，没有曲折离奇的情节和惊险紧张的场面，而是以揭示人物丰富的精神世界、表现人物的命运来打动人心。他以人物生活的环境为背景，在人与人的复杂关系中描绘人物的精神世界。在这几部小说中，他不在渲染外部发生的事件上多着笔墨，而是精细入微地勾画这些事件在人物内心所引起的情感波澜。他深掘出蕴藏在人物内心的丰富情感，在情感变化活动中展现人物性格的形成和发展过程。他着意描绘的不是人物将会有什么样的命运，而是在人物性格与现实生活的冲突中会有什么样的心理活动与外在行动，揭示造成这种命运的内在原因和社会原因。巴金对觉慧、觉新、觉民、淑英、田惠世、汪文宣、曾树生等人物形象的镂刻，对高老太爷临终前的充满幻灭感的描述，对鸣凤投湖自尽和杨老三的可耻下场的刻画，便都是这样完成的。读者可以从各个人物的精神世界中，看到不同的丰满性格；从人物的遭遇中，认识到封建家庭和黑暗社会的罪恶；从小说再现的生活场景中，把握到时代的脉搏。可见，巴金的家庭题材小说能于平淡中见其新巧；他所塑造的艺术形象鲜明生动，具有动人心魄的艺术力量。

应当看到，这几部小说对中国新文学语言宝库也有着卓越的贡献。19 世纪英国文学批评家柯勒律治说过一句很有见地的话："强烈的感情指挥着形象的语言。"① 巴金炽热的爱憎感情，好像大河奔流，从小说中宣泄出来。为了急于倾诉胸中的激情、表达深邃的思想，他选择的是朴实的句式，使用的是

---

① ［英］柯勒律治：《文学生涯》，见伍蠡甫等编《西方文论选》下卷，上海译文出版社 1979 年版，第 31 页。

普通、常见的文字，追求的是语言上的流畅、率真、自然。当读者似乎还未完全领略到语言的风味时，生动的画面便出现在眼前，作者的情愫就已经渗透进读者心中。巴金使用民族语言仿佛是信笔捡来，没有琢磨，其实，他在炼字锻句、发掘常用词汇的内涵上，是下过很大功夫的。

巴金主要是向生活学习语言。“激流三部曲”、《憩园》和《寒夜》的故事发生在四川，这几部小说的语言植根于四川的生活土壤。他使用了不少经过提炼的方言土语，使之既带有地方色彩，又能为其他省的广大读者所理解。例如《家》中觉慧说：“《新青年》这一期到得少，我们去的时候就只剩一本，再要晏几分钟，就给别人拿走了。”这个“晏”字，读者不难理解就是迟到的意思。又如在《春》里，淑华对海臣说：“海儿，到我这儿来。我给你摆个好听的‘龙门阵’。”结合上下文看，读者也就知道这“摆龙门阵”即讲故事。除此，还有一些方言，如“捧客”、“棒老二”（土匪）、“冲壳子”（吹牛）、“惯使”（姑息）、“名堂”、“过场”（花样）、“丧德”（丢脸）、“淘神”（费心）、“默倒”（以为）、“相因”（便宜）、“炭圆”（煤球）、“狗”（悭吝）、“估倒”（强迫）、“锅魁”（烧饼）、“龟儿子”（杂种）、“开消”（辞退）等也常出现在这几部小说人物的言谈中，别有一种浓郁、质朴的乡土气息。

巴金也选取一些民间谚语、俗语和歇后语，来突出生活特征和人物性格特征。例如“多一事不如少一事”“嫁出去的女儿就像泼出去的水”“浑水里头搅不清”“遍地都是刀山，叫我寸步难行”“火烧碗柜——盘盘儿（脸盘儿）燃”“纸糊的灯笼快要戳破了”，等等，直接用于人物的对话中，生动活泼，毫无文绉绉的书生腔，大大增强了小说的生活实感性。

不仅如此，巴金还筛选前代文学语言，采撷有生命力的词语，加以锤炼，以增强自己语言的表达力。

毋庸讳言，巴金在刚从事写作时，语言有欧化的毛病。但到了写《家》的时候，欧化倾向已得以纠正。他有意识地从外国文学语言中吸取需要的成分，使自己的语言的表达方式别开生面。

总的说来，这几部小说的语言都具有强烈的感情色彩和逼真的形象性，显示出独具的特色。由于巴金具有驾驭民族语言多方面的才能，这几部小说的语言又是丰富多彩的。“激流三部曲”的语言悲愤、激扬、峻烈，倾泻出作者火一样的反抗热情。《火》第三部的语言畅达、朴直、爽健，间有蕴藉的因素。《憩园》的语言细腻、疏淡、缱绻，耐人寻味。《寒夜》的语言沉郁、悲婉、凝炼而又回肠荡气。正是巴金的家庭题材小说和其他作品的语言以不同的新颖风姿，给中国文学语言宝库增添了新的财富，成为我们学习的楷模，他才无愧为我国“当代语言艺术大师”[1] 之一。

（原载《中山大学学报（社会科学版)》1986 年第 2 期，第 71 ～ 80 页）

---

① 周扬：《建设社会主义文学的任务——在中国作家协会第二次理事会会议（扩大）上的报告》，见中国作家协会编《中国作家协会第二次理事会会议（扩大）报告、发言集》，人民文学出版社 1956 年版，第 35 页。

简析《田惠世》和《寒夜》

《田惠世》是巴金创作的“抗战三部曲”《火》中的第三部。小说写了爱国的基督徒田惠世在抗战中父死子亡的悲剧故事。作为一个爱国的基督徒，田惠世有着独特的生活经历。他出身于牧师家庭，从小深受基督教义的影响，《圣经》是他的精神支柱和生活信条，他希望“用爱拯救世界”，坚持基督徒应当自我牺牲、勤奋工作的原则，把爱奉献给了穷人，从不计较个人得失，处处显示出正直、善良、谦恭、刻苦耐劳和笃守教义的性格特点。和爱国青年冯文淑不同，田惠世不是为了国家的独立和民族的生存而自发地投入抗战洪流中去的，他是站在基督教信徒“爱”的立场上，“为了爱生的缘故，才来拥护抗战，反对那残害生命的侵略者”，希望用“爱”来“战胜人类的兽性”，维护人间的和平安宁。因此，他以殉道者的献身精神，全力以赴办好宣传抗战的杂志《北辰》，使它在反法西斯的侵略战争中起到“纸弹”的作用。然而，他的信仰妨碍了他对中国现实生活的深刻理解，他无法用《圣经》来解释眼前发生的事情。从战地归来的爱国青年冯文淑是个无神论者，她同田惠世关于宗教问题的争论，使后者逐渐从基督教义的束缚中走出来，对信奉多年的基督产生怀疑。不过，对他教育最深的还是残酷的现实生活，日本侵略者的飞机轰炸，毁灭了他的家庭。正在中学读书的田世清被炸得血肉横飞，这给田惠世精神上以巨大的打击，彻底动摇了从小建立起来的对《圣经》的信念。不久他积劳成疾，病倒在自己的工作岗位上。他在病床上悲怆地呼喊：“还我的世清……还我的儿子。”向日本侵略者发出深沉的控诉声。田惠世在临终前把他一生的事业《北辰》杂志托付给冯文淑，表现出不同信仰的人是可以在抗战旗帜下团结对敌的主题。

《寒夜》是巴金在民主革命时期文学创作的总结性的作品。小说的故事发生在抗战后期的陪都重庆。小说的主人公汪文宣和曾树生是大学教育系的毕业生，在30年代初自由恋爱而同居。他们有着共同的憧憬，即“办一所乡村化、家庭化的学堂”，用自己的知识和才干为社会作贡献。日本军国主义的侵华战争轰毁了他们的理想和事业，使他们流落到重庆。汪文宣在一家书局做校对，工作辛苦但薪水（工资）菲薄。在物价飞涨的大后方，简直不能养家糊口。其妻曾树生被迫到大川银行改行当“花瓶”。腐败的社会制度使他们的家庭贫困，战场不断失利给他们的生活蒙上阴影，也破坏了小家庭欢乐和谐的气氛，加上婆媳不和，家庭时常发生争吵。汪文宣无法调和她们的矛盾。一天，空袭警报解除后，汪文宣走出防空洞，心里想念着前几天因争吵而赌气离家的树生。他在雾中看见曾树生与银行的陈主任并肩行走，便跟了上去。待他们分手后，请求曾树生回家。

安分守己的汪文宣洁身自好，不去巴结上司，因而常受上司的白眼和同事的欺负。为了保住饭碗，他患上肺病也一直不敢对人说。为凑钱给曾树生买一盒生日蛋糕，他抱病上班，累得大口吐血，书局无情地辞退了他。此时，婆媳矛盾更加尖锐。征得汪文宣的同意，曾树生随陈主任调往兰州。不久，失业在家的汪文宣病情急骤恶化，终于在庆祝抗战胜利的喧天锣鼓声中，吐尽血痰死去。当曾树生急急忙忙从兰州赶回来时，已是人亡楼空。她战栗在萧瑟的寒夜里。

巴金深刻地揭示出造成汪文宣家庭悲剧的原因。首先，战乱和不合理的社会制度是酿成这个家庭不幸的外因。战乱不仅把汪文宣、曾树生所追求的理想化为泡影，也改变了他们的生活条件和性格。百物昂贵，坏人当道，黑暗的社会制度造成了他们的苦难，失业、贫困和疾病，把他驱向死亡。其次，汪文宣和曾树生始终没有找到一条正确的生活道路。汪文宣被生活压弯了腰，终日战战兢兢，生怕失去饭碗，奉行“为了生活，可以忍受”的处世哲学，逆来顺受，忍辱偷安，不作抗争。曾树生虽然不甘屈服，还在另找出路，但她没有看到，也不可能看到出路在哪里。小资产阶级知识分子的软弱性，是造成他们生活悲剧的内因。所以，他们的悲剧是社会的悲剧、时代的悲剧，也是家庭的悲剧和个人的悲剧。巴金含着眼泪批评了汪文宣一类老好人至死不觉悟的缺点，满腔悲愤地控诉和否定了不合理的社会制度，宣判了旧时代的死刑。

那么，怎样理解曾树生的“不甘屈服，还在另找出路”呢?

曾树生的性格不像汪文宣那样懦弱，她的“不甘屈服”就是她不会走汪文宣不作抗争、向社会屈服的道路，她对黑暗的现实生活有着较为清醒的认识，明确地把家庭的不幸归罪于社会。而且，生活的磨难没有使她理想的火花熄灭，时局稍有好转，她就编织起有朝一日能协助汪文宣办乡村教育的梦，对生活还没有丧失信心，有勇气去寻找摆脱家庭和个人生活的途径。所谓“另找出路”，就是她意识到这个社会是弱肉强食的，敏锐地预感到家庭将被毁灭的危机，尚有自救的勇气。为了使家庭完整地保存下去，她不得不向黑暗现实作出某些妥协：放弃所学的教育专业，靠漂亮的外貌到大川银行当了“花瓶”；与上司陈主任做过几笔投机买卖，赚钱补贴家用；在汪文宣患病时随陈主任去了兰州，好升一级薪水，“多寄点钱回家”，并且表示要尽一切努力来养活丈夫，给丈夫治病。这个形象反映了抗战后期国统区一部分不安于现状的知识分子，在与命运抗争时徘徊无路、前途渺茫，终究不能从黑暗走向光明，难逃被黑暗社会吞噬的下场。

（原载《刊授指导》1990 年第 3 期，第 50 ～ 51 页）

论巴金小说的艺术风格

在中国现代文学史上，巴金是最有自己艺术风格的优秀作家之一。他在民主革命时期，以卓越的才华，创作了4部长篇小说、16部中篇小说和70多篇短篇小说。这些小说以其反帝反封建的战斗内容、对光明的热烈追求和对社会解放道路不倦探索的精神，以及独树一帜的艺术风格而拥有众多的读者。巴金的部分作品被译成英、法、日、俄、意大利等国文字，深受外国读者的欢迎，在世界文学之林中大放光彩。

本文拟通过对巴金在民主革命时期小说创作的艺术个性的探讨，勾勒出巴金小说艺术风格的大体轮廓，并阐明其迥异于同时代其他作家艺术风格的独到之处；探求其感人至深的艺术力量之所在；论述巴金小说艺术风格的具体表现及其变化发展的原因；以期抛砖引玉，把对巴金小说的研究工作推进一步。

一

1928年8月，巴金写出处女作《灭亡》。这部小说一经发表，就以其独创的内容、新颖的风姿，引起社会的广泛注意。《灭亡》是巴金走上文学道路的奠基之作，初步表现出他个人的艺术风格。巴金说："《灭亡》不是一本革命的书，但它是一本诚实的作品。"[①] 诚实，便是构成巴金小说艺术风格的美学基因。

这里所说的诚实有两层涵义：一是巴金在艺术上是真诚的；二是巴金以他独特方式所创造出的艺术形象是真实可信的。下面从两方面来加以论证。

五四运动开阔了巴金的眼界。他受新思潮的启迪，萌发了革命民主主义思想和反抗精神，努力寻找改造社会的道路。他不只一次说过，自己不是为了要做作家才写作的，而是"从探索人生出发走上文学道路的"。他希望自己的作品能够给大多数人带来一点光明，给黑暗以打击，"对国家，对人民有所贡献，对读者有所帮助"[②]。这种严肃认真的写作态度，使他很自然地把探索同

① 巴金：《谈自己的创作・谈〈灭亡〉》，见《巴金文集》第十四卷，人民文学出版社1962年版，第313页。（原注释为巴金《谈〈灭亡〉》，载《文艺月报》1958年第4期。）

② 巴金：《再谈探索》，见《探索集》，人民文学出版社1981年版，第41页。

创作联结起来。他在生活中“忠实地探索，忠实地体验”[1]，看到什么、理解什么，就如实地写下来，不说谎，不骗人，表现出一个现实主义作家的艺术真诚。

高尔基深有体会地说过：“谁要敢当作家，谁就必须永远是无限真诚的。”[2] 一语破的地道出现实主义作家主观世界的真诚在创作中的重要作用。当然，这里所说的真诚，是指与进步思想相联系的真诚，它要求作家忠实于生活，对所反映的对象要抱有实事求是的态度。有些作家在生活中虽有某种深切的感受和认识，但由于缺乏应有的真诚，不敢正视生活中的矛盾斗争，在作品中或多或少地隐瞒了生活的某些真相和自己的真实感情，不敢说真话。这种虚假的作品，是不会有长久生命力的。可见，艺术上的真诚，是现实主义写实原则不可缺少的一个组成部分。

巴金的艺术真诚有着他个人的鲜明特点。他说：“我在写作中所走的路与我在生活中所走的路是相同的。”[3] 在生活中，一方面他向往光明，有强烈的正义感，始终保持着单纯、大胆、诚恳、坦率的良好品德，不为传统的旧观念、虚伪庸俗的坏风习所污染。另一方面，他还没有找到一条切实可行的革命道路，内心充满矛盾：爱与憎的矛盾、思想与行为的矛盾、理智与感情的矛盾、理想与现实的矛盾。在写作中，他把读者当作知心朋友，在精神上保持着密切的联系。他的写作秘诀就是“把心交给读者”[4]，将他所熟悉的生活，以及他在生活中的感受和发现，毫不隐瞒地表现出来。他在《灭亡》中抨击军阀统治和不合理的社会制度，宣泄出爱与恨、同情与厌恶的情感。同时，他也不加掩饰地抒发自己因为找不到一条正确的革命道路而产生的孤寂、矛盾和苦闷的心情，暴露出世界观的局限性。《灭亡》不是以文学技巧取胜，而是用作者的精神世界和真实感情来激起读者的共鸣。从写《灭亡》开始，巴金几十年来一直将自己的一片真诚奉献给读者，从巴金的小说中，我们可以看到他那颗燃烧着希望之火的心。

艺术上的真诚使他按照自己的美学理想去选择题材，创造艺术形象。巴金在自己的经历中，对封建主义的压迫和帝国主义的侵略罪行感受特别深切，反帝反封建的要求十分强烈，对被压迫者，尤其是对青年知识分子和青年妇女在黑暗社会里的痛苦生活与反抗活动，有一种特殊的敏感和深刻的了解，形成他

---

① 比金（巴金）:《新年试笔·其二》，载《文学》1934 年第 2 卷第 1 期，第 10 页。
② 高尔基:《文学书简》上卷，人民文学出版社 1962 年版，第 133 页。
③ 巴金:《灵魂的呼号》，载《大陆杂志》1932 年第 1 卷第 5 期，第 141 页。
④ 巴金:《把心交给读者》，见《随想录》第一集，人民文学出版社 1980 年版，第 47 页。

独特的审美趣味。他在创作中，特别注意选择青年人的痛苦生活与反抗活动方面的题材。从《灭亡》到《寒夜》，他创作的小说几乎没有一篇不是反映这方面的生活内容。从杜大心到汪文宣，他大大小小写了几百个人物。这些人物虽有各自的生活、各自的思想和性格，但从他们的遭遇来看，大致可分为两种类型：不合理制度下的牺牲者和反抗者。尽管巴金也成功地勾勒出王秉钧、高老太爷、冯乐山一类反面人物的丑恶脸谱，但他们不过是作为正面人物的对比、陪衬而存在的。所以，巴金小说不是一般人物的画廊，而主要是不合理制度下的牺牲者和反抗者的画廊。

在阴秽的旧中国，黑暗势力还很强大。巴金根据生活的真实，不得不痛苦地一再把他所熟悉和同情的青年知识分子和青年妇女被摧残与被毁灭的过程如实地写出来。在"激流三部曲"和《春天里的秋天》等小说中，巴金从鸣凤、钱梅芬、瑞珏、郑佩瑢之死中，揭露封建礼教、封建宗法制度如何扼杀无辜青年的青春与幸福。在《新生》中，李冷的被捕牺牲，使我们看到资本家勾结军阀，怎样动用军队、政权等旧的国家机器，残酷地夺走有志青年的生命。在《寒夜》中，巴金又细致地写出不合理的社会制度如何把一个善良的知识分子逼得家破人亡。巴金在创造这一类人物时，突出一个"悲"字。他们的悲剧首先是社会悲剧，其次才是个人命运的悲剧，社会悲剧通过个人命运悲剧的形式反映出来。巴金在小说中痛苦地为千万个旧制度受害者喊出"我控诉"的心声。

巴金绝大多数小说的悲剧气氛十分浓厚，但他又有别于一般的悲剧作家。他控诉黑暗社会的吃人罪行，是为了号召人们奋起推翻旧世界。因此，他在创造旧社会的叛逆者的形象时，着重表现一个"愤"字。巴金在"激流三部曲"中的觉慧、淑英身上，写出他们对不合理制度的愤懑、觉醒与反抗。在《火》中的冯文淑、刘波、朱素贞身上，描写出他们对日本侵略者的愤怒与斗争。悲和愤是巴金小说独创性内容的底色，也是他诚实的艺术个性在风格中的反映。"五四"以来，有不少新文学作家的创作也选择悲剧性的题材，但他们的小说对未来缺乏明确的认识，因而使人读后精神上感到压抑、沉闷。而巴金却从来不怀疑"旧的要灭亡，新的要壮大；旧社会要完蛋，新社会要到来；光明要把黑暗驱逐干净"[①] 的社会历史发展的必然趋势，所以他的小说别具一格，能给读者以生活的勇气、斗争的力量和胜利的信心。

巴金在小说中坚持向读者讲真话，讲心里话。这真话，就是他所理解的生

---

① 巴金:《短简（一）我的幼年》注一，见《巴金文集》第十卷，人民文学出版社 1961 年版，第 121 页。

活真实，是他自己相信的话。这心里话，便是他对生活所作的美学评价。他不是照他所希望看到的样子，而是照生活本来的样子去表现生活。在创作实践中，巴金固然把火一样炽热的情感倾注进所创造的艺术形象里，但在刻画人物性格、表现人物命运时，却避免感情用事，不以自己的主观愿望随意给人物涂上什么颜色，安排什么结局。“爱情三部曲”是他“为自己写的，写给自己读的”小说，他声称“更没有一个人能够了解我是怎样深切地爱着这些小说里面的人物”[1]。这部小说尽管比较集中地反映了巴金当时的政治理想，但是，他没有把小说当作宣传政治理想的单纯传声筒。他说：“我虽然是某一个主义的信徒，但我并不是个说教者，我常常不愿意在文章的结尾加上一些口号。而且实际上那些真实的故事常常是结束得很阴暗的，我不能叫已死的朋友活起来，喊着口号前进。”[2] 巴金在这里所说的某个主义，是指曾经对他的政治思想产生过重大影响的无政府主义。他在青年时代也结交过一些信仰无政府主义的朋友，“爱情三部曲”中的一些情节，就直接取材于这些朋友的某些经历。中国的无政府主义始终没有在政治舞台上形成一股强大的力量，特别是当马克思主义在中国广泛传播并同中国革命运动相结合后，无政府主义的局限性便愈加明显地暴露出来，许多受过无政府主义思想影响的青年，抛弃旧有的思想武器，接受了马克思主义。胡也频的小说《光明在我们的前面》就表现了一个无政府主义者的思想转变过程。到了 30 年代，虽还有极少数带有无政府主义色彩的小团体在活动，但他们的影响已经微乎其微了。作为一个忠实于生活的作家，巴金注意到这个现实。“爱情三部曲”的主人公们不是某种政治信条的化身，巴金也没有为了表现信仰的力量而给那些人物戴上英雄的桂冠。他赞扬陈真致力于社会解放事业的献身精神，却没有把陈真美化为万能的救世主。陈真不是在刑场上慷慨就义，而是在一次偶然的车祸中无声无息地死去。吴仁民是他工笔描绘的一个人物，但也写出了这个人物幼稚、浮燥、苦闷、恋爱至上等缺点。他笔下的李佩珠是一个近乎于妃格念尔式的“健全女性”，但没有被打扮成叱咤风云的巾帼英雄。艺术上的真诚使巴金克服政治信念的偏见，他没有脱离中国革命的实际情况，硬给为自己所深爱的人物安排一个光明的尾巴，或者给予将要取得胜利的暗示。巴金坦率地写出他们的反抗动摇不了黑暗社会的根基，除了失败，不会有更好的命运。小说充满悲凉的气氛，是对中国无政府主义运动的一曲挽歌。然而，在描写这些人物的思想与活动时，他对国民党

---

① 巴金：《〈爱情的三部曲〉总序》，见《巴金文集》第三卷，人民文学出版社 1958 年版，第 467、471 页。

② 巴金：《作者的自剖》，载《现代》1932 年第 1 卷第 6 期，第 864 页。

新军阀统治的抨击是十分激烈的。所以，这部小说反映了时代生活的一个侧面，具有一定的进步意义。巴金从生活的真实性出发，使自己的主观情感服从于客观事实，充分体现出他特有的诚实的艺术个性。

巴金小说独创性的内容，并不仅仅表现在他所描绘的现实生活的一般特征上，而侧重于他对现实生活的独特看法。巴金的这种独特看法，是他对生活现象有了深切感受之后，经过自己独立思考而形成的。艺术上的真诚，使他不用别人的思想代替自己的思考，不用现成的结论来代替自己对真理的探索。他的每篇小说又都是他在探索中找到的答案和收获。这样，他对现实生活的发现，就不雷同于当时作家的一般见解。他能想人之所未想，发人之所未发，独具慧眼，从常见的题材中提炼出深刻、新鲜、独到的主题来。在小说所反映的生活内容中，融进个人对现实生活的独特感受和认识，显现出他本人的精神面貌，用他自己的思想信念去感染读者、影响读者。因而他的小说在思想上能给予读者新的启示，帮助他们去认识生活、理解生活、了解自己。“激流三部曲”便是这样创作出来的一部不朽杰作。

“激流三部曲”所再现的生活，是巴金亲身经历过、体验过的生活，渗透了他鲜明的是非观念和强烈的爱憎情感。小说所表达的思想，是他对这种生活深切感受与认真思考之后所得到的真知灼见。这就使得“激流三部曲”有别于同时代那些表现家庭生活的小说，不是单纯地停留在暴露和谴责封建家庭罪恶以及表现青年受压抑的苦闷生活的水平上。巴金以“经济关系和社会环境”[①] 为背景，从高家许多日常生活现象中发微显隐，概括地写出一般封建地主家庭走向没落的历史，展示出整个封建宗法制度正在崩溃，封建地主阶级的肌体正在腐烂，它们的灭亡已是不可避免的历史趋势，对吃人的封建礼教和封建宗法制度进行痛挞，为新一代青年呼吁。同时，巴金还浓墨重彩地表现觉慧、觉民、淑英等年轻一代，在五四新思潮的影响下，终于走上背叛家庭的反抗道路过程。他们参加社会上进步青年组织的反封建活动，这就使得他们的反抗不仅是个人对封建家庭的叛逆行动，而且体现了新的社会力量因素。他们的觉醒与反抗，加快了封建制度瓦解的速度，反映出“五四”的时代精神。因此，这部小说也是一曲对封建地主阶级叛逆者冲决家庭罗网获得新生的颂歌。巴金对生活的深切感受和独特的看法，使他成为中国现代文学史上第一个通过家庭生活变化来宣告封建制度死刑的作家。不少读者也正是从他的作品中认识到封建家庭和黑暗社会的罪恶，及其不可挽回的灭亡趋势，受到小说中那些献

① 巴金:《关于〈家〉十版改订本代序》，见《中国当代文学研究资料 巴金专集（1）》，江苏人民出版社 1981 年版，第 348 页。

身于正义事业的人们的精神鼓舞，看到生活的目标和努力的方向，从而投入埋葬旧世界的斗争中去的。可以毫不夸张地说，巴金是用他那颗丹柯式的心照亮读者前进道路的作家。

一般说来，真实、自然地反映时代生活，是为许多优秀的现实主义作家所共有的长处，而巴金在这方面的表现却有其独具的风格特色。他在写作中所考虑的不是创作方法、表现手法和技巧等问题，而是如何真实、自然地表现人物生活与命运的问题。他深有体会地说："艺术的最高境界，是真实，是自然，是无技巧。"[①] 当然，这并不是说巴金轻视技巧，他很注意学习和借鉴中外优秀文学大师表现生活的长处；也不是说他没有技巧，在长期的艺术实践中，巴金积累了丰富的创作经验，他写作就像庖丁解牛，游刃有余。他只是反对脱离生活去刻意追求技巧，或者用精美的技巧来歪曲地反映生活。他认为"说谎的文学即使有最高的'技巧'也仍然是在说谎"[②]。他使读者相信的不是个人漂亮的言辞，而是被生活本身所证实的事实。他的小说不仅流露的感情是真实的，而且所反映的生活内容也是真实的。他求得真实的途径，不是靠技巧，而是"让人物自己生活，作者也通过人物生活"[③]。现实生活中的人和事，引起巴金深切的感受。他在创作实践中，设身处地地体验过小说中再现的各种生活，"扮演"过所写的人物，把自己内在情感同小说人物的生活巧妙地统一起来，使得他同人物之间不再毫不相干或者对立。从写《灭亡》开始，他就"和书中人物一同生活，他哭我也哭，他笑我也笑"[④]。当他把自我同被反映对象有机地融为一体后，便由自我进入忘我的境界，他感到"我所写的人物都在我的脑子里活动起来，他们和活人完全一样。……为了他们我就忘了自己的存在。好像不是我在写小说，却是他们自己借了我的笔在生活"[⑤]。这时，他一方面创造着小说中的人物形象，另一方面，他自己又轮流地变成小说中的每一个人物，发掘出所"扮演"的人物内心深处最隐秘的东西，充分表现其真实的思想、感情和在各种不同场合中可能出现的神态、动作。他在写《新生》时就觉得"我好像在挖自己的心、挤自己的血一样。有些时候我仿佛在写自

---

① 巴金：《探索之三》，见《随想录·探索集》，人民文学出版社 1981 年版，第 41 页。

② 巴金：《关于〈砂丁〉》，见《创作回忆录》，生活·读书·新知三联书店香港分店 1981 年版，第 76 页。

③ 巴金：《关于〈激流〉》，见《创作回忆录》，生活·读书·新知三联书店香港分店 1981 年版，第 86 页。

④ 巴金：《生之忏悔·〈灭亡〉作者底自白》，见《巴金文集》第十卷，人民文学出版社 1961 年版，第 141 页。

⑤ 巴金：《〈爱情的三部曲〉总序》，见《巴金文集》第三卷，人民文学出版社 1958 年版，第 492 页。

己的日记，虽然更多的时候我是在设身处地替李冷写他的见闻”[①]。这样，他所创造的艺术形象，虽有自我的分析、感受和思想渗透其中，但这不再是作者自我了，而是他所“扮演”的一个个具体的人物自己在思想、在生活。巴金则通过这些人物的思想与活动，生活在小说之中。《家》中对鸣凤投湖自尽前那一段催人泪下的回忆、怀念、渴望、矛盾和痛苦心情的描写，被公认为是中国现代小说中最成功的章节之一。但如果没有巴金在写《家》时“仿佛跟着书中每一个人受苦，跟着每一个人在那魔爪下面挣扎”[②] 的体会，这种种情景是断断不会写得如此生动感人的。

为了使所创造人物形象达到真实、自然的程度，巴金还经常把个人的某些经历放进小说里。《家》中的觉慧的性格和巴金相似，在觉慧身上，巴金也比较多地把自己的亲身经历写了进去。但是，觉慧并不是巴金，他声称“我写《家》的时候也绝没有想到用觉慧代表我自己”[③]。在巴金的生活中没有鸣凤，他是在祖父死后才进成都外国语学校读书，并且是同他的三哥李尧林一道公开从家庭中出走的。可见他与觉慧的遭遇不尽相同。又如他把童年时代一次因为所喜爱的大公鸡被宰杀而产生的伤感情绪用在杜大心身上，把自己同萧珊寂寞地打桥牌的事情，移作汪文宣和曾树生打桥牌的情节。然而，这也不意味着杜大心、汪文宣就是巴金。正如他所说：“作家经常把自己亲身见闻写进作品里面，不一定每个人物都是他自己，但也不能说作品里就没有作者自己。”[④] 经过他独出心裁创造出来的人物形象，或浓或淡地映现出作者的影子，他们也确实是巴金式的人物，而不同于其他作家写出来的人物。

正因为巴金“把写作和生活融合在一起，把作家和人融合在一起”[⑤]，所以，他感到“似乎许多、许多人都借着我的笔来倾诉他们的痛苦”[⑥]。巴金运斤成风，循着人物思想性格发展的轨迹写下去，把一幅幅生活画面天然无饰地呈现出来，没有夸张，没有歪曲，好像生活本来的样子就是如此，而他只不过是根据自己的观察和体验，如实地摹写出来而已，简直看不出人为技巧的痕

---

① 巴金：《谈〈新生〉及其它》，见《巴金文集》第十四卷，人民文学出版社 1962 年版，第 331 页。

② 巴金：《关于〈家〉十版改订本代序》，见《中国当代文学研究资料 巴金专集（1）》，江苏人民出版社 1981 年版，第 351 页。

③ 巴金：《关于〈家〉十版改订本代序》，见《中国当代文学研究资料 巴金专集（1）》，江苏人民出版社 1981 年版，第 351 页。

④ 巴金：《一点不成熟的意见》，载《雨花》1979 年第 5 期，第 63 页。

⑤ 巴金：《代序 文学生活五十年》，见《创作回忆录》，生活 · 读书 · 新知三联书店香港分店 1981 年版，第 3 页。

⑥ 巴金：《写作生活的回顾》，见《巴金文集》第七卷，人民文学出版社 1959 年版，第 8 页。

迹。这种真实而自然的画面，就是他所说的“无技巧”的最高境界。这种境界，实质上是巴金真诚的主观世界和客观现实高度统一后所创造出来的一种生动感人的艺术情境和艺术氛围。《家》中觉新与梅在花园里邂逅相遇的场面，鸣凤、瑞珏惨死时的情景，《寒夜》中汪文宣与曾树生离别时那一段绘声绘色的描写，便都达到归真返璞的地步，使人产生身临其境之感。像这样的生活画面，在巴金小说中是不乏其例的。这种显示出巴金自成一家的艺术风格的境界，充分体现出诚实的美学基因的作用。

二

巴金创造典型的艺术形象时，自始至终伴随着强烈的情感活动。鲁迅说：“巴金是一个有热情的有进步思想的作家。”[①] 巴金小说浸透了他的爱和恨、血和泪、悲哀和欢乐，每一页文字都洋溢着他发自肺腑的激情。激情，是巴金小说艺术风格的重要标志。

在现实生活中，巴金形成了泾渭分明的善恶观念。在民主革命时期，善与恶的斗争实质上就是人民大众同帝国主义、封建主义的矛盾斗争。应当看到，无论巴金在民主革命时期的世界观多么复杂，他的主要政治倾向是反帝反封建，他的基本政治立场是站在人民大众这一边。因而他的善恶观在一定程度上代表了人民大众的利益，体现了他们的情绪和要求。

巴金希望用善的力量来改造社会，对祖国，对人民大众，尤其是对觉醒的青年一代，充满深挚的爱。他特别注意从弱小者身上发掘善良的品质。短篇小说《苏堤》，表现了船夫朴实的性格和守信用的品德。《星》颂扬了革命青年家桢、秋星夫妇脚踏实地为理想和信仰而战斗的精神。在巴金大多数小说中，善的品质更多地是从人物热爱祖国、热爱人民、热爱自由、追求真理和维护正义事业的思想与行动中表现出来。在《死去的太阳》中，他赞美主人公们的反帝爱国行动；在《雪》中，他歌颂矿工反抗资本家的正义斗争；在《火》中，他颂扬一群投身到抗日救亡运动中的爱国知识青年。他们不谋私利，不损人利己，为了民族的生存、社会的解放和多数人的幸福，宁可抛弃个人舒适的享受，甘愿吃苦，甚至不惜献出最可宝贵的生命，显示出人物的人性美。巴金在他们身上，寄托着改革社会的希望。对被压迫的小人物，巴金给予了深厚的同情。收集在《复仇》《光明》《抹布》等集中的短篇小说和《砂丁》《第四病室》等中篇小说，反映了他们对生活的理想，表现了他们失去青春、爱情、

---

① 鲁迅：《且介亭杂文末编·答徐懋庸并关于抗日统一战线问题》，见《鲁迅全集》第六卷，人民文学出版社 1981 年版，第 536 页。

自由和幸福后的悲哀。

正因为对被压迫的人民大众有着深切的同情，巴金对帝国主义和封建主义怀着刻骨的仇恨。然而，他在小说中不是用漫画的笔调简单地丑化他所诅咒的对象，也不是像喊口号似的直接宣泄出他的憎恨，而是把反面人物当作一个人，当作封建制度的代表人物来写，让倾向性从场面中、从人物的思想与活动中，自然而然地流露出来。比如在“激流三部曲”中，他通过鸣凤自尽，突出高老太爷专横霸道的性格。从觉民抗婚，刻画出高老太爷的虚弱本质。从婉儿作妾，揭露出冯乐山荒淫无耻的生活。从蕙和枚表弟之死，勾画出周伯涛愚顽成性的封建礼教卫道士嘴脸。他们的胡作非为使读者感到应当恨他们。巴金小说的深刻之处就在于，通过痛挞这些反面人物，对孳生这些丑类的不合理制度作了坚决的否定。作品中所表达出来的恨，就不单纯是他个人的憎恨，而体现了人民大众对旧社会、旧制度的仇恨感情。强烈的爱憎感情成为巴金激情的基调，能够点燃读者心灵中的反抗火焰。

但是，巴金内心充满各种矛盾，他的激情蕴含着多种情感因素。在具体的艺术形象身上，例如在觉新身上，爱与恨、同情与鞭挞、悲哀与欢乐往往是交织在一起的，巴金能够准确地把它们表达出来。觉新是个受过一定的新式教育却摆脱不掉封建传统观念的羁绊，恪守着封建秩序的亦新亦旧的人物。巴金对觉新的“两重人格”进行了深刻的剖析，详尽地描画出觉新在新旧思想夹缝中的生活。巴金爱觉新的善良、富有同情心、肯帮助人；爱他能从自己的切身感受和手足之情出发，支持觉慧、淑英逃离封建家庭的樊笼。巴金恨觉新逆来顺受，屈从封建礼教和封建势力的压迫，抛弃学业；不敢做自己生活的主人，眼睁睁地看着封建家庭伸出魔爪吞噬掉妻子瑞珏、恋人梅与蕙的生命。巴金怜悯觉新的处境，在封建家庭里，觉新失掉了自由、青春、爱情和幸福，陷在痛苦的深渊里难以自拔。巴金却从不原谅觉新甘当封建地主阶级孝子贤孙的行为，对他奉行的“作揖主义”“无抵抗哲学”进行了含泪的批判；令人信服地揭示出，觉新的性格正是酿成觉新一类人物生活悲剧的内在原因，青年人只有克服自身的软弱性、大胆反抗黑暗现实，才能获得新生。觉新之所以成为中国现代文学史上一个成功的艺术典型，其中一个重要的原因就在于巴金灼热的感情有机地渗透到艺术形象中去，又恰如其分地从人物性格与现实生活的冲突中倾泻出来，体现出他处理自己复杂的内在情感的独特风格。

巴金要向读者吐露自己的悲哀和苦闷，就使得他的小说笼罩着一层忧郁的情感。他自己也承认：“我的作品中含有忧郁性。”① 这种忧郁性是旧时代的生

---

① 巴金：《前记》，见《巴金文集》第一卷，人民文学出版社 1958 年版，第 4 页。

活在他性格上所蒙上的阴影。巴金生活了19年的封建家庭，既孕育了他的反抗精神，又养成他易于悲哀和偏激的脾性。他进入社会后，虽从不怀疑自由平等的新社会一定会到来，但当问到他自己怎样在变革现实的实际斗争中尽一份力量时，他就没有勇气和决心跨出小资产阶级知识分子的圈子，因而迟疑、软弱、彷徨了。个人与社会的冲突，以及内心世界的矛盾，更增添他个人气质中的忧郁成分。巴金小说中的忧郁调子，就是从这种心境中产生的。而且，在旧中国，革命力量正处于由小到大逐渐发展的过程，在斗争的道路上不断出现曲折和反复；反动势力猖獗一时，占着统治地位，人民大众备受剥削和压迫，陷在水深火热之中。在当时，并不是所有人都能认清革命的形势和前途。明天的生活会变得怎样？革命何时才会取得胜利？这仍是大多数人（包括巴金在内）所思考和没有得到解答的问题。灾难深重的生活，给相当多的人心理涂上了忧郁的色彩。巴金的心和人民大众的心相通；巴金小说中的忧郁感已不单是他个人忧郁情感的抒发，在一定意义上，是那个时代我们民族生活中忧郁性的反映。

在《灭亡》《新生》《雪》、“激流三部曲”、《寒夜》以及巴金的许多短篇小说中，忧郁的情调是十分明显的。这同小说悲剧性的内容十分合拍，体现他对旧世界的彻底绝望。但由于在巴金心灵里燃烧着希望之火，因此，无论小说的忧郁情感多么浓烈，我们都可以听到他对光明的激情呼唤。可见，巴金的忧郁感不是低沉的呻吟与悲观的叹息，而是对黑暗现实的否定和对新社会的渴望，显示出独具的气质特色。

人物的感情变化，实质上是心理活功的过程。“五四”以来的中国现代小说家，大都很注重描写人物的心理活动。然而在风格上，巴金与同时代作家，例如与茅盾，就大不一样。茅盾站在客观的立场上，着重表现外界事物在人物内心所引起的感情变化，而人物内在感情的变化又使他们对外在生活采取相应的态度和行动，推动矛盾冲突的发展和解决。随着情节的推进，茅盾冷静而细腻地剖析人物的心理活动和各种微妙感情的产生发展过程，从中深化人物性格。巴金是一个热情奔放的作家。他认为：“生活是创作的源泉，可以说是唯一的源泉。但作家也可以完全写他自己的精神世界或者别人的心灵的发展。”①他创造艺术形象、表现人物生活与命运不太强调情节的丰富性，他的小说也不是以离奇曲折的情节取胜，而是另辟蹊径，以表现他本人和人物真实的思想感情直扑人心。他说：“我不大注意人们的举动和服装，我注意的是他们在想什

---

① 巴金：《关于〈砂丁〉》，见《创作回忆录》，生活·读书·新知三联书店香港分店1981年版，第75页。

么，他们有着什么样的精神世界。”[①] 他在创作中以揭示人物的精神世界为纲，以情节为目，把情节放在次要的地位。巴金善于贴切地描绘出人物内在几乎全部感情，让人物也捧出心来，向读者畅诉衷肠。人物感情的变化发展构成一个又一个清新的境界，多方面地展现出丰富的生活内容和性格。情节就是感情流动的线索、联结这些境界的纽带，保持生活的连贯性和性格的一致性。

巴金的代表作之一《寒夜》就是这样创作出来的。小说的情节简单而平淡，在抗日战争的艰难岁月里，重庆一个书局的校对汪文宣因患肺病失业了，妻子与他的母亲长期不睦，同时也为生活所迫，离开他去了兰州；汪文宣贫病交迫，终于在庆祝抗战胜利的爆竹声中，带着精神上的极大痛苦凄惨地死去。在国民党统治区，像汪文宣这种家庭悲剧是司空见惯的。小说之所以动人心魄，就在于巴金的笔触伸入主人公们的心灵深处，揭示出他们内心的奥秘，从中刻画出他们丰满的性格。巴金通过三方面的情感活动来塑造汪文宣的形象。在书局里，汪文宣终日战战兢兢，生怕失掉自己的饭碗；但汪文宣又并非麻木不仁，对不合理的现象保持着正义感，不与社会上的邪恶势力同流合污。在家庭中，汪文宣尊敬母亲，热爱和关心妻子，显示出性格中忠厚、善良的一面。在对待生与死的问题上，汪文宣渴望生，因为他还有自己的爱、自己的理想；但由于疾病缠身，得不到治疗，妻子离去后给他精神上添加的负担，以及贫困生活的折磨，使他又想死。巴金意深笔婉地揭示出汪文宣一步步走向死亡的复杂、矛盾的心情，一个血肉丰满的小知识分子的形象就跃然纸上。对于曾树生，巴金着重刻画出她在对汪文宣的爱情与上司的追求之间的矛盾心情，写出她对自由、幸福生活的渴望，她同婆婆冲突时的苦闷，以及她回家后所产生的寂寞和空虚的感觉，把她聪明而带有几分虚荣心、温柔善良却又倔强任性的性格淋漓尽致地表现出来。对汪母，巴金则从她同曾树生的争吵和对儿子的爱中，把她思想中的旧观念、掺杂在母爱中的自私成分，以及她在生活中的怨气与忧心，惟妙惟肖地表露出来。

巴金刻画人物心理活动独到之处，还在于他不急于揭示心理活动的结果，而是精细入微地描绘这个过程本身，从中展现人物性格的形成和发展过程。他以细腻的工笔描绘的不是人物将会有什么样的命运，而是人物面临这种命运时，将会有怎样的心理活动，以及将采取什么样的外在行动，形象地揭露出造成这种命运的内在原因，通过人物内心世界对外界事物的反应折射式地再现出时代生活。“激流三部曲”、《第四病室》《憩园》《寒夜》等小说，尽管没有大起大落的事件，绝少惊心动魄的场面，所写的又都是平凡人物的日常生活，

---

① 巴金:《观察人》，见《随想录》第一集，人民文学出版社1980年版，第113页。

但由于他的笔锋打开了人物心灵的窗户，使读者从外界常见的琐屑小事，看到在人物心中所引起的情感波澜；从各个人物精神的大千世界中，看到各种不同的性格；能于平淡中见其新巧，从人物的心理活动中，映照出人物的命运，展示出人间的悲欢。他激越而忧郁的感情虽不缠绵低回，但却深挚真切，恰如一道道暖流从人物身上涌出，滋润、温暖着读者的心田。曹禺说得好："他心中充满了热情。他的激情不是冲击你，而是渗透你，一直渗透到你的心中。他的感情象水似的流动在文章里，是那么自然，那么亲切。"[①] 巴金小说的激情十分清晰地显示出他的风格特征。

三

巴金小说独创性的内容同别具一格的艺术形式有机地统一后，作品便呈现出明净、朴素的风貌。这是巴金小说艺术风格的又一个特点。

老舍在谈到巴金的创作特色时说，巴金小说透明得"象块水晶"[②]。这块水晶，明净得几乎不含一点杂质。透过这块水晶，可以窥见他坦荡的胸怀。他笔下的人物也是透明的，无论他们的性格多么复杂，我们都可以看见他们的灵魂。巴金的笔调从不矫揉造作，直率的叙述、酣畅淋漓的描写富有生气，不给人以冗长沉闷的感觉。不同性格的人物生活，构成一幅幅浑然天成的社会风俗画，从这块水晶里映现出来。

必须指出的是，这种明净又是与朴素相联系的。巴金说："如果说我在生活中的探索之外，在写作中也有所探索的话，那么几十年来我所追求的也就是：更明白地、更朴实地表达自己的思想。"[③] 巴金小说没有华丽的形式、浮妍的言辞，对于他那颗丹柯式的心来说，一切富丽堂皇的修饰都显得是多余的。他要向读者说真话，说心里话，必然要选择朴素的形式来表现他深刻的思想、诚实的品格、炽热的感情和经他评价过的生活。

但是，明净不意味着单调，朴素和缺乏创作才华完全是两回事。色彩缤纷的生活要求巴金用多种多样的艺术形式表现出来。这就使得巴金小说仪态万方、独烁异彩。

为了更好地表达思想内容，巴金小说在体式上不拘一格。他常用日记体、书信体、散文体、游记体、传记体、童话体、报告文学体等多种体裁来写小

---

① 曹禺：《我的生活和创作道路》，见田本相《曹禺剧作论》，中国戏剧出版社 1981 年版，第 375 页。

② 老舍：《读巴金的〈电〉》，载《刁斗》1935 年第 2 卷第 1 期，第 104 页。

③ 巴金：《探索之三》，见《随想录·探索集》，人民文学出版社 1981 年版，第 40 页。

说。即使是他经常运用的体式格局，也从不凝固呆滞。例如他喜欢用第一人称来写小说，但是他写的每一篇第一人称小说，又都自出机杼。他早期常用双层次的格局："我"听另一人叙述故事，叙述者也用"我"，两个"我"交错使用，真是"我中有你，你中有我"。收集在《复仇》集中的短篇小说，大都是如此写成的。有时他也用单层次的格局：小说的故事由"我"直接叙述出来，如《亚丽安娜》《父与子》等便是。"我"在小说中所起的作用也不一样。在双层次格局的小说中，第一个"我"往往不是主角，在小说中只是起穿针引线或者陈述故事的作用；而第二个叙述故事的"我"才是真正的主人公，小说的故事就是根据第二个"我"的叙述而展开的。可是愈写到后来，这个"我"所起的作用就愈复杂。在《憩园》和《还魂草》等小说中，"我"就不只是起着单纯的主体或客体的作用。在《憩园》里，一方面，通过"我"的耳闻和目睹，把杨、姚两家几乎是不相干的生活连接起来，把这两家主人的性格和生活变化情况诉诸读者。另一方面，"我"又有名有姓，有自己的思想、经历、生活方式和性格，是一个完全独立的人物，直接参与杨姚两家的生活。对姚家，"我"是主人的老朋友和客人；对杨家，"我"又是企图拯救杨老三的热心人。同时，"我"对这两家生活的看法，更为直接地代表着作者的意见。由此可见，巴金对第一人称形式的运用独具匠心。尤其是在《憩园》以及短篇小说《还魂草》中，对"我"的运用更是自然得体，起着多种作用，表现出作家在艺术上不断前进的创新精神。巴金小说灵活的体式、多变的格局，以不同的风姿各竞其秀，但又统一在它明净、朴素的风格特点之中。

巴金小说呈现出的色调也是灿烂多彩的。收集在《复仇》集中的小说，大都格调明快、色彩斑斓、情感热烈而温醇，娓娓诉出下层人物的哀愁。《春天里的秋天》《月夜》等小说，格调舒缓，色彩清丽，情致婉约而深挚，诗一般优美的境界同主人公的悲惨遭遇形成鲜明的对照。《灭亡》《雪》《利娜》、"爱情三部曲"等小说，格调苍凉悲壮、色彩惨淡而素净、情致宛转而峻烈，字里行间喷射出反抗的火花。而在《砂丁》《神・鬼・人》等小说中，巴金以沉郁的格调、苍茫朴浑的色彩、炽烈而深沉的情致，揭露金钱的罪恶，批判宗教的欺骗性。不过，无论色调怎样变化，巴金小说仍不失却其明净、朴素的本色。

巴金小说的体式格局和色调，都是通过其外在结构显现出来的。巴金不落窠臼，巧妙地运用自己的结构方式，自标一格。在"激流三部曲"中，他采取纵向的结构方式，以高家日常生活为主要线索，使故事朝着纵深的方向发展，缓缓展现出各种场景画面。在《憩园》中，他以杨、姚两家生活为线索，双线并行、相互交错，向前推进。而《第四病室》却采用横向的结构方式，展现出抗战期间国民党统治区社会生活的一个横断面。《发的故事》采用倒叙结构，通过回忆来再现当时的生活情景。《化雪的日子》运用跳跃式结构，先后剖视两个生活画面。在《寒夜》中，巴金又熟练地以多层结构方式，像剥笋一样，把人物的生活、思想感情和性格，一层一层地揭示出来。

巴金不囿于某种现成的结构公式，也不刻意追求结构方式的新奇，而是根据主题的需要来选择、安排小说的结构。因此，他在剪裁、布局的具体环节中，特别注意针线的绵密和布局的匀称。比如在《憩园》中，巴金既写了姚家的生活，又使我们看到杨老三沦为小偷、乞丐的前后生活境况，还叙述了黎先生（即小说中的“我”）的活动。虽然头绪纷繁，但也脉络清楚、有条不紊。对姚家的生活，巴金采取纵向的结构方式，逐步深入展开。对杨家的生活，他运用倒叙的结构方式，从寒儿的口中叙述出来。杨老三的失踪、寒儿的寻父，无疑是小说中的重大事件，但巴金并没有在此恣意纵笔，而是很有分寸地表现出来，使各部分衔接得十分紧密。“我”第一次见到杨老三时，杨老三装聋扮哑，不回答“我”的问话；“我”最后一次见着杨老三时，杨老三被罚作苦役，想说又说不出话来，前后互相呼应。巴金在结构上的独到之处，既使得他的小说生动活泼而不粗疏松脱，又使得每一种结构都显示出其风格中明净、朴素的形式美。

作家的风格，往往在自己的文体中得到最集中的反映。别林斯基指出：“文体——这是才能本身，思想本身。文体是思想的浮雕性、可感触性；在文体里表现着整个的人；文体和个性、性格一样，永远是独创的。因此，任何伟大作家都有自己的文体。”① 巴金作品鲜明的艺术风格，在中国现代文坛上形成一种为他特有的新文体。这种无可模拟的新文体，我们可以称之为巴金体。

小说是语言的艺术，文体又是通过语言体现出来的，语言在风格中发挥着重要作用。巴金小说具有个性化的艺术语言，表现出巴金体的特点。它不像鲁迅小说语言那样冷峻、深沉，不像茅盾小说语言那样典雅、凝练，也没有老舍小说语言的那种幽默感。巴金从血与泪、爱与恨中迸发出来的情愫，好像激流一样汪洋恣肆，他的笔紧随着激情在纸上迅速移动，来不及精心雕镂自己的字句，使用的往往是最普通的词藻，追求的不是词章的华丽，而是流畅、率真、爽健、自然。“激流三部曲”“爱情三部曲”、《寒夜》等小说带有强烈感情色彩的文字，天然去雕饰，明净、朴素，显示出它自成一体的特点来。

巴金小说的语言，不仅以灼热的感情撩人，还以熨贴地表现人物的各种细柔的感情动人。《春天里的秋天》的语言，又别是一番悠长的情味。像下面的

---

① ［俄］别林斯基：《别林斯基论文学》，梁真译，新文艺出版社 1958 年版，第 234 页。

这一段文字：

> 我抬起发热的脸，去看蔚蓝的天，去迎自由的风。我的眼里却装满一对大眼睛和两道长眉。那对大眼睛里充满着爱情，春天的爱情，南方的爱情。①

文字秀朗、节奏明快，抒情的笔调像醇酒一样醉人，表现了巴金对自由、幸福的热爱，和对纯洁的爱情的赞美。

巴金小说的语言叙事如绘，具有逼真的形象性。读者似乎还没有充分领略到语言的风味，活生生的场景便出现在眼前。在《家》中，他抓住高老太爷假寐时“身子软弱无力地躺在那里，从微微张开的嘴角断续地流出口水来，把颌下的衣服湿了一团”的状态，寥寥几笔，就把高老太爷的龙钟老态十分简练而又传神地勾画出来。

巴金不雕琢堆砌文字，但是他在锻句炼字、发掘常用语汇内涵的艺术表现上，却下过一番功夫。巴金小说朴实的句式虽然多是由一些平淡无奇的普通词语组成，但并不芜杂、枯燥，而是使语言带有浓郁的生活气息，给读者以清新、亲切的感觉。

巴金在观察、体验生活的同时，也自发地向人民群众学习语言。他在表现人物对话时，适当地采用一些经过他提炼过的方言土语，以突出小说所反映的生活的地方色彩。比如《憩园》的故事发生在四川，“我”问姚家的老仆人老文：“是不是你们少爷喜欢跟杨少爷一块儿玩？”老文回答：“哼，我们虎少爷怎么肯跟杨少爷一堆耍？”“一块儿玩”是标准的普通话，从“我”这个走南闯北的作家嘴里说出是十分自然的。“一堆耍”却是四川的方言，从在姚家当了30几年仆人的老文口里说出，十分符合这位老仆人从未离开过四川的生活经历。倘若老文也说“一块儿玩”，那就显示不出他是四川一个地主家庭的仆人，而像是其他什么地方的地主家庭中的仆人了。

为了增强自己语言的表达能力，巴金从前代文学作品中，选取一些常见的词语，赋予现代的生活意义。例如在《家》中，梅指着高家花园湖畔的柳树说：“这垂柳丝丝也曾绾住我的心。”在这里，巴金不用“拴”“系”“缠”“扣”“网”等现代汉语中的同义字，而用一个“绾”字，既表达出多愁善感的梅“剪不断，理还乱”的凄哀心情，又同她具有一定的古典文学素养的青年孀妇的身份很相称。又如《春》的第四节，“海臣听见说划船，很欢喜，就

---

① 巴金：《春天里的秋天》，见《巴金全集》第五卷，人民出版社1987年，第96页。

去拉琴的衣襟，又把两手伸去缒着她的膀子，要拖她去划船”。巴金不用“抱着”“吊着”等现代汉语中的常用词，用“缒着”，把海臣急不可待的心情活灵活现地描摹出来。这些含有新意的古字用得妥切工整，体现出巴金在文句上的锤炼功夫和熟练驾驭民族语言的非凡才能与风格。

巴金小说的语言丰富多彩，还同他自觉地学习外国优秀文学作品的语言分不开。巴金注意吸取外来的词汇、语法结构和修辞方式，经过借鉴和创造性的改造加工，使之符合我们民族语言的表达习惯，用以反映我们的民族的生活。不必讳言，在巴金早期的作品中，文字有欧化的毛病，出现了诸如“把我底血泪渗在钢铁里面制成一辆辆汽车来给那般有钱的男女们坐乘”（《房东太太》），“她底少女底美丽的脸在月光里伴随着那坚定而凄哀的表情显得更圣洁了”（《爱底十字架》）之类的长句，和我们民族遣辞造句的习惯相距甚远，读来生硬别扭，不容易上口。巴金意识到这个问题并且也在不断地纠正这种偏差。一方面，他不断修改自己的文字；另一方面，在创作中尽量避免使用这种不中不西的句式，使外来语经过他熔铸后，具有我们民族的审美特点，成为他所运用的民族语言的有机成分。到了 30 年代，巴金在文字上的欧化倾向已基本上得到纠正，语言也臻于成熟优美而更具有自己的风格。巴金很喜欢屠格涅夫的作品。屠格涅夫在《罗亭》中写罗亭的头发，曾用过“突然把他那狮鬣般的头发向后一掠”[①] 的句子。巴金也爱用狮子的鬃毛来形容女性的头发。在《电》中，巴金用狮子的鬃毛来形容李佩珠和慧的浓密的头发。其中，写李佩珠演讲时的那一段尤其精彩：“她举起一只手在空中挥动，她口里嚷着，一头摇着，那一头浓发全散开来，跟着她的头飘动，那么一大堆！时而遮了她的半边脸，时而又披到后面去，从远看去，好象那是一个狮子头，狮子在抖动她的鬃毛。”在这里，他从外国作家的语言中攫取了形象的比喻，但不是照抄照搬，而是创造性地加以改造，写出了新意。

尽管巴金同其他中国现代作家一样，喜欢用主谓结构的句式，但由于他吸取了外国语法和修辞形式的长处，就使得他的句式灵活多变，显示出不同于他人的语言个性。我们顺便举《月夜》中一段为例：

> 空中、地上、水里，仿佛一切全哭了起来，一棵树、一片草、一朵花、一张水莲叶。静静地这个乡村躺在月光下面，静静地这条小河躺在月光下面。

---

① ［俄］屠格涅夫：《罗亭》，人民文学出版社 1957 年版，第 56 页。

第一句为了突出悲伤的氛围，把“一切”的同位语“一棵树、一片草、一朵花、一张水莲叶”有意放在句尾。第二句为了强调环境的静谧，把状语“静静地”放在句首，放在主语的前面。这段明净、朴素的语言并不华丽，但却平易而情意绵邈、流畅而有节奏、活泼而具有立体感，便于阅读，易于朗诵。

巴金在长期的创作实践中，使他的小说语言成为一种具有民族特色和个人声音的优美文学语言——巴金体。曹禺说得好：“他写起来很容易，很流畅，他用的都是很普通的字，完全是白描的手法，象《老残游记》中的白描。几笔便勾勒出一幅令人神往的风景、环境；几笔便刻画出生动、深刻的人物。”① 这并非溢美之辞。《春》结尾时，琴读完冲出封建家庭罗网的淑英来信后的那段描写，可作佐证：

> 琴读完信，抬起头来，两手托着腮痴痴地望着窗外。窗外一片阳光，一群蜜蜂在盛开的桃花周围飞舞。一阵风轻轻吹过，几片花瓣随着风飘落下来。一只小鸟从树枝上飞走了。鸟在飞，花在飞，蜜蜂在飞。琴的思想也跟着飞起来。这思想飞得远远的，飞到了上海，飞到了淑英的身边。
>
> “春天是我们的”，琴低声念着，她忽然微微地笑了。

这段描写，有物有人，有动有静；有自然的景色，还有周围环境的变化；有人物的神态、动作，也有人物的思想，还有人物的声音；有人物对现实生活的感受，也有人物对理想的憧憬。巴金使用的又是最普通的文字，但经过筛选和锤炼，使得这段语言虽率真而蕴含深意，虽质朴而生动，虽奔放洒脱而又婉曲清隽，虽明净而色彩丰富，虽疏淡而不失其新奇，读后耐人寻味。像这种体现出巴金体独具的特色的语言，在他的小说中是不胜枚举的。可见，巴金是继鲁迅之后又一个用民族语言来写作的文学巨匠。巴金体的形成，为中国现代文学语言宝库增添了新的珍宝，成为人们学习的楷模。正如周扬同志公正评价的那样，巴金不愧是我国“当代语言艺术大师”② 之一。

从上面的分析中我们可以看到，巴金小说在体式格局、结构、语言等外在

---

① 曹禺：《我的生活和创作道路》，见田本相《曹禺剧作论》，中国戏剧出版社 1981 年版，第 375 页。

② 周扬：《建设社会主义文学的任务——在中国作家协会第二次理事会会议（扩大）上的报告》，见中国作家协会编《中国作家协会第二次理事会会议（扩大）报告、发言集》，人民文学出版社 1956 年版，第 35 页。该文以《建设社会主义文学的任务——1956 年在中国作家协会第二次理事会议（扩大）的报告》为题刊载于《文艺报》1956 年第 5、6 期。

形式上，显示出气象万千而又卓尔不群的风格美。有人说，读巴金小说如同在花园里漫步，馥郁的香气、缤纷的色彩、别致的风姿，令人留连忘返。这话是很有道理的。

四

巴金的风格是他的思想品德和生活的集中表现，必然会受到作品所反映的客观社会生活对象的制约。时代风云在变幻，巴金在生活中的政治观点、审美理想也要随之变化。作为一个卓越的小说艺术大师，巴金在创作上具有多方面的适应能力，从不满足已经取得的艺术成就，让自己的小说打上单一风格的印记。而且，随着创作经验的积累、艺术修养的提高、艺术表现方法上的创新，巴金也在不断丰富和发展自己的风格。综观巴金在民主革命时期所写的全部小说，考察他的创作活动，不难发现，他的风格在抗日战争期间发生了重大的变化。这种变化，主要是由于巴金在急遽动荡的时代生活中有了新的独特感受而引起的，是他在艺术上新的追求的体现。

巴金在二三十年代探索真理的过程中，信仰过无政府主义。无政府主义早在20世纪初，就被当作“社会主义”之一支流传中国，在初期流行的各派社会主义思想中，曾一度占有优势。当时中国无政府主义所否定的政府是军阀政府，否定的伦理道德是传统的封建观念，这些正是新民主主义革命运动的锋芒所向。所以，在特定的半封建半殖民地的中国社会，在新民主主义革命运动刚刚兴起的特定历史时期，无政府主义在反帝反封建斗争中还可以发挥一定的积极作用。巴金从西方思想武库中借用无政府主义这个思想武器来攻击传统的封建观念，阻碍社会进步的黑暗势力以及不合理的社会制度，在新民主主义革命运动中，客观上起着推波助澜的作用。但是，无政府主义反对建立任何形式的国家，不承认一切政府，它同科学社会主义有着根本的区别。巴金有强烈的反帝反封建要求，希望能找到一条通往理想社会的道路，而无政府主义思想却妨碍了他对中国革命的性质、道路、方法进行深刻的理解和对中国共产党的正确认识，使他不能在新民主主义革命运动中发挥更积极的作用。他前期小说的风格，从整体上来说就像熊熊燃烧着的火山，喷射出灼热的激情。但在这火焰中，或多或少、或浓或淡地带有虚无主义色彩。

七七事变发生后，抗日的烽火给巴金思想以巨大的震动，他说：“抗日是一道门，我们要生存要自由，非跨进这道门不可。至于进了门往那条路走，那是以后的事了。”① 作为一个爱国者，他走出狭小的个人生活圈子，投身到党

---

① 巴金：《杂感（一·失败主义者）》，载1938年《见闻》第2期，第52页。

所领导的抗日救亡洪流中，更多地参加实际活动。长期颠沛流离的生活，扩大了他的视野。祖国大地上的火光、弹坑、废墟、尸体、人民大众的苦难，使他丢弃了头脑中一些不切实际的空想。此时，巴金考虑的不再是实现“安那其共产主义”的理想，而是如何挽救民族危亡的问题。他到重庆后，多次聆听周恩来同志的报告和讲话，同共产党人接触增多，对党有了进一步的了解，思想境界有了明显的提高，对社会现实的认识也更为深刻。“皖南事变”爆发后，国民党统治者用尽一切办法来压制和迫害进步的文艺工作者，作家的处境越发困难，在创作上受到难以想象的限制。但是巴金没有消沉下去，他拿起笔，继续抨击黑暗，呼唤黎明。

鲁迅指出，“风格和情绪，倾向之类，不但因人而异，而且因事而异，因时而异”[①]。长篇小说《火》，便是巴金小说由一种风格向另一种风格变化过程中的作品。《火》的第一、第二部，揭露了日本侵略者的罪行，表达出中国人民同仇敌忾的决心和必胜的信心。小说画面开阔、笔力雄恣、格调激昂、情绪热烈，分明显现出巴金前期小说的那种风格。《火》的第三部，虽仍不失火一样的激情，但比起以前所写的小说来，这种激情就比较含蕴，间有较重的沉郁成分在内了。这就表明，巴金小说的艺术风格正在发生重大的变化。

关于巴金创作风格的变化发展原因，海外的一些中国现代文学研究者和我们存在着截然不同的看法。有一种观点认为，时代生活的变化不是促使巴金小说风格发生重大变化的客观原因，巴金写《憩园》《第四病室》《寒夜》时，“正是‘民主斗争’和‘革命斗争’的高潮，巴金敢于视而不见，听而不闻，埋头写人间小人物的平凡小事”。巴金小说风格之所以变化，是由于他“抛弃了五四以来一般作家那种浅俗的使命感，功利论，把文艺花草，安植于人间的泥土”[②]。这显然是一种偏见。

其实，巴金在创作这几部小说时，不仅不是游离于革命斗争之外的隐士，反而比以往任何一个时期都更加积极地参加到党所领导的民主革命斗争中去。我们以《寒夜》为例来论证这个问题。《寒夜》的写作时间是1944年初冬到1946年底，其中三分之二的篇幅是在抗战胜利后完成的。1945年2月，《寒夜》动笔不久，巴金在郭沫若起草的《文化界时局进言》上签名，要求召开临时紧急会议，商讨战时政治纲领，实现民主。[③] 同年12月1日，昆明爱国

---

① 鲁迅：《准风月谈·难得糊涂》，见《鲁迅全集》第五卷，人民文学出版社1973年版，第424页。

② 司马长风：《中国新文学史》下卷，昭明出版社有限公司1978年版，第74页。

③ 《重庆文化界对时局进言》，载《大公报》1945年第5期，第74～75页。（原注释为《文化界时局进言》，载《新华日报》1945年2月22日。）

学生反内战、争民主的行动遭到国民党当局的镇压，巴金和郭沫若、茅盾等16名作家联名写信给闻一多先生，支持师生的爱国行动，表示“愿竭诚共同努力，以期达到制止内战，实现民主和平之目的”[①]。1946年1月8日，巴金又同茅盾等一起，致函旧政治协商会议各会员，要求结束国民党的一党专政，制定和平建国纲领，废止文化统制政策。[②] 不久上海十万人举行反内战大会，巴金也在请愿书上签名。[③] 反映在创作上，巴金从未放弃探索者的使命，从“四十年代开始我就在探索我们民族力量的源泉”，他得出的结论是，“主要的力量在于我们的人民”[④]。因此，他瞩目凡人小事，从《还魂草》到《寒夜》，所写的几乎都是普通人物平凡的生活故事。在《第四病室》和《寒夜》里，巴金着重表现黑暗社会如何把这些小人物逼上走投无路的绝境，让读者看到国民党统治下的人间地狱是个什么样子，“控诉那个不合理的社会制度”[⑤]。可见，巴金没有脱离时代生活、脱离人民去叩“彩耀千秋的艺术之宫”。而且，正是巴金在创作《憩园》《第四病室》《寒夜》等小说时，对现实生活有了新的独特感受和认识，在写作中有了新的追求，才使得他的艺术风格发生明显的变化。上面谈到的那种偏见，与巴金小说风格变化发展的实际情况是不相符合的。

巴金小说风格的重大变化，首先表现在其作品所反映的生活内容上。他以前创作的小说，愤激地控诉旧制度的罪恶，呐喊着反抗。他此时的作品，重点却在写普通百姓在怎样受苦、怎样死亡和“好人得不到好报”[⑥] 上。他过去所写的小说也表现了下层人民的善良品质。而这个时候，他为了突出“好人”的“好”字，更注意从不同的方面去透视人物的心灵，展示“好人”的菩萨心肠。《憩园》中的万昭华想“帮助人，把自己的东西拿给人家，让哭的发笑，饿的饱足，冷的温暖”，是个心地善良的妇女。《第四病室》中的杨大夫也希望“变得善良些，纯洁些，或者对别人有用些”，是个受病人欢迎的好医生。《寒夜》中的汪文宣则是个时时处处都为别人着想的老好人，憧憬着抗战

---

① 影印件，见于重庆市博物馆。

② 《陪都文艺界致政治协商会议各会员书》，见《中原、文艺杂志、希望、文哨联合特刊》，1946第1卷第2期，第2页。

③ 影印件，见于北京中国革命军事博物馆。

④ 巴金：《八 关于〈还魂草〉》，见《创作回忆录》，生活·读书·新知三联书店香港分店1981年版，第69页。

⑤ 巴金：《十一 关于〈寒夜〉》，见《创作回忆录》，生活·读书·新知三联书店香港分店1981年版，第94页。

⑥ 巴金：《谈自己的创作·谈〈寒夜〉》，见《巴金文集》第十四卷，人民文学出版社1962年版，第435页。（原注释为巴金《谈〈寒夜〉》，《作品》新1卷5～6期。）

胜利后去从事教育工作。他们本来可以对社会作出有益的贡献，然而，不合理的社会制度摧残“好人”、扼杀善良的力量。巴金着力抒写了他们“得不到好报”的悲剧命运。万昭华和麻木不仁、迷信金钱万能的丈夫生活在一起，时时遭到丈夫前妻娘家的妒恨。她空有好心，却无勇气冲出剥削阶级家庭去实现自己的理想，只好像笼中的小鸟一样，听任青春毫无意义地消逝掉。在那个腐败的社会，杨大夫的良好愿望也不可能实现，聪明才智得不到发挥，天天无可奈何地看着没钱买药的病人哀号着死去，而她自己也在日本侵略者的轰炸下失去了踪影[①]。汪文宣虽然见人低头、忍辱苟安，可是只因洁身自好，不与黑暗势力同流合污，便成了不合理的社会制度下的牺牲者。巴金刻画汪文宣这样的性格，与他过去塑造的那些知识分子如李冷、陈真、觉慧等人物形象不一样，他是“让旁人不要学他们的榜样”[②]。在恶浊的现实中，任何“好人”都不能独善其身。黑暗社会用不同的方式吞噬了这三个“好人”，巴金在小说中又一次发出深沉的控诉声。

其次，巴金风格的变化还表现在艺术方法上。他在20世纪30年代说过：“我并不是一个冷静的作者。”[③] 在前期创作的小说中，他直接向读者倾吐出内心的激情。到了抗战后期，他已饱经风霜，对客观现实的观察也比较冷静透彻。为了表现“那些被不合理的制度摧毁、被生活拖死的人断气时已经没有力量呼叫‘黎明’了”[④] 的悲惨现实，从人物的遭遇中，剖析酿成这种种悲剧的社会原因，他说：“在后期的作品里我不再让我的感情毫无节制地奔放了。我也不再像从前那样唠唠叨叨地讲故事了。我写了一点生活，让那种生活来暗示或者说明我的思想感情，请读者自己去作结论。”[⑤] 这样，他的激情就变得蕴蓄沉郁，语言也变得悲婉冷隽。和以前所写的小说相比，《第四病室》《寒夜》等小说更像冰下的火山，蕴藏在内部的炽热岩浆正在酝酿着一次新的爆发，在风格上呈现出新的特色。

文学史上常有这样的现象：某些作家在其风格形成之后，就裹足不前，以后写出来的作品在思想性和艺术性上，很难逾越他们的成名之作。或者思想格

---

① 我依据的是晨光出版社1946年11月出版的版本。该小说在1960年经巴金修改，给杨大夫安排了活着的暗示。

② 巴金：《谈自己的创作·谈〈寒夜〉》，见《巴金文集》第十四卷，人民文学出版社1962年版，第435页。（原注释为巴金《谈〈寒夜〉》，载《作品》新1卷5～6期。）

③ 巴金：《关于〈家〉十版改订本代序》，见《中国当代文学研究资料 巴金专集（1）》，江苏人民出版社1981年版，第350页。

④ 巴金：《〈寒夜〉后记》，见《巴金文集》第十四卷，人民文学出版社1962年版，第296页。

⑤ 巴金：《谈自己的创作·谈我的短篇小说》，见《巴金文集》第十四卷，人民文学出版社1962年版，第454页。（原注释为巴金《谈我的短篇小说》，见《人民文学》1958年第6期。）

调虽达到一定的高度，但艺术性却有所倒退；或者在艺术上虽有了一些新的建树，但思想境界却较低下，以致盖在作品上的风格印记越来越模糊。巴金却不是如此。到了抗战后期，他在思想上有了很大的进步，对生活中的真善美和假恶丑的现象认识得更为深刻，也就更能把握住时代的脉搏，发展自己的创作个性。他这时所写的小说，一丝虚无主义的影子也没有了。在艺术上他有了新的发展，表现方法更趋成熟完美。如果说《家》代表了他在二三十年代小说创作的成就，那么，《寒夜》就是他在40年代小说创作的一块丰碑。《家》通过对一个封建地主家庭罪恶生活的揭露与鞭挞，否定了封建礼教和封建宗法制度。但在创作上还存在着与社会生活联系不够紧密的微瑕；作者为了宣泄自己的激情，某些章节人物的对话竟像作者在直接发表意见，而不太像人物自己的语言。这些不足之处在《寒夜》中已得到克服。巴金把汪文宣个人的命运同整个社会的命运有机地结合起来，从而否定了整个不合理的社会制度，宣判了旧社会的死刑。这就概括地表现了更为深广的社会生活内容，具有更为鲜明的时代特色。人物对话也更具有性格特征，表明作者锤炼语言的功夫达到炉火纯青的地步。由《灭亡》到《家》再到《寒夜》，巴金小说风格的变化是向前发展的。正是巴金坚持不懈地对生活和创作进行探索，他对生活的真理有了新的发现，在艺术上勇于创新，这才使他的小说逐渐呈现出为他特有的新颖风貌。

前人胡应麟在评论杜甫诗歌时说："杜诗正而能变，变而能化，化而不失本调，不失本调而兼得众调。"① 辩证地阐明了个人风格的丰富性和独特性的关系。悲和愤是巴金小说占主导地位的风格，但却不能用来说明他所有小说的艺术特色。巴金小说的艺术风格是多姿多彩的：既有"激流三部曲"的血泪控诉，又回荡着《灭亡》《新生》《死去的太阳》《海底梦》的反抗呐喊，也有《春天里的秋天》《月夜》的婉约纤巧、《神·鬼·人》的低沉宛转、《火》（第一、第二部）的热烈、《憩园》的缱绻、《第四病室》的冷隽、《寒夜》的沉郁……但他整个小说艺术的"本调"还是诚实、自然、明净、朴素。这种"本调"和"众调"的和谐统一，也就是独特性与丰富性的统一，使巴金能够按照自己特有的方式，多方面地反映客观生活。

雨果说："未来仅仅属于拥有风格的人。"② 风格的形成是作家创作成熟的标志，古今中外一切有成就的作家，都很重视自己的风格。作家的创作愈有独

① 胡应麟：《诗薮》，上海古籍出版社1979年版，第73页。

② 转引自［苏联］米·赫拉普钦科《作家的创作个性和文学的发展》，上海人民出版社编译室译，上海人民出版社1977年版，第181页。

特的风格，他在艺术上的贡献就愈大。巴金小说自成一体的风格，表明他在艺术创作上已攀登到一个非凡的高度，他通过自己的艺术实践，努力把中国现代小说的创作推向世界文学的前列。他在风格上的成就，丰富了人类艺术创造的宝库，推动了中国现代小说的发展，对后来的小说创作产生了积极而深远的影响。因此，在马克思主义文艺思想的指导下，研究巴金小说的艺术风格，学习和发扬他在文学创作上的长处，对促进在社会主义方向下多种多样文学风格的形成与发展，对繁荣我们今天的文学艺术事业，都有着极其重要的意义。

（硕士毕业论文，原载中山大学中文系、中山大学学报编辑部编《中山大学学报（哲学社会科学）论丛(七）·现代文学论文集》，中山大学学报编辑部1984年编辑出版，广东省期刊登记第一九〇号，第43～58、79页）

延展篇

文化整合与文学创作

文化整合：中国的过去、现在与未来

迈向中国未来之路，就是中国社会从传统农业社会向现代工业社会嬗变之路。从文化学的角度考察，这条现代化的道路其实也就是一条文化整合的道路。那么，文化整合在中国社会进程中有何作用？文化整合为什么是迈向中国未来的必由之路？今天我们怎样进行文化整合？本文试就此展开论述，以就教于方家。

一

从形态和结构上看，我们大致可以将中国文化分成三个层次。最外层是器物层，包罗了中华民族所创造的各种物质的、精神的产品，如指南针、火药、纸张、字、画、乐曲、雕塑、万里长城、楼台亭阁、舟、车、瓷器、丝绸、服饰等，凝结着中华民族的聪明才智和创造力。中间层是制度层，是中华民族处理个人与他人、个体与群体等人际关系的行为规范，涵容了经济制度、政治制度、家族制度、婚姻制度、法律和礼俗、民俗风俗等，规定和制约着中国人从事社会活动的基本方式，体现着中华民族所特有的社会机制与民族风貌。深层是精神层，蕴含着中华民族的文化心态、价值观念、思维方式、审美理想以及诸种社会意识等内容，支配着中国人的文化行为，构成了中华民族的民族性格。在这三个层次中，最活跃的是器物层，为了满足古代中国人生存和生活的需要、适应社会的发展，器物层最容易产生变化和革新。而制度层则较为保守，中国的封建专制的政治制度、小农生产的自然经济制度、以血缘为纽带的家族宗法制度、“父母之命、媒妁之言”的婚姻制度、以儒学为观照的礼制风俗习惯，陈陈相因，延续了几千年。不过，最难发生变化的还是精神层，它具有坚实的稳固性、保守的遗传性、顽强的排异性，世世代代积淀下来，保存和传递着古代中国人对宇宙万物、大千世界、复杂社会以及对人自身认识的基本观点，是中华民族文化的核心和灵魂，在这三个层次中起着主导作用。

几千年来，中国文化一直在不断地进行整合，融化和吸收外来文化。所谓文化整合，就是两种或两种以上的文化交流时，所经历的一个协调、融合的过程。在这个过程中，强势文化会对弱势文化进行选择、适应、调整、吸收、创新，从而使文化相似性不断增加，最终使弱势文化成为强势文化的一部分。

中国是一个多民族的国家，在远古不知有过多少个民族部落和部落联盟，每个部落都有各自的文化。以农耕为主要生产方式的汉族文化，在当时各民族部落文化中是比较优秀的文化。它在形成的过程中，不断与东夷、西戎、北狄、南蛮等民族文化相互采借、嫁接、并同化其某些特质，从而构成以汉族文化为主体的中国文化。中华民族形成的历史，可以说是汉族文化与本土各兄弟民族文化整合的历史。

一般而言，中国文化的整合分为碰撞混乱、适应调整、比较平衡、选择吸收、增添代换、融合创新、稳定和谐七个阶段。在中国历史上曾经出现过几次大规模的文化整合。第一次肇始于春秋，基本完成于西汉。在这次文化整合过程中，各个民族互相融合，各个民族文化互相碰撞。周文化在整体上处于“礼崩乐坏”的瓦解状态，思想界群星璀璨，百家争鸣，“克己复礼”的儒家文化和“道法自然”的道家文化勃兴，满足了动乱的社会的需要。这个时期，在器物层，铁器和牛耕广泛使用、钢和纺织品的出现推动了手工业和商业的发展，万里长城显示了古代中国人民的创造力。在制度层，赵武灵王比较了中原文化与蛮夷文化的某些长处和短处，提出了学习蛮夷的“胡服射骑”的革新主张，改变了几千年的军事制度、军事装备和军事思想。崛起于西戎的秦国，经过选择，吸取了汉民族创建的中原文化，包容了其他民族文化，国势渐强盛，最终由秦始皇兼并海内，吞灭六国，完成了氏族贵族封建制向以郡县为基础的封建中央集权的过渡。西汉政权则基本承袭、健全和巩固了秦朝建立的封建制度。与此同时，家族宗法制更为完备，协调了社会的组织细胞，维护皇权的法制和维护封建秩序的礼制也建构起来。而在精神层，董仲舒提出的“罢黜百家，尊崇儒术”的主张受到汉朝统治者的采纳，儒家思想成为中国民族精神的核心，儒家的价值观念、政治观念、伦理观念、思维方式与审美理想为人民所接受，积淀在民族文化心理深层，成为一种集体无意识。毫无疑问，这次持续几百年的文化大整合，奠定了中国文化的基础，建构起中国封建社会的基本格局，使中国历史跨越了奴隶制而向前迈了一步。当这次文化整合刚刚完成时，佛教东来。由于佛教思想与儒家思想、道家思想抵触和冲突，一时不能为人们所接受，这显示出中国文化，尤其是精神层的排异性和稳固性。

第二次文化大整合起于魏晋，经南北朝而止于初唐。自东汉末年开始，中原板荡，混战不息，其间司马政权虽曾短暂统一过中国，但南北分裂却长达几百年，社会秩序、社会生产遭到严重破坏，中国文化受到猛烈的冲击。在精神层，儒家思想的独尊地位随之动摇，儒、道、佛之间，儒、道、佛与各兄弟民族文化思想之间进行大整合，到了唐代，形成了以儒学为主导，儒、道、佛三足鼎立、互相渗透的多元形态。玄学的思维方式、佛教哲学，给予人们新的启发，从而把精神层推向一个新的高度。精神层的变化势必影响到制度层。儒学的衰微，使人们摆脱名教的束缚，在魏晋形成谈玄任放的世风，婚姻也相对自由，这种风气在唐代进一步发展。在器物层，绘画、雕塑、建筑、瓷器等都大放异彩。值得一提的是汉族文化与各兄弟民族文化的整合。这种整合表现为各族文化的汉化和汉族文化的胡化。各族文化的汉化，指各族文化扬弃旧质、选择先进的汉文化，在精神层接受儒家思想，在制度层实行政治体制封建化，经济体制农业化，生活习俗汉族化，语言汉语化。前秦的氐人皇帝苻坚、北魏的鲜卑人皇帝拓跋宏、南方俚族的女英雄冼夫人等在这种文化整合中，都发挥过积极的作用。汉族文化的胡化，就是在整合中吸收各民族文化的某些优秀成分，如仪礼音乐、胡床、胡坐、北朝律令等，创造出一些带有胡化因子的新的特质。与此同时，中外文化的交流也在进行。高句丽（朝鲜）、天竺（印度、尼泊尔）和西域诸国的音乐、舞蹈、美术和杂技、波斯铠甲和翼兽石雕等经过整合，丰富了中国文化。第二次文化大整合在中国社会的进程和中国文化的发展史上都有着重大的意义。中国社会分裂了几百年，在隋唐能走向高度统一，充分显示出文化整合的黏合凝聚作用；同时也为唐代社会文化的空前繁荣，奠定了坚实的基础。

第三次文化大整合发端于北宋，完成于明，主要在精神层进行。自魏晋以来，儒、佛、道三家文化思想互相排斥、互相补充，互相对立、互相渗透。宋明的一些儒学思想家痛感儒学式微，以继承孔孟道统、复兴儒学为己任，同时又以儒学为本位，对佛、道两家文化思想进化整合。在整合过程中，他们吸取了佛家形而上学的思辨哲学，融合了道家的宇宙生成、万物化生的思想精粹，从而形成一种以伦理为本体的新的儒家文化思想系统——理学。在理学家看来，天理和人欲是尖锐对立、水火不相容的，他们提出“存天理，灭人欲”和“清心寡欲”的价值取向，把中国文化重伦理道德、讲名节操守的传统精神推向巅峰。经过两宋以来历代统治者的提倡，理学取得独尊地位并得到历代人民的认同，对建构中华民族的文化性格产生了深远的影响，例如文天祥脍炙人口的名篇《正气歌》便是理学的产物。饶有意思的是，蒙古族的忽必烈征服了中国，建立起空前强盛的元帝国，游牧文化与汉族文化再一次发生猛烈的冲撞。不过由于以儒学为主体的汉族文化具有强大的同化力，在文化整合过程中，忽必烈大力推行汉化，不仅在器物层上向汉人看齐，而且在制度层改革旧俗，实行汉族的封建政治制度，更重要的是，在精神层倡扬儒家文化思想。于是，新儒学——理学在元代方兴未艾，被钦定为科举必考的官方哲学。军事征服者在文化上反倒为被征服者所征服，中国儒家文化在整合中再度表现出强大的生命力。

当然，在其他朝代，例如清代，中国文化也没有停止过文化整合。中国文化就在多次整合中得以丰富、完善、演变、发展，是14世纪前世界文化中占优势的先进文化。文化整合贯穿了中国社会的进程，如果说中国封建社会是一个超稳定的社会，那么文化整合就是这个超稳定社会的组合力量。

二

中国历史演变的过程表明，当经济繁荣、社会安定、国力强盛的时候，中国文化在整合过程中就能表现出“纳细川于巨流”的雍容大度。而每当经济凋蔽、社会动乱、国力衰竭、内忧外患频仍的年代到来，中国文化的排异性就会表现得非常明显。而且，在近代以前都是中国汉族文化整合各兄弟民族文化，中国本土文化整合外来文化。

但是，当历史推进到近代，鸦片战争的炮声撼动了中国封建社会的超稳定状态，西学东渐，欧风美雨猛烈地冲击着延续几千年的中国文化，一场大的文化整合就势在必行了。中国传统文化是以伦理为本位的农耕文化，满足了自然经济和宗法社会的需要。鸦片战争后传入中国的西方文化则是以科学民主为本位的工业文化，它满足了商品经济和契约社会的需要。无论中国传统文化有多么辉煌灿烂的过去，倘若与西方现代文化相比较，确确实实是落后了。中国社会的发展要赶上世界潮流，就得从传统的农业社会向现代工业社会嬗变，而进行文化整合，无疑是这种嬗变的必由之路。这就决定了中国近现代文化整合的性质也是从传统到现代，任务是通过中外文化的整合建构一种具有中国特色的、适应现代社会需要的现代文化。就时间而言，这次文化整合从鸦片战争后开始，行经中国社会从传统走向现代的整个转型时期，需要几代人的不懈努力才能完成。

这次文化整合由于不是以中国传统文化为主体去兼容统摄西方现代文化，居于弱势的中国传统文化的某些固有的特质也因落后和不合时宜而被淘汰，习以惯常的传统价值观念被撞碎，某些千百年“从来如此的”规矩和风俗遭到破坏，旧有的文化习惯被打破，民族自尊受到损害，注定了整合的过程不是一帆风顺，而是非常艰难，甚至是非常痛苦的历程。近代以来，西风东渐，列强入侵，一些怀抱天朝优越的文化保守主义者竭力维护被摇撼的中国传统文化根基，倡扬西学中源说。如恭亲王奏请在同文馆设天算馆的奏折上说：“查西术之借根，实本中术之天元……天方算法如此，其余亦无不如此。中国创其法，西人袭之。”如果西学中源说能够成立，那么中国文化在世界文化中仍独占鳌头，无须向西方文化学习，自身亦无须革故鼎新。难怪那些主张向西方学习的有识之士被他们斥为“师事仇敌”的无耻汉奸、洋奴和卖国贼。可见，文化保守主义是这次文化整合的障碍。

梁启超说："又海禁既开，所谓'西学者'逐渐输入，始则工艺，次则政制。"① 道出这次文化整合是从器物层进展到制度层。鸦片战争之后，西方列强的"船坚炮利"改变了人们视西方物质文化为奇技淫巧的看法，有识之士魏源提出向西方学习科学技术以及兵器制造工艺"师夷之长技以制夷"② 的新鲜主张，强调"尽转外国之长技为中国之长技，富国强兵，不在一举乎？"③ 魏源的认识虽然还停留在器物层，但也映照出当时先进的知识分子承认中国落后、西方先进的开放心态。接着，曾国藩、李鸿章等洋务派开矿山、建工厂、造船、造枪炮、修铁路、办电信、发展近代工业，迈出了现代化整合的第一步。物质层的革新必将导致先进知识分子把觅求变革的目光投向制度层。康有为从"托古改制"到君主立宪，王韬、郑观应等人所提出的工商立国的经济方略，康有为、梁启超、谭嗣同的变法维新等，无一不体现制度层的现代化整合。而孙中山领导的辛亥革命，推翻了延续两千多年的封建帝制，标志着制度层的政治文化整合，取得了巨大的成功。

日本近代著名的思想启蒙大师福泽谕吉认为，在文化整合中"外在文明易取，内在的文明难求"，指出"汲取欧洲文明，必须先其难者而后其易者，首先变革人心，然后改革政令，最后达到有形的物质"④。他发现在文化形态和结构中精神层变革不容易做到，提出先难后易的主张，是颇有见地的。而当时的中国人大多却把注意力投向器物层和制度层，以致中国的现代化文化整合颠倒了这个顺序。从鸦片战争到辛亥革命的社会历史进程表明，如果只满足于器物层和制度层的某些变革，而不以现代文化思想去整合精神层、改变国民劣根性、重构民族精神，如果不以现代文化的价值观念、伦理观念和新的思维方式去改革、完善制度层，规范国民的行为、激发国民的创造力，不但实现中国社会的转型会成为画饼，而且在整合中已经取得的某些成功也会化为乌有。辛亥革命后的中国，迫切需要进行一次旨在唤起国民觉醒的思想启蒙运动，为精神层的整合扫除障碍，创造条件。这就是"五四"新文化运动的历史使命。

文化整合的意义，首先是高扬科学与民主两面大旗，对儒家文化中以三纲五常为基本内容的伦理观念、束缚人的精神和行为的礼制，以及家族宗法制的种种弊害，进行猛烈的抨击与坚决的否定，从而扫除长期笼罩在中国传统文化

---

① 梁启超：《清代学术概论》，载《饮冰室合集·专集》之三十四，中华书局1989年版，第52页。

② 魏源：《海国图志叙》，载《魏源集》上册，中华书局1983年版，第207页。

③ 魏源：《道光洋艘征抚记上》，载《魏源集》上册，中华书局1983年版，第177页。

④ ［日］福泽谕吉：《文明论概略》，北京编译社译，商务印书馆1982年版，第14页。

外表的神圣的光圈，露出其腐朽丑陋的一面。同时，新文化运动的中坚人物又大量介绍西方现代文化思想，打开了国民的眼界，促使一代人觉醒，为精神层的文化整合奠定了心理基础。其次，“五四”前后关于东西文化异同及优劣的讨论、关于中国传统文化与西方现代文化能否调和互补的争论、关于中国文化的出路是以中国为本位还是全盘西化的论争、关于中国现代化道路走向的讨论、关于中国经济发展是以农立国还是以工商立国的论争，虽然没有得出一致的见解，但表达出知识阶层对文化整合的重视和社会对此的关注，在一定程度上提高了为什么要进行和怎样进行现代化文化整合的认识水平。再次，“五四”新文化运动并不全盘反传统，批判的锋芒并没有指向儒学的核心——仁和忠恕之道，而对于墨子、老庄等亦持肯定态度。胡适提出“研究问题，输入学理，整理国故，再造文明”① 的口号，得到顾颉刚等学人的响应，他们在浩如烟海的古代典籍中，努力发掘整理中国传统文化思想中有价值的特质，以此寻求与西方文化思想整合的契合点。应当说，这种工作的作用是积极的。

“五四”新文化运动为现代化的文化整合推波助澜，但由于中国社会从传统向现代转变不能一蹴而就，因此现代化的文化整合也是一个漫长曲折的过程，中间甚至可能出现某些反复。所以，直到 80 年代文化整合才重新引起人们的广泛注意，在“文化热”中才把它的进程推向一个新的台阶。

三

那么，今天我们应当怎样进行现代化的文化整合呢？

首先，要明确进行整合的原则。长期以来，人们对此争论不休，先后提出了中体中用、中体西用、全盘西化、西体中用、儒学复兴等多种见解。这些看法表达了人们对文化整合的关心，自有其合理性与存在的原因。之所以出现多种不同的观点，就在于人们对怎样进行文化整合存在着严重分歧。

任何一种文化都有自己的根，文化整合也离不开文化土壤。中西文化的根是不同的，因此各有其内在机制和特色、优点和缺陷、精华和糟粕。在整合中，不能把对方文化中的缺陷乃至于糟柏都不加区分地“兼容”进来，或者抛弃自身的优点和精华去迎合外来文化。同时，西方文化是在西方各国的生活中形成的，其内在机制中的某些成分和特色不适应中华民族的需要，若强行移植进来，将产生难以想象的恶果。所以必须根据自身及自身发展需要，去选择、吸取西方文化中有用的东西。还应看到，这次文化整合是在中国文化土壤中进行的，不能不回归到中国未来的文化是民族化还是西方化、是面向世界还

---

① 胡适：《新思潮的意义》，载《新青年》第 7 卷第 1 号，1919 年 12 月 1 日。

是复归传统的老问题，也就是所谓“体”“用”问题上。“体”“用”问题实质上是一个价值取向的指归问题。现代化是中国社会也是中国文化发展所追求的目标，体现着全民族一致认同的价值取向。在今天的文化整合中，再坚持中体中用、中体西用、全盘西化、西体中用、儒学复兴，不仅显现出理论的贫乏和不成熟，而且在实践中也是行不通的。因此，我们不可能停留在过去对“体”“用”的理解和研究水平上。既然现代化的文化整合在中国文化土壤中进行，就应当以中华民族及其优秀民族精神为体，传统的与外来的文化为用，在新的基点上整合形成一种既是世界性的又富有中华民族特色的现代文化。

其次，要以进化的思维定势和发展眼光去审视中西文化，探讨和解决整合中所出现的新问题。中国文化和西方文化都存在着传统与现代之分。中国文化大致以鸦片战争为分界线，从鸦片战争到“五四”新文化运动，是由传统到现代的转型肇始期。西方文化以 14 至 16 世纪文艺复兴运动为界，如严复所说，元明以前，西方“新学未出”，明中叶以后，新学兴起“而古学之失日著”[①]。“五四”前后出现的中西文化的碰撞与整合，是指文艺复兴后至 20 世纪初的西方现代工业文化与中国农耕文化的碰撞与整合。由于这两种文化的性质和价值系统迥然有别，因此最初是碰撞、排斥多于调整、吸收。时至今日，当代西方文化又有了突飞猛进的发展：中国社会正由传统的农业社会向现代工业社会转变，而且经过多年的整合，中国文化中的现代特质大量增加，中西文化相互认同之处越来越多，所以现在的整合是选择、交融多于矛盾与冲突。因此整合的重点和方法也得随之转换。

再次，必须从文化型态和结构三层面的不同特点需求出发，采取不同的态度和方法进行整合。就器物层而言，西方高科技日新月异，电子计算机、电视机、电冰箱的不断更新换代，人体器官的移植成功，遗传基因工程导致生物界发生深刻变化，从而出现许多前所未有的新品种，宇宙飞船开辟了人类征服空间的新纪元，传真产品使大众传播和人际交往进入一个新阶段……中国文化缺乏“大天而思之，孰与物畜而制之”[②] 的征服自然和轻视器物的思想，科学技术落后于西方，因此在整合中学习和吸收西方先进的科学技术，改造旧产品、制造新产品以满足人们日益提高的物质生活的需要，刻不容缓。虚心学习西方先进的科学技术，增进中外科学技术的交流，“拿来”人类智慧和文明的成果，加快我国科学技术的改造和革新，使科学技术的研究成果尽快转化成为社会需要的产品，这样就能加快器物层的文化整合与实现工业、农业、国防和科

① 严复译：《天演论》，见《严复集》第 5 册，中华书局 1986 年版，第 1385 页。

② 《荀子・天论》，见王先谦《荀子集解》，中华书局 1988 年版，第 317 页。

学技术现代化的步伐。

器物是在一定的社会文化环境中制造出来的，必然要受制度层和精神层的影响和制约，体现一定时期的社会价值观念。同时，器物层的变化也要求制度层和精神层发生某种相应的变化。过去，大陆在器物层的整合中深受苏联政治和经济文化的影响，形成了一套僵硬的体制，束缚了生产力的发展和人的创造性的发挥，导致器物层的单调、落后与贫乏。这套僵硬的体制显然成为中国推行现代化的绊脚石。在新时期改革开放的十几年中，国家对制度层进行了新的整合，取得相当明显的成效。例如在经济方面，突破了国家垄断的计划经济体制，根据中国的国情，建立社会主义市场经济新体制，鼓励个体经营，立法保护海外投资者的利益，逐步推行企业股份制，形成了国家所有制、集体所有制和个体私有制并存的多元经济格局。与此同时，还借鉴和吸收西方竞争机制与西方管理体制的某些方面，在农村摒弃了苏式的生产、分配“集体化道路”制，实行以家庭为单位的生产承包责任制；在企业中，打破 30 年一贯的平均主义大锅饭制，对生产、经营、分配、管理进行一系列制度改革，砸烂旧的模式，在整合中正在探索和建立注重效率、讲求效益的新模式。在政治方面，逐步破除“官本位制”，实行党政分家、政企分开、改革政府管理体制和人事制度，转变政府的职能——由主导型转变为服务型，健全权力监督制，破除干部终身制，实行退休制等体制上的改革，西方政治文化亦或多或少地起到某些观照作用。经济和政治体制的改革也带动制度层其他方面的改革。总的说来，制度层的现代化整合是良性运行的，也取得某些举世公认的进展。但是有些方面的改革并不尽如人意，例如分配制度的改革进展缓慢，没有真正消除“脑体倒挂”等分配不公的现象；教育立法，也急待解决，好使教师安心从教、学生乐于读书，学校为国家、为社会培养出更多的有用之才。

在现代化的文化整合中，器物层的更新最受欢迎，但器物层的革新却不是依靠人的自然力量，而是凭借科学技术的力量来实现的。制度层的改革需要权力来推行，精神层的变化则需心理认同来催生。精神层的整合，也是用现代化的观念重构民族心理、“换脑筋”的过程。不能不看到，现代化的观念并不等同于西方现代思想。后者是一个芜杂的思想系统，包含了健康的和有害的、发展的和被淘汰的、前沿的和腐朽的等方面的内容，其中如新纳粹主义、极端个人主义、极端享乐主义等不能看作现代化观念。前者是后者中适应历史潮流、健康、发展和前沿的思想意识。而且现代化的观念并非为西方国家所专擅，在某些已实现现代化的东方国家，例如日本，也存在着。日本的现代化观念自有其特色，其价值观念、伦理观念和思维方式与西方国家颇有差异，不能等量齐观。因此，在整合中绝对不能予以轻视和排斥。同时，精神层的整合只有在开放状态进行才有成效，必须杜绝以姓“资”或姓“社”的价值判断来区分东、西方现代化观念的现象，否则就会抱残守缺、作茧自缚。当然，重构民族文化心理不能只停留在启蒙的阶段、用启蒙的标准来要求，现阶段的整合既是对中国传统文化思想与西方现代意识的梳理和总结，又是两种文化的冲突与融合。所以，经过整合的现代化文化观念，应具有现实性和超前性，不论是对当前社会，还是对未来社会，都有着积极的作用。笔者认为，重构民族文化心理应该着重在以下几点。

①更新传统文化中“兼容天下”的观念，衍化为全球意识，确立以和平、发展为取向的价值观念。20 世纪科学技术的日新月异，给人类带来福祉，也带来一系列世界性的问题。因此，我们思考和解决问题，既要着眼于本国的发展，也要从人类的根本利益出发。②充分肯定人的价值，融合传统文化中“天行健，君子以自强不息”[①] 和西方个体本位主义，形成独立、尊严的人格机制，实现文化本质的“人化”与人的本性、才情和价值的自我实现。③弘扬中国文化中厚德载物、讲求品德道义、坚持气节情操、注重人际关系的和谐与个人、家庭、国家整体利益统一等优秀传统，并与西方文化中以个人独立、自由、权利、尊重科技、讲求实效和公德等“互补”，从而形成我们新的民族精神。④树立科学、民主和法律观念，提高和健全民族文化心理素质。⑤培养商品经济观念。商品经济是人类社会经济发展的一个不可逾越的重要阶段，它促进了生产力的发展，在未来相当长的一个时期，商品经济观念是精神层最活跃的因素之一。⑥坚持马克思主义对精神层整合的指导，保证文化整合的社会主义性质，促进社会主义精神文明建设。

从上面的论述中可以看到，中国的现代化进程实质上也就是文化整合的过程。中国文化的现代化，亦是中国文化的各个层面在整合中与外来文化互相碰撞、互相选择、互相渗透、互相交融的重构和革新的历程，现代化的中国必将为人类作出巨大的贡献，中国现代文化也会重放璀灿夺目的光芒。

（原载《上海文化》1993 年创刊号，第 29 ～ 35 页）

① 参见《易传・乾・大象》，见《周易集注》，上海书店 1990 年版。

巴金创作的文化意义

在中国现代文学史上，巴金的创作是一座高峰。从不同的视角去观察这座高峰，会看到它不同的风貌。近10年来，研究者从文艺社会学的角度去评论巴金的创作，提出了不少真知灼见。本文从文化学的角度考察它，探讨它的文化意义，为拓展对巴金研究的领域抛砖引玉。

巴金说过："我是'五四'的产儿。"① 五四时代正是中国文化从传统走向现代的转型期——中国本土文化吸收了某些外来文化因素，经过对传统文化的扬弃，开始重构一种具有新质的现代文化。巴金就是在中外文化交融点上崛起的文坛巨擘。

巴金幼年受过正统的儒家教育，最早吮吸的是传统文化的乳汁。他的第一个先生——母亲身上体现出的仁爱观念、他背诵过的《古文观止》名篇中所蕴含的忧患意识，很早就扎根在他的心田。难怪他对不平等的现象极其反感，立下了在变革现实的斗争中尽一份力量的宏愿。当五四新文化运动的浪涛波及四川时，巴金尽情吸收各种思想。从"五四"开始，他从异质文化中接受了无政府主义思想、人道主义、法国大革命和俄国民粹运动的社会发展观念。

"五四"新文化的洗礼，使巴金从传统的文化心理模式中突围出来，形成一种新的文化心理机制。人道主义改造了他早年所接受的儒家仁爱思想，自由、平等、博爱的观念渗透进他的文化心理深层，与中国传统的正义观念融合在一起，构成他的文化性格的内核，那就是他在《第四病室》中借一个人物的嘴所说出来的话："变得善良些、纯洁些，对别人有用些。"巴金虽然"爱一切的人"，但并不爱把自己的幸福建筑在别人痛苦上的人。"我所憎恨的并不是个人，却是制度"②，是他在创作中所遵循的独特的美学原则。所以在巴金的作品中，绝少全然邪恶的反面典型，即使像高老太爷这样的人物，也是通

① 巴金：《忆·觉醒与活动》，见《巴金文集》第十卷，人民文学出版社1961年版，第71页。

② 巴金：《关于〈家〉十版改订本代序》，见《中国当代文学研究资料 巴金专集（1）》，江苏人民出版社1981年版，第348页。

过他的悲剧抨击吃人的家族宗法制度[①]，而不是漫画式地加以丑化。巴金的文化性格对其创作的制约，由此可见一斑。

异质文化中的无政府主义，对巴金思维方式、价值观念和伦理观念的形成，曾起到重要的作用。传统的思维方式是单向直线朝后看型。在封建社会，人们总是拿过去与现在作比较，认为过去比现在好，恪守“天不变，道亦不变”的信条，至于未来会怎么样，则很少从进化的角度去考虑。而且，这种思维方式重直觉和经验，缺乏推理和思辨，也就拙于对未来进行预见。巴金从无政府主义思想体系中，接受了归纳演绎法。克鲁泡特金认为，无政府主义的基础“是适用于人类社会一切制度的归纳法”[②]。所谓归纳演绎法，就是根据一定的事实概括出一般原理，再从一般原理推论出合乎逻辑的结论，闪耀着理性和思辨的光辉。在这种外来的方法论影响下，巴金形成纵横比较的多向思维方式。他的目光越过华夏大地，望到日本、美国、法国和俄罗斯，把这些国家的历史和现状，与中国的历史和社会现实作横向纵深比较。这种比较，使巴金思考中国的未来，关心中国社会革命发展的方向，对中国的前途充满信心。毫无疑问，新的思维方式的运用，对启发他的心智、活跃他的思想、开阔他的视野、建构新的文化心理机制，都起到了积极的作用。不过，克鲁泡特金从自己的政治立场出发，在无政府主义世界观的指导下推断出“自由的或无政府共产主义的是唯一的共产主义之形式”“共产主义和无政府主义因此都是两个进化的名词，两者相合而成完壁，两者并行而不相背”[③] 的错误结论，也曾为巴金所接受，致使他在探索社会革命道路上走过一段弯路。

当然，任何一种思维方式都需要价值观念来导向。中国传统的价值观念是以伦理为本位，三纲五常、忠孝节义作为价值取向，与单向直线朝后看型的思维方式相适应。到了五四时代，这种静止的价值观念已显得陈旧不堪。巴金翻译过克鲁泡特金的《人生哲学：其起源及其发展》，潜心钻研过无政府主义伦理思想，巴金生活在新旧文化的转型时期，他的价值观念仍带有浓厚的伦理色彩。只是，他借助于他山之石，更新了价值取向。巴金的价值取向是：忠实地生活，真诚地爱人，不把个人的幸福建筑在别人的痛苦上和为大众的幸福而献身。巴金用这种价值观念作思维导向，又以法国大革命和俄国民粹运动为观照

---

① 参见吴定宇《巴金的家庭题材小说探胜》，载《中山大学学报（社会科学版）》1986 年第 2 期；《现代意识与传统观念相撞击的火光——论巴金〈家〉的文化价值》，载《中国现代文学研究丛刊》1988 年第 2 期，第 39 ～ 54 页。

② ［俄］克鲁泡特金：《我底自传》，巴金译，上海启明书店 1930 年版，第 642 页。

③ ［俄］克鲁泡特金：《近世科学和安那其主义》，凌霜、震天、天均、今悟译，克氏全集刊行社 1928 年版，第 208 页。

系，形成了他的政治文化观：通过无政府主义的革命道路，实现建立万人友爱互助、万人安乐的自由平等新社会的理想。很明显，巴金的美丽理想，在黑暗如漆的社会，能激发人们反抗现实的勇气、增强奋斗的信心，有一定的积极意义。但由于他不是以俄国社会主义革命作为观照系，并且脱离了中国革命的实际，这种政治文化观带有浓厚的虚幻性，在现实革命斗争中也是行不通的。

巴金的价值观念运用到伦理范畴，则促使他对家族宗法制和封建礼教进行深刻的反思。本来，巴金在封建大家庭生活了19年，对封建专制的压迫有着切肤之痛，目睹了封建传统观念怎样摧残人性，毁灭青年人的青春、爱情、理想和幸福的种种惨剧。无政府主义否定一切传统的主张，与巴金仇恨封建主义的心情十分合拍，给他提供了批判封建主义的新的思想武器。“五四”新文化运动的先驱们对封建主义的揭露和抨击，也给巴金以启发，加深了他对封建主义的吃人罪恶及其崩溃趋势的认识。由于有以新的价值观念为导向的新的思维方式，巴金才不同于传统社会中的离经叛道之士，例如李贽。李贽在他那个时代的确是个有独立思考能力的杰出的人才，他对儒家学说的怀疑和对宋、明理学家所阐释的伦理理论大张挞伐的文章，至今读来还能令人拍案叫绝。但是他并不否定孔、孟肇始建构的伦理思想体系，只是力图做局部的修正，思维方式和价值观念都没有突破传统的模式，也没有找到一种新的观照系，他对传统伦理观念的批判，不可避免地带有历史的局限性。巴金则借助新的思想武器，对封建主义伦理思想进行清算。如果说鲁迅是第一个通过狂人的形象揭露家族宗法制和封建礼教吃人本质的先驱，那么巴金则是通过对血淋淋的吃人场面的具体描绘，第一个宣判封建制度死刑的作家。毋庸置疑，巴金在伦理范畴对传统的文化观念的批判与否定，其坚决性、猛烈性、深刻性都达到“五四”以来的一个新高度，这就为重构现代新文化廓清了障碍。

从文化学的方位看，文学创作其实就是作家文化心理的凸现过程，它既要反映客观现实生活在作家文化心理上的投影，也要表现作家的思维方式、价值观念、伦理观念等文化心理的深层结构。巴金创作（主要是小说创作）的文化成就，突出表现在从政治文化和伦理文化方面，映现了从“五四”到抗战胜利这20多年间变化的时代风云。

巴金从政治文化方面反映动荡的社会生活的主要作品有《灭亡》《新生》、“爱情三部曲”等。过去从文艺社会学的角度去审视这些作品，评价一向不高，有的研究者至今还指责这几部作品表现了作者的无政府主义政治观。这显然是不公正的。在中国历史上，农民起义层出不穷。从《水浒》到近代的历史演义，以农民革命战争为题材的作品令人眼花缭乱。毫无疑问，中国历史上的农民起义不同程度地打击了封建统治阶级，是推动历史发展的动力之一。这些作品自然也表现了作者的文化心理。有趣的是，无论作者们所处的时代多么不同，各自的个性有多大的差异，但对传统文化的认同，使他们几乎都没有跨越儒家的价值系统，三纲五常、忠孝节义是他们判断忠奸正邪、是非曲直的价值取向。这些作品虽然反映了农民的反抗，但并没有写出社会结构和政治制度的根本变革。作者所塑造的叛逆英雄，或因官逼民反，而只反贪官不反皇帝；或杀富济贫，替天行道，反映了古代人民均贫富的政治思想；或等待招安以换取高官厚爵和安全；或为“真命天子”打天下，做改朝换代的开国元勋……文化心理被正统文化投下斑驳陆离的阴影。他们在揭竿而起的过程中，或用计谋智取敌人，或因武艺高强打败对手，或遇高人指点、搭救而化险为夷，这种种的斗争方式，构成传统的反抗行为模式。这些作品从内容到形式都表明，传统文化在历代作家心理上的积淀是何等深厚。

到了“五四”时代，各种新的文化思想潮水般地涌来，改变了一代人的文化心理。在这个新旧文化的转型时期，一代觉醒的知识分子跳出传统文化的圈子，抛弃旧有的文化思想武器，从异质文化的库房中，选取各自认可的武器，如陈独秀、李大钊选择了马克思主义，鲁迅挑选了进化论，胡适拣取了实验主义，郭沫若服膺泛神论，巴金信仰无政府主义，开始探索改造中国的道路。在实践中，他们中的一些人如鲁迅、郭沫若在碰壁中接受教训，接受了马克思主义；一些人，如胡适仍顽固坚持原来的立场不肯改变；还有一些人，如巴金，一时认识不到无政府主义的弊端和错误，还在艰难地上下求索。

《灭亡》《新生》、“爱情三部曲”便是在这样的文化背景中创作出来的。在上述作品中，巴金深刻地勾画出转型时期一代青年的文化心理和行为方式。他笔下的杜大心、李冷、陈真等，在异质文化（巴金从未在作品中写明是无政府主义）的启蒙下，认识到家庭和社会的罪恶，怀着为上一辈人赎罪的“原罪”心情，投入改造社会的斗争中。他们的价值观念是，为社会的解放和大多数人的幸福而献身。为了实现自己执着追求的万人幸福的目标，他们甘愿抛弃舒适生活而走上亡命的道路。他们的斗争方式也是新式的：到工厂做工，组织工会，发动工人起来和资本家斗争；或者写文章，进行革命的宣传鼓动或组织妇女会和农会，唤起民众觉醒。由于黑暗势力的强大，同时也是由于指导他们行动的政治文化思想的缺陷，他们的反抗都以失败告终。这些作品的文化价值不在于它表现了什么样的政治文化思想，而在于巴金独出心裁地塑造出一批文化心理机制和行为方式都与传统文学作品中的造反者迥然有别的一代热血青年形象，在他们身上映照出转型时期一种新的价值观念和伦理观念已经确立。他们的失败表明，在转型时期，要从众多的异质文化中寻求到一种正确的政治文化思想来指导中国革命，是何等的艰难。

巴金从伦理文化方面反映家族宗法制走向没落的代表作品是《激流三部》《憩园》等。正如巴金所说："自从我知道执笔以来，我就没有停止过对我底敌人的攻击。我底敌人是什么？一切旧的传统观念，一切阻碍社会的进化和人性的发展的人为制度，一切摧残爱的努力，它们都是我底最大的敌人。我永远忠实地守着我底营垒，并没有作过片刻的妥协。"① 这几部作品也确实是反封建的力作。然而，粉碎"四人帮"不久，巴金又说："我承认：我反封建反得不彻底，我没有抓住要害的问题，我没有揭露地主阶级对农民的残酷剥削。"② 这两段话表明了他对自己的作品两种截然不同的自我评价。显然，怎样理解巴金自我评价的悖论，实际上是如何评论这些作品的文化价值的问题。

我认为，封建主义是一种历史文化的范畴，它的内涵十分复杂，既包括地主阶级剥削农民的经济关系，又含有地主阶级与农民互相对立的阶级关系，更涵容专制压迫的政治制度，还并行着束缚思想、制约行为的文化观念。前三种属于政治文化和经济文化，后一种则归入思想文化。正因为如此，对封建主义的批判才有不同的角度、内容和方式。从政治文化和经济文化的角度去反对封建主义，主要是通过武装夺取政权的阶级斗争方式消灭地主阶级，改变封建剥削的经济关系，建立代表人民利益的新政权，建立社会主义政治制度来完成的。从思想文化的角度去反对封建主义，主要是通过清除陈腐的传统观念在人们文化心理的积垢，改变国民性，构建新的价值观念和思维方式，树立现代文化来完成的。当然，这个任务十分艰巨，要真正完成它需要整个民族共同努力。

每个作家都应当写自己最熟悉的生活。巴金对陈腐的传统观念和家族宗法制的危害，有一种特殊的敏锐感。非常明显，巴金在创作中是从思想文化的角度来反对封建主义的。应当看到，他在挥动如椽的大笔揭露和鞭挞陈腐的传统观念和家族宗法制的罪恶时，怀着强烈的悲愤感；但在分析造成这种种罪恶的文化原因和揭示它们的灭亡前景时，却鞭辟入里，冷静而富有理性；对新的文化思想是满腔热情歌颂和欢迎的。他从觉慧、觉民、觉新、钱梅芬、瑞珏等对待新旧文化的不同态度和遭遇，具体地描写了新旧文化在一代青年心理上的冲突；通过觉字辈的年轻人和长辈们的矛盾，形象地展现了新旧文化思想的斗争过程；生动地揭示出新文化潮流不可抗拒的力量，即使像高家那样顽固的封建文化堡垒，在它的冲击下也会土崩瓦解；从而真实地再现了中国文化从传统走

① 巴金：《写作生活底回顾》，见《中国当代文学研究资料 巴金专集（1）》，江苏人民出版社1981年版，第262页。

② 巴金：《〈家〉重印后记》，载《人民日报》1977年11月13日，第4版。

向现代的转型时期的典型环境。同时，巴金还深刻地表现出转型时期一代青年的命运：觉慧、觉民、淑英等经过现代意识的启蒙，文化心理发生嬗变，确立了新的价值观念、伦理观念和思维方式，勇敢地蹬开旧文化的樊篱，走上新的人生道路，他们的反抗行动，无疑是在封建大家庭的内部震裂一条罅缝，加速了它崩溃的进程；觉新在新文化潮流前犹豫彷徨，又丢不开背负的旧文化十字架，只好在新旧文化的夹缝中半死不活地挣扎着；钱梅芬、瑞珏等旧有的文化心理一成不变，结果成为封建礼教祭台上最后的祭品。在民主革命时期，许多青年从巴金的作品中受到启迪，义无反顾地走上反封建的斗争道路。可见，巴金的确是中国现代文化史上继鲁迅先生之后又一个坚强的反封建战士。巴金后来的自咎，是因为他没有从另一个角度去反封建，体现了他对自己的严格要求和谦逊精神。不过，如果要他硬写，是写不出像“激流三部曲”那样惊世骇俗的作品的。

综上所述，从文化学的角度审视巴金解放前的作品，不仅是应该的，而且是必然的。过去我们着重研究巴金作品的思想价值、艺术价值，今天难道不可以多花点功夫去探讨它的文化价值吗？

（原载《社会科学》1990 年第 3 期，第 72 ～ 75 页）

编后记

为纪念吴定宇教授，我们决定为他选编出版一本学术专著。我因在中山大学硕博连读，且为他所招收的首批两名博士生之一，受师门及师母戴月老师、其子吴蔚老师的委托，有幸成为此事的组织者和总联络员。师门和吴师的家人为表达对吴师的尊敬和对此事的重视，也为方便议事起见，特设本书编委会，具体名单如下：

主编：陈伟华

编委（姓氏拼音为序）：

曹艳红　陈多友　陈双阳　戴　月　邓　伟　胡梅仙　李春梅　李广琼
李红霞　李荣华　李同德　龙其林　沈永英　石晓岩　宋婷婷　王　兰
吴　蔚　肖向明　谢　渝　许　德　张贺敏　赵梦颖　周文军

其他吴老师所指导的硕士、博士弟子，虽然没有列在本书编委会之中，但他们也一直在关注此事，提供了很多支持和帮助。

吴定宇教授于1979年考入中山大学中文系攻读中国现当代文学硕士学位，毕业后即留校任教，并先后任中文系副系主任、教务处副处长、《中山大学学报》编辑部主任兼社会科学版主编等各类行政职务。吴定宇教授非常注重学高为师、身正为范，对科研有着非常强烈的使命感，从学从教以来总计出版著作（含合著）10余种，发表论文（含其他文章）130余篇。这样的科研成果数量，即便是放在互联网发达和数字资源十分丰富的当下，也实属难得。本书编委会从其已发表的论文中精选出23篇巴金及相关论文构成本书。尽管是论文集，但我们并不想将其做成简单的论文拼盘，我们试图通过一定的排列组合，使全书所收录的论文既各自独立，又产生互文效果，形成一本具有一定内在逻辑关联和体系相对完整的专著。这就需要撰文者对一系列相关问题有持续而深入的思考，且成文公开发表。很幸运的是，吴定宇教授正是这样的学者。

学界在不同时期对论文和著作的注释及参考文献格式要求各有不同。曾经有一段时间，多种注释及参考文献格式规范并存，不少出版社和期刊对论著注释条目的要求比较低，使得很多论著的引文注释条目中仅有作者和篇名等简单要素，缺少书名、出版时间、具体页码等关键要素。因此，依照当前的注释规范，各注释条目中尚有多个要素需要补全。在数十万字的著作中，或在上万字的单篇文章中找到相关的引文，确定引文所在的具体页码，不可避免需要花费大量的时间和精力。而且，巴金的作品数量众多，版本多样，内容不尽相同，益发增加了校对和补注的难度。事实上，在吴定宇教授1998年之前所发表的文章中，著作类引文注释大多只有作者名和书名，缺少出版社和页码；析出类文献大多只有作者和篇名，缺少书名、出版社及页码；期刊类引文注释缺少具体页码。为确保引文无误且符合当前的格式规范，我们对本书所录论文中的所有注释条目进行了核校，并进行了补全。参与全文细校和补全注释的人共有18位，具体分工如下：

五四：作家文化心理的嬗变与新文学的走向（陈伟华）

文化学与中国现代文学研究（孙怡）

把心交给读者的作家——巴金（李广琼）

巴金与中国古典小说（孙怡）

巴金与中国古代文化（范佳佳）

巴金与无政府主义（屈子正）

巴金与宗教（陈华彬）

论巴金在抗战期间的思想与创作（石晓岩）

西方忏悔意识与中国现代文学（赵梦颖）

世纪的风：巴金的文化整合探索（聂琪玲）

先驱与跋涉者——论鲁迅与巴金（胡梅仙）

论郭沫若与巴金（屈子正）

巴金与克鲁泡特金（沐羽珊）

巴金与赫尔岑（罗家琳）

试析《家》的反封建主题（谢渝）

冲出大家庭，描写大家庭——巴金的家和《家》（谢渝）

现代意识与传统观念相撞击的火光——论巴金《家》的文化价值（李荣华）

一部现实主义的杰作——读巴金的《憩园》（陈华彬）

巴金的家庭题材小说探胜（范佳佳）

简析《田惠世》和《寒夜》（李荣华）

论巴金小说的艺术风格（曹艳红）

文化整合：中国的过去、现在与未来（沈永英）

巴金创作的文化意义（李春梅）

上述各人领到任务之后，对照各篇论文的原刊版本进行了详细核校，并对各注释条目进行初步补全。因受到资料文献等各方面的限制，各人返回的校对稿中依然还有不少注释条目缺失出版社、出版年或引文所在具体页码等关键要素。为提升校对质量，我后续又对全书做了大量复校和注释补全的工作，并确认了大家在校对过程中发现的错误，更正了编校补注过程中新产生的一些错误。在复校复核时，我发现有些注释条目虽然得以补全，但补注者所选文献版本并不合适，有的文献出版时间甚至晚于该论文发表的时间，便另找更合适的文献进行了替换。在校对和注补过程中，我感觉如同在吴定宇老师的指引之下，又阅读了很多书，学到了很多之前未曾接触过的知识。

吴定宇教授家中收藏了他大部分的著作和论文，戴月老师和吴蔚老师找齐后请打印店帮忙将它们全部转成了电子文档。其中有不少论文因发表时间较早，各家数字文献数据库中无法下载电子版供校对，他们便帮忙找来纸质版拍成照片传给我。师母戴月老师已是古稀之人，她翻箱倒柜地为本书寻找资料和不辞辛劳跑去中大图书馆借阅和拍摄资料的画面时常在我的心中和脑海里盘旋萦绕。

书稿于2020年经过专家评审，入选了中山大学中文系“中国语言文学文库”中的“学人文库”项目。感谢中文系和彭玉平主任、“中国语言文学文库”编委会及中文系其他各位老师对本书的支持。中山大学出版社对本书的出版非常重视，特安排副总编嵇春霞老师指导编校和跟进出版，感谢出版社的领导和编辑老师们为本书锦上添花。本书编委会、编校人和其他吴老师的硕博弟子们对本书的编校出版一直都非常重视，自2020年5月至今，本书的编校和出版一直是编委会和师门微信群的重要议题，大家对选编思路的凝炼、框架结构的搭建、主题的确立、编校形式的选取等问题展开了多次讨论。大家群策群力，方有此书的成功定稿。此外，北京大学陈平原教授等老师也很关心本书的出版并给了很好的建议，在此特别感谢。

“有德者必有言，有言者不必有德。仁者必有勇，勇者不必有仁。”[①] 本书中的注释共计500余条，虽然注释中大多仅有作者名和作品名等简单要素，但令人惊奇的是，其中极少出现错误。因为缺少版本、页码等关键要素，我很难想象当时的刊物编辑如何去核校原始文献。如果完全省略了核校环节，那么，引文的真实性和准确性就只好完全依赖作者的学术良心和学术自觉了。不仅如此，作者还需要对学术研究有敬畏之心，需要具有非常扎实的校对功底，需要

① 《宪问篇第十四》，见杨伯峻译注《论语译注》，中华书局香港分局1984年版，第146页。

对照原始文献进行多次核校，才能做到基本无错。正所谓“德不孤，必有邻”[①]，编辑和作者之间的高度信任由此也可见一斑。

参与校对和补注的人都是吴定宇教授的博士、硕士弟子或再传弟子。尽管此事并无任何报酬，但在我安排任务时，他们都愉快地接受了。在讲究实利的时代，这种情怀毋庸置疑十分宝贵。显然，我们都恪守“一日为师，终身为父”的古训，并在用心践行。这既是尊师重教精神的承传，又何尝不是道德文章的承传呢？我祈愿这种美好的师生情和师生观永远存留于人世间。

陈伟华

2023 年 2 月于湖南大学

① 《里仁篇第四》，见杨伯峻译注《论语译注》，中华书局香港分局 1984 年版，第 41 页。